萨满往事

唐小豪 著

青龙佛

江苏凤凰文艺出版社
JIANGSU PHOENIX LITERATURE AND ART PUBLISHING, LTD

CONTENTS

目录

序章

猎庬，即探查怪诞奇闻的意思。庬，音同矛，意为前高后低的山丘，在异文化之中，前高后低的山丘又称为葬甲，有一叶遮目不见泰山之意。

猎庬者在江湖上的统称为庬捕，所以，猎庬所指的意思为——庬捕永远都处于劣势，站于山丘之后，试图查明眼前怪诞奇事之中隐藏的真相。

第一章

非似山

1932年6月，抚顺后安镇郑家村。

傍晚时分，权千章终于爬上了那座山，站在悬崖边上眺望着远处。

这位燕京大学最著名的地质学教授却无心欣赏眼前的美景，只是在心中感叹祖国的大好河山就这么一步步被日本人给吞噬。

“教授，您小心点。”气喘吁吁的付倍学爬上来，“这里太危险了。”

权千章连头也没回，只是冷冷道：“我本就已经置身于危险之中了。”

付倍学当然明白权千章话里的意思，他身为权千章最得意的门生，却当了汉奸，为了日本人在东北的利益，设局骗来了权千章，让他为日本人在东三省做地质勘探。

与付倍学一同上来的还有一名日本军官和五名荷枪实弹、穿着山地作战服的日本士兵，当然，他们都是打着保护旗号的监视者。

最重要的是，那位名为高桥次郎的日本下级军官，也曾是权千章的学生，日本关东军做这样的安排，可谓是用心良苦。

付倍学环视周围，问：“教授，这里为何要被称为非似山？”

权千章并未直接回答付倍学的问题，只是道：“在风水之中，此地阻头断尾，是死地。”

付倍学点头道：“的确如此，西为头，头堵平山，南北两翼也被山脉所阻，但我不明白断尾何意，东面是一片开阔地呀，何来断尾？”

权千章解释道：“就是因为断尾才变成的死地，原本东面有一条河流，但河流改道，凤尾已断，原本的活凤，变成了死凤。”

高桥次郎闻言，寻思片刻问：“老师，这里就是您以前说过的‘凤凰呈祥’？”

权千章皱眉：“我说的那是‘天凤定尾’，‘凤凰’一词，是凤鸟和凰鸟的合称，凤凰呈祥这种地形只是存在于人们的想象之中，就如没有真正的活龙之穴是一个道理。”

高桥次郎不语，毕竟他对中国的传统风水只知皮毛。

付倍学此时又问：“那为何要被称为非似山？”

权千章不想再搭理付倍学，转身欲朝丛林中那条小路走去。就在此时，灌木丛中走出来一个头戴斗笠，身披麻衣，肩负背篓，似乎是正在服丧之中的中年男子。

权千章看着那名打扮怪异、形同山民的男子，立即闪身让路。

“喂！你是做什么的？”高桥次郎立即上前阻拦，三名日本士兵也上前包围住山民，其余人则呈保护队形，站在付倍学和权千章周围。

权千章见状皱眉道：“只是山民而已，不要为难人家。”

高桥次郎解释道：“老师，为了您的安全，这是必要的检查。”

权千章讽刺道：“自己心中有鬼，所以才恐惧一切，这就是侵略者的思维。”

高桥次郎不语，只是恭敬地站在一侧，看着那些日本士兵全面搜查着山民。

日本士兵从山民背篓中搜出几根模样怪异的东西，其中一件像笛子又像尺子，还有三根一模一样上面带有刻度的圆柱体。

高桥次郎上前拿过一根像是软尺一样，但前端却带有指北针的东西，疑惑地看着，问：“这是什么？”

山民微笑道：“工具。”

高桥次郎追问：“干什么用的？”

山民回答：“测量，看风水，寻墓地。”

高桥次郎听到“测量”二字很是警惕：“那你是做什么的？”

山民道：“帮人找适合下葬的墓地的人。”

付倍学在旁边插话道：“风水师？”

山民摇头：“不是。”

高桥次郎又命令士兵搜身，也没有发现异常，只得挥手让山民离开。

在整个过程中，权千章一直冷眼旁观，没有说半个字。

山民欲离开的时候，付倍学问道：“朋友，打听一下，这里为什么要叫非似山呢？”

山民驻足停下，转身看着付倍学：“因为这里原本没有山，后来一夜之间多了一座山，而这座山似山又不是山，因此而得名。”

听完山民的话，权千章、付倍学和高桥次郎都是一愣，因为眼前人的语气并不像山民，又携带那么些稀奇古怪的东西，话中又似乎带有玄机，显然不是常人。

高桥次郎的手下意识按在枪套之上，山民扫眼看过，只是微笑道：“你们最好不要再往山里走了。”

权千章忙问：“为何这么说？”

山民回道：“山中多瘴气，吸入少量人都会迷失心智。”

付倍学疑惑道：“瘴气？”

山民简单说了两个字：“尸瘴。”

说完，山民提起背篓，哼着小曲穿过人群朝着山下走去。

众人看着山民离去的背影，一直到他消失在树林之中再无踪影。

付倍学看向权千章：“教授，我们还往里走吗？”

权千章不语，只是保持着沉默。

付倍学又看向高桥次郎，高桥次郎上前道：“老师，今天是初次探查地形，基本地形绘制已近完成。”

权千章却看着脚下，说道：“为何要叫非似山，就是因为这座山是在几百年前一夜之间形成的。”

付倍学惊讶：“一夜形成一座山？”

高桥次郎摇头：“这怎么可能？”

权千章道：“有何不可能？一夜之间，东三省都能变成满洲国。”

权千章的话，让付倍学和高桥次郎都不知道如何接下去，只得交换了下眼神后各自保持着沉默。

“非似山是抚顺的官称，本地的民众则称其为一夜山，顾名思义，就是一夜之间形成的一座山。”权千章解释道，“年轻的时候，我曾经慕名而来，就是想查清楚这座山到底是如何在一夜之间形成的。”

高桥次郎注视着权千章，等待着答案。

付倍学则问：“那教授您查到了吗？”

权千章道：“古时，民智未开，没有科学一说，便将这种事归纳于怪力乱神，但经我多方调查，得出的结论是，这座山是山洪暴发导致的泥石流汇聚而成的。”

付倍学闻言忙道：“那也不对呀，就算是山洪暴发，又怎么可能一夜之间形成如此高的一座山呢？”

权千章指着一方道：“在山的那边，有一座因地震形成的堰塞湖，百年前因为暴雨导致堰塞湖决堤，冲刷下来，击垮前方的山脉，将山体上半部分直接推向下方的低洼处，因此形成了这座山。”

高桥次郎听完道：“照这么说，只是百年时间，这下面什么资源都不会有，原煤的探查也可以告终了？”

权千章也不回答，只是转身朝着山下走去，高桥次郎和付倍学交换了下眼神，只得跟上。

三人下山的时候，天边已经泛起了乌云，翻滚着的乌云朝着非似山和山下的郑家村逐渐袭来，就像是一支身披黑甲、手持闪电利器的军队。

三人回到村口的时候，郑家村的村长、保长、牌长悉数到位迎接，两侧还站满了一脸茫然，机械性挥舞着满洲国和日本国国旗的村民。

权千章见状，眉头紧锁，心里无比厌恶，转身要走。

付倍学上前拦住道：“教授，傍晚了，我们是赶不回奉天的，在村里歇一夜，明天再出发。”

高桥次郎也上前恭敬道：“老师，您的住所已经安排妥当，屈就一晚，明天我们就走。”

权千章看着村长、村民脸上又害怕又为难的表情，只得点头，不过立即叮嘱道：“次郎，你带来的人，不能骚扰这里的百姓。”

高桥次郎点头道：“是！”

权千章又道：“还有，让这些人都回家去吧，不要在这儿摆过场，我看着心烦。”

高桥次郎将村长叫到跟前，低声说了两句，村长连连鞠躬，转身对保长、甲长等人说了句话，随后就开始收集村民手中的小国旗，并招呼他们赶紧各自回家。

人群很快散去，权千章这才稍微放松些，由村长领路，朝着村内走去。

当权千章走到村内用以祭祀的空地时，却意外地看到先前那名山民坐在树下。

山民微微抬眼，面带微笑看着权千章，权千章也向其点头示意。

高桥次郎警惕地问村长：“这个人，是做什么的？”

村长回答：“看坟地的，也兼顾着收一些山上的药材。”

就在此时，那山民开口了：“你们及时回来还好，若是晚了，恐怕是再也回不来了。”

付倍学疑惑："为什么？"

山民抬手指着远处空中那片乌云："今晚有暴雨。"

山民说着提起自己的背篓起身："我也要走了，你们今晚最好不要住在村子里。村长，让村民都撤走吧，听风声，今晚有山洪。"

"风声？"村长茫然。

付倍学看着慢慢离去的山民："山洪？怎么可能，这什么时节，还会有山洪？又不是时夏雷雨季，不懂装懂。"

刚说完，空中传来滚雷声，惊得众人都不由自主地抬眼看去，发现此时乌云以先前数倍的速度弥漫而来，瞬间便到了头顶。

可怪异的是，空中没有一丝风，相反闷热了起来，气温也比之前提升了好几度，众人见状，后颈处虽然发凉，却因为突如其来的闷热憋了一背的汗水。

付倍学扭头看向还在抬眼看天空的权千章："教授，进屋吧。"

权千章微微点头，跟随付倍学进屋。

等权千章等人进屋之后，村长一面抬眼看着天空，一面急匆匆朝着院外跑去，去追先前离开的那位山民。

"楚先生，楚先生。"村长气喘吁吁地追上那位山民。

山民停下，微笑道："叫我楚乐康就行了，不需要叫先生的称呼，我不是什么先生。"

村长为难道："先生，您先前说的是真的吗？"

楚乐康抬眼看着天空道："在你的记忆中，上一次暴发山洪是什么时候？"

村长仔细回忆着："打小起，就没有暴发过山洪，但是从前听老人说，这里百年就得发一次山洪。"

楚乐康摇头："抚顺虽然是古城，但郑家村却是咸丰年间闯关东之后由关内鲁人开垦所建，所以，村里老人说百年一次，那是以讹传讹，而抚顺也没有任何关于非似山山洪的记载。"

村长疑惑："那您为什么要那么说呀？"

说到这儿，村长压低声音："是想吓跑日本人吗？"

楚乐康笑道："如果单靠吓唬就能对付日本人，东三省也不会沦陷了。"

村长听闻楚乐康这么一说，更加疑惑了。

村长道："楚先生，我知道您的能耐，前些年若不是您说服我们开河改道，恐怕我们这个村子早就被洪水淹没了，您是能人，如果今晚真的有山洪，我得提前让大伙儿走呀。”

楚乐康道：“必须走，不走都得死。”

村长又问：“往哪儿走？走多远才安全？”

楚乐康道：“离抚顺城下越近越好，来不及转移的人，可以上除了非似山之外的任何一座山。”

村长赶紧又问：“您的意思是，山洪来自非似山？”

楚乐康默默点头，背起背篓头也不回地走了。

楚乐康走出不过十来米，天上就落下了雨滴，村长抬眼看着头顶的乌云，还未转身离去，倾盆大雨立即落下，远处的楚乐康也很快消失在了雨雾之中。

暴雨持续下了半个小时后，又奇迹般停止了，但天空中依然翻滚着乌云，乌云中的闪电不时向外喷射可怕的火花。

闪电从窗外划过的时候，屋内的权千章抬眼看去，紧接着的那声炸雷，让他不由自主浑身颤抖了下。

“教授，您没事吧？”付倍学忙问。

权千章回过神来：“没事……”

付倍学起身走到窗口，仔细聆听一阵后，又回到权千章跟前：“教授，您不要担心，那个山民肯定是在胡说八道。”

权千章却摇头道：“此人并非普通山民，听他的话，他要比我们更了解这个地方，更了解非似山，而且，日本人让我们来这里勘查，不是为了开采原煤。”

付倍学疑惑：“不是为了原煤，那是为了什么？石油？”

权千章摇头：“现在日本人勘探石油的技术远落后于西方国家，他们自己也很清楚，但除了原煤之外，虽然石油是他们最紧缺的，不过还有一样资源，他们也急缺。”

付倍学眼珠子一转：“您是说天然气？”

权千章道：“没错，天然气，虽说现在日本人想尽办法在提取矿井气，但技术并不成熟，而且矿井气中甲烷含量最高只达到60%，远不如天然气。”

付倍学又问：“可他们为何那么肯定非似山就有天然气呢？”

权千章看了一眼门口道：“大概是因为非似山青龙火井的传说吧。”

付倍学道："青龙火井？火井我知道，《汉书》中就有'火从地中出也'的记载，当时古人不知道是天然气，只当作是神灵显现，但为何要加'青龙'二字？"

权千章解释道："过去，这里有一座寺叫青龙寺，但是青龙寺过去曾经是道观。"

付倍学惊讶："道观变寺庙？这闻所未闻呀。"

权千章讲述道："那是万历年间的事情，当时还是叫长龙观，观中住持名叫清虚道长，平日里喜欢对联和对弈，他曾经看观中两只雄鸡争夺一枚豆粒有感，遂得一联叫'饥鸡争豆斗'，然后征求下联。"

付倍学皱眉道："饥鸡争豆斗？这太难了吧。"

权千章道："是呀，多年来都没有人对出下联，直到某年夏季，有个法号叫慧禅的和尚云游而来，两人以棋会友，可谓高山流水遇知音，相见恨晚，没想到的是，某个夜晚，慧禅和尚因看到梁上一纳凉的老鼠对出了下联。"

付倍学问："下联怎么说？"

权千章道："下联为'暑鼠纳梁凉'。"

付倍学挠头道："听着耳熟呀？"

权千章笑道："是呀，这应该是后人杜撰的传说，我听过的是有人出给苏东坡的上联'饥鸡盗稻童筒打'，他对出的是'暑鼠梁凉客咳惊'。"

付倍学连连点头："对，我也想起来了。教授，那青龙火井到底是什么意思？"

"长龙观改为青龙寺之后不久，寺中那口百年古井突然干涸，当夜雷雨交加之时，闪电劈中了井口，井口里喷出蓝色的火焰，成为一口名副其实的火井。自那日后，青龙火井便成为了青龙寺的一大奇观。"权千章说到这儿却皱眉道，"可惜没过多久，青龙寺就彻底消失了。"

付倍学无比诧异："凭空消失吗？为何？"

权千章摇头："并不是凭空消失，而是埋在了非似山之下呀。"

付倍学闻言才恍然大悟："我明白了，原本我们今日所去的地方，是青龙寺旧址，那夜山洪暴发之后，不仅形成了非似山，也将整座青龙寺埋在了下面？"

权千章点头道："没错，正是这样。"

付倍学点头："日本人也是根据这个传说，才确定非似山之下肯定有天然气？"

权千章道："虽然他们给我的资料上并未写明这一点，但我估计肯定与这个传说有关系，毕竟传说是有一定的事实根据的，再者，所谓火井不就是因天然气产生的吗？"

就在此时，外面传来了急促的锣声，付倍学正要去开门的时候，门却被高桥次郎直接打开。

穿着雨衣的高桥次郎站在门口道：“老师，我们必须得撤离了。”

权千章走到门口，还未站定就听到山内传来奇怪的声音。

权千章皱眉道：“山鸣，这是山洪暴发的前兆，我们必须得马上走，村民撤离了吗？”

高桥次郎还未回答，屋外就跑过好几个带着包裹急匆匆撤离的村民，紧接着村长又拿着锣跑来道：“先生，你们快走吧，山洪真的要来了。”

说完，村长又冒着大雨敲着锣四下呼喊着村民撤离。

高桥次郎搀扶着权千章离开，同时道：“老师，下村少佐赶来了，已经率队撤离到了侧面山上等着您。”

“啊？”权千章皱眉，他无比厌恶这个名叫下村敏治的日本少佐，因为就是他着手安排了这一切。想不到他虽然安排了高桥次郎随行，自己还是不放心，竟亲自赶来。

半个小时后，高桥次郎领着权千章、付倍学赶到了郑家村侧面的一座地势较高的山头上。

“少佐！”高桥次郎上前敬礼，“教授平安无事。”

身为勘探守备队指挥长的下村敏治扫了一眼浑身湿透的权千章等三人，只是微微点头，继续看向下方还有些许火光的郑家村，不过这次他很快又将目光投向了非似山。

权千章此时上前道：“非似山没有任何资源，我们的勘探任务结束了。”

下村敏治面无表情，也不看权千章，只是道：“帝国的专家说，满洲国资源丰富，说不定还有石油。”

权千章皱眉看着下村敏治，他恨不得现在一掌将这个狗日的侵略者直接推下山去。

权千章答道：“总之非似山是没有任何资源的。”

下村敏治也不与权千章说什么，只是扭头看向高桥次郎问：“你怎么看？”

高桥次郎低头道：“我同意教授的观点。”

高桥次郎深知下村敏治的性格，如果此时他不帮权千章说点什么，之后会发生什么，他也不知道，因为下村敏治曾经亲手处决过两名他自己认为徒有虚名的满洲国专家。

就在此时，一道闪电突然从天空划过，劈向对面山头的一棵大树，大树应声被劈成两段，与此同时，高桥次郎也借着闪电最后的余光看到了那座山顶上站着一个戴着斗笠、穿着蓑衣的人。

高桥次郎立即举起望远镜观察着，但由于漆黑一片的缘故，他什么都看不到。

“怎么了？”下村敏治问道。

高桥次郎微微摇头：“我好像看到对面山上有人。”

下村敏治也下意识举起了望远镜，就在他举起来的瞬间，轰鸣的雷声响起，与此同时，高桥次郎、权千章和付倍学都清楚地听到玻璃破碎的声音，就在他们还在疑惑怎么回事的时候，下村敏治就仰头倒下了。

“少佐！”高桥次郎立即扑了过去，发现下村敏治的左眼血肉模糊——一颗子弹从对面袭来，击穿望远镜之后，命中其左眼。

下村敏治的呼吸已经停止了，周围的士兵立即各自找掩护趴下，探头仔细搜索着对面山头的枪手。

“医生！医生！”高桥次郎嘶吼了好半天，浑身泥泞的军医才跑上前来，查看了一阵下村敏治之后，冲着高桥次郎摇了摇头。

高桥次郎握紧拳头，低声咒骂几句，抓过旁边士兵的步枪，以树为依托瞄准对面山头开始寻找着。

下村敏治的死，让权千章喜出望外，他心里暗想：恶人自有天来收！

可同时，权千章也在心里猜测着对面山头的枪手到底是什么人，是抗联的战士吗?

第二章

天怒

山下的郑家村百姓已经基本上撤离，唯独敲锣警示的村长还在村中四下奔走，挨家挨户地呼喊着。

铜锣声混杂着雷声，又与山中那怪异的鸣叫声混合在一起，让持枪瞄准山头对面的高桥次郎心烦不已。

下村敏治的死，他虽然不会负直接责任，但肯定也会遭到军部的直接责罚，更重要的是，面对那个神出鬼没的枪手，今晚他们能够平安离开这里吗？

暴雨突然间停了，但山中发出的那怪异的鸣叫还未停止。

突然间，又是一道闪电划过，瞬间将周围照得透亮，高桥次郎立即喊道："不要露头！"

经过之前的教训，高桥次郎知道，埋伏在对面山头的那个人，肯定是借着闪电划过产生的一刹那光明来寻找狙杀目标，但注意力全都集中在对面山头的高桥次郎和一众日本士兵，并未发现潜伏在他们身后潮湿灌木中的那双眼睛。

眼睛的主人正是楚乐康，此时的他正用狩猎者的目光观察着灌木丛外的那些日本士兵，计算他们的数量，锁定他们所埋伏的位置。

闪电之后紧接着而来的就是连续的炸雷声。

"不要动！不要动！"高桥次郎再次高喊道，他知道雷声响起的时候，也是对方扣动扳机狙杀的时刻，可他万万没想到的是，雷声响起的同时，对面的山头没有任何枪口喷射出的火花。

不过，灌木丛中却慢慢伸出来一个长枪的枪头，枪头对准前方一名日本人的后脑而去，在接近的那一瞬间突然发力，直接从其脑后贯穿到口部。

那名日本士兵没有发出任何声音，就维持着匍匐的姿势死去，随后那枪头一转，在雷声中将尸体慢慢拖拽进灌木丛中。

对此浑然不知的高桥次郎微微抬眼，观察着对面的山头，就在此时，山中的鸣叫声越来越大，就如同是山神已经站在众人的跟前发泄着自己的怒气。

倚树而站的权千章和付倍学在听到山鸣的同时，发现山体正在剧烈地摇晃着，跟前的树也随着山体的震动而晃动，树上的积雨纷纷下落，如同又下了一场小范围的暴雨。

冰凉的水灌入后颈的那一刻，权千章不由自主打了个寒战，浑身抖了下的付倍学看着脸色苍白的权千章问："没事吧？"

关心着权千章的付倍学却未意识到自己的脸色比权千章的还要难看数倍，脸上毫无血色，因为下村敏治的尸体就摆在距离两人不到一米外的泥地之上。

山内传来的尖锐叫声，很快变成了轰隆声，此时也能清楚地听到有一股力量正朝着他们前进，并且不断发出摧毁沿途物的碰撞声。

"抓稳了！山洪来了！"权千章闻声下意识喊道，他太清楚接下来会发生什么事了，而他们此时所需要的只有运气。

闪电再次劈下，高桥次郎清楚地看到非似山后方涌来一道黑流，那道黑流在冲到非似山的瞬间又变成五道，就如同高速奔袭而来的骑兵兵分五路一般。

山体的摇晃、空中的雷鸣，还有内心的恐惧让众人脑中瞬间一片空白，紧接着一阵夹杂着山中泥土腥臭的狂风袭来，巨大的力量直接将几名日本士兵卷入其中，带向山下。

"啊——"日本兵的惨叫声在半秒后就被黑暗吞噬。

"抓稳了！"权千章死死地抱着树，其余人不是抱着树，就是死死趴在地上，用手拽住地上的植物，就如同是抓住最后一根救命稻草。

当雷声停止，闪电再次袭来的时候，高桥次郎感觉到了跟前悬崖泥土的松动，他立即连滚带爬朝着后方逃去，再回头的时候，自己先前所趴的位置已经卷入了山洪之中，身旁的几名日本士兵也早已不见了踪影。

"山神……"高桥次郎瞪大了眼睛，"山神发怒了。"

权千章和付倍学抱着树，闭上眼睛，一语不发，在心中祈祷着山洪千万不要再向两侧蔓延，否则他们就真的死定了。

就在这种危急时分，灌木丛中的楚乐康也未停手，拔下自己长枪的枪头，开始从后方近身刺杀那些慌乱不已的日本兵。

山洪如同一条黑龙从众人眼前游过，直接奔向下方的郑家村，很快郑家村大半都被山洪泥石流淹没，而大雨也在此时重新倾盆而下，不过闪电和雷鸣却停止了。

似乎山神的愤怒已经逐渐减弱，剩下的只有他无奈的泪水。

大雨一直侵袭到了清晨，当大雨停止，乌云散去，太阳重新出现在众人头顶的时候，权千章的双手才松开了跟前的松树，一屁股坐在地上，眼前也终于模糊起来。

“教授？”意识模糊的权千章听到付倍学的声音，虽然他想说点什么，但最终还是晕了过去。

当权千章醒过来的时候，他已经身在日军搭建的帐篷中了，睁眼的那一刻，他便看到了满脸欣喜的付倍学。

“我在哪儿？”权千章问道，并吃力地想爬起来。

付倍学立即搀扶起权千章，让他从行军床上坐起，又蹲下来给他穿鞋。

付倍学一边为权千章穿鞋一边解释：“教授，您已经晕过去一天了。”

权千章揉着额头，努力让自己清醒过来：“我是问你，我们在什么地方？”

付倍学道：“村外的高地上，这是高桥中尉命人搭建的帐篷。”

“灾情怎么样？”权千章想到了最重要的事情，“村子和村民呢？”

付倍学摇头：“村子基本上被泥石流摧毁了，村民大多都没事，不过，我们有重大发现。”

权千章忙问：“什么重大发现？”

两人正说着，就听到帐篷外传来枪声，两人还未反应过来，就听到了无数急促的脚步声，还有村民的呐喊声。

权千章立即奔出帐篷外，因为走得太急，加上身体还未完全恢复的原因，险些跌倒，付倍学立即上前搀扶着他。

付倍学道：“教授小心。”

权千章微微点头，冲出帐篷，跟着村民的人流朝着村口方向跑去。

“教授！教授！”付倍学在后面紧追着，眼睁睁看着权千章消失在人流之中。

村口已经挤满了郑家村幸存的村民，大家的目光都注视着前方，交头接耳说着什么。

权千章拨开人群之后，便看到大批日本士兵持枪站成人墙阻挡着村民前进。

权千章上前问：“怎么回事？发生什么事了？”

跟前那名日本士兵并不回答权千章的问题，只是野蛮地伸手将他推开。

权千章被那日本士兵推倒在地的时候，透过士兵双脚间的缝隙看到了一具村民的尸体。

“你们为什么要开枪？”愤怒的权千章站起来指责那名日本士兵。

日本士兵持枪对准权千章的胸口，同时拉动枪栓上膛，就在此时，高桥次郎赶到，下令道：“放下枪！”

士兵立即放下枪，高桥次郎又道：“这位是帝国请来的专家！”

士兵低头鞠躬向权千章致歉，权千章也不搭理他，只是问高桥次郎：“为什么要开枪？”

站在一侧的付倍学保持着沉默，对他来说，自己的生命远比正义重要得多。

高桥次郎低声道：“老师，请跟我来。”

权千章跟着高桥次郎朝着村内走去的时候，付倍学也立即跟上，却被高桥次郎制止道：“付先生，你留在这里。”

付倍学忙道：“可是，我是……”

高桥次郎皱眉道：“你的级别不够。”

说完，高桥次郎引领着权千章离开，被挡在人墙外的付倍学只得眼睁睁看着，无可奈何。此时的他终于清楚，自己在日本人眼中，还不及权千章的一根头发重要。

权千章跟随着高桥次郎走进村中之后，拐过一栋民居就看到了这样一番奇景——从山上倾泻下来的泥石流淹没了大半个村子，村中的房屋大部分被摧毁，剩下的那些较为坚固的民居也只剩下了屋顶还裸露在外面，最奇怪的是，那些冲刷下来的泥石流都凝固了。

权千章走到凝固的泥石流跟前，蹲下来仔细看着：“怎么会这样？”

一侧的高桥次郎道：“教授，您来看看这个。”

权千章跟着高桥次郎绕过一栋民居之后，又看到了另外一番令人惊讶的场景——凝固的泥石流中摆着一具具姿态各异，表面雪白，如同雕像一般的日本士兵的尸体。

权千章足足愣了十来秒才回过神来：“这是……”

高桥次郎道：“老师，这应该是前夜山洪暴发时被卷入泥石流中的士兵。”

权千章小心翼翼上前：“可为什么会变成这样？”

权千章伸手要去触碰的时候，被高桥次郎制止："老师，小心，用这个。"

高桥次郎递过去一柄匕首，权千章拿过匕首，轻轻敲击着尸体的表面，发现表面覆盖着一层硬壳，如同陶瓷一般。

高桥次郎在旁边解释道："我勘查后发现，这些士兵并不是死于泥石流，而是被人杀害的。"

"杀害？"权千章疑惑，"用什么方式？"

高桥次郎绕到那具尸体后方："他的脑后被利器贯穿。"

权千章思考着："难道说前夜还有其他人在山上？"

高桥次郎道："应该是，而且可以断定，当时那个人就潜伏在我们周围，只是在那种恶劣的环境下，我们完全没有察觉，但我现在最好奇的就是，为什么泥石流会凝固？而且士兵尸体的表面怎么会如陶瓷一般？"

权千章用匕首将一块凝固的泥石撬了出来："有一定的硬度，感觉上像是没有完全干透的水泥。"

说着，权千章干脆伸手去摸了摸，又闻了闻："应该是带杂质的石灰，加上白泥，也就是膨土岩，再加上日光的暴晒，才变成了这副模样。"

高桥次郎摇头："虽然膨土岩是制作陶瓷的重要原料，可没有经过高温烘烤，只是日照的温度，是无法成型的。"

权千章不语，又四下闻了闻："山洪之后，泥土中连带着各种动物的尸体，加上混在其中的草木，在日光暴晒之下，应该有强烈的腐臭味，可这里却充斥着一股刺鼻的酸味。"

"对了，还有其他的发现。"高桥次郎想起了什么。

权千章抬眼看着他："什么发现？"

高桥次郎说了两个字："佛像。"

看到那三尊半埋在泥石流中的佛像时，权千章有一种奇怪的感觉，就好像是这个世界上真的有神灵一样，因为泥石流并没有淹没三尊佛像，也没有冲过三尊佛像所在的位置，就如同是佛像本身有一种奇怪的力量阻挡了泥石流继续前进。

最奇特的是，三尊佛像后面还有三道已经干枯的痕迹，就好像是山洪暴发的同时，有一股神奇的力量将佛像顺着泥石流平稳地推送下来。

此时此刻，权千章脑中闪现出了一个念头：难道非似山中掩埋着青龙寺的传说是真的？

否则，山洪暴发怎么会冲出三尊佛像来呢？

高桥次郎问道："老师，这三尊佛像怎么会出现在这里？又是什么来历？"

权千章摇头："我也不知道，只知道大自然是神奇的，什么事情都有可能发生。"

权千章的确不懂，他是地质学家，充其量只能判断出佛像的质地，但对年代、雕刻手法等全然不懂。

权千章上前仔细察看："质地应该是滑石，就是普通的山石，不过佛像表面却有很多奇怪的龟纹，滑石表面不应该有这类的龟纹，有龟纹的滑石早就碎开了，不可能这么完整。"

此时，一个声音从旁边传来："这是明朝时期的佛像。"

权千章和高桥次郎一惊，循声望去，看到了站在不远处的楚乐康。

高桥次郎立即拔枪而对："你是谁？"

楚乐康面对高桥次郎的枪口，毫不动容："显而易见，我是个中国人。"

高桥次郎怒道："我问你是干什么的？"

楚乐康笑道："抗日的。"

高桥次郎立即就要扣下扳机，但楚乐康身形一变，手中直接抛出一根绳索套住了高桥次郎的手腕，巧力一拽，直接将其拽倒在地。

高桥次郎狼狈摔倒，刚想挣扎着去捡手枪的时候，手却被楚乐康给踩住，就在他要抬眼的瞬间，被楚乐康直接一脚踢晕。

就在楚乐康准备下杀手的时候，权千章制止道："别！"

楚乐康抬眼看着权千章："你别忘了你是个中国人。"

权千章立即解释道："英雄，你别误会，如果这个日本人死了，郑家村的人都得遭殃！"

楚乐康冷冷道："你以为我不杀他，郑家村的人就不会遭殃吗？"

权千章一愣："你什么意思？"

楚乐康指着凝固的泥石流："日本人不会平白无故来非似山，加上眼前的这番异象，他们更加不会让秘密泄露出去。"

说着，楚乐康就要动手，权千章上前抓住他的手腕："你别杀他，我会有办法的！"

楚乐康看着权千章，最终放下手。

权千章赶紧道谢："谢谢，请问英雄尊姓大名？"

楚乐康转身就走，扔下一句话："中国就是有太多像你这样天真的人存在，才会三番五次地濒临亡国。"

楚乐康走了没多久，高桥次郎终于清醒过来，他狼狈地爬起来之后，四下环顾，又看向权千章。

权千章道："他走了。"

高桥次郎捡起手枪："老师，这个人应该就是前晚对士兵下手的人。"

权千章不置可否，只是抬眼看着眼前这番异象，不明白这一切到底是怎么发生的。

此时，一名日本士兵急匆匆地跑过来，看到灰头土脸的高桥次郎，很是诧异。

高桥次郎问："什么事？"

士兵立正道："三宅中佐到了！"

高桥次郎立即拍打着身上的灰尘，整理了军装，然后与士兵一同离开。

当高桥次郎来到村口高地的那辆轿车跟前的时候，车窗依然紧闭。

高桥次郎站在车窗口鞠躬，沉声道："三宅中佐。"

车内无人应声，不远处的权千章和付倍学也很疑惑，不知道车内坐的是什么样的大人物。

此时，高地下方的日本士兵已经将数百名郑家村的村民赶到村口，持枪团团包围，权千章意识到不好，立即上前对高桥次郎道："你们要做什么？"

高桥次郎也很纳闷，干脆上前轻轻敲了敲车窗。

车窗终于打开，车内坐着的那名面色冷峻的日本军官三宅恭次扭头看向高桥次郎。

不远处的权千章看着车内的三宅恭次，三宅恭次的目光也顺势瞟了他一眼，随后才道："下村少佐被害一案查清楚了吗？"

高桥次郎迟疑了下道："差不多了，凶手再次现身，可惜被他逃掉了。"

三宅恭次咬了咬牙，只是"嗯"了一声，又道："把这里清理干净。"

说完，三宅恭次又对前面的司机道："我们回奉天。"

汽车发动，很快驶离。

等车走远之后，高桥次郎转身看向高地之下，并未去看疑惑的权千章。

权千章质问道："'把这里清理干净'是什么意思？你们要做什么？"

高桥次郎不理睬权千章，只是挥手让士兵上前制住权千章，紧接着大步走到高地下面，对一名军曹耳语了两句。

那名军曹点头得令后，立即对旁边的机枪手做了一个手势。

机枪手立即上膛，进入准备状态。

同时，军曹也满脸笑容地上前，对着那些村民道："各位，请你们先回家吧。"

回家？整个村子都没了，怎么回？村民们互相对视着，但面对手持武器、步步紧逼的日本士兵只能转身朝着村内走去，很快他们的注意力就被村内的异象所吸引，惊叹地交头接耳，认为这一切都是山神的杰作，同时低声咒骂着这些侵略者会遭到天谴。

高桥次郎拔出手枪来，站在那儿，平缓着自己的呼吸，他是第一次做这种事，第一次对手无寸铁的普通百姓开枪，而且还是从背后。

"高桥！高桥！"被士兵死死压在地上的权千章终于明白高桥次郎要做什么了，他声嘶力竭地喊着，看着高桥次郎举起手枪瞄准了走在最后的村长。

枪响了……

村外的树林中，枪声让一个正在采花玩耍的小女孩儿浑身一震，她转过身，看向郑家村的方向，听着那里传来的密集的枪声。

小女孩儿扔掉手中的野花，拔腿冲出树林，但很快就撞到忽然出现的楚乐康身上。

"老天爷还是有眼。"楚乐康看着那个慌张的小女孩儿，"给郑家村留了个种。"

小女孩儿全然不明白楚乐康在说什么。

楚乐康蹲下来，问："你叫什么名字？"

"我姓……"小女孩儿说了两个字又把下面的话咽了回去，"你是谁呀？我要回家。"

此时，枪声还在持续，小女孩儿的脸色越来越难看。

楚乐康抬起双手，捂住小女孩儿的耳朵："听不见就不怕了。"

枪声中，四下逃窜的村民纷纷倒地，高桥次郎站在村长的尸体跟前，低头看着。

虽然这不是他第一次杀人，但这是他第一次杀自己认为无辜且非武装人员。扣动扳机的那一瞬间，他迟疑过，但迟疑很快就被为天皇、为大日本帝国奉献的念头盖过。

我做的是正确的。高桥次郎不断这么告诉自己。

日本士兵开始进村，搜索那些受伤没死以及还在四下逃窜的村民，在军曹的命令下，他们不再开枪，而是用刺刀残杀着剩下的那些鲜活的生命。

“没必要浪费子弹。”军曹面带微笑对高桥次郎说，他的笑容在高桥次郎眼中那么自然。

不过半个小时，原本活生生的几百条生命变成了几百具尸体。

权千章跪在高地上呆呆地看着，终于明白了楚乐康那句话的意思。

是的，自己太天真了，天真地以为日本人重视自己，自己就可以因此左右眼下的局势。

自己只不过是日本人手中的一枚棋子，棋子又如何能左右棋主的行为？

幼稚，太幼稚，年过半百，还如此幼稚！

屠杀终于结束，军曹指挥着士兵将尸体搬进村内，堆成一座座小山，然后淋上汽油准备焚尸灭迹。

高桥次郎冷漠地站在那儿，并未转身看一眼权千章和付倍学。

他内心中最后的一点良知控制着自己的愧疚，让他不敢回头。

付倍学跪在那儿，目光终于收回，看向身旁的权千章，权千章痛苦地跪着，眼泪止不住地往下流，喉咙里发出怪异的声音，他想要嘶吼，想要痛斥。

可是，这些又有什么用呢？

军曹划燃火柴，扔进尸堆之中，尸堆被点燃的瞬间，意想不到的事情发生了，火焰腾起的瞬间，竟也引燃了周围的泥石流，火焰在泥石流上瞬间蔓延开来，整个郑家村在顷刻之间变成了一片火海。

“蓝……蓝火？”付倍学目瞪口呆地看着下方发生的一切。

权千章也目瞪口呆地看着被淹没在蓝色火焰中的郑家村，先前的愤怒变成了震惊。

一些来不及撤退的日本士兵也被卷入了蓝火之中，连惨叫声都没有发出，瞬间就被烧成了灰烬。

高桥次郎和军曹领着其他的士兵纷纷后撤，一直逃到高地之上这才停下来。

再看下方，火势顺着泥石流蔓延至非似山的方向，最终形成了一条倒灌向山上的火河。

军曹瞪大眼睛看着：“这是怎么回事？那些到底是什么？”

高桥次郎终于忍不住扭头去看权千章。

此时权千章却笑了，带着近似疯癫的笑容道："神灵终于震怒了，终于震怒了……"

说到这儿，权千章狠狠地瞪着高桥次郎："你们这群畜生，会遭到天谴的！这只是个开始！"

恐怖的蓝火将士兵瞬间烧成灰烬的情景依然停留在军曹的脑海中，加上权千章的这句话，他浑身开始颤抖起来。

"喂——"高桥次郎按住那名军曹的肩膀，让他镇定下来，"别忘了，我们有天皇的庇护。"

第三章

蛟骨

六年后，1938年，伪满哈尔滨特别市，旧侨民区。

虽然天色已暗，但此时不过是下午四点半。

一身行商打扮的易陌尘坐在酒馆内，这个不过二十岁出头的年轻人跟前摆着没有动过的酒菜，举手投足显得很有气魄，和那些年龄相当、初出茅庐的年轻人完全不一样。

易陌尘用手擦了擦玻璃上的雾气，看着从外面列队走过的日本宪兵。

回过头来的时候，易陌尘下意识看向了在角落中坐着的一对父子，原本那个座位是他的，因为座位后方有一扇后门，如果出现任何意外，他可以从那扇门直接逃离。

可是，当他来到这家酒馆的时候，却发现自己选好的位置已经被这对父子给占了，他也不能上前让人家让座。

一看那对父子的打扮就知道是从关里来的，里三层外三层地包裹着，最滑稽的是那孩子还戴着两顶薄帽子来御寒，看样子他们在来之前，并没有想过东北会如此寒冷。

不过，易陌尘却很好奇那位父亲脚旁的那个行囊，行囊的模样很怪异，像是巨大的酒囊，有五根扁平的长条物件因为无法完全装进行囊，所以有三分之一裸露在外面。

那是什么东西？兵器？不像。

“爹，我还想吃一个馒头。”唐子程将盘子里最后一点油水舔干净后，放下盘子，提出了这样一个并不过分的要求。

唐千林伸手摸向行囊中，摸索了半天，什么也没拿出来，只得朝着儿子摇了摇头。

唐子程也懂事地点了点头，安安分分地坐在那儿，不过肚子依然咕咕作响。

唐千林微笑道："等爹接了活儿，赚了钱，就带你吃个够，好吗？"

"好！"唐子程也笑道，"爹，我们在这里等谁呀？"

唐千林下意识看向酒馆门口："等你师叔。"

唐子程点头："哦，那我再喝点水。"

唐千林笑道："好，水管饱。"

唐子程要起身去倒水的时候，却想起了什么，说："爹，你什么都没吃。"

唐千林刚要说什么，唐子程却道："我知道你又要说自己不饿，其实你是把吃的都给我了，爹，你放心，我一定好好孝顺你。"

唐千林道："你记住，你活着是为自己，而不是为了孝顺我，懂了吗？"

唐子程点头："懂了。"

此时，酒馆门开了，冷风灌入，店小二立即上前迎客，店内所有人的目光也下意识投了过去。

一个裹着皮袄的光头男子出现在门口，扫了一眼店内后，径直朝着易陌尘走去，坐下后拍了拍手中的包袱道："易爷，您要的东西。"

易陌尘指了指桌上："打开看看。"

光头男子四下观望着："这里不方便吧？"

"要我呢？"易陌尘笑道，"按照规矩，卖主的货不见光，买卖是没办法谈的。"

光头男子只得小心翼翼打开包袱，露出里面盘在一起的白森森的骨头。

易陌尘目光注视在那堆骨头上，默不作声。

角落中，好奇的唐子程也看到了那个包袱，低声问："爹，那是什么呀？"

唐千林扭头扫了一眼："我告诉过你的，现在我考考你。"

虽然父子的说话声很低，但还是被易陌尘听了个七七八八，他并未注视过去，而是装作依然在查看那堆骨头的样子，同时竖起耳朵听唐千林父子的对话。

唐子程仔细看着，都快忍不住走过去看了，半天后，他眼睛一亮，略微提高声音道："蛟骨！"

这两个字一出口，易陌尘和光头男子同时一愣，立即扭头看向唐子程，唐千林也立即瞪着唐子程。

唐子程知道自己错了，立即低下头，装作喝水的样子。

光头男子猜疑地看着易陌尘："易爷，那两位，您认识？"

易陌尘摇头："不认识，我也很好奇，为什么他们会知道这是蛟骨？"

"真的？"光头男子显然不相信易陌尘，"易爷，别耍我。"

易陌尘道："既然你觉得不安全，我们要不换个地方，或者改日再谈？"

光头男子寻思了一会儿道："换个地方吧，地方我定，没问题吧？"

易陌尘简单道："好。"

说完，光头男子就将包袱重新裹起来，就在两人准备离开的时候，酒馆门又开了，这次出现在门口的是六年前曾经出现在非似山的楚乐康，也就是唐千林要等的人。

就在唐千林准备跟楚乐康打招呼的时候，楚乐康却朝着另外一个空座走去，在整个过程中并未看唐千林一眼。

但唐千林面部的表情变化却被易陌尘的双眼抓住，他意识到，这两个人认识，但为何进来的这个男子不与等他的人相认呢？

想到这儿，易陌尘看向窗外，发现街头忽然间多了不少人，有些在卖烟，有些在提着行囊走来走去，有些甚至在闲逛，但不管这些人在做什么，他们都会有意无意地看一眼酒馆的方向。

"有状况。"易陌尘低声道，"外面多了不少眼睛，不知道什么来路，也许是警察，但最有可能是保安局的人。"

光头一愣："保安局？真他妈硌硬人！这些王八蛋怎么哪儿都有。"

易陌尘问："你带违禁品了吗？"

"蛟骨算违禁品吗？"光头有些慌张，"好在是我相信你，出门没带家伙。"

易陌尘却丝毫不慌乱："我也没带，那就行了，咱们静观其变，记住，千万不要多事。"

光头道："废话，我知道，命比什么都重要，要是被保安局的人逮去了，那就别想再活着出来了。"

唐千林坐在那儿，斜眼瞟着不远处的楚乐康，虽然楚乐康表现得很镇定，但他也能看出来，楚乐康的呼吸不平，脸色的苍白都盖过了寒冷导致的绯红脸颊，这说明他受了伤。

酒馆内依然无比平静，大家各自吃喝着，没人说话，但明显与先前相比气氛怪异了很多，大家都互相猜疑着，推测着接下来可能会发生的事情。

过了许久，楚乐康撑着桌子站起来，问店小二：“伙计，有茅厕吗？”

“后面。”店小二指着后门的位置，“出后门左拐就能看到了。”

楚乐康点头，径直朝着后门位置走去，在走过唐千林身边的时候，将手中的一个香囊扔了过去。

虽然楚乐康手极快，但依然被一直死死盯着他的易陌尘看到了。

当易陌尘看清楚那个香囊，也看清楚香囊外表的花纹之后，眼前顿时一亮，他知道，自己一直等待的机会来了，自己一直寻找的人也出现了。

就在易陌尘思考下一步如何行动的时候，门再次被推开了，几个穿着大衣的壮汉走了进来，扫了一眼店内，指着还放有楚乐康行囊的桌子问：“那人去哪儿了？”

店小二道：“上茅厕了，就在后面。”

大汉一掌推开店小二，大步朝着后门方向追去，几人沉重的步子踏在地面上，让周围几张桌子都微微摇晃着。

“奇怪！那不是八相门的人吗？”光头男子无比诧异，“他们怎么会穿着保安局的大衣？”

易陌尘微微摇头：“很明显，八相门的人被日本人招安了。”

光头男子露出个诧异的表情，很快道：“我得走了，对了，蛟骨就送你了，再见。”

光头男子扔下包袱，起身就走出酒馆。

他起身的同时，角落中的唐千林也站起来，低声叮嘱儿子：“子程，你留在这儿，不要走开，等爹回来。”

唐子程点头：“知道。”

唐千林拿了行囊，起身就疾步朝着后门方向走去。

易陌尘也起身，慢吞吞地走过去，吩咐店小二道：“给这孩子上一盘锅包肉、一只烧鸡、五个馒头。”

说完，易陌尘问疑惑的唐子程：“够了吗？”

唐子程没说话，易陌尘摸出钞票递给店小二：“他要吃什么，你就上什么。”

店小二欢喜地接过钱：“好嘞，这位小爷想吃什么，就上什么！”

易陌尘走出后门的时候，第一眼就看到雪地中倒着一名八相门的门徒，而剩下来的三人已经将唐千林包围住。

唐千林斜眼看了看易陌尘，易陌尘往旁边一站，笑道：“别管我，你们继续，我就是路过看个热闹。”

其中一名八相门门徒抬手指着易陌尘道：“看什么热闹！活腻了！滚远点！”

易陌尘摇头道：“我这个人最大的特点就是死皮赖脸，而且性格很怪，别人让我做的事，我偏偏就不做，你越让我滚，我就站得越稳。”

那名门徒离开唐千林身边，径直走到易陌尘跟前，举拳就要袭下的时候，却愣住了，因为易陌尘摸出了一把手枪对准了他的鼻梁。

“滚回去。”易陌尘笑嘻嘻道，“滚回去接着打，要么你们三个打死他，要么被他打死，快点，我不想说第二次。”

门徒畏惧手枪，但依然嘴硬：“你知道我们是什么人吗？”

“知道。”易陌尘冷冷道，“但你们应该不知道我是谁。”

门徒问：“你是谁？”

易陌尘笑道：“你奶奶儿媳妇的男人。”

蠢笨门徒一愣：“我奶奶儿媳妇的……”

说到这儿，门徒突然意识到了什么，易陌尘笑道：“对，我是你爹，乖儿子，快去打。”

唐千林站在那儿，深吸一口气，看着回到身边来的那位门徒，门徒拔出匕首握在手中。

“喂，他们用武器了。”易陌尘笑道，“你也应该把你的下凤枪拿出来。”

下凤枪？

八相门的三个门徒听到这仨字下意识退后了一步，重新上下打量着唐千林。

而唐千林则侧身冷冷地看着易陌尘，这个年轻人已经知道了自己的身份，但他是谁？又有什么目的？

“别怕！”其中一名门徒道，“三个打一个。”

虽然这么说，但那位门徒却不敢上前，因为只要是江湖中人都知道下凤枪是旄捕的武器。

而旄捕，不是一般人可以对付的。

易陌尘见还没动手，上前一步道：“你们到底打不打呀？”

唐千林正要说什么的时候，一名门徒认为自己抓住了唐千林的空当，就持刀上前刺了过去，唐千林身形一变，抓住门徒的手腕，一拽一拉直接将其手臂弄脱臼，紧接着一脚踹开。

那人倒地哀号，其他两人互相对视了一眼，嘶吼着持刀冲向唐千林，但在顷刻之间两人就被放倒，快得连中招的两名门徒自己都没看清楚，就知道自己莫名其妙受伤倒地了。

唐千林提着行囊，朝着前方追去，在追过拐角的时候，发现了靠墙而坐，身上已经落上一层积雪的楚乐康。

“师兄，你哪儿受伤了？”唐千林关切地问道，“发生了什么事？”

楚乐康吃力地说：“我中毒了。”

唐千林立即去翻找行囊：“我拿解毒丸。”

“没用的。”楚乐康抓住唐千林的手腕，“是日本人下的毒，我活不长了，你听着，青龙寺是个圈套，千万不要……”

楚乐康话没说完就咽了气。

唐千林愣愣地看着死去的师兄，长叹了一口气。

站在一旁的易陌尘却在那儿道：“我一直不明白，为什么每个身负秘密的人，在将死之前，都不先说重点呢？非要说几句废话，等说到重点的时候，两眼一翻就死了。”

唐千林瞪着易陌尘，易陌尘立即道：“对不起，我知道你很伤心，但我只是以事论事，没有针对你师兄的意思。”

唐千林抱起楚乐康的尸身就走，易陌尘在旁边道：“你就准备这么抱着一具尸体招摇过市？”

唐千林不搭理他，继续往前走。

易陌尘跟在后面边走边说：“你知道你杀的那几个，都是八相门的人，你是关内来的，不知道东北的八相门吧？”

唐千林冷冷道：“我没杀他们。”

“是吗？”易陌尘故意踮起脚尖看着远处雪地上躺着的一动不动的四个人，“那他们怎么死了？”

唐千林扫了一眼旁边的一名门徒的尸体，看到那人被抹了脖子，知道那是易陌尘干的，于是问：“你为什么要杀了他们嫁祸于我？你有什么目的？”

易陌尘走到唐千林跟前：“我想和你做一笔买卖……”刚说完，他又摇头，

“不，三笔买卖。”

唐千林问：“我为什么要和你做买卖？”

易陌尘掏出怀表看了一眼：“时间不多了，我们先到我那儿去吧，先安顿你师兄的尸身，然后咱们再慢慢聊。”

唐千林依然站在那儿一动不动，看着哼着小调朝前走的易陌尘：“回答我。”

易陌尘叹了口气，转身道：“因为，你不和我做买卖，几分钟后，保安总局的大队人马赶到，你和你儿子就死定了，就这么简单。”

唐千林迟疑了下，只得点了点头。

易陌尘也咧嘴笑了。

一个小时后，唐千林和唐子程已经坐在了易陌尘位于哈尔滨特别市松浦区的那栋豪宅的沙发上。

唐子程显得很是拘谨，因为他从未见过这么豪华的宅子，而且桌上还摆着那么多他见都没有见过的饮料和点心。

唐千林也稳坐在那儿，不动声色地观察着这座宅子，判断什么地方容易逃走，什么地方适合暂时躲避。

“你师兄的尸身我已经放在地窖中了。”换了一身轻便穿着的易陌尘走下楼来，手中还提着那光头留下的包袱，“我知道你是旌捕，但我还想再次确认一下。”

唐千林冷冷注视着落座的易陌尘：“你嫁祸于我，又帮助我和我儿子离开，所以你我之间扯平了，互不相欠，我可以走了。”

“等等！”易陌尘示意唐千林不要急，“谁说扯平了？我的确嫁祸给了你，但我只嫁祸给了你，没有嫁祸给你儿子，而且我并不只是帮助你离开了，是帮助了你们俩，加上我请你儿子吃的那顿饭，你欠我一笔钱和一条命。”

唐千林皱眉道：“请我儿子吃饭，是你自愿的，所以，我不欠你钱，只欠你一条命。”

易陌尘笑道：“旌捕果然和传闻中一样公平，如果非要说公平的话，我们再往前说，是你主动去招惹八相门的门徒，和他们动的手，这件事与我无关，如果你不和他们动手，我又如何杀得了那三个人嫁祸于你？所以，说来说去，你欠我的是两条命，对了，还有，收殓你师兄尸身的这个人情，我还没算进去呢。”

唐千林终于露出了笑容，觉得这个易陌尘很有意思，他自我介绍道：“我姓唐，名千林，这是我儿子唐子程。请问阁下尊姓大名？”

易陌尘坐正道：“我姓易，祖籍湖南，是明朝衡宇公后人。”

唐千林点头道：“户籍湖南建宁。”

易陌尘道：“没错，现在叫株洲。同治年间，我爷爷领着三个兄弟来到关外做药材买卖，攒下了这些家业，一直传到我这一代。”

唐千林问：“那你现在是做什么的呢？”

易陌尘笑道：“能当上旄捕的人，传闻中都是智慧一等，观察力细致，异于常人者，请问唐兄，依你的观察，我是做什么的？”

唐千林不假思索地回答：“无利不起早的奸商。”

易陌尘一愣，随即笑了，拍手道：“厉害，一眼就能看出来。”

唐千林淡淡道：“这一点不需要细致的观察力，有四个字叫相由心生。”

“是吗？”易陌尘站起身来，找了一面镜子，看着镜中的自己，“我一直觉得自己长得憨厚老实……”

唐千林抓过桌上的一个点心递给眼馋了好久的儿子，继续道：“你要和我做什么买卖？我欠你两条命，就和你做两次买卖，买卖做完，咱们分道扬镳。”

易陌尘转身道：“痛快，桌上有个包袱，你看看里面是什么。”

唐千林看了一眼包袱，并未打开：“如果是酒馆里那个光头给你的包袱，里面装的是蛟骨，但只有其中一块是真的。”

易陌尘重新落座，打开包袱：“只有其中一块是真的？哪块？”

唐千林还未说话，旁边吃着点心的唐子程指着最边上的那块道：“就只有这块是真的，其他的都只是普通的蟒骨。”

唐千林看着易陌尘点点头，表示唐子程并未说错。

易陌尘拿起那块骨头，仔细看着：“怎么分辨？”

“所谓蛟骨，传说中指的就是蛟龙的骨头，质地坚硬无比，但传说仅仅是传说，实际上真正的蛟骨，就是一种巨蟒的骨头，这种巨蟒俗称山蛟，身长六丈，腹部有软脚。”唐千林拿过易陌尘手中的骨头，“山蛟的骨头原本就带韧性，但这远远不够，所以需要放入药水中泡制数年，最终才能变成我们所说的蛟骨。”

易陌尘点头：“有什么用呢？”

唐千林解释道：“制作兵刃或者铠甲。”

说完后，唐千林又紧接着道：“刚才我替你解惑，所以现在你欠我一个人情。”

易陌尘一愣，凑近唐千林道：“喂，到底咱俩谁是奸商？”

唐千林道：“以其人之道还治其人之身，你是什么样的人，我就是什么样的人。你对我坦诚，我就毫无保留；你构陷我，我就设计你。”

易陌尘往沙发里一窝，笑道：“我喜欢你这种人，我们现在来谈谈买卖吧。”

唐千林默默点头，唐子程在旁边又拿起一块点心，但并没有下口，只是看着唐千林。

易陌尘立即道：“吃吧，随便吃，吃多少我都不会算进买卖里，也不会算人情。”

唐千林笑了：“请说。”

易陌尘道：“我是个异商，作为江湖中人，你应该知道这是什么意思吧？”

自古以来，从商者就被统称为商贾，行走贩卖的称为商，而有固定住所贩卖的称为贾，这两种人都是做普通生意，贩卖百姓日常所需的各种物件。

但还有一种被称为异商，说好听点是做别样买卖的人，但在江湖中这种异商则是专门贩卖一些平常人用不到，也根本不会感兴趣的稀奇古怪的玩意儿，例如蛟骨。

唐千林点头：“我知道，然后呢？请说重点。”

易陌尘给自己倒了一杯酒，慢慢喝着：“原本我在这里的买卖一帆风顺，可是这两年出了些状况，有人抢了我的生意。”

唐千林淡淡道：“日本人？”

“没错，就是这群狗日的。”易陌尘轻描淡写地说道，“他们成立了一个新的部门，用各种方式搜罗我原本感兴趣的东西，因为出价高的原因，很多人都开始掉头和日本人做买卖。”

唐千林笑道：“原来奸商也有马失前蹄的时候。”

易陌尘对唐千林的嘲讽并不在意，却是笑道：“我一个人对抗一个国家，能撑到今天算不错了。”

唐千林继续嘲讽：“你就是这么自我安慰的？”

易陌尘喝了一口酒道：“你师兄死前，说了‘青龙寺’三个字，你知道那是什么地方吗？”

唐千林微微摇头：“不知。”

易陌尘斜眼看着唐千林：“什么都不知道，你就拖家带口来到东北？”

唐千林问：“你到底想说什么？不要兜圈子。”

“我知道你很想查清楚你师兄到底是被谁害死的，又发生了什么事，我可以保证的是，只要你帮我，我就不遗余力地帮你。”易陌尘紧盯着唐千林的双眼，“因为巧的是，我也在调查青龙寺，我曾组织过一支队伍去探查青龙寺，可惜他们都只是莽夫，并不专业，所以半路上就折损了不少人手，等赶到抚顺的时候，就剩下五个人了，而这五个人，最终活着回来的只有一个。”

唐千林皱眉：“你说青龙寺在抚顺？”

易陌尘点头：“对，就是奉天旁边的抚顺城。你师兄连这个都没告诉你？”

唐千林摇头道：“你接着说。”

易陌尘放下酒杯：“在我说青龙寺之前，我得先给你介绍下和我抢买卖的那个日本机构，这个机构的名称叫秘搜课。”

第四章

神秘机构

听到“秘搜课”三个字，唐千林略微寻思了下，问：“那是什么意思？”

“就是秘密搜查课的意思，这个秘搜课是由日本陆军第九研究所和满铁调查部联合日本陆军的竹机关共同成立的。”易陌尘从口袋中拿出那个记事本，看着上面的记录，“日本陆军第九研究所在日本本土，因为靠近日本稻田的登户站，所以对外称登户研究所。日本人弄出满洲国之后，便在东北成立了这个研究所的分支机构，对外称为满洲国保安总局第九课。”

原本登户研究所的重点在研制情报器材方面，用于防谍、谍报、谋略和宣传四方面。其中防谍方面的需求主要供应给关东军和宪兵队，而谍报、谋略主要供应给各个特务机关，最紧要的就是日本内务省下属的内阁情报局。

唐千林默默点头：“这个似乎和你要说的关系不大。”

“我马上就会说到你感兴趣的方面了，不要着急。”易陌尘笑了下，继续翻看着记事本，“登户研究所下面还有一个特殊的工作室，被称为‘自然研究工作室’，听名字没什么奇怪的，但他们长期与关东军防疫给水部队有合作，从动植物身上提炼研制各种毒药，我相信你师兄就是死于这个工作室所研究的某种毒药。”

唐千林默默点头。

登户研究所除了研制各种谍报特战器材之外，还负责伪钞的印制。他们伪造的重庆方面发行的法币，几乎达到了以假乱真的地步。

当然，这不仅仅是因为登户研究所的技术成熟，还因为一个机构对他们的长期情报支持。

易陌尘拿出一个发黄老旧的证件递给唐千林：“你看看这个。”

唐千林看着证件上的名称——南满洲铁道株式会社。

唐千林不懂："株式会社？这是什么意思？"

"那是日本人对股份公司的说法，这个机构是光绪三十二年（1906年）日本政府设立的一个特殊机构，表面上是一个经营公司，但背地里却搜集我国的军事、政治、经济、社会、文化等各方面的情报。"易陌尘指着唐千林手中的证件，"这证件是以前我搞来的，现在早就没用了，我留着当收藏了。"

唐千林将证件递还给易陌尘："继续往下说。"

易陌尘接着解释："我先前所说的秘搜课就是由这两个机构主导成立的，它们的主要任务就是调查所有在东北境内发生的神秘未解事件。"

唐千林道："神秘未解事件？"

易陌尘笑了："这就是我要找你帮忙的原因，我一直在寻找旄捕，因为他们现在所做的事情和旄捕一样，只是日本人比旄捕更有组织性，但也许并没有旄捕专业。"

唐千林思索了一会儿，问："日本人的目的是什么？"

易陌尘却反问："那你们旄捕调查这些稀奇古怪的事情又为了什么？"

唐千林一句话无法给易陌尘解释清楚，思来想去，就说了五个字："为天下解惑。"

"为天下解惑"正是旄捕的宗旨所在，而在数百年前的明朝暗地中设立旄捕这一职能部门的时候，仅仅是作为拱卫司的下属机构，其职能和刑警稽查类似。到了后期，当拱卫司变成了锦衣卫，加上万历年间的朝鲜战争的关系，民间谣言四起，神鬼之说盛行，不少江湖人士趁机林立各种以民间传说为基础的宗教派别敛财，而民智未开，原本就愚昧的百姓在他们的宣传和洗脑下对其深信不疑。

在这种前提下，旄捕终于从锦衣卫中独立，悄然登上历史舞台，肩负着稳定民心，击破谣言，为天下解惑的职责。

但说到底，当时的旄捕只是朝廷设立的一个机构，对于谣言他们会击破，并公之于众，但如果真的发现了某些他们无法解释和解决的神秘事件，也会将其永远尘封。

易陌尘听完唐千林的话，又道："日本人的目的很简单，就是挖出秘密，变为己用。"

唐千林却问："但我还是不知道你的目的，你不仅仅是想抢生意吧？"

易陌尘笑道："我的目的就是冒险。"

唐千林道："我也喜欢，但可惜的是，我一向喜欢独自冒险。"

易陌尘摇头道："别忘了，我和你是在做买卖，买卖也很冒险，你可以一个人冒险，但买卖却绝对不能一个人做，你见过和自己做买卖的吗？"

唐千林笑道："见过，你就是，奸商一向都是自己和自己做买卖。"

"爹，我困了。"眼睛都要睁不开的唐子程拽着唐千林的衣角。

唐千林抬眼看着易陌尘，易陌尘起身领着唐子程到了客房，站在门口等唐千林将孩子哄睡着。

唐千林走出客房的时候，易陌尘对他说："到地窖去，解剖差不多已经完成了。"

"解剖？"唐千林皱眉道，"你动了我师兄的尸身？"

易陌尘道："如果不解剖，怎么知道他中的什么毒？万一以后日本人也用这种方法对付咱们呢？"

易陌尘说完转身就走，唐千林只得跟着他来到地窖。

易陌尘的这栋豪宅很奇怪，就拿一、二楼来举例，你明明坐在一楼客厅可以清楚地看到二楼的走廊，但要上去，必须绕很大一个圈子，用易陌尘的话来说，因为他家的宝贝太多，祖辈担心有飞贼时常光顾，所以干脆设计成了半个迷宫的模样，不熟悉这里的人，很容易迷路。

来到地窖门口的时候，易陌尘伸手敲了敲门，又回身冲着唐千林一笑。

许久，门上的小窗户终于打开，一双眼眶深陷的眼睛出现在那儿，看了一眼易陌尘之后，又紧盯着唐千林。

"他是谁？"那人用生硬的中文问道。

易陌尘道："开门吧，不是来杀你的。"

那人关上门上的窗户，终于把门打开。

门开之后，唐千林看到门口那人穿着一件染血的白大褂，口罩取下挂在右耳之上，身子轻微地晃动着，看着让人觉得那骨瘦如柴的身体随时都要倒下一样。

"这是小田君。"易陌尘简单做着介绍，"我的私人医生。"

被称为小田君的那个人没有任何表示，依然凝视着唐千林，戴着手套的双手微微发抖，似乎很紧张。

唐千林看着面如骷髅的小田君，礼貌性地点点头。

小田君转身朝着里面走去，此时，唐千林才低声问：“日本人？”

易陌尘道：“对呀，日本人，在这里，最好的外科医生都他妈是日本人。”

易陌尘往门内走去，走了两步，意识到唐千林没跟上，转身看着依然站在那儿的唐千林道：“怎么了？”

唐千林微微摇头：“我不相信日本人。”

易陌尘走回去：“他是例外，他和其他的日本人不一样，他是日本的通缉犯，现在关东军还满东北地找他呢。”

唐千林皱眉：“为什么？”

易陌尘往里面看了一眼，压低声音：“因为爱情。”

唐千林道：“什么？”

易陌尘解释道：“他以前是关东军的军医，少佐军衔，来到中国之后，爱上了一个女人，但这个女人有通共嫌疑，被宪兵队抓走了，然后送到了防疫给水部队被当作试验品弄死了，小田君为了替爱人报仇，隐忍了一年多，终于找到了一个报仇的机会……”

那年流感暴发，小田君和其他军医被委派治疗，小田君临时更换了药物，毒死了同行的军医和大批的日本宪兵，还将当年主导抓走自己爱人的宪兵队军官折磨了一天一夜。

易陌尘低声道：“你知道那名军官被发现的时候变成什么样了吗？”

唐千林微微摇头：“我不知道，但我现在知道，这个小田君是个疯子。”

易陌尘却是笑道：“别忘了，我也是疯子，你也是，三个疯子凑一块儿往往能做出让人出乎意料的事情来。”

唐千林问：“他可信吗？”

易陌尘道：“他的命在我手里，他走出这座宅子就是死，而他不想死，他现在最大的兴趣就是‘科学怪人’。”

唐千林皱眉：“什么东西？”

“那是一本英国小说，写一个医生用某种奇怪的手段，将死人复活的故事。”易陌尘转身朝着里面走去，“所以，他现在最大的兴趣就是研究各种尸体，不管是人的还是动物的。”

唐千林跟在后面，半天就说了两个字：“疯子。”

易陌尘笑道：“他的目的就是要复活自己的爱人。”

易陌尘话音刚落，两人就走进地窖最里面的房间，房间内的温度与外面相差不大，虽然在地下，却无比干燥，看样子当年易陌尘的祖辈在挖掘修建这个地窖的时候，就使用了某种特殊的办法。

不过，房间内那些各式瓶罐容器，以及散发出来的怪异气味让唐千林感觉很不舒服。

容器中装的不是动物的尸体，就是被泡得发白的人类肢体，最可怕的是，在小田君的办公桌上摆着一个巨大的透明容器，其中装着一颗长发女人的头颅。

“小田君？”易陌尘没有看到小田君的踪影，然后看着那个容器中的头颅，对唐千林低声说道，“看到没？那个就是他爱人的头，我们想尽办法就找回来这么一颗脑袋。”

唐千林依然说了那两个字：“疯子！”

容器中女人的长发遮住了她半张脸，让唐千林只能看清楚女人右侧闭上的眼睛，当在溶液中的头发漂动开的时候，唐千林终于看清楚，女人左侧的眼睛却是睁开的，不，准确地说是瞪大的。

看到女人头颅瞪大的左眼时，唐千林不由得浑身一震，赶紧将目光移开。

同一时间，伪满保安总局哈尔滨保安局第二科办公室内，因为突击检查的关系，特务们正忙着将自己的个人物品摆在办公桌上，而此次负责检查的全是日本中尉级别的军官，这些来自关东军情报部的检查人员不时将他们认为的违禁品扔在地上，并高声呵斥着违禁品的拥有者，甚至动手殴打。

在场所有人都忍气吞声，就连第二科科长李云帆都只是站在旁边默默地摆弄着自己的盆栽。

角落中，高矮两个特务正在那儿低声议论着。

高个儿特务道：“妈的，我们到底算什么呀？隔三岔五就来突击检查，我们还不如警察署那些人呢，大晚上的还把咱们叫回来查，真他妈的。”

矮个儿特务道：“是呀，前段时间来的是满铁调查部，今天来的是关东军情报部，上个月更有意思，连日本内阁情报局都派人来了。”

高个儿特务看了一眼远处正在检查的日本军官：“听说，日本陆军方面又成立了一个竹机关。”

矮个儿特务诧异：“竹机关？也是干情报的？和梅机关有什么关系？”

“梅机关那是上海的。”高个儿特务看着远处，“听说竹机关虽然也是干情报的，但和我们不一样，层次要高很多。”

矮个儿特务吐了口气：“反正，别和咱们扯上关系就行了。”

高个儿特务叹气：“所谓的突击检查就是防谍，你还不懂呀？”

矮个儿特务道：“我知道，但是也没有防得这么频繁呀。没事就来，这不就是有病吗？”

李云帆咳嗽了一声，两名特务立即闭嘴，其实两人所说的事，在李云帆心中也是最大的疑问——为什么要频繁进行突击防谍工作？而且一次比一次严厉，这并不符合日本情报机关的一贯做法，按理说，他们反而不会做这些事情，而是静待内部的奸细露出马脚。

难道是有什么特殊行动吗？

李云帆刚想到这儿，第八科科长钱斯年出现在了门口，对他使了个眼色。

李云帆放下手中的剪子，用毛巾擦了擦手，这才走出门外，来到走廊上。

钱斯年递给李云帆一支烟，李云帆摇头：“戒了。”

钱斯年自己要点，也被李云帆按住，李云帆道：“这一层不准抽烟，你忘了？”

钱斯年点点头，把烟放了回去，又探头朝着办公室里看了一眼，这才回头道：“还没检查完？”

李云帆摇头：“没有，让他们检查吧，我都给手下交代了，以后除了必需品，什么玩意儿都不要留在办公室。”

钱斯年苦笑道：“那下一步，就得抄家了。”

李云帆摇头：“吃这口饭的，没办法。”

钱斯年一语不发，但满脸都是神秘的笑容。

李云帆见状问：“你笑什么呀？有喜事啊？”

钱斯年拍了拍李云帆的肩膀：“我得到一个消息，听说会有人事调动。”

李云帆忙问：“真的假的？你从哪儿得来的消息？”

钱斯年看了看四下：“人事调动的名单上有咱俩的名字，我亲眼所见。”

“为什么呀？”李云帆很诧异，“降职？我们没犯什么错呀。”

钱斯年笑道：“你怎么老把事情往坏处想呢？”

李云帆道：“我能不担心吗？我在调查科干得好好的，大小是个科长，薪水待遇都不错，一旦调走，鬼知道会是什么样呢。”

就在此时，一名特务上前道："李科长，钱科长，局长让你俩去会议室一趟。"

李云帆问："现在呀？"

特务道："对。"

李云帆和钱斯年交换了下眼神，跟着特务离开。

与此同时，伪满保安总局哈尔滨保安局的会议室外，关北鹤正在忐忑不安地看着手表，身为保安局局长的他，却没有资格踏入自己的会议室，这让他很愤怒，也很是不安，因为一门之隔的会议室中坐着三个可以主宰保安总局秘搜课命运的人。

秘搜课？关北鹤心中反复揣摩着这三个字，从这个部门成立至今，他都不知道在哪儿，就连负责这个部门的人是谁，部门里都有谁，他这个局长都一概不知。

最重要的是，这个部门到底是干吗的？

会议室内，坐着两个日本高级军官与一名朝鲜人。

为首的日本军官叫三宅恭次，也就是当年主导抚顺郑家村大屠杀的元凶，如今已是少将军衔。这个人从德国留学归来，因为在"二二六兵变"中立功，近年内平步青云，最终成为了关东军特种情报部部长。

在他左侧所坐的那位日军大佐名叫本庄信义，在关东军特战科任科长一职，在本土军部时期，就是三宅恭次的死党，对三宅恭次无比崇拜，唯他马首是瞻。

坐在本庄信义对面的那名朝鲜人身份就更特殊了，他名叫朴秉政，原为朝鲜总督府警务总监部外事处助理警务处长，因在日本留学时期与本庄信义是同学，受其影响，也对三宅恭次无比崇拜，在三宅恭次的帮助下，调离朝鲜总督府来到伪满保安总局为其效力。

"为什么要重新调配秘搜课的人员？"本庄信义一脸的疑惑。

三宅恭次坐在那儿，目光却是看着桌面，显得很阴沉："原因很简单，因为现有的人员无法完成预定的各项计划。"

朴秉政道："将军，秘搜课可都是帝国的精英。"

本庄信义也补充道："而且，秘搜课的人事调动必须经过内务省的批准。"

三宅恭次终于抬眼看向两人："从秘搜课组建以来，内务省就不希望我们独立操作这个部门，而希望我们组建一个联合特务机关，可惜的是，他们一直没有搞清楚，我想要的并不是一个寻常的特务机关。"

本庄信义点头："内务省无法理解我们的想法，就如军部当年无法理解那些少壮派军官一样。”

朴秉政欲言又止的模样被三宅恭次看到，他问：“朴主任，你有什么话想说吗？”

朴秉政道：“将军，在满洲乃至整个东亚，大日本帝国已经有了很多强有力的特务机关，我一直不理解，你为何要坚持组建秘搜课？”

未等三宅恭次解释，本庄信义立即道：“朴主任，你还是不理解秘搜课的作用吗？”

朴秉政摇头表示不解。

三宅恭次沉默了一会儿，终于开口道：“我在德国留学进修的时候，得知了一个全新的理论，名为‘人类倒退进化论’。”

朴秉政疑惑：“听起来很矛盾。”

三宅恭次道：“没错，当时我的想法和你一样。这个理论简言之就是，相信远古时期的人类远比我们现在强大，但在亿万年的进化中，虽然看似寿命增加，实际上身体机能却在退化，德国方面已经着手进行了类似的研究，如果我们也在这方面有所突破，那么我们就可以打造一支真正的不败军队！”

朴秉政摇头：“我还是不明白，难道秘搜课的作用仅仅是研究吗？”

三宅恭次继续道：“研究只是一方面，要研究就必须要有事实根据支持，根据我们的情报，德国人已经向中国的西藏地区派出了探险队，在那里寻找古人类的秘密，而根据满铁调查部在满洲多年的调查，发现这里也遍布很多无法解释的神秘事件，我相信这些事件背后，一定有我们想要的答案。”

朴秉政迟疑片刻，壮胆问：“可是，就我看来，这等于是捕风捉影，民间传说和神秘事件大多数都只是谣传而已。”

三宅恭次对本庄信义点了点头。

本庄信义从公文包中拿出一沓档案，推到朴秉政跟前：“你看看这个。”

朴秉政打开档案，第一眼就看到了那张凝固泥石流中表面陶瓷化的日军士兵的尸体照片。

朴秉政抬眼问：“这是？”

“六年前，军部派人去抚顺勘查资源，当夜暴发了山洪，泥石流淹没了那个村庄，我们也有不少士兵丧失了性命。”本庄信义解释道，“这些士兵原本都在山洪暴发的当夜被卷入了泥石流之中，但第二天早上却以这种姿态出现，更离奇的是，第二天我们掩盖这件秘密的时候，却无意中导致了被泥石流覆盖的村庄燃烧了起来。”

朴秉政诧异：“燃烧？什么意思？”

三宅恭次接过话：“泥石流是不可燃的，这个谁都知道，但那天摧毁了郑家村的泥石流却瞬间着火，而且火焰还是蓝色的。”

朴秉政迟疑了下，直言道：“天然气燃烧不也会产生蓝色火焰吗？”

“是的，原本勘查任务就是为了寻找天然气，但是据我们后来的勘查发现，燃烧的气体并不是天然气，而是另外一种从来没有见过的气体。”三宅恭次严肃道，“这种气体一旦燃烧起来，会瞬间将有机物化为灰烬。”

朴秉政又翻看第二页，看到照片上拍摄的一堆灰烬。

旁边的本庄信义看着照片道：“我们的士兵在接触了那种火焰后，就变成了这副模样。”

朴秉政惊讶不已：“怎么会这样？”

本庄信义道：“朴主任，你现在应该明白将军为何要组建秘搜课了吧？”

“我明白了。”朴秉政合上档案，“可是，如先前本庄大佐所说，人事调动必须经过内务省的批准，这件事太麻烦了。”

三宅恭次冷冷一笑：“没关系，既然我们自己组建的秘搜课人员无法随心所欲地调动，那我们就让满洲国组建一个一模一样的秘搜课，这样，人员组成就由我们自己说了算。”

本庄信义很惊讶：“可是，军部会批准吗？”

三宅恭次道：“军部当然不会，但这里是满洲国，我已经得到了关东军植田将军的支持，这件事需要秘密进行，所以，我们依然只能将这个部门归于满洲国保安局麾下，这个部门由日本人直接担任课长并不合适，所以，我决定……”

说到这儿，三宅恭次看向朴秉政：“朴主任，就由你来主持满洲国秘搜课的所有工作！”

朴秉政吃了一惊，立即起身道：“既然将军对我如此信任，我一定竭尽全力，为帝国和将军效犬马之劳！”

三宅恭次露出了满意的笑容：“另外，我也从哈尔滨保安局中筛选出了两名优秀的特工给你，作为你的助手。这两个人一个叫李云帆，一个叫钱斯年。”

第五章

未知

原本三宅恭次给自己安排助手是在朴秉政意料之中的事情，可是他万万没想到会是从保安局中挑选出来的，因为所谓的助手，说白了，就是派来监视他的人。

朴秉政心知肚明，自己只是三宅恭次的一枚棋子而已。

朴秉政问："他们都是中国人？"

三宅恭次冷冷道："注意你的言辞，他们不是中国人，是满洲国人。"

朴秉政立即道歉："对不起。"

"我让他们来，和让你担任课长的理由一样。"三宅恭次解释道，"就是为了消除外界对新部门的猜疑，不能让军部误解我们。"

朴秉政明白了，三宅恭次之所以这么安排，就是担心军部万一调查，发现这个部门中全是日本人，那么三宅恭次就会有谋反的嫌疑，而表面上由满洲国主导，部门内又没有日本人，就不会被军部抓住把柄。

朴秉政点头道："我明白了。"

三宅恭次点头："辛苦了，你先下去吧，等候命令。"

"是！"朴秉政立正鞠躬，然后开门离开。

走出会议室之后，朴秉政抬眼就看到了门外站着的关北鹤、李云帆和钱斯年。

关北鹤立即上前道："朴主任。"

朴秉政也不多言，只是点点头，转身离开了。

等朴秉政走远，关北鹤才低声道："一个朝鲜人神气什么，真把自己当日本人了。"

李云帆问："局长，刚才那个什么朴主任是谁呀？"

关北鹤道："从朝鲜总督府那边调过来的，现在没有明确任职，只是挂了个保安总局庶务处主任的职务。”

钱斯年在一旁道：“庶务处主任？那和我们是平级呀，你干吗对他点头哈腰的？”

关北鹤把两人叫到一旁：“你们知道什么？这个朴秉政是三宅将军和本庄大佐跟前的红人，说是与你们平级，实际上权力比我还大，说白了，就是日本人派他来监视咱们的。”

李云帆和钱斯年对视一眼，一个耸肩，一个瘪嘴。

会议室内，本庄信义查看着档案：“将军，虽然朴秉政为我们所用，但毕竟不能完全信任他，我们必须在秘搜课中安插自己的人。”

三宅恭次冷冷一笑：“我早就安排好了，钱斯年就是我们的眼线。”

本庄信义疑惑：“他不也是满洲国人吗？”

“不，他实际上与朴秉政一样是朝鲜人，现任保安局第八科密战科科长，是内务省多年前从朝鲜总督府总监部外事处秘密调来的。”三宅恭次看着本庄信义道，“在满洲，知道他身份的人极少，这就是我要安排他到秘搜课的原因，而且他的确是个优秀的特工，在朝鲜总督府的时候，就曾经渗透过朝鲜义烈团，非常忠心，渗透监视经验丰富。”

本庄信义又问：“那么李云帆呢？”

三宅恭次道：“先让他进来，然后你就知道了。”

本庄信义点头，起身打开会议室的门，看着门外立正的三人道：“李云帆科长请进来。”

李云帆立即走进会议室，门随即重新关上，门外的关北鹤和钱斯年都不知道是怎么回事，只好站在那儿继续等。

李云帆走进会议室，立正鞠躬道：“三宅将军，本庄大佐。”

三宅恭次抬手道：“请坐。”

李云帆落座，坐得笔直。

三宅恭次翻开他的档案：“你的档案我已经看过了，非常优秀。”

李云帆道：“三宅将军过奖了！”

“你生在一个传统的中国家庭……”三宅恭次故意这么说，与他所料一样，话说一半，李云帆立即打断了他的话。

李云帆道：“将军，恕我冒昧，我是一个满洲国人！”

三宅恭次很满意李云帆的回答，点头继续道：“你是武术世家出身，家境殷实，兼顾古董生意，听说你的父亲还是满洲国很有名的探险家。”

李云帆回答道：“探险家说不上，只是我父亲闲不住，又喜欢稀奇古怪的事情和物件。”

三宅恭次点头，正视李云帆：“那么李科长您对那些稀奇古怪的事情和物件，感兴趣吗？”

李云帆迟疑了下，反问：“不知道三宅将军所说的稀奇古怪的东西指的是什么？”

三宅恭次道：“神秘事件，无法解释的事情，诸如此类。”

李云帆回答：“将军，人都有好奇心，不过好奇心也代表着危险。”

三宅恭次点头道：“那为了大日本帝国，为了满洲国，为了东亚共荣，你愿意冒险吗？”

李云帆心里咯噔一下，不知道三宅恭次什么意思，但还是立即站起来道：“我愿意！”

三宅恭次此时看了一眼本庄信义，本庄信义也大概明白了为何要选择李云帆，不仅仅是因为他很优秀，也因为他的家庭出身。

三宅恭次终于开始进入正题：“从明天起，你就不再担任保安局调查科科长一职，调往秘搜课，成为朴秉政课长的助手。”

李云帆疑惑着：“这……”

本庄信义道：“你的薪资会提高一级，其权限不变，依然可以享受以前的待遇。”

李云帆道：“是，但是我不明白秘搜课是做什么的。”

三宅恭次简单道：“先前我已经说了，秘搜课负责的事情就是调查满洲国境内所有的神秘事件，我们也准备聘任你的父亲成为秘搜课的特别顾问。”

本庄信义问：“你还有问题吗？”

李云帆道：“属下不明白，所谓的神秘事件到底指的是什么？”

三宅恭次对本庄信义点点头，本庄信义拿过另外一份档案递给李云帆：“李科长，你坐下，看看这份档案。”

李云帆双手接过，坐下仔细翻看着。

本庄信义看着李云帆道：“几天前，哈尔滨特别市警察局接到报案，说在旧侨民区的一间居酒屋内发现了蛇。”

“蛇？”李云帆很诧异，但他此时也看到了档案中那些蛇的照片，“这个季节蛇早就冬眠了吧，怎么会有呢？”

本庄信义道：“我们花了很多时间才将居酒屋内的蛇清理干净，这些蛇通体漆黑，常在夏季出现，满洲国本地人称之为乌虫，但它们不会对人主动发起攻击。”

“帝国的专家认为这是一种稀有的蛇类，就算是在满洲国，也十分罕见。”本庄信义看着李云帆手中的档案，“就算是哈尔滨特别市的本地人，也从没见过这么多乌虫同时出现。”

李云帆看着档案：“档案上说，蛇是从居酒屋厨房中钻出来的，掘开厨台后发现，下面有个腥臭无比的洞穴。”

本庄信义接着道：“洞穴的温度比外面要高近二十度，这很奇怪，因为我们勘查过，哈尔滨特别市在冬季冻土层最深可以达到地下二十厘米，就算继续往下挖掘，其洞穴的温度也远远达不到让蛇类在冬季可以苏醒的温度。”

李云帆看着档案上面的记载：“军部方面已经派人下去过了？”

本庄信义道：“是的，我们派出了五批精锐士兵进洞探查，但都是有去无回，就连他们身上所绑的绳子也断裂了，从绳子的裂口来看，是某种野兽撕咬而成的。”

李云帆的目光从档案上移开，抬眼看着三宅恭次道：“也就是说，我们依然不知道洞里面有什么？”

三宅恭次却问了李云帆另外一个问题：“李科长，这个世界有史以来，就有一种说法，古人认为在我们生活的土地上，不止存在一个世界。”

李云帆默默点头。

三宅恭次又道：“德国方面已经组织了类似的部门，资金和人员都远比我们充足，而且听说还取得了不小的成就，虽然我们是盟国，但在这方面，德国却不愿意分享他们获得的成果。”

李云帆点头：“我明白三宅将军的意思了，您是希望新部门尽快运作，着手调查这些未知事件。”

三宅恭次道：“没错，的确是这样的，现在新部门只有朴课长、你和钱斯年三人，至于其他的人员，可以由你们进行筛选招募，但必须经过我和本庄大佐的批准。”

李云帆立正道：“是！”

本庄信义点头道："你可以出去了。"

李云帆开门离开后，本庄信义看向三宅恭次道："将军，其实你的目的是他的父亲。"

三宅恭次道："是的，他的父亲是满洲国的奇人，也认识不少和他一样的人，而这些人，就是组成新部门的重要力量。"

本庄信义还是很担心："可是，这样一来，秘搜课就会鱼龙混杂，不方便管理。"

三宅恭次冷冷道："所以，我才会安排他们去招募成员，然后进行一次实际的筛选行动，筛选完成，留下来的人，才能成为秘搜课的正式成员！"

本庄信义问："筛选行动？"

三宅恭次指指先前给李云帆所看的那份档案："就是这个。"

本庄信义点头："我明白了，等他们招募成员后，我立即着手进行安排。"

会议室外，关北鹤和钱斯年正围着李云帆问东问西的时候，门又开了，本庄信义站在那儿道："钱科长，三宅将军有请，关局长，没你什么事了，你可以回去了。"

关北鹤一愣："啊？什么意思？"

本庄信义也不解释，只是让钱斯年进入会议室，然后重重关上了门。

关北鹤看着紧闭的大门，又看向李云帆："这……"

李云帆只是苦笑了下："局长，走吧，我请你喝酒。"

关北鹤低声骂骂咧咧地和李云帆离开了。

走到拐角处的时候，李云帆略微驻足，看向会议室的方向。

秘搜课？日本人到底想做什么呢？

在易陌尘的豪宅地窖内，唐千林平静地站在楚乐康的尸体跟前，听着小田君的讲解。

易陌尘捂住口鼻站在一侧，皱着眉头，他实在不明白，小田君整日待在这个地方到底是怎么存活到现在的。

"你住到这里来之前，这个地窖空气很清新的。"易陌尘低声埋怨着，"怎么现在变成这样，我怎么向死去的祖先们交代呀？原本这儿是用来存放粮食、美酒的，现在可好，变停尸房了，而且还没有一具完整的尸体。"

唐千林侧目看着易陌尘："你能不能闭嘴？"

易陌尘看着呆呆站在解剖床边的小田君："你继续说。"

小田君机械地点了点头，低头看着腹部和胸口都被剖开的楚乐康的尸体："他死于一种细菌感染，这种细菌的腐蚀性很强，从腐烂部位的程度来推测，细菌是从胃部往周围扩散侵袭的。"

唐千林低头看着，并不像易陌尘一样别过头去，仿佛对这种场景见怪不怪："这么说，我师兄是吃了含有那种细菌的食物？"

小田君点头道："对，这种细菌的生存能力极强，就算人死掉之后，依然能在其体内存活好几个小时。"

说完，小田君抬手看了下表："按照你所说的死亡时间，准确来说是五个小时。"

唐千林道："五个小时后，这种细菌就会死亡？"

"对，不过如果有活物沾染了这种细菌，细菌就会一直生存，但这种细菌只能侵蚀人体内部，无法透过体表渗透进体内，所以只能采取通过食道进入的方式。"小田君抬手指着旁边的一个笼子，"我用那只兔子做了实验，兔子已经死了，但表面上却看不到任何痕迹。"

易陌尘在旁边搭腔道："你怎么知道无法透过皮肤感染？"

小田君抬起自己的胳膊，挽起袖子，让他们看那个微红的部位："我用自己做过实验了。"

唐千林闻言眉头紧锁，摇了摇头。

易陌尘上前指着小田君："喂，你是不是真的有病？你拿自己的命开玩笑？"

小田君淡淡地说："不做活体实验，是无法得到正确答案的。"

易陌尘指着笼子道："你不是用兔子做过实验了吗？"

小田君道："兔子和人是不同的两种生物，据我所知，最接近人的动物是猪，这个地方太小，没办法养太多的猪。"

易陌尘无奈地看着小田君："就算是这样，你也没必要拿自己做实验吧？"

"我不会放过任何机会的。"小田君冷冷道，"最重要的是，我是个人，是个医生，我的职责是救人，而不是杀人，我和那些人不一样，我宁愿用自己做实验，也不愿意伤害到其他人。"

唐千林和易陌尘都知道，小田君所说的"那些人"指的就是杀害他爱人的防疫给水部队的畜生们。

小田君缓缓走向办公桌前，冲着容器中那个女人的头颅道："对吧？"

唐千林和易陌尘都看着小田君。

小田君伸手抱住容器，脸上带着幸福的笑容："你放心，只要有你在我身边，我就永远不会变成恶魔。"

易陌尘看着小田君这副模样摇了摇头，走到唐千林身边道："他就连解剖你师兄，查明死因，都是抱着也许能找到复活他爱人的希望去的，这是唯一支撑着他活下去的信念。"

唐千林听完只是说了句："是个有情有义的人。"

说完，唐千林又上前问："我师兄死前有没有受过其他的伤？"

小田君半晌才回过头来："有不少的瘀伤。"

唐千林听完径直走向解剖床仔细查看着，而易陌尘则站在远处抬头看着，不敢靠近，他觉得多看几眼自己都会吐出来。

唐千林查看了一番后，易陌尘远远地问："老唐，怎么样？"

唐千林沉默着，小田君缓缓上前道："从瘀伤来看，他死前经过了一番恶斗，但伤得都不重。"

易陌尘问："那说明什么呀？"

唐千林道："说明他被人围攻过，而且人数在十人以上，我师兄的功夫极好，五六个功夫好手，他单独对付都不成问题，但如果对方人数众多，要保全自己不受一点伤，那是几乎不可能的事情。"

说完，唐千林又问："小田君，这种细菌进入人体后，多久会让人死亡？"

"不知道。"小田君摇头道，"我说了，我没办法做人体实验，如果按照兔子的标准，差不多是三个小时。"

唐千林站在那儿沉思着，半天才说："三个小时，也就是说，我师兄到酒馆三个小时前被人下了毒，中了这种细菌。"

易陌尘此时道："你师兄肯定是在哈尔滨市内被人下的毒。"

唐千林问："为什么你这么肯定？"

"你师兄进酒馆之前，气喘吁吁，这说明他知道自己受伤中毒，就练武的人来说，都很清楚，一旦中毒就不能剧烈运动，所以你师兄肯定是缓步走到酒馆来的，也因此无法摆脱追踪他的八相门的门徒，这是其一。"易陌尘站在那儿分析道，“其二，我到酒馆之后半个小时开始下雪，但你师兄进来的时候，身上并没有落太多的雪花，这说明他在那之前所待的地方距离酒馆并不远，最多不过两条街。”

唐千林有些惊叹易陌尘的推理能力，但也只是微微点头道：“距离酒馆两条街附近都有什么地方，你大概给我说说。”

易陌尘闭着眼睛回忆着，脑子中立即闪过旧侨民区的地图，在地图上一栋栋建筑按照他的回忆拔地而起，形成了一幅立体的画面。

易陌尘道：“除了民居之外，在那里有五家赌场。”

唐千林道：“我师兄不会去赌场，他最痛恨赌博。”

易陌尘又道：“还有两个花楼窑子、五家酒馆，剩下的就是一些普通的商铺。”

唐千林问：“有旅社吗？”

易陌尘摇头：“没有，最近的一家旅社距离酒馆四条街之外。”

唐千林问：“还有其他的地方吗？”

易陌尘睁眼道：“没了，旧侨民区现在住人的民居极少，基本上都是日本人自己或者出兑给别人做买卖用的。”

唐千林默默点头，易陌尘问：“你师兄喜欢逛窑子吗？”

唐千林摇头：“据我所知，还行。”

易陌尘乐了：“什么叫还行？”

唐千林道：“他一直没有娶过老婆，所以有时候会去，但不常去，不过他要见我，既然有重要的事情，他就肯定不会去逛窑子，最有可能就是去酒馆，你刚才说的那五家酒馆，有多少家是日本人开的？”

易陌尘道：“有四家是日本人开的，还有一家是山东人开的。”

唐千林肯定地点头道：“那他最有可能就是去那家山东人开的酒馆喝酒。”

易陌尘纳闷地问：“他为什么不去你们约定的酒馆，偏偏要去那家？”

唐千林道：“我师兄这个人很古怪，约人见面，从不迟到，但也绝不会早到，所以他唯一可能去的地方就是那家酒馆，因为他嗜酒如命，一天不喝都不行，再者，他痛恨日本人，绝对不会去日本人开的酒馆。”

易陌尘点头道：“那就行了。”

唐千林看着易陌尘道：“明天麻烦你照顾我儿子，我要去酒馆一趟。”

易陌尘却摆手道：“不行，明天我要出门去见一位朋友，有重要的事情，你放心，你儿子在我家很安全，而且他这么大了，不会有事的。”

唐千林一句话不说，只是向小田君道谢，然后转身离开。

等唐千林走后，易陌尘问小田君：“小田君，你觉得这个人怎么样？”

小田君看着门口的方向，半天才说了四个字：“有情有义。”

易陌尘笑道：“你们俩对对方的评价竟然一样。”

小田君埋头在笔记本上记录着什么，再也不和易陌尘说一句话。

回到客卧的唐千林坐在床边，看着熟睡中的儿子，心中满是不安。

刚到哈尔滨不久，师兄就死在自己眼前，而且还告诉自己青龙寺是个圈套。

可是师兄来东北追查青龙寺已经有十年之久了，为什么过了十年，他才知道是个圈套呢?

所有的圈套都是人设计的，是谁在背后利用青龙寺设计师兄呢?这个人或者这个组织又有什么目的?会是日本人吗?

唐千林脑中全是疑问，而且他来哈尔滨还有另外一件重要的事情，那就是找到唐子程的生母，那个当年扔下孩子一走了之的女人。

几个月前，楚乐康在电报中明确地告诉唐千林，他竟然在哈尔滨亲眼看到了贺晨雪，也就是唐子程的生母。

天底下会有如此巧合的事情吗?那个让人捉摸不透的女人，到底为何又出现在哈尔滨呢?

唐千林睡不着，只得从行囊中拿出定风尺擦拭着，就在此时他想到了一个关键的问题，那就是楚乐康的徒弟。楚乐康曾经在书信中数次提到自己多年前收了一个古灵精怪的徒弟，那么自己的这个师侄又在什么地方?他又知道些什么呢?

来到这个陌生的地方人生地不熟，没有可以依靠的朋友，对所有的情况都不了解，可以说两眼一抹黑。而且他还不知道这座古怪宅子的主人易陌尘到底是什么来路，又有什么目的。

“步步为营，如履薄冰。”唐千林想起师兄平日的口头禅来，这也是如今他唯一清楚的八个字。

第六章

火红的发簪

虽然是寒冬的深夜，但拉瓦斯酒馆内依然飘荡着异国的歌声，这家白俄人开的酒馆充斥着各种人：美国人、英国人、俄国人、犹太人、日本人和中国人。他们都喜欢来到这个有酒有美女的地方，将平日间的所有烦恼都抛到脑后，尽情发泄自己的情绪。

当然，这也是各国各组织间谍出没的场所，就连本地的帮派也时常在这里与那些间谍做着有利可图的交易。

酒馆角落的包间内，关北鹤正大口灌着啤酒，靠在一侧的李云帆看着他微醉的模样，微微摇头，抬手将他的手腕抓住："局长，别喝了，再喝就多了，等会儿回家嫂子又得训你。"

关北鹤拿开李云帆的手："训就训呗，我被那娘儿们训得还少了呀？我今天心情不好，你让我好好喝两杯。"

李云帆笑道："要不要我出去给你找两个洋婆子陪你？"

关北鹤不耐烦道："我对洋婆子不感兴趣，哎，说正经的，那个秘搜课到底是干吗的呀？你去了又干吗呀？"

李云帆叹了口气："我也不知道是干吗的，也许明天就知道了，至于是干什么的，打杂呗，虽然待遇不变，但没有职位了。"

关北鹤只是笑了下，他当然知道李云帆没说实话，但他也没办法说什么，毕竟李云帆现在已经正式去了秘搜课，那是日本人的部门，他根本插不上手。

"我去上个洗手间。"李云帆起身的时候，钱斯年刚好走进来。

李云帆道："来得正好，赶紧陪局长好好喝两杯。"

钱斯年落座："你去干吗呀？"

李云帆道："肚子不舒服。"

李云帆离开包间之后，径直朝着厕所的方向走去，途中经过一个侍者身边的时候，两人交换了下眼神。

侍者转身离开，走到洗手间门口，李云帆也走了过去，环视了下周围，站在柱头旁边，低声对那侍者说："我被调职了，被调到日本人新组建的秘搜课，主要负责人三宅恭次对我说，这个部门主要负责调查东北的各种神秘未解事件，还让我们招募人手。"

侍者听完只是说了句："赵将军失踪了。"

李云帆一愣："失踪了？怎么回事？遭到日军伏击了吗？"

侍者道："临时省委派赵将军前往苏联会谈援助我们的事宜，不仅希望他们能为我们提供军事援助，也希望通过共产国际方面设法与中央取得联系，可是赵将军在越过边境之后，就与我们失去了联系。"

李云帆皱眉道："那怎么办？"

侍者回答："我们正在想办法，你现在的任务是继续潜伏，你所说的情况我会向临时省委汇报，至于下一步怎么做，你等候命令。"

李云帆点头，喝完杯中酒，将空杯子放回侍者的托盘中："知道了。"

李云帆转身进了洗手间，坐在马桶上思考着，他知道自己对赵将军失踪一事帮不上任何忙，如今他只能尽快想办法搞清楚日本人的目的，他们为什么要组建新部门，为什么要调查那些神秘事件，为何这么机密的部门，会放开权限让他们去民间招募成员。

会不会与我家老爷子有关系呢？李云帆这么想，三宅恭次要聘请老爷子当顾问，难道一开始就是冲着我父亲去的？

李云帆祖辈都是开当铺的，其父李清翔表面上的职业是当铺老板兼大朝奉，实际上是一名逐货师。

而李清翔也是行当内为数不多的在四十岁壮年时期就金盆洗手的逐货师，因为他不喜欢被规矩约束，加上原本就是个我行我素的人，所以金盆洗手，这也是李云帆没有子承父业的主要原因。

不过就算李清翔没有金盆洗手，李云帆也不会成为逐货师，因为他在学校的时候就参加了革命，被组织吸收，成为东北抗联的一分子，而组织上给他的任务就是潜伏在伪满政府机构中。

李云帆毕业之后，进入伪满哈尔滨特别市行政公署下设的都市建设局调查科，在这个半警察组织中工作两年后，被调往了警察署成为一名警部，又因为头脑灵活，破案无数，经过上级的推荐，参加了保安总局的培训，经过选拔考试之后进入位于新京的保安总局工作。

李云帆在新京工作近一年后，因为工作出色，被调派回了哈尔滨保安局，次年就成为了第二科科长。

李云帆很清楚，自己能升迁得这么快，原因就在于抗联和父亲的帮助，特别是父亲对哈尔滨当地民风民情的熟悉，帮了他大忙，助他数次化险为夷。

从小的耳濡目染，让李云帆对“逐货师”这个职业不得不产生了浓厚的兴趣，如果是在和平时期，恐怕他早已涉足，毕竟好奇和冒险是人的天性。可现在国难当头，他能做的就是潜伏在敌人当中，为赶走侵略者，赢得最后的胜利而贡献自己微薄的力量。

与此同时，包间内的关北鹤，把先前问过李云帆的问题，又问了一遍钱斯年。

他这是在试探，试探这两个人对自己的态度，答案显而易见，李云帆要略微坦诚一些，他至少向自己透露了一些调查神秘未解事件之类的消息，与李云帆不同的是，钱斯年竟然一个字都不说。

“我真的不知道。”钱斯年面露难色，“局长，三宅将军就对我说了那个部门的名字，其余的什么也没说。”

关北鹤故意道：“是吗？那你去了那么久，都干吗了？”

钱斯年叹气道：“我进去就两分钟，然后出来你们就没影儿了，紧接着，我就回办公室安抚我手下的那些弟兄了，我明天就要调离了，至少得和大家告个别吧？”

关北鹤点头：“应该的。”

实际上关北鹤早就派人盯着钱斯年，钱斯年在会议室中足足待了半个小时，这半个小时日本人在对他说什么呢？他进去的时间比李云帆还要长，这说明日本人对他说的话，比对李云帆要多，另外一方面也能证明日本人对他的信任远超于李云帆。

但不管怎样，关北鹤心中很清楚，如果非要在这两个人当中选一个人来信任的话，他只能选择李云帆，绝不是钱斯年。

李云帆回到包间的时候，手中还拿着半瓶伏特加：“这是上次喝剩下的，今天解决了吧？”

“行呀。”钱斯年笑道，“算是告别酒吧。”

李云帆坐下倒酒：“什么告别酒，我们又没离开保安局，以后依然在局长手下供职。”

钱斯年意识到自己说错话了，尴尬一笑，再看向关北鹤，关北鹤只是呵呵笑着，看着逐渐倒满的伏特加，似乎并不在意。

关北鹤端起酒杯：“喝这杯酒之前，我有些话得说。”

钱斯年道：“局长您说，我们听着。”

李云帆也点头。

关北鹤道：“这条路虽然不是你们自己选的，但是怎么走，还是得靠你们自己，眼睛放亮点，脑袋清醒些，醉完了今夜，明天就得换一副躯壳了。”

关北鹤话中有话，李云帆和钱斯年都听明白了，两人碰了关北鹤的杯子，将杯中烈酒一饮而尽，然后开始畅谈着保安局的一些闲事八卦。

就这样，三个人一直喝到天亮。

清晨时分，钱斯年开车将醉醺醺的关北鹤送回家，李云帆在街头告别了两人之后，转身步行朝着旧侨民区走去，因为他约了一个很重要的人。

来到那家山东酒馆之后，李云帆一眼就看到了坐在角落中正在吃大饼的易陌尘。

易陌尘抬眼笑眯眯地看着李云帆：“来了？吃什么？自己点。”

李云帆看了看四下：“喝了一晚上，确实饿了，我吃点大饼就行。”

易陌尘只是笑，也不说话，两人就这么沉默着，直到易陌尘吃完后，用手绢擦了擦嘴，这才道：“说吧，是不是有秘搜课的消息了？”

李云帆放下大饼：“陌尘，你要发财了。”

易陌尘一愣：“哥，你真把秘搜课的内部情报搞到手了？”

李云帆道：“算是吧。”

易陌尘疑惑：“什么叫算是，说清楚点。”

李云帆肯定道：“马上就搞到了。”

易陌尘问：“马上？”

说完，易陌尘似乎明白了什么：“哥，你开个价吧。”

李云帆重新拿起大饼吃着，嚼烂了咽下后，这才道：“陌尘，咱俩算是发小，一块儿长大，我比你大，但也是同校的同学，所以，咱们没必要那么俗套吧？”

“别，别和我谈感情，这年头谈什么都别谈感情。”易陌尘咧嘴笑着，“人情还不清的，感情不如钱踏实，一旦欠下来了，一辈子都会在心里搁着，再说了，如果我们纯谈感情，那你把以前我给你的那些钱还来呀？”

李云帆摇头笑着，过了一会儿收起笑容道：“我从今天起，就是秘搜课的一员了。”

易陌尘脸色骤变：“什么？你去了秘搜课？”

李云帆点头，继续吃饼。

易陌尘赶紧问：“为什么？”

李云帆摇头：“我也不知道，昨天晚上突然间就接到了通知，而且还面见了关东军特种情报部部长三宅恭次。”

易陌尘点头：“三宅恭次原本就是秘搜课的负责人，他亲自找你，说明这事靠谱呀。哥，我以后就靠你了。”

李云帆只是笑了下：“互相依靠吧，我能不能在这个地方混好，还得仰仗你呢，而且眼下我就得让你帮个忙。”

易陌尘立即道：“什么忙？”

李云帆道：“根据三宅恭次说，秘搜课现在只有三个人，负责人叫朴秉政，是个朝鲜人，我和钱斯年是他的助手。”

易陌尘很诧异：“三个人？怎么可能？秘搜课成立那么久了，怎么会只有三个人？”

李云帆看了看四下：“这就是我想告诉你的重点，从这点可以判断，这个秘搜课和日本人以前建立的那个完全不一样，只是一个复制品。”

易陌尘不解道：“为什么要重新建立一个？”

“我还不知道，等开展工作后应该慢慢就会清楚了。”李云帆看着易陌尘道，“三宅恭次让我们三个招募成员，充实秘搜课。”

易陌尘更加不解了：“这种机密部门怎么会公开招募？日本人到底想干什么？”

李云帆摇头：“现在一切都是未知数，你先帮我找两个人，我先交差，这样才能继续下一步。”

李云帆正说着的时候，酒馆的大门被人推开，唐千林走了进来。

看到唐千林之后，易陌尘就笑了：“我给你推荐的第一个人到了。”

李云帆一愣，顺着易陌尘的目光看向门口，上下打量着唐千林。

唐千林也注意到了角落中的易陌尘，略微驻足后径直走来。

“你不是说有重要的事情要办吗？”唐千林直接坐在易陌尘的身边质问道。

易陌尘道：“对呀，正在办，我给你介绍下……”

易陌尘话没说完，唐千林起身就走向旁边一桌落座。

李云帆看着易陌尘：“这谁呀？这么大的脾气？你朋友？”

易陌尘笑道：“新的生意伙伴，他可是个旄捕。”

“旄捕？”李云帆扭头看向坐在那儿的唐千林，“你说的旄捕，是江湖上那种专门调查各种怪事的旄捕吗？”

易陌尘点头：“废话，除了他们之外，还有谁能称为旄捕？”

李云帆虽然不算是江湖中人，但因为父亲的关系，他也知道江湖中最神秘的职业就数“川西开棺，湘西赶尸，晋西风水”，也就是开棺人、悬空足和地相。

而在这三个职业之外，还有逐货师、旄捕以及孤军。

逐货师的主要任务是鉴宝，孤军则是职业细作，而旄捕就是专门调查各种稀奇古怪的事情，其生存收入来源也一直是个谜，最重要的是按照李云帆父亲所说，如今天下的旄捕剩下来的不过百人，都快绝种了。

李云帆带着怀疑的口吻问易陌尘：“他真的是旄捕？”

易陌尘点头：“如假包换，我试过了，是真的，原本有两个的，但昨天死了一个。”

说完，还未等李云帆下面的话出口，易陌尘又问：“对了，你知道青龙寺吗？”

李云帆摇头：“不知道，干吗问这个？”

易陌尘看着旁边坐着的唐千林说：“他师兄就是因为青龙寺而死的，临死前还说那是个圈套。”

此时，唐千林唤来店小二，给其描述了下师兄楚乐康的大致外貌之后，问：“昨天这个人来过店里喝酒吗？”

店小二立即道：“当然记得，若换作别人，我估计不记得，但他谁能忘呀？昨天他一个人坐在那儿，就喝了三斤闷烧。”

唐千林纳闷：“闷烧？”

店小二解释道：“对，闷烧，我们店里自己酿的烈酒，一般人喝三两就倒，但他竟然喝了三斤，真是海量呀。”

唐千林又问：“除了喝酒之外，他做过其他的事情吗？有没有见过其他人？”

店小二迟疑着：“这个嘛……”

易陌尘上前，掏出一张钞票在店小二眼前晃了晃。

店小二立即换上笑脸：“见过，他见过一个女人，打扮得很妖艳、很漂亮，一看就是大户人家的夫人。”

唐千林又道：“描述一下。”

店小二仔细想着：“描述？啥意思？”

易陌尘道：“就是让你说说那女人的大概模样、穿着打扮什么的。”

店小二道：“穿着一身貂皮，没戴帽子，头发是盘起来的，发髻上插着一根凤凰发簪。”

听到“凤凰发簪”的时候，唐千林不由得浑身一震：“你说凤凰发簪？你可看清楚了？”

店小二道：“那发簪很特别，火红色的，所以我记得很清楚。”

说完，店小二就要去拿易陌尘手中的钞票，易陌尘把钞票一收，一巴掌拍在店小二脑袋上：“说两句话就想拿钱呀？你值吗？做梦吧你，滚！”

店小二低着头走开了，走到后厨门口的时候，低声咒骂着易陌尘。

唐千林坐在那儿沉默着，李云帆准备上前搭话的时候，易陌尘拦住他，低声道：“现在还不是时候，回头我告诉他，你可以先把他的名字登上名册，他叫唐千林。”

李云帆点头：“好吧，我得走了，回头见。”

等李云帆走后，易陌尘坐在唐千林身边，问：“老唐，你为什么要问那支发簪？难道那个女人你认识？”

唐千林看着桌面道：“我就认识一个女人有那种火红色的凤凰发簪。”

易陌尘问：“谁呀？”

唐千林抬眼看着易陌尘：“我儿子他妈。”

易陌尘道：“你媳妇儿呀？”

唐千林摇头：“不是我媳妇儿。”

易陌尘纳闷：“你儿子他妈，不是你媳妇儿那是谁？”

唐千林还是摇头：“总之不是，我必须得找到她，她肯定知道什么。”

唐千林说着就要起身，易陌尘一把拽住他：“别急。”

唐千林看着易陌尘：“我又没让你帮忙。”

易陌尘起身道：“这个忙我还能帮，因为我也认识她，她叫贺晨雪对吧？”

唐千林闻言无比吃惊，呆呆地看着易陌尘。

易陌尘笑道：“别那么吃惊，不仅我认识，在哈尔滨很多人都认识她，因为她是八相门门主柳谋正的老婆。”

唐千林诧异道：“八相门门主的老婆？她又嫁人了？”

易陌尘用怪异的眼神看着唐千林：“喂，你媳妇儿怎么会变成人家的媳妇儿的？”

唐千林抬脚就往外走去，扔下一句话：“她不是我媳妇儿！”

易陌尘追出去：“你儿子的妈，不是你媳妇儿是谁呀？”

唐千林走出酒馆，快步在街头走着，但连他自己都不知道要去哪儿。

易陌尘快步追上唐千林：“我问你，你媳妇儿手工肯定特别不错吧？”

唐千林站住：“你想说什么？”

易陌尘似笑非笑道：“你媳妇儿如果不是手工好，怎么会给你织那么大一顶绿帽子戴呢？”

唐千林彻底怒了，一把抓住易陌尘：“你再胡说八道，我废了你。”

易陌尘依然面带笑容，也不推开唐千林：“你如果想要见她，我可以安排。”

唐千林松开易陌尘，用怀疑的目光看着他。

易陌尘整理了下自己的衣服：“真的，就一句话的事情。”

唐千林道：“没那么简单吧，你这种奸商，肯定会提条件的。”

易陌尘冲唐千林竖起大拇指：“知我者老唐也，我还真有条件。”

唐千林道：“你说吧，痛快点。”

易陌尘道：“我们先回家吧，家里暖和。”

等回到易陌尘的那栋豪宅中，唐千林迫不及待地问：“你的条件到底是什么？”

易陌尘一屁股坐在沙发上：“我想知道，你师兄为什么要说青龙寺是个圈套。”

唐千林摇头：“我不知道。”

易陌尘想了想：“那我换一种问法吧，你师兄是不是在调查青龙寺？”

唐千林道：“对，的确在调查，查了十年了。”

易陌尘又问：“为什么？”

唐千林却反问他："你不也在调查青龙寺吗？还派了一支队伍过去，你又出于什么目的？"

易陌尘道："我怀疑，我和你师兄调查的目的是一样的，只有两个字。"

唐千林略微寻思："对，两个字的确可以概括。"

易陌尘看着唐千林道："说吧。"

唐千林刚一开口，易陌尘也同时开口，两人说了相同的两个字："萨满！"

"最早对萨满有记载的是宋代的《三朝北盟会编》。"易陌尘仔细回忆着，"这个宗教本质和其他教派一样，是对神灵的信仰和崇拜，但不同的是，萨满教认为万物有灵，而且会将一切自然现象拟人化，比如说风、火、雷、电、雨这五种自然现象，就被他们认为是五种神灵，而且这五种神灵都与他们的祖先密不可分。"

唐千林也终于落座："东北的跳大神，实际上就是萨满教的一种形式。"

易陌尘点头："对。"

唐千林想了想，决定用一些消息试探下易陌尘："我师兄去找青龙寺的原因，就是因为想找到……"

唐千林话没说完，易陌尘便接着道："萨满灵宫。"

唐千林点头："对。"

易陌尘起身离开，不久后回来，手中还拿着一卷牛皮，他将牛皮展开在桌子上，指着上面的那些奇怪的文字道："你认识这些字吗？"

唐千林仔细看着，辨认着："是蒙古文，我只认识一部分，似乎在说灵魂。"

"没错。"易陌尘指着上面的文字道，"这是一首萨满招魂歌，但这首歌里已经融入了佛教的理念，所以其中有一个字是外来语。"

唐千林问："哪个字？"

易陌尘指着其中一个字道："这个字读'庙'，就是'庙宇'的意思，在萨满教中是没有庙宇这一称呼的。"

唐千林道："你详细解释下。"

易陌尘道："我先给你翻译下这首招魂歌的意思。"

易陌尘看着那些文字一个字一个字地开始读着：

现在要去庙里 为你的灵魂指路

使你顺顺利利一马当先 转世到美好人间

你真的已经死去了 不信你看啊
你踩过的灰烬留不住你的脚印
你走过的青草从不偃倒
去大地之上再生为人吧 别总在阴间游荡
跟我走一趟吧 这条道路无限宽广
别害怕要渡过河滩 也别畏惧那高高的山
来吧 跟着我来吧 再生的正道光明灿烂

唐千林听完后道："这好像不是招魂，而是引魂的意思呀？"

易陌尘点头："没错，这首歌的意思，就是要引导死者接受自己已经死亡的事实，同时也在安慰死者的亲属。"

第七章

秘搜课

在办公室内昏睡到中午的李云帆，终于被一名特务唤醒。

李云帆睁眼看着特务，刚要训斥对方的时候，却看到特务身后一脸不满的朴秉政。

李云帆立即起身："朴课长。"

朴秉政冷冷道："李科长，你应该知道今天是报到的日子吧？"

"知道！"李云帆立正道，"但是昨晚三宅将军并未告诉我，应该在何处报到，所以我一直在等候通知！"

朴秉政依然语气冰冷："等候通知的方式就是宿醉？"

李云帆只得道歉："对不起，下次不会了。"

朴秉政扫了一眼李云帆已经收拾好的办公桌："拉瓦斯酒馆那种地方什么人都有，作为保安局的特工，在没有执行任务的时候不要去。"

朴秉政的这句话让李云帆意识到，自己被监视了，看样子这个朝鲜人根本不信任三宅恭次派给他的助手。

李云帆道："是！"

朴秉政面无表情道："跟我来。"

李云帆跟随着朴秉政走进保安局的地下室中，原本以为新部门在地下室中的他却发现地下室中有一条不知道通向何处的走廊。

"这里还没有完工，还有一些收尾的工作。"朴秉政在前方边走边说，"从今往后，这儿就是秘搜课人员上下班的必经之路。"

李云帆注意到，走廊上四下都遍布着荷枪实弹的日本士兵，虽然这些士兵佩戴着宪兵的臂章，但精神状态和穿着打扮，以及武器装备明显与其他的宪兵不一样。

就拿武装来说，一般的正常日本宪兵穿的军服与普通关东军差别不大，只是多了臂章，而这些士兵所穿的军服更为合身，好像每个人都是量身定做的一样，都手持改进型的德制伯格曼冲锋枪，也就是MP28冲锋枪，而且每人都佩带手枪，还都是非常罕见的南部式16发自动手枪。

走廊两侧每隔大概十米的位置，就有一个小型工事，工事上架着轻重机枪，加上周围房间内的机枪口，形成交叉火力，也就是说，要想从这个走廊强攻进去，几乎是不可能的事情。

通过走廊后，朴秉政来到一部电梯跟前，将自己的枪支和证件，以及身上所有的东西都拿出来，展开双手让日军士兵搜身，剩下的士兵也对李云帆如法炮制。

走进电梯后，朴秉政才开口道："以后每天进出都要搜身，除了规定里可以携带的东西外，哪怕多带一张白纸出去，都会被特攻队当场逮捕。"

李云帆看着朴秉政："特攻队？"

朴秉政道："先前你看到的那些士兵，就是直接隶属于关东军特种情报部的特攻队，都是由从关东军中挑选出来的精锐士兵组成的，在战场上都能以一敌十。"

李云帆默默点头，此时电梯门打开，他这才惊讶地发现，原来秘搜课的办公室就是保安局对面那座曾经用来存放物资的旧仓库。

仓库已经被整理过了，变成了一间巨大的开放式的办公室，而上面两侧的阁楼也改造出了三间单独的办公室。

这地方是什么时候改造的？怎么平日里没有看到工人在保安局内出入呢？

不过李云帆也明白了，三宅恭次要重新组建秘搜课，看样子是早有打算，并不是突然决定的，综合推测，至少在一年前他就开始做准备了。

"所有人集合！"朴秉政站在仓库中下令道，此时各自忙碌的那些特工立即列队集合站在他跟前，在楼上办公室的钱斯年也匆匆下楼，站在朴秉政身后，与李云帆站在一起。

李云帆低声问："你什么时候来的？"

钱斯年道："我把局长送回家，就直接过来了。"

李云帆埋怨道："那怎么不叫我？害我被朴课长一顿训斥。"

钱斯年皱眉："我看你睡得那么香，没舍得叫醒你。"

李云帆冷笑了下："那你就干脆让朴课长亲自来叫我？"

钱斯年赶紧解释："我可不是故意的啊，新官上任三把火，你自己想吧。"

此时，朴秉政上前一步，对那些特工道：“各位，从今天起满洲秘搜课就正式成立了，恭喜各位成为秘搜课的首批特工！”

特工们齐声回答：“是！一定不辱使命！”

朴秉政扫了一眼前排的特工：“秘搜课一共分为四个部门，情报科、行动科、联络科以及研发科，我先给各位介绍一下情报科的科长李云帆。”

李云帆上前，朴秉政又道：“行动科科长钱斯年！”

钱斯年也上前，与李云帆站在一起，目视着下方那些特工，此时两人心里所想的完全一样——这些特工是从哪儿冒出来的？

所有人都是生面孔，两人在保安局工作多年从未见过，这些人都是从哪儿来的？

朴秉政接着道：“我得提醒各位，虽然秘搜课是独立部门，属于关东军特别情报处，但对外各位依然是保安局的特工，拿保安局的薪水，所以，我希望各位牢记自己身份的同时，也要清楚‘绝密’两个字的含义。”

众人齐声回答：“是！”

李云帆和钱斯年交换了下眼神。

朴秉政又道：“秘搜课作息时间和保安局一样，但你们要记住，我们是24小时待命，就算在没有行动的时候，大家的活动范围也不能超出仓库一公里，现在，解散！”

众特工回应后，各自散开，各忙各的了。

朴秉政转身看着李云帆和钱斯年：“你俩熟悉一下这里的情况，十分钟后来办公室内见我。”

说完，朴秉政离开，沿着楼梯走回自己的办公室。

等朴秉政回到办公室关上门之后，李云帆才将目光转向钱斯年，问：“我有种恍如隔世的感觉。”

钱斯年点头：“是呀，这个秘搜课就像是三宅将军突然间变出来的一样。”

李云帆看着周围那些特工：“你说，这些人都是从哪儿冒出来的？以前没见过呀。”

钱斯年道：“你先前也听到了，什么叫绝密，绝密的意思就是，该让我们知道的就让我们知道，不该让我们知道的，我们永远都别想知道。”

李云帆笑了笑：“走吧，咱们回办公室看看。”

来到自己的办公室门口，李云帆看着门上“情报科”三个字，笑道：“没想到，还能当科长。”

钱斯年帮他打开门：“进去看看吧。”

李云帆走进办公室，发现里面应有尽有，以前自己一直想在办公室配置的收音机也摆在了旁边的柜子上，这件事他就跟钱斯年说过，就连关北鹤他都没敢说，所以，这里有收音机说明钱斯年肯定向朴秉政抑或三宅恭次透露过自己的日常情况。

这说明，钱斯年和他们的关系不像自己想象中那么简单，不过钱斯年这么做，是不是在提醒自己什么呢？

看样子以后在秘搜课一定要谨言慎行，这里远比曾经所在的保安局还要危险万倍。

在易陌尘的豪宅中，唐千林和易陌尘依然在客厅讨论着关于萨满灵宫的事情，丝毫没有察觉到趴在二楼栏杆处的唐子程。

很是无聊的唐子程站在那儿听着听着他的目光又投向了地窖的入口，几番思考后，这个孩子轻手轻脚下了楼，朝着地窖通道走去。

好奇心是人与生俱来的，在人没有长大之前，好奇心永远都是处于一个膨胀爆发的状态，唐子程也一样，当他走进地窖中，闻着那股怪味，看着瓶瓶罐罐中的那些骇人的东西后，他竟然根本不害怕。

小田君正趴在桌上记录着什么，丝毫没有察觉到已经走到跟前来的唐子程。

“叔叔，你在做什么呀？”唐子程冷不丁开口问道。

小田君吓了一跳，抬眼看着唐子程，两人就那样对视着。

许久，唐子程又问：“叔叔，你在干什么呀？这里是什么地方？”

小田君咽了口唾沫，这个整日面对尸体的人，现在却面对一个活生生的孩子，就像是见了鬼一样，除了与其对视之外，大脑中一片空白。

唐子程见小田君一语不发，只得转身去探索其他的未知，而小田君就坐在那儿，呆呆地看着这个孩子，脑子中却浮现出了昔日与爱人一起生活的画面：

“小田君，你说我们以后要是有孩子了，应该叫什么名字呀？”

小田君与爱人坐在台阶上，爱人靠在昔日那个阳光上进的他的肩头憧憬着未来。

小田君看着远处的树林道：“叫小田林吧？”

爱人诧异：“为什么呀？”

小田君笑道："我喜欢树林，喜欢大自然。"

爱人笑道："还不如叫小田园呢，我喜欢田园生活。"

回忆到这儿，小田君下意识看向容器中的那颗头颅，但目光很快又投向了正在四下探索的唐子程。

"那个……"小田君起身道。

唐子程扭过头来看着他："什么？"

小田君迟疑了下道："很危险，不要乱碰。"

唐子程点了点头，下意识退开一步，用"可以了吧"的眼神看着小田君。

小田君默默点头，重新落座，拿着笔却没有工作，而是面带傻笑继续回忆着过去，如今的他就是反复穿梭在过去和现在的怪物，靠着那些美好的回忆维持着自己的生命。

但在看到唐子程的那一刻，他心里有什么东西被触动了。

可是，小田君并未意识到危险也在步步逼近……

秘搜课阁楼上那间最大的办公室内，朴秉政将一沓档案扔在李云帆和钱斯年跟前："这是咱们秘搜课的第一个任务。"

李云帆拿过档案和钱斯年一起看着，但只看了一眼，他就发现这是昨天本庄信义给他看的关于旧侨民区中关于乌虫洞穴的那个案子。

李云帆下意识看了一眼钱斯年，他发现虽然钱斯年表面上很认真，但他的浏览速度极快，所以，昨晚在会议室中他肯定也已经看过了这份档案。

朴秉政忽然问："你们招募的人手呢？"

李云帆面露难色："时间太仓促，我就找到了一个人，还不知道人家愿不愿意呢。"

朴秉政并未往下继续问，而是看向钱斯年："你呢？"

钱斯年回答："找到了两个。"

朴秉政问："从哪儿找的？叫什么？多大年纪？做什么的？可靠吗？"

钱斯年一一回答："从黑道上找的，叫庆氏兄弟，年龄三十岁左右，以前给我做过密探，头脑还算灵活，拳脚功夫也不错，最重要的是，这俩人以前是满洲一带赫赫有名的盗墓贼。"

朴秉政想了想道："下午，你选个地方，约上他们，我见见。"

钱斯年点头："要不去我家吧？其他地方也不安全。"

朴秉政道："行，总之在没有正式招募进来之前，不能带进仓库。"

说完，朴秉政又问李云帆："你找的那个人是什么情况？"

李云帆并未立即回答，而是在心中思索了一会儿，毕竟他根本不熟悉唐千林的情况，他先前那么说，完全是建立在对易陌尘的信任上。

易陌尘虽然是个无利不起早的人，但无论怎样，他都清楚自己是个中国人，从未做过有损民族大义的事情。

李云帆回答："是个旄捕。"

钱斯年和朴秉政同时一愣，显然他们都不知道那个称呼意味着什么。

李云帆只得向两人解释了下何为旄捕，钱斯年和朴秉政听完互相对视一眼，显然还是不懂。

朴秉政问："三宅将军要求，你既然是秘搜课的一员，那么聘任您父亲作为秘搜课顾问也是理所当然的事情，所以，令尊就是你招募的成员之一。"

果然是冲着我家老爷子去的。李云帆终于明白了，只得点头道："那我找的另外一个，我下午就去见见。"

"尽快办妥，但是不要滥竽充数。"朴秉政面无表情道，"三宅将军就给了我们五天时间查清楚这个案子。"

李云帆和钱斯年起身道："是！"

出了办公室，钱斯年就急匆匆离开去找庆氏兄弟了，而李云帆则慢悠悠回到办公室，他还在想到底如何对自己的父亲说这件事。

首先，父亲李清翔一直不知道自己地下党的身份，应该说知道他身份的人在整个东北抗联总共也只有两个人：一个是负责联络他的那个拉瓦斯酒馆的侍者，另外一个就是临时省委副书记朱卫东。

李清翔既然不知道李云帆的身份，自然也因为他成为汉奸的事而耿耿于怀，父子俩虽然同住一个屋檐下，但几乎没有任何交流。为了不与父亲爆发争吵，李云帆也时常不回家，要不住旅馆，要不就干脆睡在办公室。

可这次，他不得不回家劝说父亲，因为他太清楚日本人的手段了，如果父亲不从，日本人极有可能对他下杀手。

如果不为我所用，那么也不能为他人效劳。这就是日本人招募人手的准则。

李云帆正在苦恼的时候，电话响起，他接起来后传来总机话务员的声音：

“李科长，有个叫易陌尘的人找你，需要我帮你接过来吗？”

李云帆迟疑了一下道：“你替我接过来吧，谢谢。”

秘搜课的电话都不能随便打进打出，所有电话必须通过总机中转，看样子保密工作真的是做到家了。

不久后，电话那头传来易陌尘着急的声音：“喂，老李，你什么时候还我钱呀？我急用钱呀！”

李云帆听完后道：“等一下老地方见，我现在手头刚好宽松了。”

说完李云帆挂了电话，急匆匆离开了，因为先前易陌尘在电话中说的是暗语，只有情况最紧急的时候他才会说这种话，而李云帆如果可以及时出现，就会告诉易陌尘手头宽松。

不过，这也是易陌尘多年来第一次对他说这个暗语，说明事态真的很紧急，会是什么事呢？想到这儿，李云帆脑子中闪过唐千林的模样，会不会与这个旄捕有关系？

来到那家山东酒馆之后，李云帆见到了早就等候多时的易陌尘，未等他落座，易陌尘就急切地说：“出事了，那个旄捕的儿子无意中在小田君的工作室里染上了乙种菌！”

李云帆听得云里雾里的：“什么旄捕的儿子？什么乙种菌？”

易陌尘耐着性子赶紧把昨天发生的事情用最快的速度讲述了一遍。

李云帆点头道：“他儿子怎么会染上那种细菌的？”

易陌尘一脸难色：“小孩子什么也不懂呀，你知道小田君的，每天神神道道的，能自己活着就不错了，也不会管孩子，稍不留神那孩子就……”

与此同时，在易陌尘豪宅的地窖中，唐千林正搂着一脸迷茫，浑然不知发生何事的唐子程焦急不安地等待着，而小田君则在那里快速翻阅查询着自己的档案。

唐千林终于忍不住道：“你怎么会把那么重要的样本就直接摆在那儿？”

小田君根本不回答他，充耳不闻，继续在那儿翻阅查询资料。

唐千林怒道：“小鬼子，我在问你话！”

小田君听到“小鬼子”三个字猛地抬起头来，冷冷道：“我不是鬼子，我和他们不一样，我是人，不是魔鬼。”

唐千林忍了忍：“现在怎么办？我儿子会怎么样？”

小田君冷漠地回答：“按照我带出来的临床实验资料，他今晚就会发烧，两天后陷入昏迷，如果五天内找不到甲种菌配置血清，谁也救不活他。”

唐千林指着小田君道：“如果我儿子有事，我一定会杀了你！”

小田君不发一语，继续查阅着资料，虽然他嘴上不说，但在发现唐子程接触了那种乙种菌样本后，他就做好了以死谢罪的准备。

酒馆内，易陌尘压低声音对李云帆道：“甲种菌只有你有办法搞得到。”

李云帆摇头：“我都不知道那是什么东西！”

易陌尘道：“小田君说，甲种菌在满洲只有两个地方有：第一个地方就是关东军防疫给水部队，第二个地方就是秘搜课。”

李云帆闻言皱眉道：“他说的秘搜课是日本人的那个，不是新组建的这个，我也没办法呀，再说了，这种东西，我根本没有机会接触得到。”

易陌尘摇头：“小田君说甲种菌不是什么高保密的玩意儿，你一定有办法的。”

李云帆看了看四下：“既然不是高保密的，那让他自己搞呀，他以前不是日本军医吗？”

“他手中那份乙种菌样本都是无意中从尸体中得到的，你记得一个月前在松浦发生的那次大规模死亡事件吗？”满头是汗的易陌尘低声道，“当时死了一个屯的人，就是日本人做乙种菌实验搞的，我听说美国人已经研制出了疫苗，就算我有办法搞来，也至少得好几个月，时间不等人，你就想想办法吧。”

李云帆思来想去道：“只有一个办法了，那就是去求我家老爷子，只要他肯出山，那就没事了。”

易陌尘诧异：“翔爷能帮上咱们？”

李云帆道：“只有他了。”

一个小时后，当李云帆领着易陌尘回到家中，将日本人要聘请他当秘搜课顾问的事情告知后，李清翔只是面无表情地说了一个字：“滚。”

易陌尘看着尴尬的李云帆，又看向李清翔。

李清翔这个快年满六十岁的人，一点儿长辈的模样都没有，头发油亮，西装革履，不知道他的人，还以为他只有四十岁左右，与李云帆站在一起，根本不像是父子，而像是亲兄弟。

最让李云帆不满的是，自己父亲出了名地风流，虽然在他记忆中父亲曾经不是这样的，但也不知道从哪天开始，李清翔就开始整日捯饬自己，把自己打扮得越年轻越好，没事就往酒吧或是烟花巷里面钻，甚至在那些地方一待就是好几天。

如果不是李云帆心智成熟得早，知道律己，刻苦上进，他早就成为了混迹街头的流氓混混儿。

李云帆平息了下自己的情绪道：“爸，其实……”

李清翔没等他说完，又说了一个“滚”字，这次彻底把李云帆怼回去了。

怼完李云帆，李清翔又扭头笑眯眯地看向易陌尘：“易老弟，最近买卖怎么样？”

易陌尘赶紧道：“翔爷，您别逗我了，您是长辈，别和我称兄道弟呀，这不是折我寿吗？”

李清翔道：“一码事归一码事，那不一样，我最近弄到了一件好东西，要能卖就帮我卖了，如果你要喜欢，就自个儿留着。”

易陌尘看了一眼李云帆，李云帆尴尬地站在一旁。

易陌尘笑道：“行，翔爷，您拿给我看看，我给估个价。”

李清翔高兴起身，目光投向李云帆的时候，脸色又一沉：“戳着干吗呀？要么滚，要么给我烧点开水去。”

李云帆默默点头，用恳求的目光看了一眼易陌尘转身出屋。

这种场面，其实易陌尘早就见怪不怪了，而且他和李清翔的关系也不一般，从李清翔还是逐货师的时候，少年时期的易陌尘就开始和这个长辈做起了买卖，不过当时碍于逐货师行当里的规矩，两人交易的次数并不多。

等李清翔洗手不干，成为李云帆口中的“老不羞”之后，两人几乎是一个星期见好几次，但凡李清翔搞到点好东西，都会转手就卖给易陌尘。

而易陌尘对李清翔搞来的那些宝贝也是非常喜欢，毕竟李清翔曾经是逐货师，他能看上眼的，不是极品就是真正的异宝。

不过，今天易陌尘真的不是为了宝贝而来，他必须按照李云帆的计划说服李清翔成为秘搜课的顾问，这样才有机会救下唐子程的命。

易陌尘想不到，和唐千林不过认识两天时间，他就欠下了人家的一条命。

第八章

以命换命

李清翔将那件宝贝拿出来的时候，易陌尘差点儿没笑出来，因为那就是一个泥球。

李清翔将那个泥球小心翼翼放在桌上，问：“易老弟，知道这是什么吗？”

易陌尘笑道：“翔爷，您又逗我玩呢？这不就是一坨泥巴吗？您总不能告诉我，这坨泥巴是从龙窝里掏出来的吧？”

李清翔浅浅一笑，掏出一把小刀，小心翼翼将泥球上的泥一层层刮下去，等快要刮完的时候，易陌尘看到其中有什么银白色的光在闪烁，他立即明白了，脱口而出：“银雪蛤？！”

李清翔放下小刀：“算你识货。”

易陌尘凑近那个泥土快被刮没的泥球，透过表层浅浅的泥土，看着其中那只通体银色的雪蛤，闻着其中传来的那阵阵芳香，脸上终于露出满意的笑容。

易陌尘问：“翔爷，您从哪儿搞来的银雪蛤？据我所知，上次发现银雪蛤还是三百多年前。”

李清翔也不说话，只是喝着茶，一脸的得意。

易陌尘又道：“这可是价值连城呀，而且还是活的，不是干货。”

此时门开，李云帆推门而入，提着水壶小心翼翼地倒水。

易陌尘赶紧用手护着那泥球，埋怨李云帆：“你不知道把杯子拿过去倒吗？如果开水伤着银雪蛤，哪怕是有点热气，这玩意儿就死了，要是死了，就不值钱了！”

李云帆用憎恨的目光看着易陌尘，用眼神问他：你是不是忘了自己来干吗的？

易陌尘对李云帆的眼神视而不见，因为他现在注意力全在这银雪蛤之上，因为这东西的确是宝贝，真正的异宝。在东北的历史上，有据可查的就出过五只。

雪蛤就是林蛙，而这银雪蛤却不一样，普通林蛙能冬眠五个月之久，而这银雪蛤一年就出来活动一个月，其余时间全都在土里睡，而且睡的地方必须得挨着人参，所以一般挖参人找到银雪蛤的概率比一般人要大。

银雪蛤分为干和活两种，干的就是指挖出来就死掉的，没办法只能就地晒干，晒干后可以直接入药，治疗肺痨有奇效，几乎是药到病除，还可以将其磨成粉加入药材焚烧，做成熏香，用来治疗支气管炎。

而活的银雪蛤就更珍贵了，身上分泌出来的黏液可以治疗烧伤，解蛇毒，散发出来的芳香每日一闻，顺气平喘，延年益寿。如果活的直接熬煮，可以治疗眼疾，也就是西医所说的白内障。

易陌尘凑近看了许久，抬眼笑嘻嘻问："翔爷，这东西怎么来的？"

李清翔喝着茶笑道："易老弟，规矩你懂的。"

"懂，我明白。"易陌尘恢复了平日的模样，面带商人的微笑，"翔爷您开个价。"

李云帆忍不住了，咳嗽了一声，踹了一脚易陌尘："你是不是不救唐千林的儿子了？"

易陌尘还没说话，李清翔却先问："什么意思？谁的儿子？出什么事了？"

面对李清翔连串的问题，李云帆并没有回答，还是对易陌尘说："你的朋友，而且是在你家出的事，你自己解释吧。"

易陌尘看着李清翔质疑的眼神，将来龙去脉讲了一遍。

李清翔听完，却是看着李云帆："太阳打西边出来了？汉奸都学会救人了？"

面对父亲的讽刺，李云帆没有争辩，因为在不知道他身份的前提下，他不管如何解释，都毫无意义。

李清翔将蔑视的眼神从儿子脸上移开，又问易陌尘："你说的那个唐千林，真的是旌捕？"

易陌尘点头："千真万确。"

李清翔思索了一会儿，又问李云帆："喂，那个秘搜课到底是干什么的？"

李云帆道："按照日本人的说法，就是调查各种神秘未解事件。"

李清翔道："那不是和旌捕所做的差不多？"

"也许吧，所以我推荐了唐千林，不过秘搜课刚成立，急需人手，日本人对唐千林似乎并不感兴趣，因为他们并不懂旌捕到底是什么。"李云帆站在一侧解释道，“我刚才也说了，日本人最看重的人是你。”

李清翔的脑子反应极快：“我懂你们的意思了，就算唐千林成为秘搜课的一员，日本人也未必会拿出甲种菌来救他儿子。”

易陌尘点头道：“如果翔爷您以甲种菌为交换条件加入秘搜课做顾问，日本人肯定会同意的。”

李清翔冷笑了下：“你真以为日本人傻呀？他们难道不会怀疑我们要甲种菌的用途吗？你们两个，一个是保安局的调查科科长，一个是江湖上出了名的异商，脑子怎么如此简单！”

李云帆和易陌尘怎么会想不到这一点？这原本就是两人故意演的一出戏，李云帆太清楚自己父亲的性格，傲慢、目中无人，所以他必须将“愚蠢”明明白白摆在他面前，让他来解决这个问题。

易陌尘道：“翔爷，那您说，到底该怎么做？人命关天呀。”

李清翔慢慢喝着茶，许久终于放下杯子，脸上的表情像是做了一个很重要的决定一样，随后看着李云帆道：“你回去告诉你们的课长，就说我虽然愿意当你们的顾问，但我病了，病得莫名其妙。”

李云帆一愣：“然后呢？”

李清翔冷冷道：“然后？然后你就自己动脑子，快滚，去给日本人回信去。”

李云帆点头，看了一眼易陌尘：“好，我知道了。”

李云帆离开后，易陌尘问：“翔爷，您到底想做什么呀？装病可不是办法呀。”

李清翔坐在那儿，看向门口：“你刚才也说了，人命关天，就几天的时间，我们必须争分夺秒，更何况那还是个孩子，孩子可是咱们中国的未来呀。”

易陌尘点头，但还是疑惑李清翔到底想做什么。

李清翔看向易陌尘：“易老弟，我先去你那儿一趟，见见那个唐千林。”

一头雾水的易陌尘只得点头：“好吧，我们现在就走。”

来到易陌尘的豪宅地窖中时，李清翔一改往日的玩世不恭，用审视的眼神打量着抱着儿子的唐千林，半晌才道：“阁下就是旌捕唐千林？”

唐千林点头：“没请教这位大哥是？”

按理说，唐千林应该称呼李清翔为前辈，但李清翔那副模样，哪儿有点前辈的样子？完全就是一个中年花花公子。

李清翔抱拳道：“在下李清翔。”

唐千林闻言，立即放下唐子程，虽然知道不礼貌，但他还是上上下下仔细打量了李清翔一番后，这才开口道："前辈您就是誉满关东的逐货师李清翔前辈？"

李清翔微笑道："怎么？不相信？"

易陌尘此时冷不丁在旁边说了句："他也是李云帆的父亲。"

唐千林立即抱拳道："在下唐千林，见过前辈，先前不知是前辈，言语上得罪了。"

李清翔点点头，朝着站在唐千林身旁的唐子程一笑，又转向易陌尘道："你不是说，还有些事要办吗？去办吧，我和小田君聊聊。"

易陌尘无奈地点头，对唐千林道："走吧，我带你去见贺晨雪。"

唐千林不知李清翔出现在这里的用意，只得向李清翔道别，牵着唐子程与易陌尘离开。

三人离开地窖后，李清翔走到依然在办公桌前查阅资料的小田君跟前，用手敲了敲桌子，引起他的注意力后，这才道："我问你，染上那种细菌，是不是只有五天的时间可活？"

小田君看着李清翔默默点头。

李清翔笑了："五天，够了。"

小田君一脸的疑惑，不明白李清翔要做什么。

唐千林和唐子程坐在易陌尘的车上，唐子程对车上的一切都很感兴趣，不时摸摸这个，凑近看看那个，完全不紧张只有五天的命可活。

忽然间，唐子程咳嗽了一声，唐千林紧张地问："你哪儿不舒服？"

唐子程指着自己的嗓子，半天才说："爹，我就是口水呛着了。"

唐千林搂住唐子程道："你要记住，以后不要那么好奇，大多数时候好奇都会把人害死的。"

唐子程却疑惑地看着父亲问："爹，你不是说好奇才是寻求答案的动力吗？"

唐千林苦笑了下道："分时候。"

说完，唐千林问易陌尘："我们现在去哪儿？"

开车的易陌尘从后视镜中看着唐千林："马场。"

唐千林问："贺晨雪在马场？"

"日本人搞出满洲国以来，就以民间俱乐部的形式在哈尔滨、奉天、鞍山、抚顺、安东和营口开始经营赛马场，后来制定和颁布了《赛马法》，又将赛马归为满洲国国有。”开车的易陌尘详细解释道，“刚开始的时候，为了快速将赛马行业铺开，日本人让满洲国方面出面，找江湖帮派扶持赛马行业，挑来选去找上了八相门，那时候八相门还不算壮大，只是一个镖局改革后的小门派，但通过赛马场逐渐壮大……”

当时的八相门掌门马童是马占山将军的交好，与马将军当初一样，迫于形势与日本人合作，私下壮大抗日力量。但在马将军带着人马离开齐齐哈尔，重举抗日大旗的时候，日本人不放心马童，怂恿唆使八相门军师柳谋正暗害了他，并扶持柳谋正成为第二任掌门。

“柳谋正虽说是军师，脑子也算聪明，但做事不算果断，所以日本人对他很失望，逐渐地将赛马场的经营权从八相门处收了回去，八相门由此开始走向衰落。”易陌尘继续讲述着，“直到两年前贺晨雪嫁入八相门之后，八相门开始转衰为盛，所以，外界都称贺晨雪为八相门真正的军师。”

唐千林默默听着，脑子中逐渐浮现出贺晨雪的模样。

至今他都不知道，这个女人到底是做什么的，当初又为何要接近自己。

八相门的生意除了赛马之外，最大的买卖就是彩票。

“九一八”之后，日本和扶持的伪满搞出了各种名目繁多的彩票，有针对劳工的“劳工裕民彩票”，赛马会所发的“摇彩票”，还有打着灭鼠旗帜的“鼠票”，等等，如果遇到重大节日和特殊事件发生，也发行彩票，以示纪念。

当然，八相门背地里还与警察署勾结，开设民办烟馆，而且都是以医馆的形式，你要牙疼了，那简单，给你一杆烟枪，进去抽鸦片去，保证分分钟就不痛了。

把车停在马会大门口，易陌尘下车替唐千林打开车门，同时叮嘱道：“虽然这个季节，赛马场没开，但里面依然有不少博彩的人，你肯定会看到很多不喜欢的人和事。”

唐千林皱眉：“那又怎样？”

易陌尘笑道：“不怎样，提醒你一下，不要冲动，不要被正义感冲昏了头脑。”

唐千林什么也不说，只是牵着唐子程跟着易陌尘走进了马会。

走进马会，唐千林就差点儿被熏一个跟头，里面说是乌烟瘴气都是客气的，所有人都三五成群地坐在那儿抽烟聊天，讨论着这一期彩票到底会开出个什么来。

卖香烟、零嘴的小贩穿梭在其中，不时向赌客们兜售着自己的货物。

角落中，一个衣衫褴褛的人正在被几个八相门的门徒狂殴，那人一边挨打一边还骂着："你们就是骗子，我明明中了头奖！"

唐千林发现周围的人根本没有把视线投过去，依然有说有笑。

唐千林忍不住要上前，被易陌尘拦住："进来前，我给你说什么了？"

唐千林只得点点头，与此同时，那个人已经被门徒活活打死，尸体就直接扔在角落中，紧接着过来两个清洁工模样的人，面无表情地将他的尸身抬走。

上楼的时候，唐千林问："这种事常发生吗？"

易陌尘平静地说："天天有。"

唐千林说："我不是指马会，而是指在整个东北。"

易陌尘转身看着他："你什么意思？"

唐千林道："在关内的时候，我听很多人说，满洲国歌舞升平，是一片乐土。"

易陌尘冷笑道："乐土？被侵略、被占领的地方，会变成乐土吗？不，对日本人来说，这的确是乐土，走吧。"

来到二楼走廊的时候，易陌尘又对唐千林说："我不知道你是什么样的人，我也不知道你本事到底有多大，但为了救你的儿子，你现在要做的就是一个字——忍。"

唐千林默默点头。

来到会长办公室前的时候，易陌尘对门口的保镖说："我是易陌尘，我来见贺会长，约好的。"

保镖拿出手中的记录本翻看了下，又示意周围的人上前搜身，在搜身的过程中就连唐子程都没有放过。

一切妥当后，保镖将大门打开，门开的那一瞬间，唐千林一眼就看到了坐在办公桌前正在查阅着账本的贺晨雪。

她和多年前一样，几乎没有变，依然那么漂亮，发髻上那支火红色的凤凰发簪十分夺目，面部的皮肤根本看不出来她已经是三十多岁的女人。

贺晨雪的穿着打扮洋气了许多，一看就知道是大户人家的太太，但依然散发着那种无法让人轻易靠近的冷漠。

保镖将门关上的时候，贺晨雪终于抬起头来，在看到唐千林和唐子程的那一刻，她明显有些吃惊，但很快又恢复了平静，面带着平日内招待客户的微笑对易陌尘打招呼："易老板，稀客，有何贵干？"

易陌尘抬手攀在唐千林的肩头："没特别的事，就是我的一位新朋友想见见您。"

贺晨雪的目光终于投向面无表情的唐千林，却没说什么。

易陌尘掏出烟来："贺会长，我出去抽支烟，你们慢慢聊。"

易陌尘欲走之时，贺晨雪问："易老板，你什么意思？"

易陌尘看着她，故作一脸无辜："我不明白您是什么意思。"

贺晨雪却笑了："好吧，那等下咱们详聊。"

易陌尘打开门离开，屋内就剩下唐千林、唐子程和贺晨雪三人。

贺晨雪坐回了办公桌前，就那么直视着唐千林，目光从未落在唐子程的身上，就像这个孩子根本没有出现在这间办公室一样。

许久，唐千林终于打破了沉默，蹲下来对唐子程说："子程，你不是一直说想见你娘吗？她就是你娘。"

唐子程闻言很诧异，扭头看着冷漠的贺晨雪，他从这个女人身上没有看出半点母亲的模样，与他想象的相差太远。

贺晨雪坐直，缓缓道："看样子，当初我把孩子留给你是正确的，你把他抚养得很好，他现在多大了？"

唐千林冷冷道："你连自己儿子多大都不记得了？"

"我从不往脑子里装一些无关紧要的事情。"贺晨雪摇头道，"我连自己的生日都记不住，更何况是他的年龄？"

唐千林道："子程，告诉你娘，你今年多大了。"

唐子程迟疑了一会儿，终于把那个"娘"字去掉，回答道："我今年十岁了。"

贺晨雪终于有了些许的笑容，就像在看一个朋友的孩子："十岁了，大小伙儿了，该懂事了，看样子不调皮，识字吗？你有没有教过他功夫？"

唐千林并未回答贺晨雪的问题，只是道："我的职责尽到了，我还有其他的事要办，孩子就交给你了。"

唐千林刚说完，唐子程直接抓住了他的手腕："爹，你不要我了？"

唐千林听到这句话，心像是被刀割了一下，他看着唐子程道："爹只是想让你和你娘团聚。"

唐子程看了一眼贺晨雪，又看向唐千林，摇了摇头。

贺晨雪道："我不喜欢孩子，也不知道如何照顾，还是你带着吧，你毕竟是他父亲。”

唐千林冷笑了一声：“父亲？亏你说得出口。”

贺晨雪起身走到保险柜前，打开后从里面拿出一沓钱，走到唐千林跟前：“这些是抚养费，不够你找我要，麻烦你把他抚养成人。”

唐千林抬手就将贺晨雪手中的那沓钱打飞，钞票飘在办公室内，又散落满地。

唐子程吓坏了，立即躲在了唐千林的背后。

唐千林咬牙道：“你没感情吗？你是冷血吗？这是你亲儿子！你怀胎十月生下来的！”

贺晨雪却不动怒：“就是因为我怀胎十月生下了他，所以我知道抚养孩子很辛苦，而且我不适合教育孩子，你也看到外面那环境了，所以，比起来，你更适合抚养他。”

唐千林道：“我问你，当初为什么要走？”

贺晨雪不回答，只是转身去保险柜中又拿了几根金条：“你别误会，我不是在施舍你，我知道，你如果想要钱，只需要动动脑子就行了，这些钱，是我欠你的，我现在连本带利还给你。”

唐千林冷笑道：“你接下来是不是想说，我们互不相欠了？”

贺晨雪还是避而不谈关键问题：“当年，你借给我十块大洋的时候，我就告诉过你，迟早有一天，我会报答你的。”

唐千林皱眉道：“我要的不是这种报答。”

贺晨雪一笑：“那你要什么？以身相许？我许过了，我做过你的女人了。”

唐千林追问：“为什么？”

贺晨雪缓缓摇头：“唐千林，我们根本就不是一路人，我知道过去你对我很好，那种好是别人给不了我的，但并不是你对我好，我就得一直跟着你过一辈子，我不喜欢你那种东奔西走的生活。”

唐千林道：“我当初为了你，已经安定下来了，你应该很清楚。”

“‘旄捕千林’这四个字在江湖上赫赫有名，你会因我而离开江湖吗？不会。”贺晨雪微笑道，“归根结底，就三个字——不适合。”

唐千林稍微握紧了唐子程的手：“你不喜欢我做什么，我可以不做，你不喜欢我什么，我可以改。”

贺晨雪脸色沉了下去：“我以前给你说过吧？我特别讨厌你这副模样，这种卑躬屈膝的态度，一点儿都不像个男人。”

唐千林的声音低了下去：“我到底做错了什么？”

贺晨雪摇头：“如果非要说有错的话，那就错在老天爷安排了我们相识。”

唐千林点头：“我明白了，你别误会，我来找你，并不是为了钱，更不是想和你争执什么，只是想告诉你，子程只有五天的活头了。”

贺晨雪闻言，脸色却丝毫未变：“是吗？我只能说人各有命。”

唐千林很想抬手给贺晨雪一记耳光，但他做不到，因为他现在很无力，也很无奈，他只得牵着唐子程的手转身离开了办公室。

走出办公室大门，唐千林也没有搭理迎上前的易陌尘，而是直接朝着楼下走去。

易陌尘看着他离去的背影，只得说：“去车上等我！”

说完，易陌尘径直走进办公室，反手关上门，看着贺晨雪正蹲在地上捡着那些散落的钞票。

易陌尘嘲讽道：“贺会长这是有钱没地方花了，撒着玩呀？”

贺晨雪将收拾好的钞票连同金条递给易陌尘：“帮我转交给唐千林父子。”

易陌尘迟疑了下，抬手接过：“好。”

贺晨雪又转身走到保险柜跟前，拿了另外一沓钞票：“这一份是你的，辛苦你照顾他们了。”

易陌尘抬手拒绝：“我不缺钱，既然是我的朋友，那吃我的、住我的，理所应当。”

贺晨雪笑道：“我一直以为易老板是个很懂人情世故的人，知道什么该做，什么不该做。”

易陌尘也笑道：“这是威胁吗？”

贺晨雪道：“你可以当作是。”

易陌尘展手道：“那你现在就杀了我解解气，赶紧的，等我走出这间办公室，你要想杀我，那可就难了。”

贺晨雪转身回到办公桌后，落座问：“为什么那孩子只剩下五天的命了？”

易陌尘奇怪地问：“你男人没告诉你？”

“易老板，不要胡说八道，我男人叫柳谋正，是八相门的掌门，这里谁都知道。”贺晨雪冷冷道，“唐千林和我没有任何关系。”

易陌尘故作疑惑："奇怪，老唐不承认你是他老婆，你也不承认他是你男人，可你们却有个儿子，这算什么呀？"

贺晨雪从抽屉中摸出一把枪，直接扔在桌面上："易老板，这事和你没关系，你回答我的问题便是了，否则，我真的有可能杀了你。"

易陌尘笑道："行，我告诉你，我这个人怕死惜命，哎呀，这个弱点什么时候才能改掉呢？"

易陌尘接着将前因后果讲了一遍。

贺晨雪听完后，只是说了句："你可以走了。"

易陌尘点头，伸手抓着门把手的时候，又侧身道："贺会长，那孩子到底是你的亲儿子吗？"

贺晨雪低下头继续查看账本："易老板，慢走不送。"

易陌尘只是笑了笑，开门离开。

门重新关上后，贺晨雪合上账本，起身走到窗口，站在那儿看着楼下那辆车顶已经落满积雪的汽车。

没想到，他真的来了。贺晨雪心里想，当初把孩子留给他，看样子是做对了。

第九章

旋捕千林

车内，唐千林搂着唐子程呆呆地坐在那儿，满脑子都是各种疑问，还有伤心，但这些很快就转变成了愤怒，愤怒也会因此演变成对贺晨雪的仇恨。

唐子程却在那儿一连串地发问："她为什么是我娘？娘为什么不认我？娘在这里干什么？娘当初为什么要走？"

面对这些问题，唐千林完全不知道该如何作答。

他总不能告诉唐子程，当年贺晨雪生下他，不等他满月就消失得无影无踪了。

他也不能告诉唐子程，他至今都不知道贺晨雪是做什么的，也不知道她的性格为何如此反复无常。

他只知道，自己是用十块大洋从一群江湖混混儿中把贺晨雪赎出来的，如果他不那样做，贺晨雪只能沦落于青楼。

唐千林看着车窗外，一字字道："人怕孤单，孤单会促使人去做一些原本他做不到的事情，而这些事儿会让人丧失自我，变成另外一个人。"

唐子程完全不懂唐千林在说什么。

唐千林又道："其实人一辈子大部分都在孤军奋战，因为人都怕背叛，怕自己付出之后得不到回报，没有人不想要回报的，无论是精神上还是物质上，所以，这也会让人陷入泥潭之中，错失真正可以陪伴自己度过余生的人。"

刚坐在车内的易陌尘听到唐千林的话，侧身道："你念诗呢？"

唐千林微微摇头。

易陌尘又看着唐子程："你说的这些，孩子能懂吗？"

唐千林道："他迟早会懂的。"

易陌尘对唐子程说："子程，叔叔告诉你，简言之呢，就是你爹和你娘之间有问题，这个问题现在解决不了，所以你们一家子无法团聚，明白了吗？”

唐子程似懂非懂地点点头。

唐千林道：“开车吧。”

易陌尘发动汽车：“走吧，咱们回去还有正事要做，只有五天的时间。”

此时，唐子程却忽然说：“我们走了，那娘呢？”

唐千林攥紧拳头：“她都不管你了，你还关心她干什么？”

易陌尘此时侧头，皱眉看着唐千林：“喂，这些话就不要对孩子说了，不管怎么样，那都是他娘，你有你的伤心事，她也许有她的难处。”

唐千林只是说了句：“我就是一直这么安慰自己的。”

汽车发动，朝着街头前方缓缓驶去。

汽车消失在雪雾中之后，贺晨雪离开了窗户，因为她突然间觉得好冷。

贺晨雪来到壁炉前，替自己倒了一杯黑咖啡，坐在那儿摄取着炉火的温度，呆呆地看着窗外飘起的漫天雪花。

“唐千林终于来了。”一个声音从角落中响起，声音低沉而又沙哑，“我说过他一定会来的。”

贺晨雪侧目看着角落中那个光头男子，他正是昨日与易陌尘做蛟骨交易的行商，此时他的姿态和神色与昨日完全不一样，就像是一个运筹帷幄的军师。

贺晨雪道：“延庆兄，你还没告诉我，你为什么会知道唐千林会来东北？”

被称为延庆兄的男子走到贺晨雪跟前：“因为这是我的地盘，所以我什么都知道。”

贺晨雪闭眼道：“这不算回答，你们马佳氏到底想做什么？”

这个名为延庆的人，本名马延庆，是满人，也就是以前说的旗人。

马佳氏系出长白，起源于满洲马佳地方，世代居住于嘉里库城，自始祖马穆敦公得姓受氏，为满洲望族，属正红旗。

马延庆冷冷道：“贺会长，客气点，你要清楚自己在和谁说话。”

贺晨雪冷笑一声：“你真以为现在还是满清吗？”

马延庆也冷冷回应：“现在虽然不是满清，但这里是满洲国，满洲国的皇帝也是满人。”

贺晨雪睁大眼：“马王爷，我就想知道，你为什么要费尽心机装成一个行商，接近易陌尘，又将他引到唐千林跟前去，而且因此还折了八相门的四个得力的门徒？”

“得力的门徒？就那几个三脚猫的功夫，三两下就被唐千林给放倒了。”马延庆不屑道，“至于要让易陌尘和唐千林见面的原因，有两个：其一是那个寻找萨满灵宫的旄捕楚乐康死了，我需要有人来代替他，师出同门的唐千林是最佳人选。其二，唐千林来满洲人生地不熟，他需要一个搭档，而易陌尘是最佳人选。”

一个旄捕配上一个异商，简直是最佳组合，这一点贺晨雪也很清楚，但如果这个旄捕是其他人也就算了，却偏偏是唐千林。

唐千林出现在满洲，应该与马延庆没有关系，但易陌尘会将唐千林带到自己跟前来，想必也与马延庆的后续安排有联系。

贺晨雪思索了一阵，又道：“马王爷，我是不是告诫过你，不要招惹旄捕？这些人和你想象中的不一样，他们很执着，他们要寻找一个问题的答案，甚至会穷尽一生。”

马延庆道：“没错，我就是需要执着的人，而据我所知，旄捕之中，轩字派对萨满教的研究最为透彻，而唐千林是轩字派中的佼佼者，‘旄捕千林’这个称呼不是浪得虚名的，这一点，想必贺会长比我更清楚吧？”

旄捕起源于明朝拱卫司，但后来因为明朝败亡，旄捕内部也因此产生矛盾，一派坚持南下与满清周旋，而另外一派则认为应该去关外，找到满清的龙脉捣毁，断了满清的气数。

为了此事，两派最终决裂，因为旄捕拜轩辕，所以分为轩字派和辕字派。

轩字派主要活动范围在云南、贵州和四川这西南三省，而辕字派则前往广西、广东和福建南方三省繁衍生息。

虽然决裂，但同在南方，两派的旄捕时常会偶遇，大小摩擦不断，特别是在辛亥革命前后，两派之间的斗争已近白热化，轩字派认为满清已经灭亡，旄捕应该顺应革命，与时俱进，为天下谋福；而辕字派则觉得满清虽然已经灭亡，但此时是光复大明的好时机，应该借革命之机，找到明朝皇族后裔，重建大明帝国。

满清的覆灭，并未让两派之间的矛盾化解，相反，两派之间的争斗越来越血腥，两派都深知这样下去，旄捕迟早会消失在历史之中，但谁也不愿意喊停。

此时，江湖另外一个细作组织“孤军”出面调解，两派的头目终于坐在谈判桌上，为了重组旄捕一派商议。

这个谈判前后持续了一个月，依然是互不相让，最终在孤军的提议下，两派约定谁先查清楚萨满教的秘密，谁就有权力打破轩辕之分，重组旄捕。

这就是楚乐康要耗费时间去调查萨满灵宫的原因所在，因为轩字派到楚乐康这一代，只剩下了三个人——楚乐康、唐千林，以及那个唐千林还不知道姓名，身在何处的师侄。

贺晨雪此时道："萨满灵宫只是一个传说，是不是真的存在还有待查证。旄捕研究萨满教也有数百年之久，没有任何结果，他们执着，那是因为有特殊原因，我不明白马王爷为何这么执迷不悟？"

"'寻根问祖'这四个字足以概括了。"马延庆轻描淡写地说道，而后语气一变，严肃地说，"日本人最近在保安局内部又新成立了一个秘搜课，加上六年前，他们就前往抚顺的非似山勘探，又将非似山下郑家村全村屠尽，加上楚乐康认定萨满神宫就在非似山，所以，我有理由怀疑日本人的目标也是萨满灵宫。"

"怎么，马王爷还想和日本人斗？"贺晨雪端起咖啡喝着，"连你们这个满洲国都是人家日本人控制的，你这样做不是找死吗？"

马延庆笑道："这个就不需要贺会长操心了。"

贺晨雪放下咖啡杯，下了逐客令："既然不需要我操心，那你找我们八相门做什么？之前我已经尽全力配合了，可谓仁至义尽，马王爷，请回吧，以后咱们还是做点其他的买卖，不要去捕风捉影了。"

马延庆冷笑一声，早知贺晨雪会这么说，于是他进入正题："八相门门主可是姓马？"

贺晨雪反驳道："那是以前，现在姓柳。"

"马童掌门也是我们马佳氏的人，是他一手创立了八相门，至于他是怎么死的，你我心知肚明，而且我还知道你和唐千林的关系。"马延庆看着贺晨雪脸上的表情变化，"现任掌门柳谋正可是个眼里揉不得沙子的人，如果你过去的那些事曝光，你会是什么下场呢？"

贺晨雪冷冷道："马王爷这是威胁我？"

"你觉得是就是吧。"马延庆摸着自己的光头，"就像你之前威胁易陌尘一样。"

"前任掌门的死，和我没有半点关系，也和我丈夫没有任何瓜葛，他任军师的时候，对前任掌门忠心耿耿，他能坐上掌门的位置，也是帮中兄弟们的信任。"贺晨雪直视着马延庆，不打算做任何退步，"关于我的过去，你可以随便说，不过我得提醒你，最好一次性说完，不要试图像说书的一样，今天说点，明天说点，因为你打算说故事的时候，枪口就已经对准你了。”

马延庆不以为然：“既然这些你都不在乎，那好办，我就从你儿子下手，他叫什么来着？哦，想起来了，唐子程。”

贺晨雪闻言脸色变了，原来马延庆所做的安排最终杀招是这个。

面对用儿子来威胁自己的马延庆，贺晨雪只得道：“马王爷，你我之间的事情，犯不上牵扯到其他人吧？”

“其他人？唐子程不是其他人，是你儿子呀，是你与唐千林的儿子。”马延庆故作诧异表情，“不管你在唐千林跟前装得如何冷漠，就算你现在心里也没有唐千林了，也不可能不顾自己的儿子。”

贺晨雪沉默了一会儿，问：“马王爷，你到底想怎样？”

马延庆道：“你们出人出力，我出钱，配合我找到萨满灵宫，就这么简单。”

贺晨雪摇头：“这对八相门没有任何好处，我不会同意的。”

马延庆笑道：“你又不是八相门掌门，你做不了主。”

贺晨雪哈哈一笑：“我虽然不是，但我丈夫是，你也知道枕边风比你的话管用吧？”

马延庆显得有些为难：“是呀，的确是这样，怎么办呢？”

贺晨雪道：“马王爷，回去吧，以后大家都还是朋友。”

马延庆抬眼看着贺晨雪，似笑非笑：“可是，柳谋正已经答应我出人出力了。”

贺晨雪一愣。

马延庆笑道：“你不信呀？那晚上你吹枕边风的时候，问问他呀。”

贺晨雪在脑中寻思马延庆说服柳谋正的可能性有多大时，马延庆又道：“柳谋正是个有野心的人，他当年进入八相门，就不甘心一辈子当一个门徒，所以费尽心机当上了军师，然后又想办法坐上了掌门的宝座，可掌门不是他的终点，因为他很清楚，在江湖中你再名声显赫，政府想收拾你的时候，你只能任人宰割，所以，他提出的条件我都答应了，行政公署那头的委任状都已经做好了，就等最后一步了。”

贺晨雪知道，自己被眼前这个秃子给算计了，他设了一个连环套让自己来钻。

柳谋正能有今天，八相门能壮大，靠的全是加入八相门的贺晨雪，但柳谋正不希望里里外外的人因此把自己看扁，认为自己是靠女人上位的废物。

贺晨雪在这一点上也做得极其聪明，她永远都站在柳谋正的背后，除了她应该出现、可以出现的场合之外，其他任何的社交活动，她只是背地里安排，绝不出面。

从认识柳谋正那天起，她就知道，柳谋正是个把面子看得比命还重要的人。

柳谋正私下又不得不凡事征求她的意见。说到底，柳谋正是个要面子，没脑子，凡事都被贺晨雪左右的窝囊废。

即便这样，马延庆也很清楚，这个窝囊废始终是八相门的主人，贺晨雪也不是一个轻易就能够就范的女人。

所以，他只能绕一个大圈子，略施手段，用柳谋正来反制贺晨雪——他先用满洲国政府内部职位来诱使柳谋正答应合作，他很清楚，柳谋正在此事上不会与贺晨雪商量，等到水到渠成，生米煮成熟饭，贺晨雪就算反对也没用了。

而后，马延庆将易陌尘引到唐千林跟前，他知道唐千林在知道贺晨雪在哈尔滨之后，迟早会让易陌尘带他去见面，自己在他们见面后再出现谈判，不需要多言，贺晨雪也会明白，自己抓住了她的把柄。

仅仅是这样，不会让这个强硬的女人就范，他需要步步紧逼贺晨雪，逼到她毫无退路的时候，再将杀招摆在她跟前，同时告诉她，柳谋正已经答应了。

到这个时候，贺晨雪不得不合作，而且她也没办法直接说服柳谋正解除与马延庆的合作，因为那样会让柳谋正非常没面子。

一个把面子看得比自己性命还重要的人，怎么会心疼自己女人的性命？

这就是马延庆的布局，一步步将贺晨雪逼进了死胡同内。

马延庆带着嘲笑的口吻道："贺会长，对不住了，我知道你的性格和脾气，所以，我必须来个先斩后奏，虽然柳谋正是掌门，但他只是八相门的躯体，躯体是被大脑控制的，你就是八相门的大脑和心脏，所以，我必须得先绑住了躯体。"

贺晨雪一语不发，只是坐在那儿看着炉火。

马延庆起身整理了下衣服："贺会长，你这咖啡很香呀，下次也请我喝吧，再见。"

马延庆大步离开办公室，留下怒火中烧的贺晨雪。

门关上后，贺晨雪将咖啡杯砸进炉火之中，压抑着自己要冲出去一枪干掉马延庆的念头。

接下来只能合作了，在合作中再想办法反制这个姓马的。贺晨雪慢慢坐下，让自己冷静下来，马延庆肯定是有弱点和漏洞的，天下间没有完美的计划，也没有完美的人。

马延庆手下有人有枪，还和周围山里的土匪组织有密切联系，好几个都是他的拜把子兄弟，可他为什么要和八相门合作，让八相门出人出力呢？

原因应该有两点：其一，八相门现在和日本人在合作，由八相门出面，不会让日本人怀疑太多；其二，马延庆不想让太多人知道萨满灵宫的事情，特别是那些虽然看似有力量，但实际上没有脑子的人。

想到这儿，贺晨雪又将注意力放回了唐千林的身上。多年前她和唐千林在一起的时候，他的师兄楚乐康就已经来了东北，唐千林当时提过萨满灵宫的事情。

楚乐康的执着，马延庆的肯定，还有日本人的严守秘密，这些都说明萨满灵宫应该不是空穴来风。

不过，萨满灵宫里到底有什么？如果仅仅是金银财宝，日本人是不会那么感兴趣的，更不会因此成立一个秘搜课。

八相门从不做亏本的买卖，这次也一样，除了找到马延庆的漏洞，自己是不是也应该从唐千林处入手呢？

毕竟，贺晨雪太了解唐千林了，也很清楚“旎捕千林”四个字意味着什么。

回到仓库的李云帆并没有见到朴秉政，也没有看到钱斯年，他推测两人肯定是去见庆氏兄弟了，不过这也给他提供了时间和机会，他可以用来摸清楚仓库里的情况。

在仓库中闲逛了几圈后，李云帆把各个地方的陈设都牢牢记住，并尝试着与下方那些特工套近乎，摸摸他们的底。

可是，那些特工虽然对李云帆很是尊敬，却绝口不提任何与自己有关系的事，一个字也不说。

李云帆知道，自己不能再试探下去了，这些都是训练有素的特工，再问，自己就会被怀疑，所以，只能就此放弃，以后再想办法。

李云帆返回办公室，给自己泡了一杯茶，同时趁机会仔仔细细搜查了一遍，果不其然，他在办公室各处发现了六个窃听器，从型号来看，监听室应该就设在保安局内部。

日本人在严密监视着秘搜课，应该说，从踏入那间会议室，与三宅恭次见面之后，自己就处于被全面监视状态了。

这么说，自己与易陌尘的会面情况，也已经变成文字摆在三宅恭次办公桌上了。

自己不能再去拉瓦斯酒馆见那个交通员了，自己得处于蛰伏状态了，而且临时省委肯定也在忙碌着赵将军失踪在中苏边境一事。

自己如今的任务就是潜伏下来，查清楚日本人的最终目的，然后再伺机将情报安全地传递出去。

一个小时后，朴秉政回到了仓库，李云帆立即上前将李清翔安排他所说的那些话如实告知。

朴秉政听完，当即做了和李云帆意料中一样的决定："我马上带着保安局最好的医生去为你父亲治疗。"

李云帆不能拒绝，虽然在他意料之中，他却很忐忑，因为医生一旦去了，李清翔装病的事情就会立即暴露。

与朴秉政和保安局医生在回家的路上，李云帆都在思考，如果父亲装病被发现，自己又如何应付？老爷子会不会因为厌恶自己的身份，故意搞出这件事来刁难自己？

眼下一切都是未知，计划永远赶不上变化，他只能走一步算一步了。

回到家中，走进李清翔卧室的时候，李云帆就看到父亲躺在床上，脸色绯红，似乎在昏睡。

这老头儿，装这么像。李云帆心里想着，就算你装得再像，在医生跟前，也会马上现形的。

医生上前查看一番后，肯定道："的确是发烧了。"

李云帆闻言一愣，只是短短几个小时而已，老爷子怎么会真的病了？难道他装病的能耐都可以骗过医生？

李云帆上前，摸了下李清翔的额头和躯干，这一摸不要紧，李云帆被吓到了，因为真的很烫，这种体温是装不出来的。

朴秉政在一旁皱眉道："赶紧治疗，我们需要李老先生尽快康复，投入到工作当中。"

医生道："先物理降温，两个小时之后再看看，也许只是普通的感冒。"

李云帆站在那儿，看着昏睡中的李清翔，思考着到底是怎么回事。

就在此时，他脑子中突然闪过一个可怕的念头。

老爷子不会真的那么做吧？李云帆心里很是害怕，不，他会那样做，他就是这种人。

李云帆想到这儿浑身汗毛都立起来了，死老头真的是在拿自己的性命冒险。

第十章

暴露

在易陌尘的豪宅地窖中，易陌尘愤怒地拍着桌子，瞪着小田君道："你疯了吗？"

唐千林站在后方，不知道该说什么，只是握紧了唐子程的小手。

小田君不以为然道："是翔爷自己要求的。"

易陌尘怒道："他要求，你就照做？你是医生，你知道那样做有多危险！"

小田君依然是那种语气："我想过，他说的有道理，如果只是装病，那些人会查出来的，只有真正染上乙种菌之后，秘搜课和关东军方面才会拿出甲种菌。"

"你……"易陌尘气得不知道该说什么了，"大哥，会死人的，再说了，就算日本人把甲种菌拿出来了，也是由他们的人控制着治疗翔爷，老唐的儿子怎么办？这不是等于多此一举吗？"

小田君看着易陌尘："我可以从翔爷的血液中提炼出来甲种菌，而且翔爷和这孩子的血型一样，用直接输血的办法也可行。"

易陌尘道："真的？"

唐千林上前问："小田君，成功概率有多大？"

小田君如实回答："百分之五十。"

易陌尘又叹气道："一半的概率，我看你和翔爷真的是疯到一块儿去了。"

小田君却反驳道："你上次收到宝贝的时候，不也拿自己做实验吗？物以类聚，人以群分，我们都是疯子，现在在这个世界上，只有心智疯狂的人，才能活下去，因为活着本身就很难。"

易陌尘目瞪口呆地看着小田君，半晌才道："你赢了，我说不过你，反正，现在这孩子的命握在你手里，你自己掂量吧。"

此时，唐千林却说了句：“不管怎样，我现在欠翔爷一条命，就算救不了我儿子，我也一辈子感谢他，视他为恩人。”

易陌尘无奈地看着唐千林：“你他妈也是疯子，都什么时候了，还在说这些，是不是恩人，等你儿子没事了再说吧。”

唐千林看着易陌尘道：“你话真多，而且都是废话。”

易陌尘刚要反驳的时候，唐子程突然晕倒，唐千林赶紧上前，抱起他就往地窖外走。

小田君只是淡淡说：“开始发作了，现在可以计算时间了。”

易陌尘瞪着小田君，也不知道该说什么了，反正说什么现在也是废话，只得转身去追唐千林。

小田君重新落座，自言自语道：“一命换一命，我们都是疯子。”

几个小时后，李清翔依然没有退烧，而且体温直逼四十度。

朴秉政问医生：“怎么回事？怎么能越来越严重呢？”

医生摇头：“不知道，不过看样子，是细菌感染呀，我得抽血化验确定一下。”

朴秉政道：“赶紧的，一定要治好李老先生，要是治不好，你就死定了。”

医生闻言，寻思了下道：“朴课长，我建议还是让关东军方面出面吧。”

朴秉政迟疑了下：“你是说，李老先生也许感染的不是一般的细菌？”

医生没往下说，因为关东军防疫给水部队的事情是绝密的，就算大家知道，也不敢说出来，更不可能公开讨论，一旦说得太深入，被关东军方面获知，你就会被宪兵队带走，然后消失得无影无踪。

朴秉政只得马上电话汇报了三宅恭次，没多久，本庄信义就亲自领着两名戴着口罩，军服外套着白大褂的关东军军医赶到。

军医查看了一番李清翔之后，对本庄信义汇报：“需要验血。”

本庄信义默默点头，军医立即给李清翔抽血，其中一人带着血样离开了。

本庄信义则询问李云帆：“李科长，令尊这几天去过什么地方？”

李云帆摇头：“不知道。”

本庄信义似乎不相信：“你对你父亲的行踪不清楚吗？”

李云帆如实回答：“不瞒本庄大佐，我和父亲的关系一直不好，都是各过各的。”

本庄信义道：“有所耳闻。”

“有所耳闻”四个字足以说明，关东军方面早就暗地里调查过李清翔，先前本庄信义也是一种试探，如果李云帆可以说清楚他父亲的行踪，那就和调查不符，那么这里面就有问题。

李云帆此时也明白父亲为何要瞒着自己，而且不说明目的就是为了让他在日本人面前不露出马脚，一切都显得那么自然。

本庄信义道：“据我所知，你父亲前几天去过松浦。”

李云帆一愣：“松浦？”

本庄信义道：“嗯，也许，他是在那里染上病的。”

染病？亏这个畜生说得出口，李云帆在心里骂道，日本人在松浦用乙种菌做实验，死了一个屯子的人，还对外说那是苏联人的所作所为。

不过，李清翔也肯定是无意间去松浦办过什么事，得知唐子程出事之后，加上他从小田君那里获知的情况，所以，干脆就让自己也感染上乙种菌，这叫假戏真做。

换个角度来说，父亲也知道日本人在调查和监视自己，否则他不会这么布局。

这个老头儿平日里花天酒地，凡事都漫不经心，没想到实际上心里比谁都清楚。

那么，老头儿有没有怀疑过自己的身份呢？

李云帆坐在那里猜测着，过了许久，验血的军医返回，示意本庄信义借一步说话，而本庄信义则道：“说吧，没关系的。”

军医汇报道：“本庄大佐，验血后查明的确是乙种菌感染。”

本庄信义点头：“那么，应该有治疗的办法吧？”

虽然心知肚明，但本庄信义还是故意问了这么一句，毕竟那是机密，他必须在李云帆跟前装得自己也知道得不多。

军医点头：“当然。”

本庄信义道：“那就赶紧的，李老先生对帝国而言非常重要，一定要让他健健康康地投入到工作之中。”

军医道：“明白。”

一切都与李清翔所计划的一样，李云帆此时也松了一口气，知道李清翔的冒险总算是有了回报，不过他现在也没有办法拿到那种甲种菌，也不知道李清翔和小田君到底是如何计划的。

不管怎样，只能步步为营，走稳眼下的每一步再说。

在中央大街附近，被八相门门徒二十四小时保护着的宅子中，酒醉归来的柳谋正满脸笑容，看着为自己更衣的贺晨雪傻笑着。

贺晨雪知道柳谋正这么高兴，是因为他与马延庆的交易，换来了一张委任状，只要接下来的事情办妥，他就可以成为满洲国政府中的一员。

所以，贺晨雪并未多言什么，也不询问柳谋正高兴的原因，既然不得不合作，那自己接下来就应按照自己所设定的步骤走下去。

可柳谋正却无法掩饰自己的高兴："老婆，我马上就要平步青云了。"

贺晨雪故作好奇："怎么？"

柳谋正只是笑，也不解释："老婆，你说，你愿意当帮主夫人呢，还是愿意做官太太？"

贺晨雪笑道："你愿意让我做什么，我就做什么。"

柳谋正脸色一沉，严肃道："你知道吗，你是我今生最爱的女人。"

原本一句浪漫的话，从柳谋正嘴里说出来，应该感到高兴的贺晨雪却强颜欢笑着，因为同样的话，以前唐千林也说过。

她可以肯定的是，自己的确是唐千林今生最爱的女人，可对柳谋正来说绝对不是，他这种人，甚至没资格说爱。

也不知道子程现在怎样了？贺晨雪这样想着，侧目看了一眼已经呼噜连天的柳谋正，我真的没资格做一个母亲。

这种日子不知道会持续到什么时候，还有多少年？贺晨雪不知道，她也不能让任何人知道，自己一直活在煎熬当中。

清晨时分，李清翔就恢复了意识，也终于退烧，被军医搀扶着坐了起来。

李云帆与本庄信义、朴秉政来到床前探望，李云帆道："爸，你没事了。"

李清翔斜眼看着他："你这是在肯定呢，还是在询问？"

李云帆笑道："爸，我这是关心你。"

李云帆心里很忐忑，很担心现在李清翔说一些大义凛然的话，这样会得罪本庄信义，下面的事就难办了。

果然，李清翔用奇怪的眼神扫了一眼本庄信义，又问李云帆："孙子，日本人怎么会在这儿？"

孙子？李云帆一愣，这老头儿好点就开始没个正经了，于是他赶紧道："爸，这是本庄大佐，您这次没事，全靠他了，您得好好感谢人家。"

李云帆忐忑不安地说，怕李清翔不领情呀，毕竟他从骨子里就痛恨日本人。

谁知道，李清翔却是眼前一亮，抱拳道：“本庄大佐，谢谢，之前关于顾问的事，这家伙已经告诉我了，既然这次你救了我的命，我也不能再推辞了。”

我又从“孙子”变成“这家伙”了。李云帆在心里苦笑着，不过好在李清翔给足了日本人面子，事情还算顺利。

本庄信义也很意外地向李清翔微微鞠躬：“我期待着与李老先生的合作，拜托了！”

李清翔笑道：“义不容辞！”

本庄信义又道：“先生的身体应该没什么问题了，但现在局势有些紧张，为了您的安全，我已经安排了卫兵保护您，在您身体康复之后，请立即开展工作，剩下的事就交给朴秉政课长了。”

李清翔点头：“好，感谢本庄大佐的好意。”

本庄信义点头告辞，与朴秉政一起离开，李云帆赶紧送两人出门，出门的时候刻意观察了下，发现门口不仅站着日本宪兵，周围还布置了不少由保安局特工组成的暗哨。

看样子要出这座宅子是难了，日本人是把老爷子全面监控起来了。李云帆告别了本庄信义和朴秉政之后，回到了卧室，刚进卧室，就看到李清翔坐在那儿抽烟、喝茶，把玩着古董。

“爸，你刚好，就抽烟、喝茶，对身体没好处的。”李云帆关心地说，“你还是躺在床上休息吧。”

李清翔头也不抬：“我躺着休息？我休息，剩下的事怎么办？就你那脑子，能想出什么办法呀？”

李云帆没好气地说：“但是这次你也太冒险了吧？拿自己的生命开玩笑，如果中间出了什么岔子呢？”

李清翔道：“只要你不做多余的事，就不会出问题，还有，我是你老子，你是我儿子，说话注意点分寸，换作以前，你得跪在床前和我说话。”

李云帆点头：“行呀，您现在就躺回床上休息，我马上就跪下和您说话。”

李清翔用脚跟敲了下地面：“我现在也在休息，你跪着吧。”

李云帆直接就跪了下来：“爸，是我态度有问题，对不起，原谅我。”

李清翔俯身凑近看着李云帆：“听着，竖起耳朵听好了，我虽然答应了加入当那个什么秘搜课的顾问，但是我有我的原则，你如果要破坏我的原则，就是触及了我的底线，最终结果是，父子成仇人。”

李云帆点头道：“我知道。”

李清翔坐正道：“还有，如果你真的要铁了心当汉奸，我绝对会大义灭亲。”

李云帆不语，他不知道如何解释，难不成现在就给李清翔坦陈自己是抗联地下工作者的身份？

万万不能，这是违反纪律的。

李清翔看了一眼门口，又道：“喂，日本人是不是把这里给围了？”

李云帆起身道：“对，门外明哨、暗哨都有……”

李云帆话没说完，李清翔怒视他道：“老子没让你站起来。”

李云帆只得再次跪下，说：“在您康复之前，为了保密，日本人是不会让您离开这里半步的，就算出去，也是直接去秘搜课。”

李清翔皱眉道：“惨了，现在首要的任务是救那个孩子呀，我没办法离开，怎么救？”

李云帆道：“日本人让我招募人手，加上唐千林和您，现在人手够了，我准备先把唐千林带到秘搜课，然后再想办法，您认为呢？”

李清翔寻思了半天，点头道：“好，只能这样了。”

说完，李清翔又疑惑地看着李云帆：“你怎么还跪着呀？膝盖生根了？”

李云帆抬眼看着李清翔：“不是您说的，没让我起来的时候，我不能起来吗？”

李清翔故作疑惑：“我说过吗？”

李云帆无语，知道李清翔完全是故意的，自己家这老爷子，到底啥时候才能长大呀？

李云帆离开了李家，也不管有没有人监视，直接前往了易陌尘家中。

进屋之后，他就将父亲已经获救的消息告知了易陌尘和唐千林。

易陌尘闻言，松了一口气道：“那就好，我就怕出现什么变故，现在翔爷没事了，我们就可以进行下一步了。”

李云帆摇头道：“现在的问题是，我爸被监控了，出不了宅子。”

唐千林寻思片刻道：“你不是要招募人手吗？把我带过去，等我见到翔爷，我们再考虑下一步。”

李云帆点头道："和我所想的完全一样，我先带你去见朴秉政，只要他点头，你就可以进入秘搜课，不过我估计没那么简单，应该会对你进行调查考核。"

唐千林道："这个我倒不担心，就算日本人可以通天，他们也不可能查出来我过去做过什么。"

易陌尘故意问："你过去做过什么？"

李云帆道："做过什么都不要紧，最重要的是，不要让日本人知道，你与他们为敌。"

唐千林反问李云帆："李先生，有件事我要请教你。"

李云帆道："你说。"

唐千林直视着他："李先生，你到底是什么人？"

李云帆反问："这句话什么意思？"

唐千林直言道："也就是说，李先生认为自己是中国人呢，还是日本人的走狗？"

李云帆明白唐千林话中的意思，唐千林只和志同道合的人合作，绝对不会与汉奸有任何瓜葛。

李云帆笑了下道："我是中国人。"

唐千林点头："明白了，接下来请李先生安排吧。"

李云帆道："事不宜迟，你现在就和我去见朴秉政，他已经在咖啡馆等着你了。"

唐千林起身："好，易老板，就麻烦你照顾犬子了。"

易陌尘道："没问题，你放心去吧。"

李云帆带着唐千林开车来到约定好的咖啡馆时，却没有见到朴秉政，只有两个特务等在那里。

特务见到李云帆上前道："李科长，地点变了，朴课长在拉瓦斯酒馆等着你们。"

拉瓦斯酒馆？李云帆心中一惊，有了不好的预感，但他只是点头，又立即带唐千林上车。

在行驶的途中，坐在副驾驶位上的唐千林问："拉瓦斯酒馆是什么地方？"

李云帆道："一个俄国人开的酒馆。"

"和你有什么关系吗？"唐千林继续问，目光注视着李云帆。

李云帆道："什么意思？怎么会和我有关系？"

唐千林道："先前那特务说换在拉瓦斯酒馆时，你脸色变了，显得有些不安，所以，我才这么问，如果有什么麻烦，你最好提前告诉我。"

李云帆心中一沉，意识到自己先前犯错了，若是被敌人察觉，自己的这个错就没有办法继续弥补了。

同时，李云帆也清楚地知道，唐千林的观察简直细致入微，连一个小小的细节都不会放过，旄捕果然与传说中一样。

李云帆轻松一笑："没什么麻烦，老唐你多虑了。"

唐千林面无表情地说："你之前都称呼我为唐先生，在我问出这个问题后，你却故作轻松，连称呼都变了，从'唐先生'变成了'老唐'，这样做，并不是为了让我觉得没什么麻烦，而是你在告诫自己，不会出什么事的。"

李云帆忍不住扭头看了一眼唐千林，这个人对细节的观察加上严密的逻辑推测，让人觉得很不舒服，又如此可怕。

李云帆不知道该说什么了，一直到车停在拉瓦斯酒馆门口的时候，两人都没有再说半个字。

车停稳后，李云帆看到拉瓦斯酒馆已经被特务团团包围，外围站的都是保安局的特务，周围的制高点上也安排了人，看样子是真的出事了。

李云帆领着唐千林走进酒馆的时候，就惊讶地看到与自己接头的交通员和临时省委副书记朱卫东坐在一张酒桌旁边，身旁站满了持枪而对的特务。

而朴秉政则坐在旁边的桌上，吃着小食，喝着酒，一副悠然自得的模样。

糟了！李云帆下意识观察了下酒馆内特务的人数，在心中盘算着，如果要救人自己应该怎么做，胜算有多大。

就在此时，一旁的唐千林低声道："不要做蠢事。"

这句提醒，让李云帆略微冷静了下来，是的，不要做蠢事，要相信两位同志不会出卖自己。

李云帆冷静下来，思考着是否可以在能自保的前提下，又能救出自己的同志。

"朴课长，这是怎么了？"李云帆领着唐千林落座，又转身看了一眼朱卫东和那名交通员。

交通员和朱卫东并没有去看李云帆，因为此时他们的一举一动，都被朴秉政看在眼里，一个眼神都有可能将李云帆置于险境。

朴秉政轻描淡写地说："抓到两个正在接头的共党。"

李云帆一愣："在这儿抓住的？"

朴秉政抬眼看着他："对。"

李云帆点头，但他知道肯定不是在这里抓住的，原因很简单，为了安全起见，朱卫东绝对不会出现在拉瓦斯酒馆内，他与交通员每次见面都会选在不同的地点。

所以，朴秉政在撒谎，而且也在试探自己。

唐千林坐在一侧，默不作声。

朴秉政看着唐千林道："这位就是你之前所说的那个什么旄捕？"

"对。"李云帆赶紧介绍道，"唐先生，这位是我们的朴课长，我的长官。"

唐千林点头示意："朴课长好。"

"不好意思，真的很抱歉。"朴秉政与唐千林握了握手，"约你来见面，却出了这种事，突发事件，还请见谅。"

唐千林道："没关系。"

朴秉政又道："李科长说你很有本事，我也打听过了，说旄捕个个心思缜密，擅长推理破解谜团，眼下我这里就有个谜团，你帮帮忙？"

李云帆心头一惊，下意识看向唐千林，知道朴秉政准备来个一石二鸟：一是看看唐千林到底有多大的能耐；二是利用他招募来的人审问朱卫东和交通员。

朴秉政看向朱卫东："那两个人，一个是共党的领导，一个是传递消息的人，而且我有理由怀疑，保安局内部有共党的奸细，所以，我希望您能展示下自己的才能，帮我把奸细挖出来。"

果然。李云帆手心里渗出了汗水，唐千林会怎么做呢？

唐千林寻思片刻，问："朴课长说有理由怀疑，理由是什么？"

朴秉政给唐千林倒上一杯酒："事关机密，不方便透露。"

唐千林道："任何事都要有根据，破案也需要证据，没有这些，我只能凭想象，而想象与现实往往偏差太大。"

聪明。李云帆逐渐对唐千林有了信心，毫无疑问，唐千林现在已经推测出了自己的身份，他这样做，是在帮自己找出同志被捕的理由，找出泄密的原因。

朴秉政喝了一口酒："他们有奸细，我们也有，我只能说到这儿了。另外，我还可以告诉你，奸细的范围很小，就在保安局局长关北鹤、李云帆和钱斯年三个人之中，因为根据我们的监视，前几天晚上，这三个人都来过这家酒馆，而据我的线报说，当晚奸细与共党接过头。”

李云帆听完这番话，心中更不安了，他知道，朴秉政摆明了是在怀疑自己，难怪那天朴秉政要来亲自叫醒自己，还刻意说了让自己明白被监控的话，原以为是在提醒自己，没想到只是想让自己因为慌张而犯错。

其实，从那时候起朴秉政就盯上了拉瓦斯酒馆。

既然怀疑对象有三个，那钱斯年和关北鹤怎么没来？这是不是代表着自己是被怀疑的重点呢？

朴秉政看着唐千林道：“我能说的都已经说了，对一个审问者来说这些线索足够了，所以，请开始吧。”

唐千林起身来到旁边的桌前，注视着交通员和朱卫东：“你们先前也听到了，狡辩也没有任何用，所以，我劝两位还是自行交代吧，免得吃苦头。”

朴秉政闻言忍不住笑了，对李云帆低声说：“我看这个旄捕的手法和我们差不多嘛，先礼后兵。”

李云帆却道：“朴课长，既然我是怀疑对象，您还是派人把我监控起来吧。”

朴秉政摇头：“我说了，你只是怀疑对象之一。再说了，三宅将军能让你加入我们，情报处方面肯定对你进行过调查，在这一点上，可以为你加分，你的嫌疑成分可以降到百分之四十。”

李云帆淡淡道：“只要还有一成嫌疑，这种场合我都应该避嫌，我还是去旁边的包间吧。”

朴秉政给李云帆倒酒：“不用。”

此时，朱卫东对唐千林说：“我不知道你在说什么，我莫名其妙被带到这里来，我也不知道怎么回事，你们不能在没有任何证据的前提下随便抓人吧？”

唐千林看向交通员：“你呢？”

交通员：“我只是上街买个东西，犯法吗？”

朱卫东和交通员的话，让唐千林和李云帆都知道，他们的确不是在这里被捕的。

唐千林看向朴秉政，问：“朴课长，把酒馆中的工作人员都叫出来，我有话问。”

朴秉政示意旁边的特务后，特务转身将关在里屋的酒馆老板、侍者等一干人等全部带了出来。

唐千林环视了下酒馆的环境，问：“谁是调酒师？”

一高一矮两个男子举起了手，唐千林却是问朴秉政：“朴课长，你先前说前几天晚上奸细在这里与共党接头，具体是哪天？”

朴秉政回答：“前天晚上。”

说话的时候，朴秉政却是一直看着李云帆。

唐千林问那两个调酒师：“前天晚上，你们两人谁比较忙？”

高个儿的调酒师回答：“我，一直没闲着。”

唐千林问：“为什么？”

高个儿调酒师回答：“因为那晚的客人都喜欢喝我调制的一种鸡尾酒。”

唐千林点头，看向矮个儿调酒师：“这么说，前晚你没什么事？”

矮个儿调酒师道：“对，我就帮着他打打下手什么的。”

唐千林看向吧台的方向：“站在吧台的位置可以对酒馆一览无余，你前晚几乎没什么事，所以应该比其他人更能注意到在酒馆内的人，对吧？”

矮个儿调酒师点头。

唐千林指着朱卫东和交通员：“那么，你当晚有没有看到他们两人？”

矮个儿调酒师指着交通员道：“我天天都能看到他，他也是这里的伙计，前晚他一直都在，不过另外一个，我从来没见过。”

第十一章

禁 区

矮个儿调酒师说自己从未见过朱卫东，这是唐千林和李云帆意料之中的。唐千林虽说并不清楚李云帆和上级的具体联络方式，但也知道，如果要选在这里接头，再安排个交通员那就是多此一举的事情了。

唐千林又问矮个儿调酒师："从未见过是什么意思？"

矮个儿调酒师回答："来这里的熟客，我就算不知道名字，也记得大概长相，但那个人，我一次都没有见过，他应该没有来过这里。"

唐千林又站在酒馆老板跟前，问那个俄国人："你呢，认识他吗？"

俄国人看着朱卫东摇了摇头，唐千林又询问其他人，得到的都是否定的答复。

唐千林回到朴秉政跟前："朴课长，这个案子我查不下去了。"

朴秉政问："为什么？"

唐千林回答："因为你给我提供了不准确的线索。"

朴秉政问："什么线索不准确了？"

唐千林道："先前你说，两个人都是在这里被抓住的，但这里的人只认识他们其中之一，不认识另外一个，换言之，这两个人肯定是在其他地方被抓的，然后被你带到这里来的，我先前说了，没有准确的线索和证据，我只能凭想象。"

这个旄捕果然聪明。李云帆闻言在心里赞叹，玩了一手移花接木，将朴秉政给他出的难题，又原封不动扔了回去。这样做，还有一个好处，那就是如果朴秉政还要继续考验他，那么就不得不进一步透露这件事的内情。

朴秉政道："对，我的确不是在这里抓住他们的，是在街头，好了，我说完了，你继续吧。"

唐千林走到酒吧工作人员跟前，忽然间抬手指着李云帆问："那你们认识他吗？”

几乎所有人都在点头。

李云帆心头一惊，不知道唐千林要做什么，而朴秉政安坐在那里，用期待的眼神看着唐千林。

唐千林又问：“前天晚上，这个人也在这里吗？”

问完，唐千林走到矮个儿调酒师跟前：“在吗？”

矮个儿调酒师道：“在。”

唐千林问：“那么，他有没有和坐在那里的某个人接触过呢？”

矮个儿调酒师想了想道：“有。”

李云帆心里咯噔一下，双手在桌下攥紧，开始有些后悔将唐千林带到这里来。

唐千林进一步问：“他们说了什么？又做了什么？”

矮个儿调酒师道：“没做什么，只是从托盘里拿了酒。”

唐千林转身走到李云帆跟前：“李先生，我问你，那晚你为什么来这里？”

李云帆道：“我和关局长、钱科长三个人约好来这里喝酒。”

唐千林道：“你们当时坐在什么地方？”

李云帆抬手指着远处的包间：“那里的包间内。”

唐千林点头：“喝的什么酒？”

李云帆道：“喝了好几种。”

唐千林凑近问：“既然你们在包间里喝酒，你为什么还要出来拿酒呢？里面的酒不够喝吗？”

李云帆心头一惊，不知道该如何作答。

朴秉政带着浅浅的笑看着李云帆，欣赏着这一切，等着他彻底露出马脚。

坐在旁边桌上的交通员和朱卫东也很紧张。

李云帆回答：“我当时肚子有点不舒服，去上厕所了，上厕所之前，看到他的托盘里有啤酒，于是我就拿了一杯，因为伏特加喝下去很难受，就想换换口味，让自己舒服点。”

唐千林又回到矮个儿调酒师跟前：“当时托盘里有啤酒吗？”

矮个儿调酒师道：“有。”

唐千林又问：“他们两人有没有同时消失在你的视线里？”

矮个儿调酒师仔细回忆着，唐千林逼问道：“想清楚再回答！有还是没有？！”

矮个儿调酒师汗水都吓出来了，随后摇了摇头：“没有。”

唐千林再问：“还有两个人：一个是关局长，另一个是钱科长，这两个人与那个侍者有过接触吗？”

矮个儿调酒师苦苦回忆着，唐千林凑近问：“有还是没有？”

矮个儿调酒师许久点了点头：“有。”

唐千林问：“他们接触的时候做什么了？”

矮个儿调酒师寻思了下道：“拿，拿啤酒。”

唐千林转身回到朴秉政跟前：“朴课长，你也听到了，三个人都与那个共党有接触，你还有其他证据吗？没有的话，我的审问只能到此为止了。”

朴秉政鼓掌道：“精彩，厉害，就到这里吧，因为我现在还不信任你，所以，没有办法再透露其他的情报，不过，你顺利地经过了第一次考核，算我的半个部门成员了。”

李云帆松了口气，就差那么一点，自己就暴露了。

朴秉政对旁边的特务道：“把人带回去，按照惯例审问，千万不要弄死了，我还得靠他们拔掉身边共党安排的钉子。”

说完，朴秉政起身，整理着衣服：“李科长，明天一大早，带着你父亲和这位唐先生来报到。”

李云帆道：“是。”

朱卫东和交通员被特务押走，跟着朴秉政离开了，李云帆和唐千林也离开了酒馆回到了车上。

等朴秉政的车队离开，李云帆就怒视着唐千林道：“你知道刚才自己在做什么吗？”

唐千林却说：“开车换个地方吧，有人在盯着咱们呢。”

李云帆透过挡风玻璃看着远处角落中的两个特务，只得发动汽车。

汽车行驶到街头后，李云帆又道：“先前要是出一点问题，我俩就都完了。”

唐千林却道：“只要那两个人不指认你，就没有任何问题，如果朴秉政有实质性的证据，你早就被抓了，今天他这样做有三个目的：其一，试探你；其二，考验我；其三，如果你是共产党，那么你带来的人，也就是我，会不会也是？这就是我先前要把你置于险境的原因。”

李云帆还是有些生气：“你说得没错，但那样做太危险了，你完全可以换一种方式。”

唐千林摇头：“这是最好的办法，朴秉政说了，怀疑对象有三个，今天只是把你叫来，说明对你怀疑最大，我在无法洗脱你嫌疑的前提下，只能把嫌疑范围扩大。”

李云帆道：“所以，你一直在逼问那个调酒师？”

唐千林道：“没错，我如果不问调酒师，是不是看到你和那个侍者接触，很明显是在包庇你。还有，做你这行的，不可能傻到与侍者接头时，暴露在所有人的视线下。”

李云帆问：“你是怎么知道，关北鹤和钱斯年也与那侍者接触过的？”

唐千林摇头道：“我根本不知道，我只是在逼问调酒师的过程中，给了他暗示而已。在那种环境下，我是审问者，而调酒师在我的不断逼问下，压力太大，自然而然将自己摆在命悬一线的位置上，所以，我在提出问题的同时，基本上也给了他答案，他为了自保，只能按照我安排的来回答。”

李云帆听完，在路边停下车，看着他道：“你既然知道了我的身份……”

他话没说完，唐千林就道：“放心，我不会告诉任何人，我想，你的身份连易陌尘都不知道吧？”

李云帆点头道：“除了刚才被捕的那两位同志，只有你知道我的身份。”

唐千林道：“如果他们出卖了你呢？”

李云帆摇头：“不会的，他们都是久经考验的抗联战士。”

“酷刑之下，有几个人能坚持得下去的？就连我都不敢保证。”唐千林看着李云帆道，“你必须想好自己的退路，你应该知道，作为一个潜伏者，大多数时候都在孤军奋战，不能把希望寄托在任何人的身上。”

李云帆点头：“我当然知道，但现在的局势已经不是你我可以控制的了。”

唐千林道：“你先把秘搜课的情况给我介绍下。”

李云帆继续朝前行驶，同时将他所知的秘搜课情况一五一十地告知了唐千林。

如今，他除了相信唐千林之外，别无他法。交通员和朱卫东一起被捕，他彻底和组织失去了联系，要救出他们的希望也很渺茫，不过，他可以确定的是，组织内部的确是出现了叛徒，那这个人是谁呢？

李云帆因为身份的关系，在抗联内部，除了朱卫东和那位交通员之外，谁也不认识，就算现在那个叛徒站在他跟前，他也不知道对方是谁，掌握了些什么。

与此同时，在秘搜课的那间仓库中，朴秉政向本庄信义详细汇报了拉瓦斯酒馆的情况。

本庄信义听完后，思索了一会儿道：“这么说，你真的可以肯定，在关北鹤、钱斯年和李云帆三个人中，有抗联的奸细？”

朴秉政道：“我非常肯定，而且就现在来看，李云帆的嫌疑最大。”

本庄信义却不这么认为：“可是，根据关东军情报处的调查，李云帆却是三个人当中最清白、最没污点的一个。”

朴秉政摇头道：“这就是最奇怪的地方，一个人太干净了，反而有问题。”

本庄信义道：“奸细要查，但我们的工作必须继续，根据上海驻屯军本部发来的情报，重庆方面也派了一个小组来到满洲，似乎也是朝着非似山去的。”

朴秉政趁机问：“本庄大佐，我不明白，为什么那座非似山那么重要？”

本庄信义并不直接回答：“朴课长，该让你知道的时候，会让你知道，你现在的任务就是安排好明天的最后考核，然后就可以将他们派往奉天。”

本庄信义的话让朴秉政意识到，日本人对自己的信任永远是有限的，要争取绝对的信任，得先从内部的奸细入手。

那两个被捕的共党如果能开口，这个难题就迎刃而解了。

整个晚上，朴秉政都坐在刑讯室内，想尽一切办法，用尽手段试图让朱卫东和交通员开口。

哀号和痛苦的呻吟声，还有刑讯者的叫骂声混在一起，这让朴秉政很是享受。可这种享受并未延续太久，因为他不管用什么办法，都没有得到自己想要的答案。

朱卫东和交通员不仅矢口否认自己的身份，而且还口称自己是被冤枉的。

除了耗时间之外，剩下唯一能让他们开口的办法，就是让那名线人提供更多的情报。

可朴秉政做不到，因为他能够抓到这两个人，全凭三宅恭次提供给他的情报，实际上他也不知道那个内线到底是谁。但他不能问，因为三宅恭次是绝对不会透露给他的。

既然三宅恭次知道在这三个人当中有一个是奸细，为什么不继续往下查呢？只要那个变节者出面，奸细无处遁形。

也许三宅将军是有其他的安排吧。朴秉政只能这么想。

疲惫的朴秉政喝完杯中最后一点茶，起身吩咐刑讯者给两人治伤，保护他们的性命，然后才慢悠悠离开刑讯室，返回仓库。

李云帆早就带着李清翔和唐千林在办公室中等待了，但因为一直被监控的关系，加上办公室内有窃听器，他无法直接与两人交流关于如何救治唐子程的事情。

唐千林焦急救治儿子，李云帆则担忧着两位同志的安危，唯独李清翔看起来像是没有一点儿心事，就连唐千林都摸不清这个老头儿心里到底在想什么。

朴秉政从电梯内出来，走进仓库内的时候，就看到站在大厅内等待的庆氏兄弟以及钱斯年。

朴秉政礼貌性地向庆氏兄弟点头示意后，问："李科长呢？"

钱斯年抬眼看着阁楼上的办公室："和他招募来的人在办公室里聊天呢。"

朴秉政道："你们都来我办公室，你去叫一下他们。"

钱斯年点头道："是。"

等众人都到了朴秉政的办公室后，朴秉政直接指着墙壁上那幅哈尔滨地图道："你们今天的任务就是去旧侨民区，调查居酒屋乌虫案。"

庆氏兄弟对视一眼，大哥庆全问："朴课长，乌虫案是什么意思？"

朴秉政扔出档案："你们自己看吧，我大概说一下，半个月前，在旧侨民区的居酒屋中，突然冒出来了很多蛇，你们也知道，这个季节蛇都应该是在冬眠，这就是奇怪的地方，我们顺着蛇的来源，在居酒屋厨房中发现了一个洞穴，我们派了五批士兵下去，都是有去无回，情况就是这样。"

庆宇问："课长，就是让我们查清楚这个洞里有什么对吧？"

朴秉政点头："对，简单吧？"

庆氏兄弟看样子胸有成竹，庆全道："太简单了，让我们兄弟俩去就行了，其他人就歇着吧。"

朴秉政笑道："我倒是想，不过这次是正式考核，你们四个都得去。"

庆氏兄弟扫了一眼旁边的人，庆全问："哪四个？"

"李老先生还有这位旄捕唐千林。"朴秉政说完，顿了顿，"你们都是什么江湖人士，应该互相都听说过吧？"

旄捕这个职业庆氏兄弟当然都很清楚，他俩当年盗墓的时候，就被旄捕追捕过，所以很清楚这种人的厉害，也恨之入骨。

两人点头表示知道。李清翔和唐千林却毫无反应，他们并不是故意高傲，而是庆氏兄弟这种小人物，他们的确不知道。

“不认识，没听说过他们。”李清翔在那儿掏着耳朵，又看着庆氏兄弟，“两位，不好意思呀，我没别的意思，只是实话实说。”

庆全不屑道：“老头儿，你又是谁？什么来路呀？”

李清翔咧嘴一笑，指着李云帆道：“我是他爹。”

庆全一愣，下意识看向朴秉政，朴秉政点头。

庆氏兄弟立即脸色一变，换上笑脸，他们得罪谁，也不敢得罪保安局科长的爹。

庆全赶紧道歉：“前辈，我是个粗人，不会说话，您别见怪。”

庆宇也赶紧道：“是呀，原谅我们这些不懂事的晚辈。”

李清翔依然笑着：“好呀，你们给我磕头，我就原谅你们。”

李云帆在旁边咳嗽了一声，提醒李清翔不要太过分了。

李清翔反倒是看着李云帆：“干吗？得病了？咳嗽什么呀？”

“好了，闲聊到此结束，你们该准备了，等会儿我就派人送你们过去。”朴秉政不想在自己的办公室内看到不愉快的事情发生，“我们可以给你们提供所需要的东西，武器也行，但只有三天的时间，三天后如果没有答案，你们都滚蛋。”

李清翔和唐千林很清楚，“滚蛋”两个字意味着滚到阎王爷那儿去。

不过庆氏兄弟还是将满满的自信挂在脸上，同时在心里鄙视着李清翔和唐千林。

等李清翔四人跟随特务离开后，钱斯年立即问：“课长，是不是太仓促了？连我们都不知道乌虫案的细节，就这么贸然派他们去，会出问题的。”

“就是希望出问题，不出问题怎么知道他们适不适合秘搜课呢？”朴秉政显得很不以为然，“而且这是考核，你们当初加入保安局的时候，不也参加过考核吗？”

李云帆点头：“不过，我有点担心我父亲，您先前也说了，下去了五批士兵，都是有去无回。”

朴秉政一脸的遗憾：“兄弟呀，对不住了，不是我非得让你父亲下去，命令就是命令。再说了，干这一行，每天都生活在枪口下，谁也不容易。”

朴秉政的话，给了李云帆两个信息：其一，主导这件事的人是三宅恭次，而不是他；其二，你现在还处于被怀疑期间。

所以，李云帆没有往下再说什么，只是坐在那儿安静地等着，等着事态的发展，等着唐千林和父亲平安归来。

等李清翔四人到达旧侨民区外围的时候，天上又飘起了大雪。

四人从车上下来后，一名日本军官来到他们跟前，查看了特务递上来的证件后，示意他们入内。

特务站在四人跟前道："进关卡后，左手边第一个房子，除了你们自身携带的东西之外，其余的都在那里，我得提醒你们，不要做与任务无关的事情。"

特务说完闪身让开，唐千林率先向关卡走去，李清翔打着哈欠跟在后面，一副没睡醒的模样，而庆氏兄弟则紧盯着前方的两人。

关卡四周都堆砌有防御工事，架起了轻重机枪，里面站岗的是满洲国国防军，而外面则是日本宪兵，在外围制高点还有关东军。

"大哥，那个老头儿看着很眼熟呀。"庆宇看着李清翔的背影，"但我想不起来他是谁了。"

庆全低声道："逐货师李清翔，想起来没？我也是刚刚在车上才回忆起来的。"

庆宇驻足停下："你是说那个三番五次拒绝过我们买卖的老头儿？"

庆全道："没错，就是他，装清高，不收盗墓者弄出来的东西，妈的！"

庆宇看着前方的唐千林道："还有那家伙，是个旄捕，这就很麻烦了。"

庆全摇头："麻烦什么？别忘了，我们曾经被旄捕害成什么模样了，这次趁机会，干脆把他们都给干了。"

庆宇四下看了看："大哥，那旄捕就不说了，肯定弄死他，但那个老头儿是李科长的爹呀。"

庆全道："他要是有特权，就坐在办公室里喝茶等着了，不会和我们一块儿来，所以，弄死这老头儿，我们再编个故事，在没人证的前提下，还不是凭我们两张嘴随便说？"

庆宇连连点头："大哥，我懂了。"

走过关卡，唐千林背着行囊就来到了特务所说的那栋民宅中，刚走进去，就闻到一股浓烈的血腥味。

紧随其后的李清翔闻到后，摇头道："看样子住在这里的一家子都死了。"

说着，李清翔走进屋，看着放置在旁边柜子上的童装道："还有孩子，造孽呀。"

唐千林四下观望着："屋子内有人搏斗过，双方看样子都不会功夫，但却是以死相搏。”

李清翔问：“何以见得？”

“屋内的家具几乎全都被损坏，器皿碎片满地都是，如果是练家子之间搏斗，不会打得这么乱，这明显是一个人在追，一个人在逃，逃不掉之后，利用手边能拿到的任何东西还击。”唐千林走向窗户，“窗户也破了，有人重新修理过的，看样子有人破窗而入。”

李清翔来到桌前，从桌子上拿起一支毛瑟军用手枪检查着：“这就奇怪了，什么样的人会破窗而入呢？”

唐千林寻思片刻道：“杀红眼的人。”

李清翔只是摇了摇头。

唐千林来到桌前问：“会不会是日本人为了掩饰秘密杀人灭口？”

李清翔推测道：“不能排除这个可能性。”

唐千林道：“难道他们把侨民区里的百姓都杀光了？这里不是还有日本人吗？”

“这里之所以叫旧侨民区，就是因为以前住的是日本人，后来新侨民区建好之后，日本人都搬走了，剩下的这些屋子就出兑给本地人做生意。”李清翔将武器弹药整理到旁边的包内，“西区还有些中国招牌，而在东区，也就是这里，就算是中国人做买卖，也挂日本招牌，没办法，生活所迫。”

唐千林点头道：“难怪日本人敢在这里肆无忌惮地杀人。”

“日本人不会在这里大规模出动军队杀人灭迹的，他们扶植满清余孽建立这个满洲国，面子上一定会过得去。”李清翔将手枪插进腰间，“而且就日本军部的那些疯子而言，只要阻碍他们的人，就算是亲爹娘也不会放过，更何况是他们的同胞。”

唐千林有些不明白：“那这里到底发生了何事？”

李清翔道：“你就是初来乍到，对这里的环境不熟悉，所以两眼一抹黑，什么也不知道，先不要纠结到底发生了何事，你得先慢慢熟悉环境，如今的东北，表面上歌舞升平，实际上比任何时候都要混乱。”

唐千林点头：“谢谢前辈。”

李清翔将一支手枪递给唐千林：“时代不同了，舞枪弄棒也要分时候，会用枪吧？”

唐千林接过手枪：“当然。”

李清翔笑道："据我所知，旄捕中的轩字派以前还有自己的手枪队。"

唐千林笑了笑："没想到前辈连这个都知道，我也曾是手枪队的一员。"

李清翔道："我当然知道，因为我有个挚友也是你们轩字派的一员。"

"哦？是吗？"唐千林有些诧异，"前辈说说，兴许我还认识呢。"

李清翔迟疑了一会儿，道："我不知道她的名字，只知道江湖上称她为夜凤。"

听到"夜凤"这个名字，唐千林更加惊讶了，因为以他对自己二师父的了解，她是绝对不会有李清翔这种性格的朋友的。

夜凤是旄捕一派中为数不多的女性，本名叫什么，具体多大年纪，极少人知道，但极少人中并不包括唐千林。

唐千林只知道夜凤平日里都是深居简出，就算必须现身，也得蒙面。唐千林也是在某年的旄捕会前夕，才有幸一睹她的真面目。

如何形容呢？夜凤很漂亮，单看年龄来说，甚至与当时的唐千林差不多大，如果夜凤不蒙面，两人走在一起，人家会认为这是兄妹，而不是师徒。

夜凤的漂亮是一种无法形容的美丽，这种美丽似乎天生就有一种吸引力，让人的目光无法从她的身上移开。

好奇的唐千林当时问夜凤："二师父，你为何要整日蒙面？"

夜凤却是冷冷反问："你是想说，我这么漂亮，为何还要蒙面对吗？"

唐千林只得默默点头，作为弟子，他如果太直接，就显得太不尊重自己的师父了。

夜凤的回答只有四个字："红颜薄命。"

这四个字堵住了唐千林的嘴，让他无法再往下提问。

唐千林回忆到这儿，思考了片刻，向李清翔坦陈道："夜凤是我的二师父。"

李清翔很是吃惊："她是你的二师父？"

唐千林道："是的，是她教会了我如何使用火器，我的一身厨艺也是她教的。"

李清翔大喜："这么说，你也会做旄捕席？"

唐千林微笑道："当然，上次旄捕会的菜肴、酒水都是我负责的。"

李清翔哈哈大笑："那我可是有口福了。"

笑完，李清翔脸色又暗了下去，仿佛想起了什么往事。

此时，庆氏兄弟大步走进屋，看到摆了满桌的武器弹药，眼前一亮，赶紧上来挑选，就如同两个看到玩具的孩子一样。

第十二章

步入地狱

看着在那儿挑选武器，准备大干一番的庆氏兄弟，李清翔微微摇头，看了一眼唐千林，对庆全道："咱们既然一起搭伙做买卖，还是定几条规矩吧。"

庆全瞟了一眼李清翔，拉开步枪的枪栓往里面瞅着："行呀，前辈您说，定什么规矩？"

李清翔道："咱们互相不认识，一起搭伙一起走，未免会出现些矛盾，要不这样吧，咱们分成两个组，我和唐兄弟一组，你们兄弟俩一组，你看如何？"

庆全闻言，虽然心里不情愿，但还是只能点头，毕竟这样一来，他要想对李清翔和唐千林下手就有些麻烦了。

虽然在弟弟庆宇跟前，庆全是个智者，心里主意又多，又有能耐，实际上他自己很清楚他们兄弟俩有几斤几两。

就拿所谓的"庆氏兄弟"这江湖名号来说，都是两人花钱找江湖上的混混儿把消息散出去的，虽说早年两人的确跟着一位地师学了些风水术，但都只是皮毛，要在江湖上行走却远远不够，于是这两人开始到处招摇撞骗，同时用骗术把自己包装成江湖上赫赫有名的人物。

庆全寻思了一会儿，又问："前辈，既然分组了，那就应该分个前后，咱们两组人谁先谁后？"

李清翔呵呵一笑："这事你定。"

庆全不假思索道："那前辈你们先请。"

唐千林在一旁从头至尾一句话没说，但心里很清楚庆氏兄弟在盘算什么。

李清翔抱拳道："那我们就先行一步了。"

说完，李清翔向唐千林示意，两人离开了宅子。

两人走后，庆宇立即凑近庆全道：“大哥，为什么让他们先去呀？他们要是抢先了，我们怎么办？”

庆全不耐烦道：“说你傻你还不承认。你真以为这一趟是好差事？你没听见吗？日本人自己都折损了好几批人手，下面必定是危险重重，让他们先走，那叫蹚雷。”

庆宇这才恍然大悟：“大哥高明。”

离开宅子走在街头的李清翔和唐千林却发现街头毁坏得很严重，就像是整条街都被人打劫了一样。

“那边有个人。”唐千林看到街边躺着一个穿着棉袄的人，于是上前查看。

他上前查看尸体的同时，和李清翔一样将手枪握在手中，同时上膛。

唐千林查看了一番后，扭头看着正在一旁警戒的李清翔：“死了，至少死了一天了。”

李清翔看着尸体道：“查看一下是怎么死的，有没有明显外伤。”

唐千林点头，翻过尸体，一眼就看到被鲜血染红的前胸：“致命伤应该是在胸口。”说着，唐千林从袖筒中抖出像是匕首，却又比匕首略小的刀刃来，割开了那人的胸口衣服，“胸口被人乱刺了数刀，下手的人非常狠，出手就是杀招，没有留任何余地。”

李清翔却是看着他手中的那刀刃：“你手里的是藏风刃吧？”

唐千林点头，收起藏风刃，这种兵器属于腕刃，有一个机关扣在手腕之上，危机时刻可以将藏风刃发射出去，也可以作为近身搏斗的兵器使用。

唐千林道：“前辈，看样子这里发生的事情远比那个朴秉政所说的怪异。”

李清翔看着街头道：“小心为上，我们先去那个居酒屋再说。”

两人大步离开的时候，庆氏兄弟悄悄跟在后方，等两人走远，也简单查看了下尸体，没有得到什么有用的线索后，赶紧疾步追赶李清翔两人。

与此同时，易陌尘和小田君正守在高烧的唐子程床旁，时间一分一秒地过去了，小田君虽然用尽办法在控制孩子的体温，但也仅仅是维持而已。

易陌尘掏出怀表，问：“你给我说实话，这孩子还能坚持多久？”

小田君如实回答：“虽不说他的体质，但就现在他的状态来说，只能坚持三天。”

三天？易陌尘眉头紧锁，三天之内李清翔能脱离控制回到这里来救唐子程吗？

而身在保安局中的李云帆则抽空去了一趟关北鹤的办公室，他试图从关北鹤处入手，如果这个地方保安局局长能出面，把两位同志从秘搜课手中弄出来，脱离朴秉政的控制，那么接下来的事情就好办多了。

李云帆站在窗口，端着茶杯看着楼下：“局长，朴课长还真有本事呀，一个朝鲜人，来咱们这儿没多久，就破获了这么大一起案子，厉害。”

“厉害？”关北鹤不屑一笑，“你真觉得他厉害吗？”

李云帆扭头看着关北鹤：“什么意思？”

关北鹤放下茶杯：“他一个朝鲜人，在这里没有任何人脉，也没有自己的密探和情报渠道，他仅凭运气就能抓到那两个共党？”

李云帆坐回办公桌前：“局长的意思是？”

关北鹤笑道：“谁把他弄到咱们这儿来的？”

李云帆道：“三宅将军呀。”

关北鹤点了下桌子：“这就对了，还不明白？”

李云帆故作恍然大悟：“你是说，线人和线报都是关东军特种情报部提供的？”

关北鹤肯定地点点头：“三宅将军之所以把他调来，就是因为对咱们不信任，但是他一个朝鲜人来满洲国，突然坐上这个位置，肯定会不服众，所以，提供线人和情报，帮他建功立业。”

李云帆此时心里想的却是另外一件事，那就是关北鹤是不是知道朴秉政也把他列为怀疑对象之一呢？

按照关北鹤的脾气，如果知道被列为怀疑对象之一，肯定会质问朴秉政，甚至会主动上报监察厅，但他现在的语气却如此心平气和，这就说明，他并不知道这件事。

也许让他知道了，对自己有利。李云帆打定主意之后，只是尴尬地笑笑，也不再说什么，一直保持着沉默。

随后，李云帆起身：“局长，到时间了，我该回去了。”

关北鹤有些奇怪：“再坐会儿呀，着什么急啊？怎么，朴秉政还限制你们的活动？”

李云帆摇头：“不是，谢谢局长关心。那什么，有机会，您还是想办法把我调回来吧，其实我今天来找您，就这件事。”

关北鹤指着椅子道：“坐下，好好给我说说，到底发生什么事了？”

李云帆坐下，长叹一口气，还是不说话，只是摇头。

关北鹤看着他，奇怪地问："你小子到底怎么了？有话快说，还把我当外人是吧？"

李云帆看了看周围，又起身走到门口听了听，这才走回来，一脸为难地指着自己的耳朵。

关北鹤明白他什么意思："坐下吧，随便说，我这里没有窃听器，我好歹是一局之长。"

李云帆压低声音道："局长，朴秉政之所以要抓获那两名共党，主要原因是他要挖出在咱们保安局的奸细。"

关北鹤皱眉："保安局的奸细？咱们这儿的？"

李云帆使劲点了下头："没错，就是咱们这儿的。"

关北鹤问："到底是怎么回事？"

"还记得那天晚上我们在拉瓦斯酒馆喝酒的事吗？"李云帆故作神秘，"其中一个共党当晚在那里与奸细接过头，这是朴秉政亲口告诉我的。"

关北鹤立即意识到是怎么回事了，但他没有继续往下问，而是说："被捕的共党交代了？"

李云帆摇头："被捕的共党一个字没说，朴秉政之所以知道，就是那个所谓的线人提供的消息，但那个线人估计不知道奸细的名字，只知道在那儿接过头。"

关北鹤笑了，靠着椅背道："我知道了，你被怀疑了吧？"

李云帆心头一惊，他原以为关北鹤会直接认为三个人都被怀疑了，没想到这个老奸巨猾的家伙，却直接把问题推到自己的身上，让自己下面的戏没法接着演了。

李云帆只得点头道："对，我被怀疑了。"

关北鹤点头，又问了一句："只有你被怀疑了？"

李云帆只是笑笑没说话，他知道，自己不能直接说出来，那显得太刻意了，他此时只能保持沉默，让关北鹤自己去猜，只有猜测才能让人产生更多的怀疑，而怀疑则会导致无穷无尽的矛盾。

他现在就是希望关北鹤和朴秉政之间产生矛盾，这样才有利于自己接下来的安排。

李云帆起身："局长我先走了，下回有空聊。"

关北鹤点点头，没有再挽留李云帆。等李云帆离开办公室之后，关北鹤这才起身，端起茶杯坐在了沙发上慢慢地品着。

茶的味道有些涩口了，按照平时他肯定倒掉重新换一杯，但今天他没有，因为他现在的心理状态和李云帆所设想的一样，他意识到李云帆的吞吞吐吐只有一个原因，那就是那晚在酒馆的三个人都被怀疑了，自己也是其中之一。

关北鹤很清楚地知道，怀疑的重点应该在钱斯年和李云帆的身上，但自己如果也被怀疑了，会不会牵扯出其他的事情来？

关北鹤心中担忧的事情，只有他自己才清楚，他在保安局苦心经营数年，不能因为一个朴秉政就毁于一旦，所以，他势必要从那两个被捕的共党处下手，先行挖出奸细，把这个功劳抢过去，让朴秉政在日本人跟前颜面尽失。

到时候，就算朴秉政依然是秘搜课课长，那在自己面前也会低人一等。

打定主意后，关北鹤这才起身，把茶水倒进花盆中，慢吞吞地给自己重新倒上了一杯茶。

他希望以后的保安局，就像这杯新泡的茶水一样，充满清香，绝不涩口。

那间已经破烂不堪的居酒屋内，没有一件东西是完好的，满地都是粉碎的器皿，桌椅板凳也全都碎了，而且四处都是凝固的血迹。

“这里发生了一场恶战。”唐千林在居酒屋大堂内走了一圈，来到一直靠着柜台而站的李清翔身旁，“翔爷，您怎么看？”

李清翔道：“我不怎么看，我也不想看，我现在就想知道那个洞在什么地方，里面有什么，赶紧查清楚，然后好回去救你儿子。”

唐千林点头道：“谢谢翔爷。”

李清翔叹气道：“一个大男人独自带大一个孩子，我理解这其中的酸楚，不容易呀，特别是这孩子长大之后还不成器，当了汉奸。”

唐千林知道李清翔指的就是李云帆，可他不能解释，因为李云帆既然没有对自己的亲爹坦白自己的身份，必定是有他的理由。

不过，他还是想帮帮李云帆，于是他说：“依我看，李科长是个好人，他应该是有他的难处吧。”

李清翔不屑地一笑：“是呀，所有汉奸都这么说的，自己有自己的难处，哎，南京那个汪精卫不是也这么说的吗？说自己是曲线救国，要全国上下理解他的难处，用这么冠冕堂皇的狗屁来糊弄人，除了秦桧之外，就只有他了。”

唐千林知道这个话题不能再继续下去了，他只得道：“走吧，去厨房。”

两人走进厨房的时候，就清清楚楚地看到被搬空的厨房中间有一个被人工挖开的洞穴，表面那一圈被人刻意挖大了，中间有一个类似井口的洞，洞壁之中镶嵌着各种奇形怪状的石头。

李清翔蹲在那儿往下看着，从旁边捡起了一块石头扔下去，许久才听到轻微的声音传上来。

“至少有十来米。”唐千林闻声道，“太深了。”

李清翔指着旁边打在地面用来固定绳索的柱头道：“日本人之前派了五批人下去，所有准备工作很充分，咱们现在只需要往下去就行了。”

唐千林站在那儿不发一语，李清翔则在旁边检查着绳索，回头的时候发现唐千林依然站在那儿呆呆地看着，于是问：“你在想什么？”

唐千林只是简单地说了两个字：“联系。”

李清翔疑惑：“什么联系？”

唐千林看着他道：“所有事情的联系，但是连不上。”

李清翔摇头：“不知道你在说什么，赶紧下去吧。”

唐千林从自己的行囊中掏出一张黑色的面具递给李清翔：“戴上这个，万一下面有毒气就麻烦了。”

李清翔拿过那面具，看着上面那些奇怪的暗纹，苦笑道：“凤面，上次看到这东西的时候，已经不知道是多少年前了。”

唐千林知道，李清翔上次肯定是从二师父那里看到凤面的，这种凤面是特制的，用沉香木配置中药泡制而成，用于避毒驱烟，作用和现在的防毒面具类似，只不过使用数量有限，在较为正常的环境下可以使用十次，在特别恶劣的环境下只能使用五次，如果按照时间来算，就是一天和半天的区别。

同时，唐千林还猜测着李清翔和二师父之间的关系，看样子没那么简单，二师父终日蒙面，是不是也与他有关呢？

李清翔绑好绳索，就在准备下去时，唐千林拦住他道：“前辈，还是我先下吧。”

虽然李清翔知道那是关心，但认为毕竟自己的资历和江湖地位摆在那儿，当即就不满道：“滚犊子，翔爷我开始在这种地方摸爬滚打的时候，你小子还在穿开裆裤呢。”

唐千林只得笑道：“行，那您先下。”

李清翔紧了紧腰间的绳索："下去之后，听我指示行动，出发！"

李清翔潇洒说完，拉着绳子就往下走，谁知道脚下一滑，整个人带着一声凄惨的哀号直接滚了下去。

"前辈！"唐千林眼疾手快，一把抓住绳子。

下方的李清翔悬在那里双脚乱蹬着，好一会儿才踩稳洞壁，场面一度十分尴尬。

唐千林关切地看着李清翔，而李清翔则尴尬地维持着那个姿势，好半天才咳嗽了一声，严肃地抬起头来道："不错！"

什么玩意儿不错？刚才都快摔死了，还说不错？唐千林一愣，不明白李清翔在说什么。

李清翔一本正经道："我刚才是故意考你的应变能力，你过关了，赶紧下来吧。"

唐千林忍住笑，知道李清翔好面子，赶紧背上行囊，抓着旁边的绳子踩着边缘慢慢滑下去。

滑下去的同时，唐千林把日本人提供的手电筒打开，往下照着，想看清楚下方黑暗中是否有其他的东西，也想探知洞穴的深度，谁知道手电筒刚打开，晃动下去的时候，李清翔忽然道："把手电筒移回去，移到刚才的位置上。"

唐千林不知道刚才的位置指的是哪里，只得将手电筒按照先前晃动的方向慢慢移动着。

等移到一半的时候，李清翔指着道："就这儿，别动，千万拿稳了。"

唐千林用手电筒照着李清翔所指的位置，李清翔则握紧绳子，踩着洞壁慢慢挪过去，仔细看着。

李清翔凑近仔细看着那些奇形怪状的石头，半天终于肯定道："这是咒石。"

唐千林疑惑："咒石？这种东西不是古墓里才有吗？"

李清翔摇头道："这种咒石和古墓中那种咒石完全不一样，实际上属于火山岩的一种，在萨满教中，这种咒石曾经传说可以增强祭司的法力，一个祭司拥有的咒石越多，证明他的地位就越高，法力也越高。"

唐千林看着下方道："这么说，这下面是萨满教祭司的坟墓？"

李清翔回道："的确是这样，但我听过一个说法，说咒石要跟随祭司从生到死，而这里如此多的咒石，我怀疑这下面是一个大祭司的古墓。"

唐千林摇头道："可是，没有听说过萨满教有井葬的习俗呀？"

李清翔道："既然谁都不知道，那么只能靠我们的双眼去证实了，如果是，那将是一个巨大的发现，不过……"

李清翔说到这儿，抬眼看了下洞口的方向，唐千林意识到了什么，指了指下面，然后与李清翔一起顺着绳索往下滑动。

此时的洞穴边缘，悄悄尾随而来的庆氏兄弟正蹲在那里偷听，庆宇想要探头去观望，被庆全一把拽了回来。

庆宇刚要说话，被庆全一把捂住嘴。

过了许久，庆全听到下面没动静了之后，这才松开手，但依然压低声音对庆宇说："你是不是傻？安静点，听听他们说什么，然后思考咱们应该怎么做。"

庆宇点头："哥，那他们说的萨满是啥玩意儿？"

庆全还算有点见识："知道跳大神不？就那个。"

庆宇想了半天："可是那是跳大神呀，不是什么萨满。"

庆全也是一知半解，不耐烦道："一两句话给你说不清楚。"

庆宇愣愣地回应："那你多说几句呗，不就解释清楚了？"

庆全一巴掌拍在庆宇的脑袋上："以你的智商，我很难给你解释，赶紧的，下去吧。"

再说已经差不多接近洞穴底部的唐千林和李清翔，两人此时闻到了一股特别怪异的气味。

虽说两人已经戴上了风面，但那种气味依然透过面具钻进了鼻孔中。

"什么味道？"李清翔不像唐千林那样调整着呼吸，反而是使劲闻着，"像是什么东西放潮了，但闻着又有点甜。"

李清翔刚说完，手电筒就找到了下方井壁上紧贴着的一套日军士兵的军服。

唐千林诧异道："怎么会有军服在这里挂着？"

李清翔用鼻子闻了闻："气味就是从那套军服里传出来的，你别动，我过去看看。"

唐千林却制止李清翔道："前辈，这种小事还是交给我来做吧。"

唐千林知道李清翔要面子，他要是以关心的语气说，反而会让李清翔以为是看不起他。

李清翔掏出枪道："行，你去吧，我帮你看着。"

唐千林抓着绳索，踩着洞壁慢慢挪过去，越靠近军服就越能闻到那股奇怪的气味，但因为有风面的关系，加上已经隔了这么久，自己都没有异样的感觉，所以这种气味应该没有毒。

李清翔在另外一侧问："发现什么了吗？"

唐千林摇头，掏出藏风刃慢慢去挑那衣服，刚挑开一侧，就看到衣服中掉出一块东西在那儿晃动着，等他看清楚了之后才发现，那是一只人的手掌！

唐千林愣住了，没明白怎么回事，但同时也发现手掌上有一种透明的黏液，就是这种黏液将这套军服粘在了洞壁之上。

"奇怪，这是什么东西？"唐千林有些搞不明白了，他用手电筒慢慢照射在军服之上，仔细查看着，看了半天之后，他终于得出了一个可怕的结论——这不是什么单纯的军服，而是一个不知为何失去了头颅，但躯体皮肤还完整保留下来的日军士兵的尸体！

第十三章

恶萨

当唐千林发现粘在洞壁上只剩下一副皮囊的日军士兵尸体时，忍不住发出一声惊呼。

这声惊呼让李清翔立即朝着他所在的方向挪去，与此同时，上方准备滑下的庆氏兄弟也维持原位不动，竖起耳朵听着下面的动静。

唐千林指着那副人皮道："前辈你看，这根本不是什么军服，而是一名日军的尸体。"

李清翔凑近看清楚后道："怎么会这样？"

唐千林摇头道："不知道，看样子，这名日军应该是用绳索下滑的时候，被这种黏液粘住了，然后就变成了这副模样。"

李清翔依然在仔细看着："为什么双手和双脚还很完整，其余地方全都只剩下一层皮了呢？"

唐千林抓着绳索朝着上方爬了几下，爬在较高的位置，从上往下仔细看着，随后便有了发现："前辈，这个日军的整颗头颅不见了，被什么东西从颈部直接削掉了。"

李清翔想不明白："为什么会这样呢？是什么东西干的呢？"

"不管是什么东西干的，这个东西的目的看样子是削掉头颅，然后从其颈部开口的位置钻入体内。"唐千林抓着绳索慢慢滑下去，挪到李清翔的位置上，"我看下面必定是危险重重，我们得多加小心了。"

李清翔笑道："我还以为说危险，让我先回去呢。"

唐千林摇头道："在这种环境下，孤军奋战，不要说查清楚下面发生什么了，就连存活下来都困难。"

李清翔往下滑了一步："那还等什么，赶紧下去吧。"

唐千林看着李清翔那副兴奋的模样，摇了摇头，这老爷子看样子是真喜欢冒险，难怪以前当逐货师。

李清翔边往下滑边说："老弟，你知道吗，人生的乐趣就在于两个字。"

唐千林问："哪两个字？"

李清翔往下看着："折腾！"

唐千林笑着摇头："人生下来就得折腾，但也不能故意折腾呀，翔爷，您慢点。"

李清翔道："我现在很想知道下面到底是什么，又是什么东西把那名日军变成了那副模样。"

上方的庆氏兄弟此时也发现了那名日军的尸体，两人不敢靠近，只是扫了一眼，也赶紧跟着滑下去。此时庆全心里是真的害怕了，他意识到，自己要对李清翔和唐千林下手的决定是愚蠢的，因为这两人看样子真的是专业的，得靠这两个专业的人查清楚下面到底是怎么回事。

要是查不清楚，自个儿回去也是死。

"到底了。"李清翔的手电筒终于照亮了下方的地面，同时也照到了地上那一堆日军军服和人皮。

李清翔和唐千林解开绳索，李清翔则蹲下来查看着地上的东西，唐千林拿着手电筒照亮着四周，查看身处的这个洞穴里到底有什么东西。

除了白骨和一堆堆杂物之外，什么都没有。

"怎么会什么都没有呢？"唐千林很是疑惑，又拿手电筒照亮了李清翔的跟前，看着地上那几具日军士兵的人皮。

李清翔用匕首挑起人皮看着："加上这里和先前发现的，一共是五套军服，五张人皮。"

唐千林道："是不是刚好是一个日军小组的人数？"

李清翔抬眼，用手电筒照着四周："日军一个班有13人，可以单独分为两个战斗小组，班长，也就是军曹带领一个，伍长等同于副班长，带领另外一个，换言之，一个战斗小组应该有6个人。"

唐千林看着四周："少一个，但这里没有第六个人的尸体。"

李清翔仔细回忆着朴秉政的话："朴秉政说，日军派了5批士兵下来，也就是

5个战斗小组，算起来应该有30个人，死在这里的，也许是第一批，我们分头到四周再找找，肯定能发现什么。”

两人分头寻找，庆氏兄弟也滑落了下来，看到地上的人皮后吓了一跳，绳索都没有解开，就跳到一边去，险些摔倒。

李清翔用手电筒找着庆氏兄弟道：“我知道你们混口饭吃不容易，但是命只有一条，要是想活着回去，就老老实实地听我们的，明白了吗？”

庆全虽然心里清楚李清翔说的是事实，但在弟弟跟前不想折了面子，赶紧道：“前辈，之前不是说好了吗？两个小组，你们干你们的，我们干我们的，互不干预，你的好意，我心领了。”

李清翔摇了摇头，低声骂道：“弱智。”

庆全当然听到那两个字了，但他也不能说什么，不能在这里与李清翔发生任何冲突，而庆宇这木头脑袋却低声说：“大哥，他说你是弱智。”

庆全故意装傻：“有吗？”

庆宇肯定地点头：“我听得特清楚。”

庆全道：“那是在说你呢。”

庆宇一愣：“啊？为啥呀？我又没跟他说话，他干吗骂我？”

“我哪儿知道呀。”庆全一本正经道，“你看，我没听见，代表他说的不是我，你听见了，那他骂的就是你。”

庆宇脑子一时转不过来，只得点点头，又问：“那他为啥骂我呀？”

庆全拍着庆宇的肩膀道：“因为你是弱智。”

庆宇彻底傻了，呆呆地站在那儿，彻底理不清楚其中的逻辑了。

唐千林在周围转了一圈，终于在角落中发现一个微微隆起的土堆，在土堆边缘还发现了衣角，他想了想，招呼李清翔上前，两人动手，将那个土堆刨开，随后就发现了其中叠得整整齐齐的人皮和军服，其中还发现了一张照片。

李清翔用手电筒照着照片，照片上是两个长相很相似的男子的合影，都穿着军服，面带笑容。

唐千林凑近道：“应该是两兄弟吧，我推测应该是死去的人中有两兄弟之一，而后哥哥或者弟弟又下来勘查，发现了兄弟的尸体，只得简单刨坑掩埋了。”

李清翔摇头道：“大部分日本士兵都是普通农家子弟，被日本的军国主义洗脑，认为自己所做的一切畜生不如的事情都是正确的，是他妈的什么狗屁圣战，唉，可悲呀！”

唐千林道：“翔爷，没有其他的尸体，朴秉政也说了，没有人活着回去过，所以，我判断肯定有其他的出路。”

两人正说着，就听到另一边的庆全对庆宇说：“这里怎么会有一面墙呢？”

唐千林和李清翔闻言立即走过去，用手电筒一照，果然发现在洞穴的东侧洞壁内部有一面奇怪的墙壁，墙壁上还有一幅颜色几乎脱落，只能隐约可见的壁画。

庆全站在那儿，解下腰间的小马灯点亮仔细看着：“这上面画的是什么呀？”

李清翔看着庆全的小马灯，打趣道：“你还真是专业呀，知道带小马灯下来。”

庆全看了一眼李清翔道：“前辈，在这种地方用手电筒固然方便，但是不如这玩意儿强，如果下面空气不足，马灯就会点不亮，如果有其他的气体，我这特制的马灯也会因为燃烧而散发出青烟。”

李清翔和唐千林交换了下眼神，两人都觉得这个庆全还不算是一无是处，还算有点专业知识，这东西是以前盗墓贼的标配。

唐千林上前查看壁画的时候，李清翔问庆全：“这位兄弟，你以前都干过什么大买卖呀？”

庆全原本想显摆一下的，但立即想到李清翔是个逐货师，比他专业，自己万一露怯了，反而会被他讽刺，只得道：“没什么，混口饭吃而已。”

李清翔笑了下，没说什么，目光投向壁画之上。

唐千林看了一会儿，肯定道：“这幅画应该叫《颂》。”

李清翔不明白：“什么意思？”

“在东北萨满教中有个起源神话，名字叫《天宫大战》，简言之，说的是创世三女神与恶魔耶鲁里之间的战争，三女神分别为阿布卡赫赫、巴那姆赫赫和卧拉多赫赫，而最后一位女神则是由阿布卡身体内分裂出来的。”唐千林指着壁画的左下角，“你们看，左下角说的就是阿布卡孕育分娩卧拉多的过程。”

庆宇听得入迷，问：“那个什么恶魔耶什么玩意儿在哪儿？”

唐千林指着右侧道：“在右下角，看到了吗？”

其他三人凑近去看，但是什么也没有看到。

庆全道：“有三个人呀，也不是什么恶魔的模样呀？”

唐千林道：“创世三女神从某种意义上来说，就等同于恶魔耶鲁里。”

庆宇蒙了：“啥意思呀？”

唐千林解释道："《天宫大战》讲的是，创世三女神创造万物之后，因为性格的差异，产生了矛盾，阿布卡天性仁慈，巴那姆天性憨厚，而卧拉多则性格多变，脾气火暴。三人创造出来的万物因此也完全不同，最终三人为了达到完善世界，又一起创造了女神敖钦，阿布卡赐予了敖钦九颗头，卧拉多赐予了她八只手，巴那姆又赐予了她生育能力，谁知道拥有三位女神神力的敖钦，得到称霸苍穹的力量，最终幻化成了恶魔耶鲁里，与创世主、造物者开始争夺天下。"

庆全和庆宇听得云里雾里的，特别是三个女神的名字，自己也没记清楚，但还是点头表示明白了。

李清翔寻思了片刻道："你刚才不是说这是什么《颂》吗？"

唐千林继续解释："《天宫大战》的开篇就是《颂》，就是赞颂萨满秘传神话中的神灵，介绍神话的来源，我调查过，至今在黑龙江的瑷珲、孙吴一带还流行着这种接近戏曲形式的传诵，有点类似我们的《封神演义》。"

李清翔点头道："照你这么说，这只是个开始？"

"没错。"唐千林站在那壁画前仔细观察着，用手四下探索着，"这里肯定有什么机关，可以打开这面墙壁。"

庆全这次脑子转得快了些，指着一侧道："墙壁周边都有磨损的痕迹，说明这堵墙是可以移动的，对吧？"

唐千林看了一眼庆全，默默点头。

李清翔道："你瞎猜的吧？"

庆全下意识"嗯"了一声，又赶紧道："前辈，我干了这些年盗墓的买卖，这些我还是能看出来的。"

实际上，庆全已经在心里把李清翔祖宗八代翻来覆去骂了八百多遍了。

唐千林终于在右下侧，也就是三个女神孕育恶魔耶鲁里的位置找到了一个开关，他正要按下去的时候，迟疑了。

庆全也看到了那个开关，也不俯身，直接一脚就踹了过去，然后那堵墙就直接从左至右移开了。

庆全得意扬扬地说："这就是专业，庆宇，咱们走。"

李清翔摇头道："这是撞了狗屎运了。"

李清翔正要往里面走的时候，唐千林一把拦住他，冲他摇头。

李清翔刚要说什么，唐千林示意他不要说话，只是看着走进去的庆氏兄弟的背影。

很快，那堵墙又重新关上了。

墙内通道中的庆宇一看墙壁关上了，赶紧道："哥，又关上了。"

庆全道："你家门开了不关呀？这很正常，走吧。"

庆宇道："不是，哥，我的意思是说，那俩人还没进来呢。"

庆全一巴掌拍在他脑袋上："你管他们干吗？人家之前还骂你是弱智呢，你就真把自己当弱智了？"

庆宇摸着头，傻笑着跟着庆全往通道内走。

而在墙壁外，唐千林还在墙壁上摸索着什么，李清翔蹲下来，看着先前庆全踢中的那个机关："你什么意思呀？"

唐千林摇头道："如果不是死了这么多日本人，我恐怕也会掉以轻心，但死了这么多人，说明这里并不简单。"

摸索了许久，唐千林终于发现左下角还有一个机关，指着那里道："翔爷，你看，左下角还有一个机关，以你多年的经验，你觉得开启的机关会同时有两个吗？"

李清翔摇头道："正常情况下不会，除非是设计机关的人设下圈套。"

唐千林道："没错，我也这么想的，我们赌一把吧，开左边的。"

李清翔不解："为什么要赌一把呢？我还是不懂你的意思。"

"翔爷，三个女神是正，而耶鲁里是邪，机关也正好一左一右。"唐千林站在那儿分析道，"所以，机关也应该分好与坏。"

李清翔道："那我们选左边没错呀，为什么要赌一把呢？"

唐千林看着李清翔："萨满教中，一般萨满大概分为三个等级：萨满、大萨满和萨满祭司，每个等级又分为五个等级，要一级级升上去，虽然萨满也有白萨满和黑萨满之分，但我曾经听说过，萨满之中也有拜耶鲁里的恶萨。"

李清翔皱眉："恶萨？这个我倒没有听说过，你继续说。"

唐千林道："恶萨指的是那种急于获得力量往上爬，最终求助于恶魔的萨满，他们的自我解释是，既然恶魔耶鲁里是脱胎于创世三女神，所以她算不得恶，而他们也不算恶，只是单纯地追求力量。我想说的是，如果设计这个地方的是恶萨，那么我们选择左侧就错了。"

李清翔寻思了半天道：“真的是在赌。”

唐千林道：“那就赌一把，我赌正义必胜。”

李清翔点头道：“你下注，我就跟！”

唐千林蹲下来，将左侧机关按下，那堵墙很快移开，一个通道出现在他们跟前，两人对视一眼，大步走了进去。

等那堵墙重新关上，唐千林转身的时候，却发现门上也有先前在洞壁上发现的那种黏液，其中还有一块被咬下来的人皮。

唐千林皱眉道：“这里怎么还有？到底是什么东西呢？野兽？”

李清翔道：“我以前听做开棺人的朋友说，他们曾经在地底下遇到过一种巨大的蜈蚣，那种蜈蚣体形如狗一般大小，可以喷出腐蚀性的液体，杀死那些日本兵的会不会就是这种东西？”

唐千林道：“我也听过腐液蜈蚣的传说，但不知道这里会不会也有。”

“继续走吧，咱们小心点就行了。”李清翔拿着手电筒往前走着。

唐千林持枪走在后面，走着走着，他意识到哪儿不对劲，下意识举起手电筒往通道顶端一看，这一看不要紧，吓了他一跳。

在通道顶端粘着好几套日军的军服和几张人皮，唐千林赶紧道：“翔爷，看头顶。”

李清翔看向头顶，同时手电筒照过去的时候，也着实吓了一跳，就在此时，两人清楚地听到有人说了一句什么，似乎是日语。

两人手持手电筒四下寻找着，终于找到了洞穴顶端一侧粘着的那个活人，那个面色苍白的日本兵还活着，只是被黏液包裹住粘在那里完全动弹不得，而且似乎受了伤，说话都很是吃力。

李清翔上前，用手电筒照着那名日本兵，用日语问：“你怎么会在上面？”

“怪……怪兽。”那名日本兵有气无力地回答，“救，救我下来，快……”

李清翔看着唐千林：“他说有怪兽，让我们救他下来。”

唐千林道：“怎么救呀？太高了。”

在不借助工具的前提下，两人完全没有办法爬上去把这个日本兵给救下来。

唐千林倒是对“怪兽”两字很敏感，下意识用手电筒照着周围，头皮也觉得阵阵发麻，总觉得黑暗中有什么东西正在注视着自己一样。

就在两人一筹莫展的时候，突然听到有什么东西发出古怪的沙沙声，两人立即顺着声音用手电筒照过去，手电光晃过的同时，看到有一个影子从通道顶端移动过去。

“有什么东西！”唐千林持枪瞄准着，但那东西的速度很快，他的目光根本抓不住，更不要说用手电筒照清楚了。

李清翔与唐千林背靠背警戒着，此时周围又安静了下来，什么声音都听不到了。

“喂，你听到什么了吗？”李清翔调整着自己的呼吸，尽量让自己平静下来，“我就听到了自己的心跳声。”

唐千林微微摇头，就在此时，那名日本兵突然间叫道：“救命！”

两人立即侧身，举着手电筒照过去，就看到有什么东西叼住那名日本兵，沿着洞穴顶端飞速朝着里面爬去。

“追！”李清翔想都没想，立即做了这个决定。

说话间，李清翔已经跑出去好几米远了，唐千林赶紧追上去叫住他：“翔爷！不要追！”

李清翔刚往通道内跑了十来米，唐千林就追上去一把将他拽了回去，就在唐千林拽回李清翔的那一瞬间，李清翔正对面的黑暗中就扑出了一个黑影，那黑影口中吐出的舌头直袭李清翔的面部，若不是唐千林眼疾手快，李清翔已经命丧当场。

唐千林持枪就朝着那黑影开火，先前他早已将毛瑟军用手枪调整到自动击发状态，一梭子射出去，听到那东西发出嘶鸣声，左右蹦跳着逃进了黑暗之中。

唐千林半蹲在倒在地上喘气的李清翔跟前：“翔爷，没事吧？没受伤吧？”

惊魂未定的李清翔摇摇头，好一会儿才说：“没事，刚才那是什么东西？我完全没看清楚。”

唐千林扭头看着李清翔道：“看那模样，像是蛇。”

李清翔吃惊道：“蛇？！哪儿有那么大的蛇？而且还有四肢？”

唐千林仔细在脑子中回忆着先前零碎的画面：“我大致看清楚了那颗脑袋，像是蛇的头，可有四肢，我不知道那是什么，不过那东西的舌头很长，它先前就是准备用舌头来袭击你。”

李清翔彻底糊涂了：“蛇头，四肢，你说像不像龙？”

唐千林摇头：“这个世界上没有神话中所谓的龙，多年前，我们轩字派的旌捕听闻云南有龙，于是前往寻找，也想证实龙是不是真的存在。”

李清翔忙问：“结果呢？”

唐千林叹气道：“没有龙，只是一种我们从来没有见过的生物，模样也与龙并不相似，只是目睹的人，在夜间远看这东西的头部才误以为那是龙，而那次我们误入了那种怪物的巢穴，七个人，只剩下我和另外一个师弟生还。”

李清翔听完，头皮发麻，有一种不好的预感，他甚至有点想打退堂鼓了。

不过这个老头儿依然是倔脾气，毕竟曾经数次徘徊在生死边缘，所以他一咬牙，看着前方道：“查不清楚，回去也是死，我们继续前进吧。”

两人继续在通道中前进，几乎是走十来米停下来观察警戒一会儿，确定没有任何情况这才前进。

两人身处的通道除了地面铺有石块之外，左右和上面都只是泥土，也没有任何加固的东西，按理说有塌陷的可能，但这个洞穴却似乎很稳固，不知道是什么原因。

走到通道尽头的时候，两人看到了一尊奇怪的雕像立在那儿。

李清翔用手电筒从上至下照着那尊雕像道：“这不是萨满祭祀时穿的神服吗？”

唐千林摇头道：“不，这不是神服，是神铠。”

李清翔问：“有区别吗？”

“有。神服是萨满在作法祭祀时穿的，而神铠则是他们与恶灵战斗时所穿的，有庇护的作用。”

唐千林上前看着那雕像，揭开神铠看了看里面：“里面只是一尊粗糙的石像，外面套上了神铠而已，看样子我猜对了。”

李清翔奇怪地问：“你猜对什么了？”

唐千林道：“这里不是恶萨的地下墓穴，就是恶萨修筑起来，用来藏匿神器的地方，因为只有恶萨才会随时随地都穿着神铠，而不是神服，而且神铠一般不会轻易示人，就算萨满要与恶灵战斗，也不会让平常人目睹。”

李清翔绕过那尊雕像，看向通道尽头的那一片黑暗：“我现在担心，庆氏兄弟是不是已经死了？”

唐千林叹气道：“他们什么都不懂，来这里等于是自寻死路。”

刚说完，两人就听到通道尽头内传来庆全的求救声，还伴随着枪声，同时也能看到黑暗中有枪口喷出的火焰忽闪忽现。

第十四章

刀梯

庆全的求救声，促使李清翔立即就要冲进去，唐千林眼疾手快，闪身上前挡住他。

李清翔着急道："人命关天，就算他们是傻子也得救。"

"翔爷，我不是不救他们，你往里边看。"唐千林用手电筒照着那片黑暗，"手电筒的光照进去，什么也看不到，这意味着什么？"

经唐千林这么一提醒，李清翔冷静下来。

如果手电光直接照进一片黑暗的环境中，却什么也看不到，只能说明两点：要不环境太空旷，要不就是其他什么无法解释的原因，而这类的原因往往就意味着危险。

此时，里面的求救声和枪声都消失了，两人紧盯着的黑暗之中能听到的只有自己的心跳声，而且心跳越来越快。

随后，李清翔和唐千林不由自主地开始往后退，退了好几步之后，两人驻足看着前方的黑暗。

李清翔皱眉道："不行，我们还得进去看看，总不能现在就回去吧？"

唐千林思索片刻道："前辈，你稍等。"

唐千林从行囊之中取出几件怪异的长条物件，组合在一起，最终形成一支长枪。

李清翔看着唐千林手中那个古怪的兵器，感叹道："想不到这辈子还能再看见下凤枪。"

唐千林手中的兵器名为下凤枪，也就是旄捕专用的武器。

下凤枪由三大部分组成，从末端起分别为定风尺、定旄尺和凤尾尺。

定风尺长约45厘米，形同尺子，杂铜所制，如横笛一样中空，内有机关阻断，外部有八个孔眼。迎风后，可根据风吹入尺中，由风力击发机关阻断所发出的声音测风的强弱，按照八音将风的强弱分为金、石、丝、竹、笙、缶（fǒu）、革、木8个等级。

定旄尺则由三根与定风尺相同长度的半圆柱体尺组成，平日里分开，上面标有刻度，为测量水深和土层所用，由精钢打造而成。

最后是凤尾尺，也就是下风枪的枪头，特制的脊柱骨骼状软尺，长约35厘米，前端带有指北针，边缘锋利，卷在一起后可变成旄捕专用的凤尾罗盘。

手握下风枪的唐千林道："前辈，我在前，你在后，你辅助我。"

唐千林说完有些后悔，因为"辅助"这个词会不会让李清翔心里不痛快？毕竟这个老爷子死要面子。

谁知道李清翔没有任何表示，只是举起手枪示意唐千林朝前走。

唐千林手持长枪走在前方，每走三步都要刻意停顿一下，等两人走进那团黑暗之中后，一阵阵阴风从四下袭来。

从来没有风会是从四面八方吹来的，唐千林密切注视着四周，感受着隐藏在这个古怪环境中的怪物散发出来的杀意。

"右边！"唐千林突然持枪朝着右侧一个突刺，枪头刺中黑暗中那东西的同时，李清翔手中的枪也响了。

那东西怪叫着逃离，隐入黑暗中，唐千林收回下风枪，查看着枪头上的血迹，微微一笑道："有血，说明这东西杀得死，那我就放心了。"

李清翔靠着唐千林问："你怎么知道在右边？"

唐千林指了指自己的耳朵道："那东西的喘息声很重，平静下来仔细听就能听到。"

"是吗？"李清翔深吸一口气，然后竖起耳朵听着，半天道，"没听到呀，我就听到了自己的心跳声。"

唐千林笑道："心跳加速，说明你还是不够平静。"

李清翔有些惊讶，明明不久前，唐千林还与自己一样紧张，为何进入这种环境之后，这小子竟然可以马上就平静下来，还能听到那怪物的喘息声？真不知道这小子以前受过什么样的训练。

"继续往前走吗？"李清翔慢慢挪着步子。

唐千林道："关键不知哪儿是前面，周围一片黑暗，什么都看不见，都不知道这是什么地方，到底有多大。”

李清翔忽然想起了什么：“对了，我想起来了，我带了信号枪，这玩意儿兴许有用。”

李清翔掏出信号枪，装填一发后，四下比画着，最终朝着右侧上方击发出去。

信号弹出膛之后，直接飞向空中，许久也没有撞到洞顶，足以说明两人深处的洞穴有多大。

信号弹飞到极限缓缓落下的同时，两人隐约看到在远处有一座很是奇特的建筑，在建筑下方还有一道长阶梯，阶梯在信号弹的照耀下闪闪发光。

李清翔和唐千林目瞪口呆地看着，在信号弹快落到地面的瞬间，唐千林看到在阶梯右侧有一个火盆，他借着最后的光线持手电筒上前，试图找点东西点燃火盆。

李清翔上前，用手电筒照着火盆中，却是惊讶地说：“夜火晶！”

唐千林不解地问：“什么？”

李清翔指着火盆中那些模样像是木炭，却通体火红的东西道：“如果真的是夜火晶，那这次我们就发财了。”

唐千林摇头：“翔爷，我们不是来发财的。”

“哦，对，太兴奋，把正事给忘了。”李清翔说着拿出火柴就要点夜火晶，想了想从里面拿出一块，小心翼翼装进包里，然后划燃火柴扔了进去。

火柴进到火盆，接触到那夜火晶之后，夜火晶瞬间就燃烧了起来，而且散发出的热量和光芒比一般的炭火要强上数十倍。

李清翔笑道：“果然是夜火晶，没想到同行们找了数百年的东西，竟然被我撞上了。”

唐千林又学着李清翔点燃了旁边的火盆，把阶梯口完全照亮。

唐千林问：“翔爷，夜火晶到底是什么东西？”

李清翔解释道：“一种传说中罕见的自然木炭。”

“自然木炭？”唐千林看着火盆中燃烧的夜火晶，“木炭不是木头烧制而成的吗？怎么还有自然木炭这一说？”

李清翔拿出放在包里的那块夜火晶：“这就是大自然神奇的地方，有很多事情并不是人类现在能解释得了的，最早发现夜火晶是在汉代，当时是某次洪水之后，百姓从河道中发现的这种火红色的木炭，即便潮湿，依然沾火就着，但从那之后，再发现夜火晶的存在，就在唐朝了，所以，对我们逐货师而言，夜火晶是个传说。”

说到这儿，李清翔又笑道：“应该是对他们逐货师而言，我已经金盆洗手了。”

唐千林只是笑笑道：“翔爷，我们还是办正事吧，你看上面。”

唐千林用手电筒照着上方，虽然手电筒的光起不了太大的作用，只能照亮阶梯，但李清翔还是明白唐千林的用意的。

李清翔看着阶梯上方道：“刚才信号弹落下的时候，你也看到上方那座古怪的建筑了？”

唐千林点头道：“对，像是一座宫殿。”

李清翔看着唐千林道：“我知道你在想什么，你认为那就是传说中的萨满灵宫？”

唐千林寻思片刻，又摇头道：“我虽然希望是，但觉得没那么简单，怎么可能这么巧就让我找到了呢？”

李清翔道：“不管是不是，我们上去看看就知道了，走吧。”

李清翔刚要上阶梯的时候，唐千林又一把拦住他，指着阶梯道：“翔爷，小心，注意脚下，看清楚这阶梯到底是什么。”

听唐千林这么一说，李清翔才低头去细看，细看之下才发现，那所谓的阶梯全是一片片刀刃组成的。

李清翔蹲下来，捡了块石头敲了敲，石头撞击那刀刃发出清脆的声音。

“我还以为是摆设呢。”李清翔倒吸一口冷气，“没想到是真的。”

说到这儿，李清翔忽然想起来什么：“这应该就是刀梯吧？”

唐千林道：“对，应该就是刀梯，上刀梯的仪式很古老，但如今保留下来的，只有锡伯族，在锡伯族中，这种仪式被称为‘察库兰’，是萨满的领神仪式，也是对萨满的一种考核。”

在锡伯族中，对普通萨满的称呼为布徒，意为没名气抑或未出师，而有名气的萨满被称为依勒吐。而要从布徒成为依勒吐，除了跟随师父学习之外，最重要的还是要进行一次上刀梯的考验。

上刀梯是一项艰难、严峻的考试，只有过了这一关，萨满学徒才能通达上界神灵，成为法力高强的万灵使者。

“正常来说，刀梯应该是由木头搭建的，这种石制的很罕见，由此可以断定，这里肯定是恶萨修建的。”唐千林心里有了不好的预感，“上刀梯仪式要提前20天准备，而且地点在上刀梯者家里的院子中搭建，四角立起四根木柱，用绳子拉上，形成一座四方的仪式场地，也算是一种形式上的符咒，也就是结界……”

而刀梯的架设也很有讲究，需要两根高达数十米、碗口粗，并且笔直的树桩，两根木柱上各缠上红、绿两色的布条，两柱之间相隔大约两尺，然后将钢刀刀刃朝上放置在其中，每一柄钢刀之间的距离约一尺。

刀梯的级数也有讲究，最少17级，一般为25级，最多为49级。

仪式开始前，还需要祭祀，宰杀一头公羊和一头公牛。

唐千林解释到这儿，看向阶梯上方道：“这个方向应该是南面。”

李清翔问：“为什么你这么确定？”

唐千林道：“刀梯的正对面必须是南面，这个是有讲究的，我之前说过《天宫大战》里创世女神就位于南方，被称为‘伊桑珠妈妈依波耶’；东方就是恶魔，被称为‘义巴罕’。”

李清翔问：“不是叫什么耶鲁里吗？”

“耶鲁里是音译，是恰克拉人的说法，他们属于女真族的分支。有萨满信仰的民族在我国，乃至于世界其他地方都有，这些民族因为语言不一样，所以对创世女神和恶魔耶鲁里的称呼也不一样。”唐千林仔细解释道，“我接着刚才的说，在西面就是‘富其和’，指的是神佛，这也是佛教传入之后改变的，最后是北面，在上刀梯的时候，绝对不能往后看，也就是北方，因为在萨满教中，阴间就位于北方，确切来说，是东北方，这就是我们一直认定萨满灵宫就位于东北的主要原因。”

唐千林说完之后，往左侧的黑暗中走去，走了大概数十步，看到那里立着一个圆柱体，圆柱体上有一些古怪的符号和类似文字的东西。

看到这个的时候，唐千林又想起了什么，下意识道：“错了，这里如果是恶萨修建的，那么方向就彻底反了。”

李清翔在一旁问：“什么意思？”

唐千林道：“恶萨为了寻求力量，拜的是恶魔，而恶魔应该在东面，所以阶梯正对的方向应该是东，照这么推测，我们正对的地方应该是北面，眼前这根柱子就叫‘镇阴柱’，也就是镇压阴间大门开启的法器。”

唐千林说完又朝着后方径直走去，在那里又看到一个柱头，不过这个柱头上有雕刻三个女人的面部。

李清翔立即道："这就是南面，南面是创世三女神，没错吧？"

李清翔说完，又看向来时的方向："那么我们来的位置，应该是西面，也就是神佛的位置，为什么什么都没有？"

唐千林道："恶萨是不接受佛教的，所以，不存在西面的神佛像，也许寓意着要从神佛之境走出来，重归万灵的怀抱。"

"那我们要怎么上这段阶梯呢？"李清翔有些苦恼，"而且，最奇怪的是，我们已经进来点亮了夜火晶，为什么看不到庆氏兄弟的踪影？"

两人并不知道的是，此时受伤的庆全正躲在旁边的石柱后面，弟弟庆宇关切地看着他，先前两人在黑暗中被怪物袭击，若不是手中的枪支火力尚可，两人恐怕已经命丧当场。

庆氏兄弟脱离危险后，两人得以喘息，原本庆宇要向走进来的唐千林和李清翔求助，却被庆全阻止。走进那堵墙壁前，他就知道唐千林对萨满是有很深的研究的，而他急切想知道这儿到底是什么地方，所以，干脆躲起来听唐千林和李清翔的对话。

唐千林走到阶梯前，仔细看着，又抬眼看着上方，思来想去，他摸出一块布条，扔在刀刃之上，布条落下，直接被刀刃割成两半。

李清翔倒吸一口冷气："这么锋利？吹毛即断呀，这种刀刃能取下来吗？是宝贝呀。"

唐千林笑道："如果不是翔爷在这儿，光听这说话的语气，我还以为是易陌尘在这儿呢。"

唐千林解下自己的背包，放在刀刃之上，踩了踩，算是稳固。

唐千林道："翔爷，把背包解下来。"

李清翔见状，明白他的打算，也立即解下自己的背包，扔在第二级刀梯之上，可麻烦来了，这样只能让一个人上去。

李清翔道："只能一个人上去，还是你去吧，我在下面等着你。"

唐千林道："好吧。"

就在此时，庆宇扶着庆全从柱头后面走出来，同时解下自己的背包扔在两人跟前。

庆全道："带我弟弟上去。"

唐千林和李清翔交换了下眼神，不明白庆全的用意。

庆全捂住自己的伤口道：“快点搞清楚这里到底是怎么回事，然后回去交差。”

唐千林道：“既然要合作，那你们兄弟俩在这里等着，我和翔爷上去就行了。”

庆全断然拒绝：“不行，我信不过你们，既然你们需要我们的帮助，那也得同意我这个简单的条件，万一之后日本人问起，我弟弟眼见为实，也知道该如何回答。”

唐千林还在迟疑，因为和庆宇上去，等于是多了一个负担。

李清翔却做了决定：“行，我和庆全留下，唐老弟，你带着庆宇上去。”

唐千林也不再坚持：“好吧，你俩注意安全。”

李清翔举起手中的枪道：“有这个呢，你也说了，那东西是杀得死的，那还怕什么呢？”

虽然这么说，但李清翔心里还是七上八下的，毕竟庆全重伤，就算这小子不重伤，和这个智商低于人类平均线的家伙在一起，生存概率也是大打折扣。

唐千林只得领着庆宇，踩着背包一步步向上面走着，等走到顶端的时候，两人已是满头大汗，洞里的温度虽然舒适，但上来的过程太过紧张，稍不留神摔下去，就算人不死，也是缺胳膊少腿。

不过，当唐千林在顶端站定之后，却发现先前隐约可见的那座奇怪的建筑，只是一幅巨大的壁画，壁画前则有一个巨大的祭坛。

原本心中带着希望，以为可以了却师兄心愿的他很是遗憾。

“竟然是一幅画。”唐千林摇头道。

而且眼前这幅画已经残缺不全。

庆宇在旁边道：“这里就是洞穴尽头了吧？”

唐千林四下看了一圈后，确定道：“没有其他的路了，这里应该就是尽头了。”

庆宇笑了：“那我们算完成任务了，对吧？”

唐千林道：“基本上是吧，但是依然不明白这里到底是干什么用的。”

庆宇低声道：“反正只有我们四个进来，回去瞎编一个故事，日本人也不知道呀。”

唐千林冷冷道：“那以后怎么办？要知道，一个谎言要用更多的谎言来圆。”

庆宇着急道：“这里太危险了，我们要是不赶紧回去，鬼知道等一下会发生什么，而且我大哥还受伤了，我不管你了，我得先下去了。”

庆宇转身就走，刚走了两步，又发现了什么，蹲下来仔细看着地面。

唐千林见他蹲着，问："怎么了？"

庆宇用手把地面上的灰尘抹开，用手电筒照着地板道："地板是透明的，下面好像还有什么东西。"

唐千林也蹲下来仔细看着，发现真的如庆宇所说，地板是透明的，而且下面还有一个个堆积在一起的模样像是夜明珠一样的东西。

那些夜明珠每一颗都有人三个拳头那么大，在光线的照耀下散发出绿光。

"一定是夜明珠！"庆宇脸上露出贪婪的笑容，"这一趟没白来，没有白冒险。"

庆宇自言自语说完就开始去寻找撬开地板的方法，唐千林也用手电筒在四下找着，最终目光投向祭坛的位置。

果然，唐千林很快就在祭坛下方发现了一个洞口。

洞口虽然不大，但也能容纳一个半人钻进去，而且趴在洞口用手电筒照进去，就能清楚看到那些夜明珠。

此时，唐千林脑子中有了个疑问，如果是夜明珠，在黑暗中应该散发出光线，但为什么这些东西必须要光线照射才能发光呢？

就在唐千林还在思考的时候，走到祭坛后面的庆宇，在俯身看了下之后，直接就要钻进去。

唐千林一把抓住他，问："你想干什么？"

庆宇不耐烦道："大哥，你在大街上看到金条，你是捡起来呢，还是当作没看见？我不知道你呀，但我肯定会去捡起来。"

唐千林还是不松手："这种不明不白、不清不楚的东西，最好不要拿。"

庆宇甩开唐千林的手："'挡人财路，犹如杀人全家'，这句话您知道吧？"

庆宇的一再坚持，让唐千林最终放手。庆宇俯身就钻了进去，很快又退了出来，手里拿着两颗夜明珠，放在双手掌心中仔细看着。

"发了！发了！这才真的发了！"庆宇高兴地握住夜明珠，"再也不用辛辛苦苦地去跑江湖了！"

唐千林凑近看着："给我看看。"

庆宇摊开左手掌心，唐千林用手电筒照着，发现光线能透进去，而且其中似乎还有什么东西在蠕动。

还未等唐千林看仔细，庆宇就收手，同时道：“大哥，里面多得是，我也不贪心，我和我大哥一人一颗就够了，我可是个有讲究的人。”

贪婪的人是永远不会满足的，但贪婪的人也会被现实条件限制，庆宇之所以只拿走两颗，原因在于他们携带的背包，一个包内只能装一颗，再多一颗都带不走。

庆宇将夜明珠小心翼翼装进包里后，刚准备往下走，忽然意识到了一个严峻的问题：现在自己包里有夜明珠，不能用来垫在刀梯之上，那么只剩下两个背包可以用来垫脚，也就是说，眼下只能让一个人平安离开。

唐千林站在后方道：“你是要命还是要财？想清楚了，最好把东西放下，我们原路返回。”

到手的宝贝庆宇怎么舍得丢下？他心一横，拔枪转身就瞄准唐千林。

唐千林准备上前夺枪的时候，庆宇直接朝着他脚下开了一枪。

枪声传到下方，李清翔和庆全同时一惊，庆全着急弟弟的安危，嘶声喊道：“庆宇！你没事吧？”

上方没有人回答，李清翔站在刀梯下，借着光线看着上方对峙的两人，虽然隔着72级刀梯，但他还是大致看清楚了持枪对准唐千林的庆宇。

怎么回事？李清翔和庆全脑子里都冒出这个问题。

“把那两个包垫在刀梯上，快点！”庆宇对唐千林下命令道，“我先下去，下去之后，我再想办法把包扔上来。”

“这不是让我等死吗？”唐千林指着刀梯，“一共有72级，而且还有高度，你力气再大，也无法从下面将这么重的背包扔上来。”

庆宇摇头：“别废话，你真以为我不敢开枪？”

说着，庆宇又扣动扳机，这次子弹打在唐千林的脚旁。

就在此时，庆宇听到下方也传来枪声，他下意识扭头看下去，虽然没有看得太清楚，倒是听到了李清翔的喊声：“庆宇！把枪放下！否则我一枪打死你哥哥。”

庆宇急了：“老东西！你敢！”

李清翔击发了两枪，打在庆全的身旁：“你再不放下枪，我马上送你大哥去见阎王！”

庆全立即喊道：“庆宇！别听这老东西的，他不敢开枪，你赶紧下来！别管我！”

唐千林皱眉看着下方，他在心中计算了下，这个距离他要去夺枪，把握也不是很大，而且下风枪他放在旁边了，如果自己受伤了，离开这里的难度就加大了。

唐千林只得对着下方道："翔爷，我有办法下去，让他们走吧。"

李清翔喊道："放什么屁！这是刀梯！你以为你是凤凰呀？能飞还能涅槃？"

李清翔此时还在调侃，让唐千林又气又想笑，忍忍道："翔爷，我真的有办法。"

李清翔只得放下枪："老子不管了，你等一下要是下不来，我就和他们一起走，把你扔在这儿喂那些怪物！"

唐千林将两个背包放在下面两级刀梯上，推开道："你下去吧。"

庆宇小心翼翼上前，踩上去，又转身持枪而对："不要耍花招，命只有一条。"

唐千林笑道："对，命只有一条，此话共勉。"

唐千林看着庆宇朝下走了好几级之后，这才转身去查看有没有其他的办法可以下去。

庆宇转身，见他厉害，还得意地调侃道："兄弟，对不住了，以后有缘江湖再见。"

唐千林没搭理庆宇，而是将注意力放在寻找其他出路上面，找了一阵，他在查看壁画是否有机关的时候，无意中发现壁画右下角画有一个祭坛，祭坛的模样与自己身后的那个祭坛很相似。

唐千林回头看了一眼祭坛，与壁画上面所画的祭坛仔细对比了一番，确定两个祭坛是完全一样的。最重要的是，他此时此刻才发现，眼前的壁画并不是因为岁月而变得残缺不全，而是原本在制作的时候，就故意画得模模糊糊，模棱两可。

第十五章

耶卡撒

唐千林拿出速写本和铅笔，站在祭坛前，用最快的速度将眼前壁画上的内容临摹了下来。

绘画也是旄捕的一项最重要的技能。在过去，旄捕必须要绘制画卷，记录相关的地点，但因为使用笔、墨、纸、砚文房四宝，无法做到速画。直到清康熙年间，轩字派旄捕偶遇来云南的一名英国探险家，这名探险家用石墨笔作画，沿途记录。

从那天起，轩字派旄捕才改变了以往绘画的方式，开始制作并使用石墨笔，也就是后来的铅笔绘画，大大提高了记录的速度。

因为速写本并不大的关系，要记录下壁画上的所有内容，必须用四张速写本大小的纸，也就是说，要查看壁画的完整内容，必须要将四张纸拼凑在一起。

画好之后，唐千林再次对比了下两幅画的内容，确定没有什么偏差之后，这才小心翼翼收好，不过他多了个心眼儿，赶紧又多画了一幅，替代了其中一张，将替代下来的那张藏进了自己贴身的衣服内。

他之所以这么做，就是为了将自己认定真正的线索藏起来，以免落在日本人的手中。

此时，满头大汗又无比兴奋的庆宇终于走下刀梯，他与李清翔持枪而对，上前搀扶起受伤的庆全，又将垫脚的两个背包踢了过去：“老头儿，我们先走一步了，你去把那位兄弟救下来吧。”

李清翔冷冷道：“你最好在这里把我杀了。”

庆宇一愣，随即道：“我们兄弟俩只图财，不害命，我们是有原则的。”

李清翔依然语气冰冷：“你把我兄弟扔在上面，这个梁子已经结下了，你若不杀我，一旦我活着出去，肯定不会放过你们兄弟俩的，你可想清楚了。”

庆宇迟疑了，下意识看向大哥庆全。

伤重的庆全只是简单说了一个字：“走。”

庆宇搀扶着庆全快速离开，李清翔赶紧走到刀梯前，对着上面喊着：“喂，你到底想到下来的办法没？”

唐千林在上面大声回应：“没有，我还在想办法，不过我们得快点想办法离开这个地方，我大概知道这是个什么地方了。”

李清翔赶紧问：“什么地方？”

唐千林没有回答，他手持下凤枪在周围到处寻找着，都没有找到可以下去的路。难道真的只有刀梯这条路吗？

上刀梯这个习俗不止锡伯族有，更出名的是苗族，虽然细节有些不同，但大体都差不多，唐千林曾经问过一个苗人朋友，为什么他们上刀梯不会受伤，那位苗人私下回答他，他们的刀梯所用的刀虽然看似锋利，但实际上他们却不在刀刃上来回用力，刀刃不会切入人体的皮肤中，最重要的是，他们上刀梯的时候，都不会用脚掌，而是用脚后跟。

常年练习上刀梯的人，脚后跟都磨出了一层厚厚的茧子，加上特制的药酒的关系，只要注意力道，是不会被刀刃所割破的。

唐千林站在刀梯前，蹲下来仔细看着，回忆着那位苗人朋友的话，可眼前萨满刀梯每一级都有三把刀刃，而且吹毛即断，除了垫上便于踩踏的东西之外，毫无办法。

当一筹莫展的唐千林起身时，忽然间看着手中紧握的下凤枪，心里有了一个大胆的计划。

唐千林手持下凤枪站在那儿看着刀梯，想了许久，终于将下凤枪直接放在刀梯之上，因为下凤枪是由定风尺、定旄尺和凤尾尺组合而成的武器，枪身不是纯粹的圆柱体，在刀刃上不会滑动，而且中间结合的地方可以卡在刀刃上，可以起固定的作用。

唐千林深吸一口气，气运丹田之后，小心翼翼地踩上枪身，朝着下凤枪尾部走去，他的打算是，走到下凤枪尾部之后，用脚后跟踩压尾部，自己趁机跃向空中，等下凤枪翘起反弹向下面几级刀梯放平后，自己再落下踩上，这样反复数十次，应该就可以平稳地走下去。

刀梯下的李清翔看着唐千林竟然展开双臂走了下来，因为没发现下凤枪在其脚下的关系，他是无比惊讶，以为唐千林正在施展传说中的轻功。

就在李清翔目不转睛看着唐千林的时候，黑暗中有数双血红的眼睛正紧盯着他。

“这小子，竟然直接就下来了。”李清翔笑道，“旄捕真的这么神奇吗？”

李清翔刚说到这儿，突然间听到身后传来沉重的喘息声，他想起先前唐千林的话，立即一个翻滚避开，这一翻滚，虽然直接避开了那怪物的第一次袭击，但也险些让李清翔的脑袋直接撞在那刀刃之上。

李清翔趴在那儿，看着距离自己眼前不过几厘米的刀刃，立即翻身朝着后方开枪，虽然他没有看清楚那怪物的位置，但现在除了开枪之外，没有任何办法。

子弹射向四周的时候，他也清楚地看到好几只怪物四散逃开，躲进黑暗之中。

还好他们提前点亮了火盆中的夜火晶，将周围照得透亮，不然的话，李清翔早已成为了那些怪物的口中亡魂。

踩着下凤枪走在刀梯上的唐千林，听到枪声，眼神下意识朝着下方瞟了一眼，这一瞟不要紧，他第二步险些踩空，他立即将眼神重新落在脚下，踩稳之后，站在那儿平息了下有些慌张的心，喊道：“翔爷，没事吧？”

李清翔持枪站在刀梯前，密切地注视着四周：“没事，你他妈快点，我一个人撑不住的。”

唐千林朝着刀梯下方看了一眼：“还有十来米，你撑住！我马上就下去！”

李清翔下意识点了下头，都顾不上说话了，因为他觉得周围的怪物似乎越来越多的样子，因为此时他头皮发麻，后脊背阵阵发凉，他已经很多年没有如此紧张害怕过了。

慢慢朝着下面走着的唐千林，在距离最后几级刀梯的时候，决定拼一把，他踩住下凤枪的尾部，将枪身翘起的瞬间，朝着刀梯下方直接跳了下去。

就在他跳到制高点，往前跃过去的时候，却发现计算失误，自己直接跳下去会落在刀刃上。

完了！唐千林脑子中只有这个念头，就在他快落下的一瞬间，李清翔奔向前，一个箭步站稳，固定自己的身体后，抬手抓住唐千林的手腕，奋力将他朝着地面的方向使劲一拽。

这一拽，虽然让唐千林脱险，不过唐千林也因为失去了控制，直接落地，在地上翻滚了好几圈之后，这才灰头土脸地爬起来。

“没事吧？”李清翔在后面问。

刚爬起来的唐千林要回应的时候，却傻眼了，因为在他面前不过两米的位置，就立着一个对他虎视眈眈的怪物。

唐千林终于看清楚那东西的模样了——这种动物他从来没有见过，脑袋和巨蟒类似，只是表皮覆盖着一层鳞甲，脑袋上有像锯齿一样的东西，一直延伸到尾部。

那怪物虽然趴在地上，但明显后腿比前肢更发达。

与此同时，后方的李清翔也看清楚了那怪物的模样，他傻眼了，站在那儿目瞪口呆地看着。

很快，七八只大小不一的怪物从四面八方围了过来，团团包围住两人。

唐千林与那怪物对视了好一会儿，他慢慢地爬起来，他爬起来的同时那怪物也开始步步紧逼。

唐千林不敢有太大的动作，只得起身后朝着李清翔的位置退去，李清翔也朝着唐千林的位置靠近，两人背靠背站在一起的时候，唐千林瞟了一眼在刀梯边缘的下凤枪。

李清翔低声道：“老弟，怎么办？撤吧。”

唐千林回道：“就算撤，我也得把下凤枪拿走呀。”

李清翔皱眉道：“都他妈什么时候了，你还管你的兵器。”

刚说完，李清翔又想起了什么，一改刚才的态度：“你站着别动，我去帮你把下凤枪拿回来。”

“喂，翔爷。”唐千林不知道李清翔怎么了，刚要制止，李清翔却不管不顾地直接走向刀梯的位置，将下凤枪拿起来，交到唐千林的手上。

唐千林看着李清翔脸上竟然带着视死如归的表情，不知道发生了什么事，只得道：“谢谢。”

李清翔握紧手中的枪：“冲出去吧，杀出重围，不管怎样，我都要带着你活着离开这里。”

唐千林听着李清翔这番话，感觉有些肉麻，浑身像是过电一般，他也不知道说什么，只得默默点了点头。

“准备，我数一、二、三，我们边打边往出口的位置撤。”李清翔刚说完，准备开始数数的时候，就听到刀梯上方传来了怪物的一声长长的嘶吼。

嘶吼声让两人不由自主地看过去，发现在祭坛的位置站着一个体形比其他怪物要大一倍的怪物。

“那东西是从哪儿爬上去的？”唐千林很惊讶，那怪物的皮肤难道可以硬过那种吹毛即断的刀刃吗？

怪物嘶吼之后，周围的怪物停止了紧逼，而是直接趴在地上再也不动，等待着那只体形巨大的怪物从刀梯上快速奔跑下来，就如同是等待将领走来检阅的士兵。

巨怪走下后，直接来到唐千林和李清翔的跟前，用一双血红色的眼睛瞪着他俩。

怪物的眼神像透出一双无形却拥有无限魔力的双爪，紧紧勒住了唐千林和李清翔的身体，让两人僵在原地。

蹿下刀梯的巨怪围绕着唐千林和李清翔走了几圈后，突然间凑近闻了闻两人，然后又掉头走向庆宇扔下的两个背包前，咬开背包用爪子在里面翻找着什么。

巨怪似乎并没有找到自己想要的东西，突然间扭头看向通道的位置，嘶吼一声，朝着通道的方向疾奔而去。

巨怪离开的同时，其他怪物也立即尾随，再也不管僵在原地，原以为自己死定了的唐千林和李清翔。

李清翔缓过神来：“奇怪了，那些东西为什么不咬死我们？”

唐千林已经明白了：“因为我们身上没有它们想要的东西。”

李清翔问：“什么东西？它们想要什么？”

唐千林看向祭坛的位置：“我如果没有猜错，这个地方是恶萨用来豢养这种怪物的地方，先前我在祭坛下方看到的那些所谓的夜明珠，是这些怪物的蛋。”

李清翔纳闷：“什么夜明珠？什么蛋？”

唐千林一面收拾东西，检查枪支弹药，一面对李清翔解释先前在上面发生的事情。

李清翔听完道：“那庆氏兄弟不是死定了？”

唐千林摇头道：“反正是凶多吉少，我们追上去，看看能不能救他们一命。”

李清翔和唐千林赶紧朝着通道的方向疾步跑去，其实两人心里都有些不安，因为背包被巨怪咬坏，所以他们随身能携带的弹药并不多，完全不够击杀那些怪物，不要说营救庆氏兄弟了，就连自保的概率都会大大降低。

在通道内跑了好一阵，直至跑到那堵墙跟前，两人都没有发现怪物和庆氏兄弟的踪迹。

“奇怪，人呢？”李清翔四下看着，又转身看着跑来的方向，“庆全受伤了，他们两人不可能跑那么快。”

唐千林上前摸着那堵墙壁，半天后确定道：“这不是我们来时的那条路。”

李清翔忙问：“为什么？”

唐千林指着墙壁左侧道：“墙壁的边缘痕迹与之前那堵墙完全不一样，我估计应该是修建这里的工人故意做的手脚。”

经唐千林这么一提醒，李清翔这才想起来，的确是这样，在古代，无论是给帝王家修建陵墓，还是给达官贵人修建地宫，乃至于给某些教派修建秘密据点的工人，都会在修建过程中留下一些标记和暗号。因为他们都很清楚，这种买卖的下场是什么，但人都有求生的欲望，就算在严密监视下，也极可能留下一些记号，以便到时候逃生所用。

李清翔看着四下道：“这么说，应该还有一条通道，机关就在我们进来的那堵墙上，恶魔和女神的机关会分别打开两条不同的通道。”

唐千林道：“没错，而且不是当时按下机关就会开启，而是会延时，设计这个机关的人，目的就是让有意闯入这里的人，最终无法离开这个豢养祭坛。”

李清翔问：“豢养祭坛？什么意思？”

唐千林四下寻找着机关的同时，解释道：“恶萨在这里豢养萨满传说中的人间恶魔，也就是我们先前看到的那种东西，我以前看过记载，但因为模样与记载中的大不一样，所以我一开始没认出来，直到我临摹壁画的时候，结合壁画上的内容，这才想起来。”

李清翔惊了一背冷汗：“人间恶魔？那到底是什么东西？是妖怪吗？”

“不不不，我可以确定地告诉你，这个世界上没有妖怪，那只是一种奇特的生物。”唐千林在石壁上慢慢寻找着，“在原始萨满教中，称呼这种人间恶魔叫‘耶卡撒’，换成汉语就是‘可以溶化一切的龙’，简称‘溶尸龙’。”

李清翔听到“溶尸龙”这三个字，想起了那些只剩下人皮的日军士兵：“这个名字倒是很贴切，这些东西到底是从哪儿来的？”

唐千林指着自己的脚底下道：“在我们生活的这个世界上，有很多东西是存在，但平时却见不到的。”

唐千林找了一阵，摇头道：“我们得回头重新找，翔爷，你走左侧，我走右侧。沿着石壁仔细寻找，按理说机关肯定会隐藏在石壁的泥土中，还有特别注意脚下的石板，工匠一般会在真正的机关位置附近做记号，但在泥土上做记号不容易，所以，只能在石板上想办法。”

其实这些事情作为曾经是逐货师的李清翔应该都能想到，但他因为太久没有经历过这些生死攸关的时刻，安逸的生活，加上此刻的慌张和失神，将记忆中的职业技巧和生存法则几乎忘得一干二净。

唐千林和李清翔掉头往回走，一人在左，一人在右，仔仔细细寻找着洞壁上的机关，直至走到尽头，又回到祭坛大洞的时候，两人还是什么都没有找到。

李清翔气得一脚踹在洞壁之上：“到底在什么地方？！妈的！”

唐千林则冷静地站在那儿思考着，四下看着，不发一语。

突然间，唐千林发现脚下石板上的纹路斜着看过去有些奇怪，他蹲下来换了好几个角度再观看其他石板，发现只有那一块有问题，于是道：“翔爷，肯定是这一块。”

李清翔立即上前，用匕首将那石板小心翼翼地撬开，撬开之后就看到石板下面还有一块拳头大小的石块。

“一定是这个。”李清翔说着就抬手按了下去，刚按下去的瞬间，就听到“咔嚓”声从石块下方传来，紧接着从石块边缘处渗透出一些冒着白烟的液体。

“小心！”唐千林一掌推开李清翔，李清翔跌倒在地，那石块也缓缓下落，恢复了原状。

李清翔看到那冒烟的液体，吞了口唾沫：“是强酸……”

唐千林点头：“没错，如果持续压下去，强酸说不定会喷发出来，到时候就算你不死，你的手也完蛋了。”

此时，密集的枪声从墙壁之后传来，还能听到怪物的嘶吼声。

李清翔觅着声音走到右侧的洞壁前，持枪对着洞壁开火，又踹了几脚：“明明就近在咫尺！就是找不到真正的机关。”

“冷静点。”唐千林指着李清翔，几乎是用下命令的语气说，“越是这种时候，越要冷静，前辈，你现在仔细回忆下你当年最意气风发的时候，是什么模样，是什么心态，让自己平静下来，然后仔细想想，有什么是我们遗漏的。”

李清翔深吸了一口气，让自己平静下来，但不知道为何，此时此刻眼前晃动的全是夜凤的影子，他使劲甩了甩头，把那些支离破碎的片段都给甩开。

许久，李清翔突然说了两个字：“记号。”

唐千林疑惑："记号？"

李清翔道："没错，你刚才说，工匠会在地板上做记号，所以，我们的注意力全都在地板之上，从而忽略了其他的东西，你想想，设计这里的人那么聪明，他怎么会不知道工匠会做手脚呢？"

唐千林顿时明白了："你是说，会有反向机关？"

"没错。"李清翔看着石板下面的那个石块，"说不定这就是反向机关，我们再试试。"

什么叫反向机关？就是机关设计者很清楚地知道在机关制作过程中，会被人动手脚做记号，他故意装作不知情，在机关制作完成后，再悄悄将机关重新设置一遍。

之所以会设计机关，就是为了阻止外人闯入，或者困死闯入者。既然对象是人，那么人就会思考，而真正的机关最终目的就是为了扰乱人的思路，死死地抓住你的心理盲点。

反向机关也是如此，设计者会将做记号的机关重新设置，表面上看起来是一个有害的陷阱，也让发现记号的人意识到这是陷阱，从而产生这不是真正的机关的错觉，直接放弃这里，走入死胡同。

唐千林站在那石块跟前，示意李清翔让开："翔爷，我用下凤枪去顶住石块，你站远点。"

"好。"李清翔也不再坚持，如果真的有强酸喷出，就算有一个人受伤，还剩下另外一个人。

等李清翔退开，唐千林用下凤枪的尾端直接按住那石块，然后微微用力。

石块边缘立即渗出强酸，随着唐千林手部的用力，强酸越渗越多，大有从边缘喷射出来的趋势。

"再站远点！"唐千林紧盯着石块边缘喊道。

此时此刻，唐千林还在担心着自己，这让李清翔心里很是感动，他再一次想到了当年自己与夜凤的那次冒险，曾几何时，自己也和眼前这个男人一样。

接下来，让唐千林和李清翔都意想不到的事情发生了，不仅是地面渗出了强酸，而且就连墙面上都开始慢慢渗出不知名的液体来。

李清翔看着逐渐破开的墙面，朝着还在那儿坚持的唐千林喊道："你别死撑了，快放手，你会死的！"

唐千林死不松手："还差一点就到底了。"

李清翔急了："这不是什么反向机关，这是陷阱，别撑了，别……"

刚说到这儿，右侧的墙壁彻底破开，其中滚出了大量带着无比腥臭味的液体，直接冲刷在了唐千林的身上，唐千林也因此失去平衡直接摔倒在地，被那些液体包裹着冲到好几米之外。

完了。李清翔傻眼了，看着在远处一动不动的唐千林，大脑中一片空白。

就在此时，浑身湿透的唐千林却爬了起来，抬手闻了闻自己的胳膊，咧嘴笑道："没事，只是一般的污水。"

李清翔见他爬起来，还满脸笑容，这才松了口气，摇头道："看样子真的是反向机关。"

唐千林看着破开的墙壁对面的另外一条通道："对，是反向机关。"

刚说完，一颗子弹从破开的墙壁中射出，擦着唐千林的耳边飞过，射入洞壁泥土之中，唐千林立即俯身避开，同时听到对面庆氏兄弟的呐喊声。

第十六章

溶尸龙

第二条通道中的庆氏兄弟，已经被众多的溶尸龙困在了那堵墙壁之下，那些溶尸龙并未群起攻之，猛扑上去撕碎他们，只是将两人团团包围，轮番发出怒吼。

唐千林和李清翔冲上前，却又猛地刹住脚步，因为站在溶尸龙后方的那头巨龙猛地扭头朝着他们嘶吼着，似乎在警告他们不要靠近。

庆全和庆宇都已经受伤，庆全捂着伤口，持枪的手都在颤抖，两人的脸上都挂着恐惧。

唐千林喊道："庆宇，快把你之前从祭坛下面拿走的夜明珠还给它们，那是溶尸龙的蛋！"

庆宇一愣："蛋？什么蛋？"

唐千林不得不又解释一遍："就是那种你认为的夜明珠，那是这些溶尸龙的蛋！快点！不然我们都得死在这里！"

庆全扭头看着庆宇："你他妈到底拿了什么？"

庆宇赶紧从背包中翻出一颗夜明珠，作势要扔的样子，唐千林赶紧制止："不要扔呀，碎了怎么办？！你小心点，你把它放在地上，让它们自己拿走！"

庆宇看着眼前的溶尸龙，战战兢兢地将那颗蛋放在地上，然后退开。

其中一头溶尸龙上前闻了闻，小心翼翼用嘴含住，转身来到巨龙的跟前，将蛋放在它的跟前，巨龙闻了闻，又低鸣了一声，那溶尸龙像是得到了什么命令，再次含着那颗蛋小跑着离开。

唐千林见状道："还有一颗，快点，就像刚才一样。"

庆宇又从另一个背包之中拿出另外一颗来，像刚才一样俯身爬着上前，将那颗蛋放在其中一只溶尸龙的跟前。

唐千林低声对李清翔道："走，我们慢慢过去。"

唐千林与李清翔贴着右侧的洞壁，朝着庆氏兄弟靠近。

巨龙和其他溶尸龙没有立即去含走那颗蛋，而是用警惕的目光注视着两人。

唐千林和李清翔来到庆氏兄弟跟前后，唐千林指着地上的那颗蛋道："你们的东西我们已经归还了，我们会马上离开这里，从此井水不犯河水，绝不再来。"

溶尸龙毫无反应，庆宇哭丧着脸低声道："大哥，它们能听懂吗？"

唐千林微微摇头，李清翔却不放过这个机会，讽刺道："这些东西的智商比你的智商高！"

奇怪的是，溶尸龙此时却不上前，只是紧盯着那颗地上的蛋。

庆全纳闷地问："怎么回事？它们怎么了？为什么不拿走这颗蛋？"

唐千林蹲下来，仔细看着那颗蛋："蛋上有裂痕，庆宇，你的背包是不是撞过？"

庆宇害怕了："我不知道，不记得了，应该吧，也许，我不记得了。"

李清翔皱眉道："庆宇，要不你牺牲自己吧，一命换一蛋，也许还能保全我们三个。"

李清翔明明是一句玩笑话，却惹急了庆全，庆全立即道："如果要一命换一蛋，那就我去，你们把我弟弟平安带出去！"

"蛋不是碎了，而是要孵化了。"唐千林紧盯着地上那颗裂缝正在逐渐扩大的蛋，"你们看，有什么东西在里面蠕动着。"

蛋壳逐渐开裂的时候，周围那些溶尸龙的喉头都发出咕噜的声音，此时巨龙也慢慢上前，凑近用鼻子轻轻触碰着，像是要帮助其中的小溶尸龙出来一样。

众人和那些溶尸龙都盯着即将破壳而出的小溶尸龙，看着蛋壳裂开，慢慢被其中伸出来的小爪子剥落，然后小家伙的头慢慢伸了出来，发出像是小鸭子一样的叫声。

庆宇此时忍不住道："这些玩意儿生出来就这么大点，吃什么玩意儿长成这样的？"

李清翔没好气道："吃什么？吃你这种弱智！"

小溶尸龙从蛋壳中孵化出来之后，摇晃着身躯朝着巨龙走去，巨龙微微张开嘴，让小溶尸龙爬进自己的口中，然后转身就走。

等巨龙走远之后，那些包围着他们的溶尸龙这才掉转方向离开。

四人不由自主地松了一口气，靠墙的靠墙，坐地的坐地，都快要虚脱了。

“命悬一线。”李清翔长嘘一口气，“若不是老唐发现得及时，恐怕我们都得死。”

唐千林笑道：“先前还叫兄弟，现在就变老唐了，翔爷，您这么称呼，是在折我的寿呀。”

庆全捂着伤口：“两位恩人，我们还是快点离开这儿吧。”

李清翔看着庆全道：“你的称呼也变了？还算懂点规矩，要是咱们平安出去，你俩不再闯祸，我们之间的恩怨就算彻底了结。”

庆全赶紧道：“感谢两位，我们兄弟知错了。”

庆全说完，看着还在发愣中的庆宇：“庆宇，还不快给两位恩人道谢。”

庆宇赶紧道：“谢谢两位恩人，你们的大恩大德在下没齿难忘，今后在江湖上有什么事就言语一声，我们兄弟俩赴汤蹈火在所不辞，祝两位万事如意，身体健康。”

唐千林没搭理他，而是已经开始在墙壁上寻找开启的机关。

李清翔就像看弱智一样看着庆宇，庆宇还在那儿一边回忆一边说：“祝大哥合家欢乐，大吉大利，祝前辈万寿无疆，鹏程万里！”

庆全一巴掌拍在庆宇脑袋上：“你拜年呢？”

庆宇傻傻地站在那儿，李清翔摇头，走到一边去，帮唐千林找机关。

庆全看着依然站在那儿发呆的庆宇：“去帮忙呀，你还站着干吗？等着收红包呢？”

庆宇哭丧着脸，呆呆地站在唐千林身后。

唐千林找到机关，开启了墙壁，庆宇赶紧搀扶着庆全离开。

等那堵墙壁又重新关上的时候，站在墙壁前的唐千林看到那巨龙远远地站在通道的另外一头紧盯着他。

许久，巨龙掉头离开，墙壁也死死合上。

“走吧。”李清翔说道，转身走了两步，却发现唐千林依然站在那儿。

李清翔上前问：“你想什么呢？”

唐千林道：“我想把这个洞口炸塌。”

李清翔也赞同：“对，这里的秘密不能让日本人知道。”

庆全赶紧道：“恩人，我们的包里有手榴弹和一捆炸药。”

唐千林打开背包，翻看了一阵，摇头道："要炸塌这个洞穴，单靠这些东西还远远不够。"

李清翔抓着绳索道："我们先上去吧，不行把上面的洞口炸了也行。"

唐千林道："没办法了，只能先上去，他们给我们三天时间，我们前后就用了一天，还有两天，我们花几个小时，在外面找点什么东西，看看能不能把这里封起来。"

庆全在一旁又问："恩人，那我们回去怎么给日本人交代？"

唐千林道："我想好了，就说我们和这里的怪物搏斗，不小心把洞穴炸塌了，至于细节上的问题，等一下上去，我给你俩细说。"

说着，唐千林抓着绳索和李清翔先行上去，庆宇则将绳子绑在庆全身上，让上去的两人将其拽上去，自己再沿绳索慢慢攀爬上去。

回到居酒屋的厨房之后，唐千林先把自己想好的对策告诉给庆氏兄弟，让两人死死记住，回去不要说漏嘴了，紧接着让庆宇照顾好庆全，自己则和李清翔一起去周围找可以用得上的东西。

找了一圈，除了可燃烧物之外，没有找到任何可以替代爆炸物的东西，这也难怪，在民间，特别是在日占区，是不可能轻易找到枪支弹药爆炸物的。

李清翔看到他们找到的两坛烈酒："只有这个东西了，我们要不把居酒屋烧了吧？"

唐千林摇头："就算把那间屋子烧塌陷了，日本人也会想办法挖开的。"

李清翔问："那你怎么打算的？"

唐千林道："我先前为什么要说一半编一半，原因就在于，如果不真假参半，日本人不会相信我们，而且我们来过这种地方，一来证明了自己的实力，二来也看到了日本人不想公布的机密，所以，日本人不会轻易放过我们，与其和他们硬碰硬，不如反过来利用他们，找到萨满灵宫。"

李清翔寻思了片刻道："你是说，潜伏在秘搜课内，伺机而动？"

唐千林点头道："没错，这是眼下唯一的办法，而且也只能这样才能救得了我儿子，如果我们拒绝再次合作，日本人要不会立即杀我们灭口，要不就会把我们监控软禁起来，一旦严密监视，小田君的事情就会曝光。"

李清翔皱眉道："都什么时候了，你还在担心那个日本人，若不是他，你儿子也不会染上那种细菌。"

“翔爷，你看这个。”唐千林将藏起来的那四张临摹壁画的纸拿出来，“我如果没有看错的话，这应该是一幅地图。”

李清翔看着唐千林将四张纸拼凑在一起：“看起来像是地图，但对应的是什么地方呢？”

唐千林解释道：“这种地图和传统意义上的地图是不一样的，它虽然标注了地点，但我们无法按照现在的地图来对照寻找，那样会偏离方向，但在地图上画了下一个地点的特点。”

李清翔寻思半天道：“你的意思我明白了，你是说这个祭祀豢养的地方，是第一个地点，在这里标注了下个地点，如果我们找到了下个地点，才能继续寻找，直到找全整幅地图，从而也就找到了萨满灵宫？”

唐千林点头道：“没错。现在有些问题，我还没有搞明白，我得去找一个专家。”

李清翔纳闷地问：“专家？谁呀？在什么地方？”

唐千林道：“这个人曾经是个萨满，后来被驱逐了，我虽然不认识，但我师兄与他有交情，我去找他帮忙，也许他不会拒绝。”

李清翔道：“好吧，等我们离开，应付完日本人后就去找他。”

刚说到这儿的时候，居酒屋方向就传来了枪声，两人愣了半秒，立即拔腿朝着居酒屋方向奔去。

“坏了！”李清翔边跑边说，“会不会是日本人？”

唐千林不这么认为：“庆氏兄弟虽然蠢，但也知道审时度势，他们不会与日本人直接交火的！”

等两人冲到居酒屋内的时候，却看到了一幅极其血腥惨烈的画面——浑身是血的庆宇躺在厨房门口，在他周围还倒着五个被乱枪打死的男女。

“庆宇！”厨房角落中的庆全吃力地爬过去，“弟弟！你醒醒呀！别吓唬我！快醒醒。”

唐千林上前，查看了一下庆宇，发现他前胸和腹部都被利器刺中无数次，这些利器都来自被击毙的那五名男女。

“锥子、刀、铁片……”李清翔看着那些人手中乱七八糟的东西，“这些是什么人？暴徒吗？”

庆全看到弟弟已经死了，坐在那儿持枪哭泣着。

唐千林摇头："不是暴徒，你见过这么大年纪的暴徒吗？"

唐千林将那个女人的尸体翻过来，李清翔这才看清楚那是个老太太，至少快六十岁了。

李清翔很是惊讶，扭头看向庆全："庆全，刚才到底发生了什么事？"

庆全摇头，好半天才说："我们在厨房里，我还在教庆宇如何牢牢记住你们教的话，这时候，他们就冲进来了，二话不说，上来就打，庆宇不知道怎么回事，想上前劝阻，谁知道就被他们直接按翻在地……"

庆宇被按翻在地后，那五个人发疯似的用手中的利器朝他身上刺去，根本一点迟疑都没有，就好像抓到了与自己有深仇大恨的人一样。

庆全赶紧开枪，一口气打光了枪膛中的所有子弹。

庆全虽然悲伤，但还有些惊魂未定："他们中枪之后，根本没有中枪的反应，似乎感觉不到痛苦，我打光了子弹，才杀了他们，到底是怎么回事？怎么会这样？"

唐千林和李清翔对视了一眼，唐千林将尸体一一翻过来，紧接着就发现了五个人都有两个共同的特点：其一是双眼翻白，其二是面部青筋暴露。

唐千林略微思考了一会儿，肯定道："我明白了，还记得我们进侨民区之前那栋房子里的血迹吗？"

李清翔点头："记得，怎么？"

"当时我怀疑日本人会封锁灭口，翔爷您说日本人不会在这里出动军队。"唐千林看着遍地的尸体道，"但他们要严守秘密，就必须把这里的人全部杀光，那么最好的办法，就是他们以前惯用的手法。"

李清翔终于明白唐千林要表达什么："你是说，就像是以前日本人在松浦搞的细菌实验一样？"

唐千林道："没错，日本人发现了这个洞穴，知道有秘密，但要严守秘密，又不能直接派军队屠杀，毕竟舆论对他们不利，于是，他们就故技重施，封锁这里之后，释放某种细菌，杀死这里所有的人，等这里的人死得差不多了，他们再出面解决事件。"

"妈的！这群狗日的王八蛋！"李清翔骂道，怒骂了一阵后，又道，"我们现在必须马上离开这里。"

唐千林道："和我所想的一样，因为我们还不知道这种细菌是通过什么途径传播的，万一我们染上又如何应对？你看这些人，染上之后，丧失心智，失去自我，我们再待下去说不定会变得和他们一样。"

李清翔道："我们还得赶回去应付日本人，还要救你儿子。"

庆全依然呆呆地看着庆宇那血肉模糊的尸体。

唐千林上前搀扶起他："走吧。"

庆全呆呆地说："我弟弟怎么办？我不能把他扔在这儿。"

唐千林看了一眼李清翔，然后道："我们一起送他最后一程。"

唐千林、李清翔搀扶着庆全撤出居酒屋，一把火烧毁了居酒屋。

庆全站在焚烧的居酒屋跟前，站了许久，这才转身朝着侨民区关卡的方向走去。

居酒屋烧起来的同时，朴秉政桌上的电话也响了起来。

朴秉政看了一眼坐在沙发上的三宅恭次和本庄信义，将电话接了起来。

"什么？"朴秉政刚听完第一句话，脸色就变了，"居酒屋烧起来了？有看到是什么人放火吗？我知道了，你们继续监视。"

朴秉政挂掉电话，走到沙发跟前，恭敬地说："李清翔、唐千林和庆全三人已经从居酒屋离开了，并且放火焚烧了居酒屋，看样子，他们应该是查到了什么。"

本庄信义大喜："将军，看来您的安排是成功的。"

三宅恭次面无表情地默默点头。

"不过……"朴秉政迟疑了下又说，"他们焚烧居酒屋的行径，看样子是为了掩饰什么，看样子他们对大日本帝国并不忠心。"

三宅恭次终于抬眼看着朴秉政："他们不是日本人，要让他们忠心是不可能的事情。"

朴秉政立即道："不如等他们说出调查结果后，就将他们处理掉？"

三宅恭次冷冷道："那么接下来的任务，谁来完成？是你还是我？"

朴秉政立正道："对不起。"

本庄信义道："将军，朴课长的担心不是没有道理的，如果我们还要利用这些人，那么就必须抓住他们的把柄，这样才能使他们就范。"

三宅恭次冷冷道："我早就做了妥善的安排，朴课长，那两个共党招了吗？"

朴秉政摇头："是两个死硬分子，直到现在都不承认自己的身份，口口声声说自己是冤枉的，还说要上监察厅告我们。"

三宅恭次很意外地说："把他们关押起来，不要再用刑，好好对待。"

朴秉政很意外，刚张口要问的时候，三宅恭次瞪着他道："不要问为什么，你现在的任务不是提问，而是交一份完整的调查报告给我。"

三宅恭次说完与本庄信义离开，朴秉政跟随其后送两人离开。

走出办公室后，本庄信义驻足道："朴课长，你还有重要的工作，不用送了。"

朴秉政站定鞠躬，等着两人走进电梯，电梯门关上后，自己才直起身子来，深吸了一口气。

他彻底糊涂了，完全搞不清楚三宅恭次到底想做什么，他既然把那两个共党的情报给了自己，又让自己逮捕了那两名共党，见他们不开口，竟然放弃了继续审问，反而还要好好照顾，他到底有什么打算？

三宅恭次和本庄信义离开仓库，走到通道后，三宅恭次驻足不前。

本庄信义问："将军，有什么事吗？"

"这个朴秉政似乎比一般人的好奇心还要重。"三宅恭次看着本庄信义，"而且他似乎觉得，他能想到我的前面去。"

本庄信义知道三宅恭次的意思，但人毕竟是他推荐的。

本庄信义立即道："将军，他如果没有好奇心，也就无法胜任秘搜课课长职务，这也是他的优点，我可以保证他对帝国是绝对忠心的。"

三宅恭次冷笑了下："你用什么保证？"

本庄信义立正道："武士和军人的荣誉。"

三宅恭次点头："但愿如此吧，不过这次，我们联合防疫给水部队所做的实验，看样子是失败了。"

"是的，原本我们想要开发的是一种可以提高士兵战斗力的药剂，虽然的确可以让使用者在体能方面增强，却完全不受控制。"本庄信义面露遗憾，"登户研究所那边得知消息后，决定放弃这种药剂。"

三宅恭次抬手道："不，如果这种药剂对我们的士兵会有危害，让我们的士兵丧失理智，那么敌人呢？"

本庄信义点头道："我明白将军的意思了。"

三宅恭次继续前进："找机会投入实战当中，用在敌方战斗人员身上，看看效果如何。"

三宅恭次与本庄信义离开保安局的同时，李清翔与搀扶着庆全的唐千林也刚走到侨民区的主街之上，迈进主街的那一刻，三人就被眼前的情景惊呆了。

除了“尸横遍野”这个词之外，再也找不到合适的形容词了。

“这……”庆全就说了一个字，然后再也说不出话来了，他看到尸堆之中还有好几个孩子的尸体，稚嫩的脸上血肉模糊。

唐千林看着四下道：“看现场，没事的人试图逃离这里，但最终被那些感染细菌的人追上杀死了。”

李清翔看着前方已经隐约可见的关卡：“不，是他们逃向关卡，又被士兵赶回来了。”

三人不忍再看，只能加快脚步朝着关卡的位置走去，就在他们距离关卡还有几十米的时候，一家三口从后方急匆匆跑过，朝着关卡跑去。

男子边跑边用日语说着：“让我们过去，我们有证件。”

日本军官上前拦住他们，检查了下他们的证件，用质疑的眼神看着男子：“你，是日本人？”

男人并未回答，旁边的女人却用日语回答：“我们都是日本人。”

日本军官站在一边，挥手示意放行。

男女大喜，领着孩子正准备离开的时候，身旁的孩子却用中文说道：“娘，我的皮球还没拿，那是爹在北平给我买的。”

因为孩子说的是中文，立即引起了那名军官的怀疑，他示意士兵拦下这一家三口，然后蹲下来，面带微笑地问那孩子：“小孩儿，你是哪里人？”

男子赶紧道：“孩子是……”

日本军官头也不抬地说：“我问的是他，没问你。”

男子只得闭嘴，紧紧抓住了身旁妻子的手，知道大事不好了。

第十七章

葬骨地

面对日本军官的询问，不明所以的孩子如实回答："我是哈尔滨人。"

日本军官摸了摸他的头："那么你爸爸和妈妈是哪里人？"

孩子看了一眼紧张的父亲："我爸爸也是哈尔滨人。"

女子此刻立即道："我是日本人，家在横滨，这是我的丈夫，他从小就生活在日本，也算是日本人。"

日本军官脸色骤变："你竟然选择嫁给支那人，这是大日本帝国的耻辱。"

男子赶紧上前护住自己的妻子："我们不过去了。"

男子转身对妻子说："走吧，我们回家。"

妻子似乎不甘心，依然上前恳求那名军官，鞠躬道："拜托你，让我们过去吧。"

军官冷漠地摇头，妻子无奈，只得与丈夫一起转身，牵着孩子的手慢慢往回走。

这一家三口从唐千林等三人身边擦肩而过的时候，那孩子用奇怪的眼神看着浑身是血的庆全，就在此时，枪响了……

枪声过后，男子和女子背部中枪，手中行李散落满地，孩子大惊，随后扑在父母身上哭喊着。

唐千林、李清翔和庆全驻足，目瞪口呆地看着这一幕，此时日本军官上前来："你们竟然平安回来了！"

还未等军官说完下面的话，李云帆和钱斯年出现在关卡对面，赶紧上前。

李云帆问："调查得如何？"

唐千林的目光依然落在那对夫妇的尸身上，只是默默点了点头。

钱斯年看着后方，又问庆全："你弟弟呢？"

庆全看着那哭喊的孩子，半天才道：“死了。”

李云帆知道不能再让他们留在这里，于是道：“走吧，我们回去。”

唐千林三人默默地跟着李云帆和钱斯年离开，走到关卡的时候，听到身后的日本军官在对那孩子说：“小孩儿，不要害怕，这只是一个魔术，你把这颗糖果吃完之后，你爸爸妈妈就会醒过来了。”

唐千林站住，转身看着那名日本军官掏出一颗糖果递给那孩子。

孩子眼含泪花地看着日本军官，剥开糖纸，将糖塞进口中。

唐千林意识到了什么，正欲上前，李云帆一把抓住他的手，冲他微微摇头。

唐千林闭上眼，他此时此刻很想捅聋自己的耳朵，弄瞎自己的双眼，这样，自己就什么都听不到，什么都看不到，心也就不再痛了。

就在唐千林三人坐上李云帆的那辆汽车时，还在嚼着糖果的孩子浑身抽搐倒在父母的身上，口吐白沫地死去。

日本军官和周围的日本士兵哈哈大笑着。

日本军官转身，指着那些满洲国国防军的士兵道：“喂，你们几个，来把这里收拾一下。”

几名国防军士兵心里暗骂着上前，将尸体抬到街边，其中一名士兵悄悄地将孩子的手与其母亲的手放在一起，如今他能做的只有这个。

日本军官看着街边的三具尸体，冷笑道：“愚蠢的支那人。”

在回保安局的路上，车上的五个人都沉默不语，受伤的庆全此时此刻恨不得自己的伤口更痛，他希望外伤的疼痛能够压过心里的那种疼痛。

唐千林和李清翔都在拼命压制着自己的怒火，两人的拳头攥紧又松开，松开又攥紧。

回到保安局的那间仓库中之后，五人直接前往了朴秉政的办公室。

朴秉政一改常态，满脸微笑，看那模样就快上前拥抱唐千林等人了。

“调查清楚了？”朴秉政微笑着问，见没人回答，又示意三人落座。

唐千林并未坐下，只是道：“查清楚了，那是萨满教用来祭祀的一个地点，袭击之前那五批士兵的是一种怪异的地下生物，可惜的是，因为下面太黑的关系，我们并未看清楚那怪物的模样。”

朴秉政又问：“还有呢？”

唐千林从贴身的衣服中掏出那四张纸：“我临摹了祭祀地点的一幅壁画，我相信这幅壁画与传说中的萨满灵宫有直接关系。”

唐千林此话一出，让李清翔和庆全为之一愣，因为这与他们先前说好的完全不一样，唐千林之前一再叮嘱两人不要提到萨满灵宫，而此时他自己却说出来了。

这小子想做什么？李清翔脑子中满是问号，但他不能问，他与庆全一样，除了点头之外，就是保持沉默。

“萨满教？”朴秉政将那四张纸放在办公桌上，“你的意思是，你临摹出来的这幅画，是一幅地图，靠着这幅地图，就可以找到那个萨满灵宫？”

唐千林默默点头。

朴秉政又问：“那个萨满灵宫里有什么？或者说，找到那东西有什么用？”

唐千林道：“传说中，萨满灵宫是一个可以逆转生死的场所，还可以在那里获取强大的自然力量。”

朴秉政看着唐千林：“传说？”

唐千林点头：“是的，传说。”

朴秉政思索了一番后道：“你把在洞穴中的详细经历说一遍。”

朴秉政说着打开了旁边的录音机，示意唐千林可以开始了。

唐千林将事情前后详细说了一遍，只是在言语中没有详细地去描述溶尸龙，因为他很清楚，日本人一定会对这种强大而又神秘的生物产生兴趣，至于壁画地图，他可以想办法拖，毕竟其中一张纸是错误的，就算日本人有专家，也看不出其中的端倪。

可日本人如果知道溶尸龙的存在，说不定会派遣大批军队下去捕获，就算没有活捉，只是带回了尸体，后果也是不堪设想。

唐千林说完之后，朴秉政让他出去，又分别询问了李清翔和庆全，基本上确定三人所说的没有太大的出入之后，这才招呼三人又进办公室。

朴秉政笑道：“你们的任务完成得很好，我代表三宅将军慰问三位，这是给你们的酬劳。”

朴秉政将三包钞票放在桌上，示意他们去拿。

唐千林毫不迟疑就拿走了钞票：“谢谢。”

李清翔不知道唐千林此时在想什么，也拿了钞票。

唯独庆全此时冷冷道：“还少一份我弟弟的。”

朴秉政拿出一根金条：“你弟弟的酬劳，加上抚恤金。”

庆全拿起金条的手都在颤抖，这是他弟弟用命换来的，可是现在拿着这玩意儿又有什么用？再多的金条也换不回亲兄弟的命。

朴秉政道：“过几天，就会开始下一项任务，所以请三位好好休息。”

唐千林此时却忽然说了一句让李清翔无比惊讶的话：“朴课长，我认为从现在开始，李清翔老先生应该在这里坐镇，而不是与我们同行执行任务，因为他年纪太大了，力不从心，这次若不是他，我的调查会更加深入。”

李清翔和庆全惊讶地看着唐千林，不知道他葫芦里卖的是什么药。

朴秉政扫了一眼三人，又问：“但是人员配置上……”

“我有其他人选。”唐千林立即道，“我会带新的人员面见朴课长。”

朴秉政似乎有了兴趣，靠着椅背道：“是谁？说来听听。”

唐千林只是简单地说了三个字：“易陌尘。”

两个小时后，唐千林、李清翔和庆全来到了易陌尘的宅子中。

李清翔和庆全立即去了地窖中，李清翔让小田君先给自己采血，从自己的血液中提炼甲种菌用来治疗唐子程，办妥之后还要为庆全换药治伤。

而唐千林则来到唐子程的房间中，向还在照看唐子程的易陌尘叙述了这一天一夜的经历，还有自己的调查结果。

易陌尘一直沉默不语，直到他听到唐千林说要让自己加入秘搜课的时候，他瞪着唐千林道：“你是真的疯了吧？”

唐千林看着床上昏睡的儿子：“翔爷老了，力不从心，他的确不适合。”

易陌尘凑近道：“你到底想做什么？”

唐千林看着易陌尘：“以我过往的经验，如果有敌对者也在调查相同的事件，在各自都想抢先的前提下，硬碰硬会消耗大量的人力和物力，与其这样，不如暂时休战，甚至是帮助敌对者，合双方力量快速调查清楚，在这个过程中获得对方的信任，等其放松警惕时，再一举消灭对方。”

易陌尘甩了甩头：“问牛答马！我是问你，为什么要把翔爷踢出局？”

唐千林道：“我不是踢他出局，而是让他坐镇秘搜课内，这样我们在内部也有眼睛和耳朵。”

易陌尘道：“我们已经有李云帆了，不需要翔爷在内部探察消息！”

唐千林只是简单地回答：“就是因为有李云帆，我才这么考虑。”

易陌尘一脸疑惑：“你什么意思呀？”

唐千林道："你以后就知道了，现在我没办法给你解释清楚。"

易陌尘还要追问的时候，门开了，小田君匆匆走进来："做好了！"

唐千林赶紧起身，让小田君为唐子程消毒，然后注射提炼出来的甲种菌。

小田君注射完毕后，抬手看表："明天早晨应该就可以退烧。"

唐千林道谢："谢谢，辛苦你们了，易老板，麻烦你帮我照看一下子程，我有事要出去一趟。"

易陌尘问："你去哪儿呀？"

唐千林道："见个朋友。"

说完，唐千林头也不回地走了。

唐千林来到楼下的时候，刚要出门，就被坐在沙发上的李清翔叫住。

李清翔质问道："为什么要这么做？"

唐千林略微驻足："我已经当着朴秉政的面阐述了理由，那是实话。"

李清翔怒道："你把我当累赘？"

唐千林冷冷道："翔爷，你喜欢怎么想都行，我控制不了你的想法。"

说完，唐千林开门离开，开门瞬间，冷风灌入，让李清翔不由自主地打了个寒战。

他完全不懂，唐千林为何突然间变了一个人。

唐千林要找的这个人，就是他对李清翔所说的那个曾经是萨满，后被驱逐的老头儿。

老头儿名为关新月，满清瓜尔佳氏后人，其祖先名为古里原，为东海窝集部人，与努尔哈赤是换帖兄弟，后来被封为贝子，显贵一时，但在天聪初年因罪被削去爵位，贬至乌拉为奴。

也就是在这期间，古里原认识了一位颇负盛名的萨满，跟随其学习灵通，其后人后来在乾隆年间，因立下神秘战功而被封侯，一直到满清覆灭。

虽然日本人扶植建立了一个所谓的满洲国，但过去的遗老遗少也不是全部因此得利，就拿关新月来说，就无法在如今的满洲国中谋求个一官半职，只能经商，做的还是兽皮生意。

可做兽皮生意能做到尽人皆知，在东北这个地方也很难，他之所以能有那么多的江湖朋友，甚至有人免费送各类兽皮来的主要原因是，关新月私下还在贩卖军火。

因为靠近苏联的关系，以前的关新月贩卖的全是莫辛-纳甘这类的苏制武器，现如今他路子广了，胆子大了，加上有在政府内的亲戚保护，他放言出去，只要有钱，他就可以弄到全世界各地的轻武器。

不过，唐千林找他，并不是要和他做军火生意，而是因为关新月曾经萨满的身份，最重要的是，这个过去的萨满之所以会被教派驱逐，其主要原因在于他私下研究恶萨被发现了。

这就是唐千林要去找关新月的主要原因，在那个祭祀豢养的洞穴中，他已经认定萨满灵宫应该与恶萨有直接关系，而恶萨却是萨满教中最神秘的一支教派，文献记载中也鲜有提及，就如同家丑不可外扬一般。

走到关新月店铺门口的时候，唐千林并没有停下来，而是径直往前走，因为他知道，有人在跟着他，而且是三批人：第一批是从他离开保安局开始就一路尾随；第二批是他离开易陌尘家的时候跟上的；第三批是他下车之后从附近慢慢跟上来的。

毫无疑问，第一批人是朴秉政派来的，那么第二批和第三批呢？

唐千林在街头边走边想，不过他从第三批人的行走姿态分析出，那是江湖人士，在哈尔滨这个地方，会跟踪自己的江湖人士只有八相门。

难道说，第三批人是贺晨雪派来的？

唐千林本想去试探下，但想到自己的主要目的是为了找关新月，他思来想去，闪身进了后巷之后，又踏墙跃上房顶，蹲在烟囱后面观察着。

果不其然，第三批人直接冲了进来，没有发现唐千林之后开始四下寻找。

此时，第二批人也走了进来，两批人互相对峙着，没多久第三批人的一个领头者上前抱拳道："各位是保安局的人吧？我们是自家人。"

被称为保安局的第二批人的领头者上前，上下打量着说话者："自家人？你们是……"

第三批人的头目道："我们是八相门的人。"

领头者立即有了笑容："果然是自家人，险些产生误会。"

说完，保安局的特务们离开，而八相门的人继续在周围寻找着。

第一批人是秘搜课的，第二批人是保安局的，第三批人是八相门的，唐千林在心中推测着，秘搜课是朴秉政派来的，八相门是贺晨雪派来的，但保安局又是谁派来的呢？

思来想去，唐千林也没推测出个结果，只得踏着屋顶直接来到关新月的店铺院内，从屋顶稳稳落下。

刚落地，唐千林就看到一个浑身上下都穿着皮毛袄子，如果在夜间乍一看都会误会是头熊的老头儿。

老头儿先是一愣，但很快脸色就恢复了平静，淡淡地问："你是唐千林吧？"

这次轮到唐千林吃惊了，他下意识问："前辈，您为何知道我的名字？"

老头儿上下打量着唐千林："你和楚乐康那小子描述给我的模样差不多，浓眉大眼，身材健硕，随时锁眉，一副愁眉苦脸，像是死了全家的样子。"

唐千林心里有些不快，岔开话题道："敢问前辈就是关老先生？"

老头儿点头："对，我就是关新月，进来吧，里面有炉子。"

关新月撩开棉帘，先行进屋，唐千林迟疑了下也走了进去。

刚进屋，唐千林就觉得脑袋一阵眩晕，等他稍微缓过神来，才看清楚这间四处都挂满、铺满皮毛几乎密不透风的屋子，皮毛中渗出的又腥又膻的气味弥漫在四周，加上火炉的温度，能把人直接熏晕了。

"坐，喝点酒。"关新月将酒囊递给唐千林。

唐千林迟疑了下，接过去喝了一口："谢谢。"

关新月看着火炉，从旁边拿过烤羊肉啃着。

唐千林等他咽下去一块肉，这才道："关前辈，我来是为了恶萨的事情。"

关新月抬眼看着他："你是为了萨满灵宫而来的吧？"

唐千林点了点头："我昨天去了一个地方，在旧侨民区的地下，那里有个洞，是恶萨祭祀豢养溶尸龙的地方。"

关新月听到这儿，抬眼看着唐千林，将烤羊肉放在盘子中，拿起毛巾擦了擦手，然后道："真的？"

唐千林道："真的。"

关新月喝着酒："你说来听听。"

唐千林没有马上开始讲述，只是道："前辈，我想了解黑萨满、白萨满和恶萨之间的关系，以及这三者之间与萨满灵宫的联系。"

关新月嘴角上扬："你知道我研究恶萨很多年，所以，你想用你的经历来换我的研究？"

唐千林道："可以这么理解。"

关新月看着唐千林："你是不是根本就不知道，为什么你师兄要花时间去寻找萨满灵宫？"

唐千林摇头："找到萨满灵宫是轩字派和辕字派之间的约定，谁先找到，谁就能重组旎捕，结束两派之间几百年的纷争。"

关新月笑道："看样子，你只知其一，不知其二。"

唐千林闻言，立即问："前辈还知道什么吗？"

关新月道："我知道，你急于完成你师兄的遗愿，所以，想尽快找到萨满灵宫，也想查清楚你师兄的死因。"

唐千林听到这儿，心里为之一愣，他立即想到了什么。

唐千林道："没错。"

关新月点头："我也不为难你了，这样吧，我先告诉你你想知道的事情，你听完后再考虑是否要告诉我关于那个祭祀豢养地点的相关情况。"

唐千林抱拳道："这样就太好了。"

"你应该知道黑萨满就是原始萨满，白萨满是接纳了外来新事物的萨满，而恶萨不仅仅是追求力量的萨满，这些人之所以会独立于黑、白萨满之外，理由有三个。"关新月看着炉火，目光慢慢抬起，看着被炉火照得满脸通红的唐千林，"第一个理由，这些人都不是真正的萨满，也永远无法成为真正的萨满，因为他们都只是萨满身边的侍者，说白了，就是奴隶。"

奴隶？唐千林立即想到了关新月的祖先。

关新月接着道："奴隶是没有资格成为萨满的，但很多奴隶却很聪明，他们在萨满身边偷偷地学习，可即便是他们掌握了萨满具备的所有知识和能力，也没有那个资格参加成为萨满的考核。"

唐千林点头道："等于说，恶萨是没有取得萨满资格，却具有萨满能力的一批人？"

"没错。第二个理由就是，恶萨因为本身不是萨满，所以可以触碰一些萨满不能去触碰的东西，前往萨满不能前往的场所。"关新月说着，拿起一块羊骨头，"在原始萨满教中，有一种被称为葬骨地的地方，埋葬人和牲畜的骨头，这种地方萨满是不能去的，因为太危险，传说容易被恶魔抓走当作祭品，那么谁去呢？就是萨满身边的奴隶，而这些冒着生命危险的奴隶前往这些地方，大多数都是有去无回，谁也不知道那里有什么，他们是逃走了，还是被恶魔抓走了。这件事也催生了奴隶与萨满之间的矛盾。”

葬骨地？唐千林想到了自己昨天去的那个洞穴，他隐约察觉到了什么。

此时，关新月似乎看破了唐千林的想法：“你在想什么，我也知道，的确，你昨天去的那个地方，极有可能就是曾经所谓的葬骨地，后来被恶萨改造成为了那种祭祀豢养洞穴，因为恶萨很极端地想到，既然萨满将他们不当作人看，那么他们就应该抗争，如何抗争？那就是从葬骨地的恶魔身上获取力量。”

唐千林点头：“原来是这样。第三个理由又是什么呢？”

关新月喝了一口酒：“第三个理由就是关于升华。”

唐千林不解地问：“升华？”

关新月点头道：“对，恶萨虽然想获得力量，但并不是说他们从善转向恶，就可以立即拥有强大的力量，毕竟恶萨本身也是人，崇拜恶魔和崇拜女神一样，需要仪式和考核，所以他们决定走捷径。”

唐千林问：“什么样的捷径？”

“你也知道，萨满教中认为人的灵魂有三个：一个是需要引领着投胎的，一个是需要放归自然的，还有一个则是需要送到萨满灵宫的，这三个灵魂分别代表着精神、力量和智慧。”关新月说着将酒囊递给唐千林，“在这三个灵魂中最重要的就是智慧灵魂，人如果只有精神和力量，没有智慧，就只是行尸走肉而已。”

唐千林喝了一口酒，点头道：“嗯，萨满本身也只是万物神灵和人之间的一个媒介而已，您的意思是，恶萨想突破媒介，将自己升华，不，确切地说，是要凌驾于人类和萨满之上？”

关新月赞许道：“你反应很快，的确是这样，其实人生下来的时候，除了吃喝之外，什么事都不会做，在萨满教中认为那是因为人当时仅仅是获得了精神，而力量和智慧则会在人类成长的过程中慢慢获取，如果人在出生的那一刻起，同时获得了精神、力量和智慧呢？”

唐千林立即道：“他们想创造另外一种人？”

关新月摇头：“这样做太困难了，因为我的祖上曾经尝试过。”

唐千林闻言无比诧异。

第十八章

入局

关新月的祖先，那个叫作古里原的人，在被削去爵位成为大萨满的奴隶之后，很快便对萨满的力量产生了痴迷，因为天资聪慧，加上对知识和力量的渴望，他很快掌握了萨满教的相关知识。

即便如此，他因为身份和戴罪之身的关系，根本没有办法再往前迈进一步。

长期压抑导致古里原很快便误入了歧途，加上周遭恶萨的怂恿，古里原逐渐倒向了黑暗面，开始研究如何才能让自己不通过萨满这条路获得更强大的力量。

关新月说到这儿，解释道："神灵会维持大自然的平衡，不会让人类在出生之后就拥有一切，而每个人分配到的精神、力量和智慧都不一样，这就是为何有些人成长之后力量惊人，有些人虽然不具备强大的身体力量，却具有超凡的智慧。"

古里原和一众恶萨诱骗了一名孕妇前往萨满灵宫，在萨满灵宫内杀死了他们选定的另外一名恶萨，引领他的灵魂投胎到孕妇腹中的孩子体内，并且举行仪式，试图让那名投胎转世的恶萨在出生之后就成为同时拥有三种强大力量的新人类。

唐千林听到这儿，赶紧问："然后呢？他们成功了吗？"

"当然没有，他们失败了，孕妇难产，最终母亲和孩子都没有保住，死在了我先祖眼前。"关新月满脸都是遗憾，"这次失败，让恶萨们心灰意冷，而且消息也不知为何走漏，我祖上和参与这次事件的恶萨全被祭兵所逮捕。"

唐千林点头道："然后呢？"

关新月叹了口气："然后我祖上就失踪了，下落不明，因为他家人并不知道他的所作所为，所以并未被牵连，我知道的也就这些。"

唐千林迟疑了一会儿，问："前辈，冒昧问一句，您后来研究恶萨，是想搞清楚您祖辈失踪之谜还是……"

关新月浅浅一笑："理由不止这一个，但通过我多年的研究，我可以肯定，当年我祖先去的那个地方，并不是真正的萨满灵宫。"

唐千林疑惑："为何这么说？"

关新月道："我祖辈是在萨满古书中找到萨满灵宫的地点的，但实际上萨满教中是严禁留下任何关于萨满灵宫的记载的，就连萨满神宗都不知道。"

"等等，我有些糊涂了。"唐千林打断关新月的话，"萨满神宗又是什么职位？"

关新月摇头道："看样子，这十年来，你师兄告诉你的只是皮毛中的皮毛，他也不想让你牵扯进这件事来。"

唐千林不知道如何作答，只是保持着沉默，静等着关新月的解释。

关新月接着道："黑、白萨满的等级差不多，从下往上分别是萨满弟子、萨满、大萨满和萨满祭司，这些都属于文萨满。"

唐千林赶紧问："萨满也有文、武之分？"

"当然，萨满的神通法术并不是用来对付人的，面对人类的伤害，他们也需要自我保护，与其他教派一样，他们也拥有自己的卫队。"关新月伸出三根手指头，"武萨满分为三个等级，从下至上分别为祭兵、祭尉和萨满神宗。"

说完，关新月又喝了一口酒："萨满神宗没有干预萨满祭司的权力，而萨满祭司也没有可以调动萨满神宗的能力，这两者之间相辅相成，又互相制约，以达到萨满教内部的平衡。"

唐千林点头："原来是这样。"

关新月又开始啃着羊肉："我该说的都已经说完了，你现在应该考虑下是否把你的经历告诉我了。"

唐千林喝了一口酒后，便开始详细阐述昨日的冒险经历。

而在易陌尘的家中，郁闷的李清翔想找易陌尘喝酒，谁知道遍寻不到易陌尘，哪里都不见踪影。

"易陌尘？"李清翔四处找着，"易老板？赶紧给我滚出来，陪我喝酒。"

寻了许久，李清翔想起来一个地方，他走到易陌尘的卧室，按开了桌面上那个机关，书架缓缓移开后，他便看到正在密室中收拾东西的易陌尘。

李清翔看着满头是汗、满脸纠结的易陌尘，问："你在干吗？"

易陌尘看了一眼李清翔，继续往皮箱里塞东西："干吗？我在准备跑路，妈蛋的，那个旄捕，竟然准备把我塞进秘搜课，我可不想与日本人有任何瓜葛。"

李清翔刚想说点什么，却看到架子上的一瓶酒，他眉开眼笑地上前，拿过那瓶酒，二话不说直接打开。

易陌尘疯了一样冲上前，一把将酒瓶夺过去："这瓶百年酒是我留着结婚的时候喝的！一旦开瓶，酒香四溢，就彻底完了。"

说完，易陌尘看着已经打开的酒瓶，哭丧着脸："完了完了，全完了，没了。"

易陌尘一边拼命用鼻子吸着酒香，一边在那儿叹息咒骂着，那模样看得原本心中郁闷的李清翔觉得滑稽无比，忍不住大笑起来。

易陌尘一屁股坐下，品了一口酒，叹道："我原本只是想做个幕后老板的，没想到那个旄捕把我推出去了，现在怎么办？我可没有任何经验，跟他们去，不就等于找死吗？再说了，我私下做了那么多事，日本人多少也知道点，万一他们看我不顺眼，直接把我弄死怎么办？"

李清翔坐下，拿过酒瓶也喝了一口："易老板，你什么时候变得这么胆小了？"

"我这不是胆小，我凡事都很有计划的，做任何事没有计划，没开始就输了一半。"易陌尘有些焦急地说，"就拿这次的事来说，那个旄捕不和我商量，直接把我推到秘搜课那边，我怎么应付？再说了，我这些年做异商，在日本人那里留了多少底子，万一他们看我不顺眼，找机会把我弄死怎么办？我祖上留下的家业可就全部落进日本人的兜里了。"

李清翔点头："你说的有道理，我问你，你准备往哪儿跑？"

易陌尘拿过李清翔手中的酒瓶道："苏联呗，还能去哪儿？"

李清翔又问："你这一跑，你祖上的家业不就没了吗？"

易陌尘笑着将酒瓶又递给李清翔："翔爷，我一走，这家就交给您帮我看着，放心，我保证不亏待您。"

李清翔大口喝酒，一抹嘴巴："管家这事我干不了，你想想，你逃走家业也是落在日本人手里，还不如留下来拼一把，你不是也一直想找萨满灵宫吗？"

易陌尘摇头："我现在不找了，家业和命比什么都重要。"

李清翔凑近他问："比夏霜还重要？"

易陌尘一愣，然后沉默了。

李清翔将酒瓶塞进易陌尘怀中："你可以一走了之，但夏霜怎么办？扔下她一个人自生自灭？"

易陌尘迟疑了许久，低声道："可是，我也不能保证找到萨满灵宫就能救夏霜！”

李清翔拍了拍易陌尘道：“这个世界上，有很多事是无法保证的，是不是无法保证就不用去做了？你好好想想吧。”

李清翔说完，提着那瓶酒离开了，留下易陌尘独自一人面对那堆还没收拾好的东西。

最终，易陌尘又将自己装进皮箱中的东西一一拿出来，坐在那儿傻傻发呆。

另外一边，唐千林在阐述完那段经历的时候，所说的与告诉朴秉政的一模一样，原因很简单，他不相信眼前这个老头儿，虽然老头儿口口声声说自己与楚乐康是挚友。

可老头儿太真诚了，真诚得让唐千林觉得这个人虚伪得有些过分。

特别是老头儿在言语之中说漏了一点，就是这一点，让唐千林立即将警惕性提到了最高点。

听完唐千林的阐述，关新月并未立即说话，只是拿起烟杆，塞进烟叶，对着炉火开始抽烟。

过了许久，唐千林才问：“前辈，您怎么看？”

关新月冷冷问：“你是打算和日本人合作吗？”

唐千林道：“我没有别的选择。”

关新月冷笑道：“贪生怕死。”

唐千林忍了忍道：“前辈，我还是想听听您的见解。”

关新月闭眼：“你走吧，以后别再来了，你比起你师兄来，差得太远了。”

唐千林道：“前辈……”

关新月摇摇头，不再说话，只是闭眼抽烟。

唐千林只得起身：“谢谢前辈，晚辈告辞了。”

唐千林没有迟疑，也没有再争取什么，转身就离开了关新月的宅子，走出外面的店铺时，他驻足停下，看着那个正在打瞌睡的伙计，想了想，上前道：“小哥。”

伙计打一激灵醒了，面带商业的微笑道：“客人，您要买什么？我们这儿什么皮子都有，只要叫得出名字的，就算没有现货，我们也能帮您弄到。”

唐千林看了一眼内院的方向，笑道：“我师兄说，曾经托你帮他买过一张皮子，你买到了吗？”

伙计纳闷：“你师兄？谁呀？你是谁呀？”

唐千林道："我师兄姓楚，南方口音。"

伙计似乎想起来了什么："我想起来了，你是说常来关内的那个楚先生吗？他没有托我买过什么皮子呀，你是不是记错了？"

唐千林点头道："也许吧，不好意思呀。"

唐千林转身要离开的时候，伙计又叫住他，唐千林转身看着伙计，发现伙计有些害羞。

唐千林问："你有什么事吗？"

伙计虽然摇头，嘴上却说："那个，楚先生的侄女倪小姐什么时候再来呀？"

唐千林心里想了想，笑道："哦，倪小姐呀，她最近和楚先生有点事出远门了，你找她有什么事吗？"

伙计挠了挠头："我做了一顶皮帽子给她，不知道她喜不喜欢，我又害怕这顶帽子配不上她那么漂亮的人。"

唐千林笑着点头："倪小姐上次来的时候，你为什么不给她？"

伙计想了想："当时她来得急，走得也急，我那时忙，也没顾得上。"

唐千林道："哦，是哪天来着？"

伙计回忆了下道："四天前。"

唐千林道："行，我见到倪小姐，一定转达你的好意，至于她收不收你的礼物，就看你的本事了。"

伙计带着憧憬的笑容使劲点了下头，唐千林笑着离开。

走出店铺的门之后，唐千林收起了笑容，他观察了四下，发现没有人跟踪，便立即走进旁边的小巷中，因为他需要安静，需要静下来仔细地思考，因为这一趟的意外收获实在太多了。

虽然关新月不可靠，但唐千林从关新月说漏的那句话中判断出，师兄的死也许与这个老头儿有直接关系。

为何这么说？

因为除了唐千林、易陌尘、小田君等少数几个人之外，就只有凶手知道师兄已死。

当时在场的那几个八相门门徒已经被易陌尘灭口，所以消息也不会传到八相门去，八相门追踪师兄，其目的又是什么？

往回推测，师兄中毒之后，急着要见自己，不可能大老远还去找关新月，见这个老头儿一面。

确定的是，师兄临死前在酒馆见过贺晨雪，他们之间说了什么？为什么在那个时候见面？贺晨雪又为何要派八相门的人追踪师兄？

上次自己因为孩子的事情，过于激动，把师兄的事抛之脑后，不过，按照贺晨雪的性格，就算当时自己质问，她要不矢口否认，要不就会保持沉默。

关新月知道师兄已死，那么他必定与凶手有关系。

再推测，会不会是贺晨雪下毒杀死了师兄？她为何要那么做？难道师兄知道她的过去，她就要下手灭口吗？

如果贺晨雪是下手的人，那么她与日本人也有关系，那么她、关新月和日本人之间的关系到底是什么呢？

唐千林站在雪地中安静地思考着，突然间他脑子里又冒出个念头来，他自言自语地摇头道："不，下毒的不会是日本人。"

当唐千林回到易陌尘的住处，将自己的推测说出来后，易陌尘与李清翔对视一眼，都摇了摇头。

易陌尘问："你为什么会那么肯定不是日本人下的手？"

唐千林解释道："原因很简单，如果日本人要杀死我师兄，大可不必用下毒的办法。"

李清翔还是摇头："不懂你的意思。"

"如果是日本人下毒杀死我师兄，那么他们肯定认为他构成了威胁，而在这里，日本人最担心的是反日分子，我师兄虽然反日，但与其他的抗日战士一样，平日里不会表露出来，那么日本人杀他的理由，只有一个，那就是因为他是旎捕。"唐千林仔细分析道，"既然日本人知道他是旎捕，又为何在我进入秘搜课的时候，对旎捕却丝毫不了解呢？"

庆全在旁边插嘴道："日本人残暴，你也亲眼看到了。"

唐千林看着庆全："是，日本人变态残暴，我们谁都知道，他们有可能在街头随机找一个人枪杀，但他们会随机找一个人下毒吗？"

小田君在一旁搭腔道："那是一种细菌，不是毒药，而且那种细菌是高机密的。"

易陌尘道："你听到了，高机密的细菌，一般人弄不到手的。"

“不。”小田君又道，“弄到手，和故意送出去是两回事，要知道有些东西就算故意送出去，在这个地方除了防疫给水部队之外，其他人也研究不出来什么。”

李清翔点头道：“这么说，极有可能是有人拿了日本人研制的细菌，害死了你师兄，想偏离你调查的方向？”

唐千林点头：“也有可能是为了引我入局。”

庆全问：“怎么说？”

唐千林道：“我师兄在调查萨满灵宫，害死他的人也想调查萨满灵宫，但我师兄或许发现了什么，所以必须杀他灭口，还记得我师兄说过，青龙寺是个圈套，他也许是发现了这个，而害死他的人却还想利用旄捕继续追查下去，同时又知道日本人成立了秘搜课，故意想把我往这个方向引。”

易陌尘立即道：“喂，你这么说，该不会是怀疑我吧？”

唐千林皱眉道：“正经点好吗？我想，恰恰是你的出现，打乱了对方的计划。”

李清翔点头：“有道理，那么真正的凶手是谁呢？”

唐千林摇头：“不知道，眼下得知的线索和证据只能分析到这儿了。”

其实唐千林还得知了一个重要的线索，那就是关于他没有见过面的师侄，没想到是个女孩儿，而且还是个漂亮女孩儿。

做旄捕的一向是独来独往，楚乐康也不例外，能留在他身边的人，除了至亲就是徒弟。他没有其他亲人在这里，所以倪小姐肯定就是他的徒弟。

当伙计提到倪小姐的时候，唐千林才恍然大悟，也明白师兄为何虽然在心中不时夸耀自己的弟子如何聪明，但从未详细去描述，恐怕他是有所顾忌吧，毕竟男旄捕收女弟子这种事在过去几百年中都少见。

但是这个倪小姐如今在什么地方呢？她是不是已经知道自己的师父死了呢？而四天前，也就是差不多师兄死的时候，她为何要急匆匆去关新月那里呢？

这些消息和线索在唐千林的脑子中如一团乱麻，怎么理也理不清楚。

唐千林带着这些问题思考了一夜，一直等到第二天清晨唐子程退烧之后，他的紧张情绪才有所缓解，这才挨着儿子沉沉入睡。

李清翔和易陌尘对饮到半夜，才一个人晃悠着回家，回家后却没有见到李云帆，他在家咒骂了一顿这个不孝的儿子，也不洗漱直接倒床就睡。

清晨，李清翔被李云帆用湿毛巾擦脸给弄醒了，他睁眼一把夺过毛巾道：“你有病呀？”

李云帆坐在床边对李清翔说："爸，昨晚出事了。"

李清翔疑惑："出什么事了？"

李云帆严肃地说："昨晚宪兵队连夜清理居酒屋的废墟，没想到有人在那里提前安置了炸药，洞口被炸塌了，全埋住了，要重新挖出来很困难。"

李清翔想了想道："谁干的呀？"

李云帆问："你们几个昨晚谁离开过？"

李清翔摇头："没人离开过易老板的宅子呀。"

刚说完，李清翔意识到了什么，瞪着李云帆问："孙子，你在审问老子？"

李云帆叹气道："爸，我只是想确保你们的安全，你相信我，不管怎样，我不会出卖朋友的。"

李清翔依然是那副语气："不出卖朋友？你当汉奸就出卖了所有中国人。我告诉你，装炸药这件事，虽然不是我们做的，但我很希望是我们做的。"

"不是你们做的最好，也不会让我难做。"李云帆起身笑了笑，"对了，朴课长同意了唐千林的提议，从今天起，你不用参加任何行动，只需提供专业意见就行了。"

李清翔一脸的不满："我老了，脑子不灵活，有那个旄捕在，我提供什么专业意见呀，你们靠他不就行了。"

李云帆又道："你要是不愿意去，留在家里也行，有电话就接一下，秘搜课会安排人保护你的。"

"保护？是他妈的监视吧！"李清翔冷笑道，"回去告诉朴秉政，让他的狗滚远点！"

李云帆正色道："爸，你知道重庆方面在哈尔滨有锄奸队，他们可不管你是出于什么理由和日本人合作，所以，就算朴课长不安排，我也会找人来保护你的。"

李清翔故意朝着地上吐了口唾沫："滚。"

李云帆点头："爸，你好好休息，少喝点酒。"

李云帆离开后，李清翔一脚将那盆水踢翻，没多久又无奈爬起来自个儿开始在那儿收拾，埋怨冲动给自己找麻烦的同时，也在寻思昨天安装炸药的人到底是谁。

难道是唐千林？但是他不是去见关新月了吗？时间合不上，可昨天只有他出去过。奇了怪了，难道还有人在暗中帮助我们？

李清翔思来想去都没有个结果，只得收拾妥当后，自个儿坐在那儿哼着小曲，喝着酒，但即便这样，他还是无法平息自己愤怒的心情——唐千林踢他出局，实在让他太没面子了。

李云帆驾车将唐千林、易陌尘和庆全从家里接出来之后，将废墟埋设炸弹的事情说了一遍，未等三人提问，他继续追问："是不是你们干的？"

问完后，李云帆从后视镜中看到，易陌尘和庆全同时将目光投向副驾驶座上的唐千林。

李云帆也顺势看了一眼唐千林："问你呢。"

唐千林道："昨天我的确出去了，但我去查探消息了，没有那个时间，虽然我很想那么做，而且，我也不可能在那么短的时间内搞来炸弹。"

李云帆点头："我也是这么想的，不过那件事让朴秉政很恼火，冲着关局长发了一通邪火，勒令他限时捉拿放置炸弹的人。"

易陌尘在后面问："听说死了不少人？"

"死了十二个，重伤三个，轻伤六个。"李云帆看着车头前方道，"在市区内，第一次死这么多人。"

唐千林冷冷地看向李云帆："第一次吗？旧侨民区死的那些人算什么？"

李云帆知道唐千林误会了，赶紧解释："我是指日本人。"

唐千林看向窗外："都死光了才好。"

碍于不能让易陌尘和庆全知道自己的身份，李云帆只得岔开话题道："今天带你们去见朴秉政，他想见见易陌尘。"

唐千林问："下个任务是什么？"

李云帆道："三宅将军对你所说的萨满灵宫很感兴趣，所以，你得去见见他。"

唐千林皱眉："为什么要见我？"

李云帆道："因为有些事只有你能说清楚，其他人都没有那个能力，我估计下个任务的领队会是你。"

庆全此时问："那我呢？"

李云帆道："待命。"

庆全迟疑着，唐千林看出了他的疑虑，问："李科长，庆全可以走吗？"

"可以呀，他可以走。"李云帆说完，在庆全露出笑容的时候，又冷冷追加了一句，"他现在要走，只能走到阎王爷那儿去。"

庆全脸色沉了下去，心中万般后悔自己为了那点钞票就蹚了这趟浑水。

第十九章

情 报

易陌尘坐在朴秉政的办公室中，看着朴秉政在那儿签署和翻看文件档案。

两人都不说话，易陌尘也不开口，坐了一阵就从口袋中拿出各种有趣的物件来摆弄着。

一直故弄玄虚、装模作样的朴秉政终于被易陌尘手中那些稀奇古怪的东西所吸引，拿着笔指着旁边一个会走动的木马道："这是什么？"

"木牛流马没听过？"易陌尘完全不客气，"里面的机关都是木制的，很精良，这是我从一个关内来的商人手里买来的小玩意儿，你喜欢呀？送给你。"

朴秉政摇头："我不夺人所好。"

易陌尘却笑道："没事，我习惯送礼了。"

朴秉政也笑了："我和你认识的其他官员不一样。"

易陌尘拿出一个荷包，扔在桌上："但你也说了，你也是官对吧？无官不贪。"

朴秉政扫了一眼荷包，依然摇头。

易陌尘又从包里掏出个金元宝，轻轻放在桌上，用手压住左右滚动着，笑眯眯地看着朴秉政。

朴秉政道："你身上有百宝袋吗？怎么能装这么多东西？"

"我能听懂你的意思。"易陌尘又摸出一颗金珠滚在桌上，"过去金国的金珠，现在很难找了，这些都送给你了。"

朴秉政正色道："我是问你，是不是身上有百宝袋？"

易陌尘点头，笑了笑，又掏出个翡翠鼻烟壶："这个值钱了，是以前从宫里顺出来的。"

朴秉政此时打开抽屉，将桌上那些东西统统拨进去，然后换上笑脸："易老板，你是个懂人情世故的人。”

易陌尘笑道：“放心，朴课长，只要你不为难我，以后好处有得是。”

朴秉政摇头：“不不不，你误会了，我其实根本就不想收你这些宝贝。”

易陌尘耸耸肩：“是吗？”

朴秉政点头：“我一直没收，不是因为我嫌少，而是我来中国的时候，听过一个故事。”

易陌尘坐正：“我最喜欢听故事了，朴课长说来听听。”

“故事里说的是，在某个地方有个七品县令，为官两袖清风，某日有个商人递了状纸来打官司，同时送了一贯钱。县令拒绝了，不收贿赂。后来商人又送了十贯钱来，县令还是不收。”朴秉政笑眯眯地讲述着那个他听过的故事，“一直到后来，商人不断加倍，行贿的钱变成了一万贯，这个时候，县令收了。”

说到这儿，朴秉政忍不住自己在那儿笑着，易陌尘也坐在那儿笑着。

朴秉政又道：“县令的师爷问他：‘您是不是嫌钱少，所以一直没收，等到现在？’县令说：‘不是，一贯我不收没关系，十贯、百贯我不收都没关系，但是这一万贯我必须得收。’师爷问：‘为什么呀？’县令说：‘他能在我这儿为了这个官司行贿万贯，他已经有通天的本事了，我再不收，就得罪他了，将来倒霉的可是我。’”

易陌尘拍手道：“精彩，好故事，很有教育意义。”

朴秉政收起笑容：“是呀，我知道你易老板和政府里那些高官，乃至于皇帝身边的亲信都关系匪浅，你也有通天的本事，我得敬你三分，但是我不希望有下一次。”

易陌尘笑着点头：“我知道，你背靠的不是满洲国，而是日本，你在提醒我这个，但我也要提醒你，日本人也爱财，如果有一天，我真的通天了，通到日本天皇那儿去了，那你可就倒霉了。”

朴秉政道：“我祝愿你有那么一天。”

易陌尘摊手：“那我合格了吗？我成为秘搜课的成员了吗？”

朴秉政道：“别着急，再等等看，慢慢来。”

易陌尘笑道：“好啊，慢慢来。”

朴秉政最讨厌和易陌尘这种人打交道了，他是不太懂人情世故和社交的人，他的精力几乎全用在了谍报上面，所以，当唐千林推荐易陌尘的时候，他查阅了易陌尘的档案，原本想拒绝的，但他的拒绝却又遭到了三宅恭次的拒绝。

在三宅恭次眼里，只要有助于秘搜课的人，无论这个人是谁，都必须合理利用。

在李云帆的办公室内，三宅恭次正坐在那儿，一边翻阅着报告，一边听着录音，头也不抬，根本不去看站在一旁的李云帆和唐千林。

录音听完，三宅恭次把档案也合上了："唐先生，按照您的说法，那幅壁画是一幅零碎的地图，换句话说，必须依次找到相关地点，最终才能找到萨满灵宫？"

唐千林默默点头。

三宅恭次又问："唐先生，我想知道，萨满灵宫到底是什么？里面又有什么？"

唐千林摇头："不知道，因为那只是个传说，我们如今只是找到了传说的依据而已。"

三宅恭次点头："有依据的传说，就不是传说了。"

唐千林只是淡淡一笑，不置可否。

三宅恭次起身道："我们很需要像唐先生这样的人才，希望你能够留下来，带领我们找到萨满灵宫，为大东亚共荣努力。"

唐千林听得心中阵阵作呕。

"所以，我决定，从即日开始，唐千林先生成为我们秘搜课挺进队的领队。"三宅恭次说到这儿，又转向李云帆，"而李科长您负责辅助唐先生的工作。"

李云帆有些意外，但还是立正道："是！"

三宅恭次笑眯眯地看着唐千林道："唐先生，我会提供给你所有的装备，只要我们有的，你可以随便使用，至于人员配置方面，由你做主，你负责招募，朴课长负责审核。"

唐千林看着三宅恭次，只是默默点头，他意识到这个日本人给自己放开权限，说明他对萨满灵宫有着很大的兴趣。

不，确切地说，这个三宅恭次一开始就是冲着萨满灵宫去的。

理由很简单，日本人不会那么巧就找到了记载萨满灵宫顺序地图的祭祀洞穴，所谓的冬季出现乌虫都只是借口。唐千林在居酒屋内也没有看到任何蛇类的痕迹。

而日本人对这些事物不应该如此了解，换个角度来思考，日本人身边肯定有了解萨满教的人存在，是这个人给三宅恭次出谋划策，教他应该如何去做的。

这个人的身份一定很特殊，如果不特殊，他大可自己出面来寻找，他之所以没有出面，就是因为他不想让自己曝光。

这个人会是谁呢？现如今唯一有可能的就是关新月。

就在唐千林思考的时候，三宅恭次又回到办公桌前落座，拿出那四张临摹画来："唐先生，按照地图所示，下个地点在什么地方？"

唐千林道："应该在西南方向某个地方，按照图示，是一座山内有寺庙的地方。"

实际上，原图画的是一口喷火的井，唐千林看到的第一眼就想到了青龙寺的火井传说，同时也推测出这幅地图绘制于明朝时期，因为青龙寺火井传说正是从那个时候开始的。

但他故意将那幅图重新画成了一座山，山中有寺庙，主要目的就是为了试探一下日本人会不会直言说是非似山，如果是，那就证明了他的推测——日本人身边一定有一个江湖人士在暗中指点。

果不其然，三宅恭次抬眼道："我们在西南方向的确发现了一个可疑的地方。"

唐千林趁热打铁问："是什么？"

三宅恭次想了想道："抚顺你知道吗？"

唐千林道："听说过，那里煤矿很多。"

"没错，就是那里，我们在那里发现了一个可疑的地方，原本是去那里做勘探的，没想到有了意外的收获。"三宅恭次说着便将六年前的事情一五一十告知了唐千林，说完后又道，"我刚才说的全都是机密，只有少数人知道，所以，按照地图所示，下个地点应该就在非似山，唐先生，你认为呢？"

唐千林没有直接肯定，只是道："也许吧，因为地图很模糊，所以，我们只能去看了再说。"

三宅恭次点头道："很好，你很谨慎，我非常欣赏你这种不会轻易下结论的人。"

唐千林只是笑笑，没再说什么。

三宅恭次起身道："唐先生，很高兴认识你，与你谈话让我对秘搜课的未来有了十足的信心，感谢你。我还有公务在身，先走了，再见。"

唐千林也起身，礼貌性地点点头。

李云帆看了一眼唐千林，转身送三宅恭次离开了办公室。

此刻的唐千林，认为自己有必要再去找一次贺晨雪，以儿子康复作为借口，看看能不能从她那里套出点什么消息来。

贺晨雪与这件事没有关系，他是绝对不信的，现在需要做的是，如何才能让贺晨雪把事情的真相说出来。

李云帆将三宅恭次送上车，再回到办公室的时候，已经不见唐千林的踪影，他此时脑子里有些乱，他不知道三宅恭次的安排到底是怎么回事，加上两个同志依然被关押，自己又与组织断了线，原本下一步的工作安排又被突然打乱。

所以，他怀疑自己已经上了日本人的头号嫌疑犯名单了。

既然是那样，为什么他们不逮捕自己？难道是因为证据不足？

李云帆坐在办公桌前，虽然在翻阅着祭祀洞的档案，但满脑子想的都是如何化解眼下的种种难题。

就在此时，带着一脸坏笑的易陌尘出现在办公室门口。

李云帆合上档案："怎么样？"

"我现在算你们半个成员了，朴课长说，我可以在保安局内随意逛逛，但是很多地方不能进去。"易陌尘笑道，"所以，我想去见见关局长，有些日子没见他老人家了，怪想他的。"

李云帆不知道易陌尘为什么此时此刻要去见关北鹤，但他知道，易陌尘满脑子都是古怪的主意，往往这些主意在关键时刻会产生奇效。

"易老板？"关北鹤惊讶地看着出现在门口的易陌尘，"你是怎么……"

易陌尘走进来，李云帆跟在其身后，关北鹤皱眉看着李云帆："李科长你……"

李云帆赶紧道："不是我领他进来的，和我没关系，我只是陪他过来。"

易陌尘一屁股坐在沙发上："关局长，赶紧的，把你那上好的龙井弄点来喝。"

关北鹤也不傻，他寻思了一下，看着易陌尘说："易老板，莫非你也进了秘搜课？"

易陌尘竖起大拇指："不愧是局长，这么快就想明白了，但朴课长说了，我现在只能算半个成员，我的权限仅仅是可以在保安局内自由出入，他能够给我这个权限，我已经很满足了。"

易陌尘说完这句话，李云帆立刻明白他为什么要来见关北鹤，因为易陌尘是来挑事的。

这里是保安局，而秘搜课名义上是隶属于保安局麾下的科室，换言之，朴秉政也应该比关北鹤低一级，而且他不具备赋予易陌尘随意进出的权限。

可偏偏这个朝鲜人仗着自己只属于关东军特种情报处，不把关北鹤放在眼里。

关北鹤冷笑了一声，也不说什么，转身倒茶去了。

易陌尘和李云帆交换了下眼神，李云帆决定火上浇油，站在窗口往外看着，故意漫不经心地问：“局长，放置炸弹的嫌犯找到了吗？今天三宅将军来的时候，还问这件事了。”

关北鹤停下泡茶的手，转身看着李云帆：“朴秉政怎么说？”

李云帆故作疑惑：“他说这案子交给你负责了呀。”

关北鹤哼了一声：“保安局现在谁说了算？是他朴秉政还是我关北鹤？”

李云帆知道效果达到了，赶紧道歉：“对不起，局长，我不是那个意思。”

关北鹤把茶杯端到易陌尘跟前：“我理解，你现在寄人篱下，不比从前。”

李云帆故作尴尬：“局长，我很清楚自己端的是谁给的饭碗。”

关北鹤故意问：“谁给的呀？”

李云帆道：“满洲国皇帝陛下给的饭碗。”

李云帆不可能直接说是关北鹤给的，而关北鹤是满人，他这个委婉的回答，让关北鹤很是满意。

“坐下喝茶。”关北鹤示意李云帆坐下，“对了，那两个共党，已经被关押在宪兵队了，听说没有再给他们上刑。”

李云帆没有顺着往下说，故意看了一眼易陌尘。

他是故意的，如果他此时此刻在易陌尘跟前毫无顾忌地说那两个被捕同志的事情，关北鹤一定会怀疑，因为他不知道这是不是关北鹤在试探他。

关北鹤笑道：“易老板以后就是自己人了，没什么不可以说的，再说了，那案子落不到咱们手里，充其量只是咱们茶余饭后的谈资。”

易陌尘终于开口，又把话题扯回去：“关局长，这个秘搜课到底是不是保安局的，归你管吗？”

易陌尘说得很直接，这桶冷水也泼得很猛。

李云帆担心出纰漏，赶紧咳嗽了一声。

关北鹤笑笑道：“名义上归我管，实际上我没有权限，还有，钱斯年和朴秉政的关系似乎不一般呀。”

李云帆心头一愣，不知道关北鹤这么说是什么意思，难道他在监视钱斯年？

李云帆问："局长什么意思呀？"

关北鹤道："这几天听说他和朴秉政没事就在一起吃饭喝酒，哦，对了，还有，我局里有个鲜族人说，他认识你们秘搜课下面的一名特工，说是他老乡。"

关北鹤故作漫不经心地说完，然后抬手看表道："哟，我还有点事，我先走了，你们坐着慢慢喝。"

两人赶紧给关北鹤道别，想要离开办公室，却被关北鹤挽留，说在他这儿喝茶没关系。

关北鹤一走，李云帆和易陌尘就开始天南地北地瞎聊，怎么聊都没有说先前的话题，李云帆很清楚，关北鹤是故意的，他肯定在这间办公室里装了窃听器。

站在关北鹤的角度，他在不清楚唐千林推荐易陌尘的前提下，会认为是李云帆推荐的，而李云帆又是重点怀疑对象，加上以前是他得力的部下，万一李云帆出问题，他也有麻烦。

另外，李云帆从关北鹤的话里知道了几个重点：第一，关北鹤一直派人在监视钱斯年和朴秉政；第二，关北鹤派人调查了秘搜课那些来路不明的特工的背景。

两人慢吞吞喝完茶，有说有笑，很是自然地离开了保安局，然后去了古董店，总之就两个字——闲逛。

而且闲逛也是为了摆脱那几个关北鹤派来跟踪他们的特务，然后李云帆必须去一个重要的地方，只有在那里，他才有可能通过手头的线索，来获取更多的情报。

而在马会中，唐千林再次见到了贺晨雪，这次他把以前的情感全部压制了下来，不再那么冲动，只是把贺晨雪当作一个知情者来询问。

贺晨雪喝着咖啡，显得很悠闲："孩子没事就好，你辛苦了。"

唐千林质问："几天前，你在一家山东酒馆见过我师兄？"

贺晨雪故作回忆，然后摇头："我记性一向不好，忘记了。"

唐千林又问："你们说什么了？"

贺晨雪摇头："我已经说了，我忘记了。"

唐千林皱眉："你总是这样。"

说完，唐千林就后悔了，他这句话一出口，自己心里就很清楚，他又开始回忆往事了。

贺晨雪起身："你还有什么事吗？没有的话，麻烦你，门在那边。"

唐千林并不起身："我师兄死了，你知道吗？"

贺晨雪迟疑了下，说了一句让唐千林很意外的话："我听说了。"

唐千林听到这儿，心里咯噔了一下，立即问："听谁说的？"

贺晨雪笑道："大街小巷传遍了。"

唐千林摇头："这件事只有少数几个人和凶手知道。"

贺晨雪再次端起杯子："怎么？你认为是我杀的？我为什么要杀他？我和他无冤无仇，而且，他也没有找过我麻烦，我杀他不是招惹你上门，自找麻烦吗？"

贺晨雪话里的意思再清楚不过了，她告诉唐千林，楚乐康从来没有拿过去的事情威胁过她，如果她出手杀死楚乐康，等于是把唐千林引到身边来，可那样做，她的麻烦会更大。

而在贺晨雪心中，却有其他的打算，她不知道马延庆下一步到底要做什么，对她的危害又有多大，既然唐千林已经找来了，不如合理利用，把水再搅浑一点。

这就是为何她要告诉唐千林说"我听说了"。这四个字是在暗示唐千林，自己的确与这件事有关系，但自己不方便说。

按照唐千林的性格，他必定会从自己的身边开始调查，以施捕的手段，应该不会费力就能查到马延庆身上来，而且马延庆一旦曝光，易陌尘也会立即明白，自己为什么运气那么好，那么巧就认识了唐千林。

"打扰了。"唐千林起身，他知道再问下去已经没有任何意义了。

"那天是他约我去酒馆的。"贺晨雪此时忽然又开口道，"我刚突然回忆起来了。"

唐千林驻足，并未重新落座，而是站在那儿看着贺晨雪。

贺晨雪又道："但是很奇怪，他什么都没有说，而且当作不认识我。"

唐千林点头道："谢谢。"

贺晨雪道："不客气。"

唐千林离开，贺晨雪松了口气，她之所以要说出实情，是因为她想了好几天，都不知道为什么当时楚乐康会约她，而到了地方楚乐康却什么都不说，接下来楚乐康就死了。

至于楚乐康具体怎么死的，她还不知道，马延庆告诉她楚乐康已经身亡时，也是一句话带过，她虽然吃惊，但也没有细问。

到底是谁杀了楚乐康呢？是马延庆吗？贺晨雪不知道，但她知道，只要唐千林来了，这个绰号“旄捕千林”的人就一定能查个水落石出。

而在城市的另一端，跟踪李云帆和易陌尘的特务来到一家咖啡馆内，因为一分钟前两人刚刚走进去，可当特务进去的时候，却看到易陌尘和另外一个穿着打扮与李云帆完全一样的男子在说笑着。

李云帆去哪儿了？特务蒙了，只得找地方坐下，继续监视易陌尘。

易陌尘瞟了一眼角落中坐下的特务，拿出怀表看了一眼，这个时间，李云帆应该见到他想见的人了。

此刻的李云帆已经坐在那家名为“琉璃斋”的古董店的经理室内，等待着这家店铺的老板现身。

先前他和易陌尘走进这家店的时候，他就没出去过，离开的是换上他衣服的店铺伙计。

这家表面上是古董店的地方，实际上是哈尔滨本地最大的民间情报交易所，这家交易所的拥有组织被称为“冥耳”，是中国民间历史最悠久的民间情报组织。

对冥耳而言，只要有价值，哪怕是某个人一天之内要上几次厕所，只要有人愿意花重金购买这种消息，他们也会千方百计地弄来。

李云帆知道这个组织，是从易陌尘那里听说的，他以前侦破一件奇案的时候，就是用情报换情报的方式从琉璃斋买到了案件的重要线索和证据。

所以，这次如果他想搞清楚那批特工的来源，直接从这里购买消息是最简单直接的。

可这次的交易，虽然开头出奇顺利，但过程又充满了疑团。

李云帆将准备好的钱递过去：“我想知道，朴秉政手下带来的那批特工，是什么背景？”

琉璃斋的陈老板直视着李云帆：“我不要钱。”

李云帆已经料到，所以，他从包里掏出来另外一样东西：“这是莽甲，很稀有的，你应该知道这是什么东西。”

陈老板的目光落在那莽甲之上：“这样的东西，无非就是缓解烫伤，给发烧的病人物理降温用的，我这里多得是，已经不稀罕了。”

李云帆收回东西：“好吧，那你要什么？”

陈老板扶了下眼镜：“那批人是延边的鲜族人，五年前被日本所属的朝鲜总督府特务处招募，在一座孤岛上训练了三年，又前往日本本土训练了一年，这些人精通朝鲜语、日语、汉语、英语以及德语，精通近身格杀和各类枪械的使用，而且经过洗脑教育，无比忠心，认定自己的祖国就是日本。”

李云帆有些诧异，为什么不需要任何交换，陈老板就将这些告诉了自己？

李云帆又问：“还有呢？我想知道更详细的，最好有关于朴秉政的情报。”

陈老板面无表情道：“其他你想要的情报，需要用你所知的事情来交换。”

李云帆疑惑：“什么事情？你知道，有些事我是不能说的，我的身份和你们不一样，我相信你们也是因为你们有自己的规矩，不会出卖客人的身份。”

陈老板调整了下坐姿：“我想知道，前天唐千林和令尊去那个地下洞穴之后，究竟发生了什么？又发现了什么？结果是什么？”

李云帆眉头一锁，没想到对方会问这个。

冥耳果然神通广大，这么机密的事情他们竟然都知道！看样子他们的情报网络已经撒进满洲国和日本特务机关内部了。

但问题是，冥耳不会平白无故对这件事感兴趣，除非是有人花钱从他们这里买。

那么想知道这个消息的人，又是谁呢？

第二十章

百日妖医

“我拒绝。”李云帆思来想去，觉得这是一笔不划算的买卖，而且风险极大。

他潜伏多年，因为工作的需要，和不同的人做过不同的交易。在交易中最佳的结果就是双方共赢，但遗憾的是，往往在做交易的时候，双方背后都有不同的人或者势力，换言之，一笔交易至少是四个人在做，能让四个人共赢那是绝对不可能的事情。

这是他的上级朱卫东教给他的一个最简单的道理。

当年毫无经验的李云帆并不理解，朱卫东笑着对他说了一句话：“你见过打麻将四个人都赢钱的吗？”

所以，李云帆知道，交易要不有利可图，要不就干脆别做，因为他要保证的利益，不只是他一个人的，还有整个抗联，乃至于整个东北抗日者的。

陈老板对李云帆的拒绝也很诧异，他赶紧道：“这是一笔很划算的买卖，你再考虑一下。”

李云帆笑着起身，抓起帽子戴上：“不用考虑了，今天当我没来过。”

陈老板脸色一沉：“我可是告诉了你关于情报的一部分，你不留下点什么就离开，恐怕不合规矩吧？”

李云帆道：“不合规矩的是你，打破规矩的也是你，我没有强迫你说，是你自愿说出一部分来，当作鱼饵想让我上钩，陈老板，直钩钓鱼这种事，得分时候，再见。”

李云帆转身离开，等他离开店铺之后，陈老板这才扭头看向旁边的侧屋：“他走了。”

马延庆从侧屋中缓步而出：“李云帆果然和情报中所说的一样谨慎聪明。”

陈老板往椅背上一靠，抓了一颗杏脯塞进口中：“你还是换一份情报吧，这份情报你是拿不到手的，我这里还有……”

“我对其他的不感兴趣。”马延庆落座，“除非你能告诉我，萨满灵宫的具体位置。”

“这点我做不到，关于萨满教的情报，我们知道的，你也知道，冥耳追查了这么多年，毫无结果。”陈老板将杏核吐出来，“你知道的，这类冒险会搭上人命，我们冥耳不会亲自出马去刺探，都是从人家手上买的，可惜呀，在江湖中，最守口如瓶的就是旄捕，更可惜的是，只有他们对萨满教最为了解。”

马延庆微微叹了一口气：“我还以为冥耳知道天下所有的事情。”

陈老板哼了一声：“你的讽刺我代组织收下了，没什么事的话，请回吧。”

马延庆点头起身：“对了，你觉得满洲国有未来吗？”

陈老板抬眼看着马延庆，忽然笑了起来：“我从来没觉得这是个所谓的国家，我原以为我喜欢做梦，没想到你们满人不仅会自欺欺人，而且整日都在做白日梦。”

马延庆背着手，脸色阴沉：“白日梦吗？白日梦也是希望，要是没有希望，人又靠什么活下去呢？”

马延庆说着，慢悠悠地离开了。

陈老板坐在那儿，嚼着杏脯，脸上依然带着嘲讽的笑容。他在笑，在东北这个地方，做梦的人实在太多了。

而这里的中国人，还在做梦吗？

别做梦了，该醒醒了，再做下去，就真的亡国了。

晚上，众人都回到了易陌尘住处，将各自淘来的情报汇总，希望能对接下来的行动有所帮助。

李云帆坐在那儿，手里拿着块点心吃着：“如今对萨满灵宫感兴趣的势力和人，已知的有以下这些：日本人和秘搜课，贺晨雪和八相门，关新月。”

唐千林想了想道：“算上那个炸掉居酒屋废墟、掩埋洞口的未知者，一共是四批人。”

易陌尘看向李云帆：“下个任务就是去抚顺？”

李云帆却是看向唐千林：“你问他，他现在是领队，他说了算。”

唐千林道：“易老板上次派了五批人去，都是有去无回，路上就折损了不少人手，所以，这次单靠我们三个，加上庆全，还有日本人派来的人，我没有多大的信心。”

李云帆点头：“那个庆全就是个滥竽充数的家伙。”

易陌尘却不同意：“别这么说，首先这小子他弟弟是死在日本人手里了，他现在和日本人有仇，不管怎么讲，他都算是我们的人，老唐也说了，日本人肯定会派人跟着我们，我们自己的人越多越好。”

李云帆皱眉：“那也不能带个累赘吧？”

易陌尘笑道：“说不定人家经验比你丰富呢。”

李云帆思来想去：“我倒有个人选。”

唐千林忙问：“谁呀？”

李云帆道：“是个贼，以前被我抓过，但我也救了他，这个人呢，虽然说品格不太好，但也是形势所迫，为了生存，挺重义气的。”

易陌尘赶紧摆手：“别给我讲品德说义气，现在我们需要的是帮手，不是私塾老师。”

唐千林道：“快说吧，到底是谁？”

“他没有名字，只有个绰号，叫烟屁股。”李云帆看着唐千林道，“之所以有这个绰号，是因为他老捡人家的烟屁股抽，烟瘾大，赌瘾也大，但是手快，而且，他是在山里独自长大的。”

唐千林疑惑：“在山里独自长大的？”

李云帆接着道：“对，他从记事开始，就在山里长大，一直长到七八岁，才被上山的猎户发现并且收养，他七岁开始学说话，但是学得很快，会很多地方的民族语言，但是识字却不多，生存能力极强，知道在野外怎么活，还有，他会布置陷阱。”

易陌尘道：“听起来，就是个猎人？”

李云帆掰着手指头说：“贼和猎人的合体。”

唐千林点头：“这个人可以考虑，这几天我们准备一下吧，但我们不能主动提出来要去，按照我的推测，如果日本人背后真的有人指点，那这个人肯定比我们还着急，所以，他必定会让日本人催促咱们，我们就静等吧。”

易陌尘起身，伸了个懒腰：“你们要什么，写出来，我去准备，我明天有点事。”

李云帆头也不抬地说："你去看夏霜？"

易陌尘也不回答，转身离开，就像没听到一样。

等易陌尘离开之后，唐千林才问："夏霜是谁？"

李云帆道："他的未婚妻。"

唐千林笑道："他还有未婚妻？"

"是呀，两小无猜、青梅竹马的那种，易陌尘这辈子就没喜欢过别的女人，他成为异商也是为了救他未婚妻。"李云帆见唐千林那诧异的表情，解释道，"多年前，夏霜得了一种怪病，突然间把很多事情都忘记了，睡一天，醒一天，今天还是夏霜，明天就变成了另外一个人。"

唐千林沉思半天道："那不是失心疯吗？"

李云帆摇头："什么失心疯，中医、西医都看过了，没有办法，开始还以为是精神病，所谓的什么人格分裂，但她从来不伤害别人，也不伤害自己，她甚至说，她清楚地知道，自己失去自我的时候，自己在做什么，自己在扮演什么人，但自己就是控制不了自己的身体。"

唐千林想到了什么："是不是易陌尘在没办法的前提下，去找了萨满？"

"不，不是，是夏霜的双亲找了萨满。"李云帆苦笑道，"虽说易陌尘的父辈都喜欢稀奇古怪的东西，但是曾经的他不一样，他是个完全不相信神秘事物的人，直到那个萨满出现。"

唐千林问："萨满都做什么了？"

李云帆却是先问："你相信有法术的存在吗？"

"绝对不相信。"唐千林摇头，"我行走江湖这么多年，见过魔术，就是没有见过法术，倒是拆穿了不少骗子的伎俩。"

李云帆道："我也不相信，但是那次的事件，却改变了易陌尘的看法。"

唐千林问："到底发生了什么？"

李云帆道："你知道在东北有个民间故事叫《妖医》吗？"

唐千林摇头："不知道，讲的是什么？"

李云帆给唐千林倒上一杯茶："夏霜得病也与妖医有直接关系……"

妖医的故事是在清朝顺治年间，发生在绥化一带的事情，当时绥化闹过一场诡异的传染性疾病。

疾病散播传染的速度很快，一时间绥化当地病倒几百人，束手无策的人们将这种疾病按照惯例称之为瘟疫，可奇怪的是，病倒的人并不像患上瘟疫那样很快死去，只是浑身乏力，神志不清，无法起身。

此事惊动了当时驻扎在齐齐哈尔的满清黑龙江总督和将军，两人立即遣人调查，但不仅没有查出个究竟，就连负责调查的副都统和城守尉也患病倒下了。

可就在这个时候，一名江湖郎中出现了，他开始走街串巷医治病人，神奇的事情也从他的出现开始发生了——但凡经他手治疗的病人，一服药吃下去，当天就能痊愈。

不仅如此，这个江湖郎中还收费低廉，甚至有时候不收费，给口吃的就行。

短短一段时间，这个江湖郎中就获得了当地人的信任，大家都将他称为神医。

可惜的是，这个神医是个汉人，当时汉人在满洲地界是没有任何地位的，不过为了顺应民意，加上神医有恩于副都统和城守尉，两人也吩咐手下睁一只眼闭一只眼。

“没多久，又出现了怪事。”李云帆喝了一口茶道，“开始有人陆续地死去，而且死法也很怪异，都是半夜猝死，也就是说头天晚上睡觉前还好好的，第二天早上被人发现的时候就已经气绝了，而且脸上还带着古怪的笑容。”

唐千林坐正，开始对这个故事产生了兴趣。

刚开始，人们还以为又是那种疾病开始盛行，依然请神医出面解决，可这次他们却遍寻不到那名神医，死去的人也开始一天天增多。

副都统和城守尉又一次受命调查此事，细心的城守尉突然间发现这些死去的人，都有一个共同点——不仅得过之前那种怪病，而且都被那名神医医治过。

就在这个关键的时候，副都统也在一夜之间一命呜呼。

焦急又害怕的城守尉知道自己也命不久矣，他综合所有调查结果之后，得出了一个结论，那就是被那名所谓的神医医治过的病人，在过一百天之后都会死。

李云帆道：“至此，百日妖医的传说开始盛行起来。”

唐千林点头：“然后呢？怎么破解的？那个城守尉是不是死了？”

“不，城守尉没死，他在无奈之下，只得去求助本族的萨满。”李云帆看着唐千林，“萨满告诉他，这个妖医是恶魔的人间代表，他如果要保住自己的命，只能死一次。”

唐千林疑惑：“死一次是什么意思？”

李云帆道："死一次的意思就是说，萨满的做法是蒙骗恶魔，让恶魔以为这个城守尉已经死了，同时城守尉需要到某个特殊的地方去找到那个妖医，但不能杀他，相反要给他一件身上最重要的东西，以此来换取寿命。"

唐千林摇头："听得我稀里糊涂的。"

就在此时，易陌尘拿着一瓶酒走了过来："说故事怎么没酒呢？"

李云帆拿过酒瓶开始倒酒："接下来的事情让他说吧，他是当事人，他最清楚。"

易陌尘端起酒杯一饮而尽，这才道："萨满让城守尉去的那个地方，就是葬骨地，不过这件事是我之后才知道的，我小时候听这个故事的时候，只是当一个睡前故事……"

城守尉按照萨满的安排去了葬骨地，在那里他果然见到了妖医，妖医似乎也知道他会来，便开门见山问他，想要用身体的哪一部分来换取自己的寿命。

说到这儿，易陌尘看向唐千林问："你猜，萨满让他用什么来换？"

唐千林思索了一会儿："三个灵魂的其中之一？"

"聪明。"易陌尘点头道，"精神、力量和智慧三选一，这个城守尉因为不太明白，因为他是武官，他不能没有力量和精神，于是他选择了交出自己的智慧。"

唐千林点头："然后这个城守尉不就变成了一具行尸走肉吗？"

易陌尘道："没错，城守尉从那天起就失踪了，当人们再找到他的时候，他已经目光无神地在夜晚游荡，什么也记不起来，什么也不知道，说什么也听不懂，只知道吃、喝、傻笑，甚至有时候还会无故攻击任何可以活动的东西。"

唐千林听到这儿，下意识道："僵尸？"

易陌尘笑道："果然是旄捕，反应真快，的确，这就是满洲一带关于僵尸的起源。"

唐千林思索了一阵，问："你该不会想告诉我，你的未婚妻也变成了这样吧？"

易陌尘摇头："我的未婚妻没有变成僵尸，不过她也遭遇了妖医，我从头给你说起吧，也许我过去的经历会对之后的行动有所帮助，这也是我要找到萨满灵宫的原因。"

唐千林端起酒杯："有酒、有故事，今天晚上很充实。"

易陌尘苦笑了下，开始讲述他与未婚妻夏霜的故事——

夏霜是满人，属于哈尔滨本地的望族，原姓洪，属于满清正蓝旗。

奇怪的是，夏霜家族的族谱是从康熙二十六年（1687）开始记载的，族谱上所写的第一句话就是“原姓氏绝不外传”，可查的祖上名为偏利哈，汉族名洪雅。

到乾隆二十一年（1756），洪家改籍为庶民，改姓为夏，全家迁至哈尔滨，也就是当时所称的夏都，满语阿勒锦。

按照夏霜所说，她爹的推测是，姓氏由洪改为夏，应该是与哈尔滨的别名有关系，但具体为什么她不知道。

易家和夏家从前是邻居，一个是富商，一个是望族，满清覆灭之前，这两家仅仅是朋友关系，满清覆灭之后，旗人地位一落千丈，夏家也终于没有了枷锁，进一步拉近了两家的关系。

不久，易陌尘和夏霜出生，两家在摆满月酒的时候，定下了娃娃亲，两人也一起长大，青梅竹马，感情极好。

“就在我们准备谈婚论嫁的时候，夏霜得病了，一病不起，和那个传说一样，浑身乏力，神志不清，终日躺在床上。”易陌尘皱眉回忆道，“我花重金找来了最好的医生，但那些医生都束手无策，连病因都查不出来。”

唐千林点头：“你该不会说，忽然间妖医就上门了吧？”

易陌尘道：“还真是这样……”

夏霜病倒之后的第七天，一个走街的郎中敲开她家的大门，说要讨口水喝。

说也奇怪，那年大旱，哈尔滨出了不少的怪事，谣言四起，夏霜也在那个时候病倒，好像一切的事情都赶到一块儿去了。

那郎中喝水的时候，却忽然间问：“你家是不是有人，得了怪病？”

下人闻言，赶紧通知夏霜的父亲，夏霜的父亲立即去见了那郎中，要知道人在毫无办法的时候，是不会放过任何一丝希望的。

郎中跟随夏霜的父亲去了其闺房，诊断了一会儿后，开了一个简单的药方子，说按照那方子去煎药，很快就能痊愈。

夏霜的父亲虽然不愿意相信，但找人看过那药方之后，知道那些药对人也没有坏处，大可一试。于是按照郎中所说煎药喂夏霜喝下，三天之后，夏霜就痊愈了，和正常人一模一样。

唐千林问：“你还记得那药方具体写了什么吗？”

易陌尘掏出一张纸来：“药方我还留着，你自己看。”

唐千林拿过那张纸，看着上面的明细：

闹杨花根五钱，不可犯铁，去梗去皮。

金银花七钱。

珍珠五分，豆腐滚煮，布包捶碎。

前两味用水二碗，煎八分，投入珍珠粉同服，余后服藕粉七钱。

唐千林看完，放下药方，摇头道：“如果我没有记错的话，这是一个不完整的药方。”

李云帆问：“什么意思？”

唐千林道：“这个药方是个偏方，收录在《秘方集验》这本书中，是清代王梦兰所著，用于治疗失心疯的，而且药方所写并不完整，很多地方是错的，当然了，我一向不相信所谓的偏方，稍有不慎，就会加重病情，说不定还会致死。”

易陌尘赞同道：“我后来也查阅过，的确和你所说一样，可就这么一个奇怪的药方，的确治好了当时的夏霜，可是一百天之后，夏霜死了。”

唐千林震惊：“死了？”

易陌尘点头：“对，死了，我当时在场，她突然倒地气绝。”

夏霜是在饭桌上突然死去的，在场的人都无比震惊，易陌尘更是伤心欲绝。

当晚，大家在商量为夏霜料理后事的时候，一个下人却在旁边忽然说了句：“一百天，刚好过了一百天，是妖医呀，妖医又回来了！”

他这么一说，所有人才想起那个百日妖医的传说，易陌尘当然不相信，可他细心一算，发现真的就是过了一百天。

伤心的易陌尘抱着最后一丝希望，去周围屯子里找到了一名萨满，寻求他的帮助，因为在传说中，也是萨满提示了那名城守尉。

对他而言，只要让未婚妻活过来，即便她变成行尸走肉也无所谓。

“等一等。”唐千林打断易陌尘的话，“你认识那个萨满吗？”

易陌尘摇头：“不认识，我当时对这些毫无兴趣。”

唐千林又问：“那你怎么知道那个屯子里有萨满呢？”

易陌尘解释道：“是那个下人说的，因为现在萨满少之又少，他也是听说，我就去找了下，没想到真的找到了。”

唐千林默默点头，不再说什么。

易陌尘找到那个萨满后，告诉了萨满前因后果，萨满告诉他，是不是妖医他不知道，但他可以肯定的是，夏霜现在是假死，三天之内还可以救活，但需要易陌尘做一件事。

易陌尘赶紧问：“需要我做什么？我做什么都可以，拿我的命都可以。”

萨满摇头：“不需要以命换命，只需要你去一个地方。”

萨满用树枝在地上画了一个简易的地图，让易陌尘去那个地方住一晚上，当晚三更一到，他就必须爬上那个地方中心位置的一棵枯树，从枯树上摘下一朵骨花。

唐千林问：“骨花是什么？”

易陌尘道：“我当时也不知道，萨满也不解释，他只是说，摘下骨花之后，我就骑马往南走，一直走到骨花凋谢为止，我完全不明白，但为了救夏霜，我只能试一试。”

易陌尘按照萨满所画的地图，终于找到了那个荒芜的地方，那是个坟场，而且都没有墓碑，全是一座座的荒坟，荒坟之中真的有一棵巨大的枯树。

那棵枯树原本是什么树，易陌尘认不出来，他在树下看了半天，都没有发现什么骨花，于是，他靠着树坐下来，耐心地等待三更天来临。

三更一过，易陌尘立即起身来看，惊讶地发现在枯树的某根树枝上，真的长出了一朵所谓的骨花。

唐千林问：“到底什么是骨花？”

易陌尘想了想道：“怎么说呢，就是一个爪子吧，三根骨头组成的爪子，立在那儿就像是一朵花。”

唐千林摇头：“突然间出现的？你亲眼看见长出来的？”

易陌尘摇头：“没有，我一直坐在树下。”

唐千林问：“你没睡着？”

易陌尘摇头：“我丝毫没有睡意。”

唐千林寻思了半天，又问：“你爬上树，摘下骨花的时候，那骨花真的是长在树上的？”

易陌尘回忆了一会儿：“应该是吧，而且我摘下来的时候，骨花底部还流血了，很多血从树枝中一直往外冒……”

第二十一章

31号凶宅

摘下那朵骨花之后，易陌尘立即按照萨满所说骑马朝南走，一直走到第二天中午，那朵骨花“凋谢”之后，易陌尘才掉转马头往回走。

唐千林问：“所谓的凋谢，是不是指骨节都散开了？”

易陌尘道：“没错，不仅是散开了，而且是碎了，于是我立即骑马掉头往回走，等我回到夏家的时候，发现夏霜真的活过来了。”

易陌尘说完摇头，又道：“太不可思议了。”

唐千林和李云帆交换了下眼神，他看得出来，李云帆和他一样，都不相信这些是真的，但他们又不得不相信易陌尘的话，因为他没有任何理由撒谎。

这个世界上的确存在很多无法解释的事情，但是，所谓的怪力乱神，作为旌捕的唐千林迄今为止，都没有目睹过。

唐千林道：“你接着说，然后呢？”

易陌尘道：“虽然活过来了，但是人却变得很奇怪，一会儿好，一会儿又变成了另外一个人，说像疯子吧，但又很正常，就像是她体内住着很多其他人一样。”

唐千林摇头：“不太理解你这句话。”

易陌尘叹气道：“这样吧，明天你跟我去一趟医院，你亲眼看看就知道了。”

三人各怀心事地睡下，但谁都没有睡好，唐千林脑子里装的事情太多，易陌尘则总担心着夏霜的事情，而李云帆依旧在盘算着如何才能营救那两名同志。

清晨时分，李云帆驾车前往保安局，刚进仓库，就被一名特务叫进了朴秉政的办公室，在办公室内，他一眼就看到了坐在那儿，已经瘦得不成人形的交通员，在交通员旁边还坐着钱斯年。

钱斯年看了一眼李云帆，也没说什么，只是在那儿抽着烟。

朴秉政起身道："下次行动，钱科长和这家伙会和你们一起参加。"

搞什么？难道这位同志叛变了？李云帆很疑惑，但转念一想，如果此人叛变，自己已经被逮捕，那么朴秉政为什么要这么做呢？

不，应该是，三宅恭次为什么要这么安排？

李云帆道："课长，他是共党呀，带着他去，为什么呀？"

朴秉政道："钱科长会看着他的，钱科长到时候会有其他机密任务，你就不要多问了，你做好你该做的事情，明白了吗？"

李云帆点头："明白了。"

朴秉政道："你出去吧。"

李云帆转身离开，在整个过程中，他和交通员并未有任何眼神交会，交通员自始至终都低着头，脸色很是难看。

他叛变投敌了吗？如果真的叛变了，他为什么不出卖自己呢？这几天到底发生了什么？李云帆觉得自己的头越来越痛了。

另外一边，易陌尘领着唐千林来到了那家医院，看着医院上那块牌匾的时候，唐千林读了出来："圣灵安抚院？"

易陌尘解释道："这是东正教会的一所姑且能叫作医院的地方，这里住着的病人都是精神状态不正常的。"

刚说完，一个人突然间出现在铁门前，抓着栏杆对两人神秘兮兮地说："喂，小心，你们背后跟着人……"

两人下意识往后看，却什么都没有看到，随后看到那个人被两个护工模样的人架走后，才反应过来那是个病人。

易陌尘叹气道："走吧，进去。"

两人在门口办了手续，由一名教会执事引领着，来到了二楼的一间房门口。

执事掏出钥匙打开门，然后站在一边道："她这几天还不错，开始喜欢上了画画，所以很安静，没有前几天那么多话。"

易陌尘点头："辛苦了，这是支票。"

易陌尘说完给了一张支票，执事收下，为两人祝福后转身离开。

唐千林问："这里很贵吧？看设施都不错。"

"她爹妈认为她是鬼上身，加上百日妖医的传说，都很害怕，担心她会为家族带来不幸，毕竟她还有兄弟，兄弟才是延续家族血脉的种子嘛，所以干脆举家迁走，把她扔下来了。”易陌尘站在门口说，并未立即打开门，“我原本想带她回家，可是，我照顾不了她，应该说，我其实很害怕她，我怕我会厌倦她，会烦她，会有一天抛弃她，没办法，我只能把她弄到这儿来了，所以，花多少钱都没关系。”

唐千林道：“开门吧。”

易陌尘点头：“你别害怕，她不会伤害人的。”

唐千林知道，易陌尘这句话是安慰自己的，按照他的描述，夏霜总是在不断变化，他也害怕，有一天夏霜会变得无比暴力，伤害自己，又伤害他人。

门开之后，唐千林一眼就看到站在墙壁前，拿着画笔正在作画的夏霜，而四面墙壁，在夏霜双手可以触及的高度之下，全都被画满了。

“夏霜。”易陌尘上前微笑道，“我带朋友来和你一起玩。”

夏霜头也不回地说：“你找错人了，我不是夏霜。”

易陌尘看了一眼唐千林，又道：“行，也许我找错了，我们迷路了，找不到出去的路，可以在你这儿休息一会儿吗？”

夏霜扭过头来看着易陌尘，此时的唐千林才看清楚夏霜的面容，的确是个漂亮的女子，瓜子脸，大眼睛，高鼻梁，似乎有点俄国人的血统，披肩的长发就像黑色的瀑布一样。

唐千林从上至下打量着夏霜，最后目光落在夏霜的那双脚上，看起来那并不像是一双大户人家小姐的脚，好像走过很多路、吃过很多苦的人。

夏霜放下画笔：“不方便，我是女人，你们是男人，闯到我家里来说要休息，我男人也不在家，你们这样不好吧？”

易陌尘正要说什么的时候，唐千林上前问：“夫人，不好意思，我叫唐千林，请问夫人贵姓，如何称呼呀？”

夏霜又拿起画笔，许久才说：“我姓李，我夫家姓王，你叫我王太太就行了，如果你们没什么事的话，就赶紧离开我的家，不然我报官了。”

听到“报官”这个词，唐千林愣了下，又问：“王夫人，我们的确是迷路了，请问这里是什么地方？”

夏霜不耐烦道：“门外有牌子，写着这里是科洛列夫街31号。”

唐千林点头：“知道了，谢谢您，我们先走了。”

唐千林说完使了个眼色给易陌尘，易陌尘赶紧道别，关门与他一起离开。

来到楼下，唐千林也不解释为什么突然就走，易陌尘终于忍不住问：“你什么意思？”

唐千林问：“哈尔滨有科洛列夫街吗？”

易陌尘想了想道：“以前有，现在改名了。”

唐千林问：“现在叫什么？”

易陌尘道：“现在应该叫正阳路。”

唐千林道：“走，我们去正阳路，找着以前的老31号。”

易陌尘不解地问：“你到底想做什么呀？”

唐千林抬脚往前走：“你带我去就行了。”

易陌尘驾车带着唐千林来到正阳路，询问了巡逻的警察后，很顺利就找到了以前的老31号。

两人站在那栋已经破败的三层洋楼前，看着那破烂的外表就知道很久没有人住在这里了，最奇怪的是，洋楼周围几座建筑也是空着的。

按理说，在这种地带，房子应该很值钱，为什么会空着呢？

此时，一个路人从旁边走过，唐千林上前问：“麻烦问一下，这座楼的主人是谁呀？我们想买下这里。”

路人闻言，大惊：“你疯了吧？”

唐千林疑惑，易陌尘也不解。

唐千林笑道：“什么意思呀？不能买吗？”

路人道：“听你口音，是从关内来的吧？不知道这栋洋楼的事吧？”

唐千林摇头：“不知道，这里发生过什么吗？”

路人叹了口气：“算了，算了，你们不知道算了。”

说着，路人就急匆匆走了，边走还边回头看两人。

唐千林看了一眼易陌尘，又看向远处的一家店铺：“走，去那里问问。”

两人来到店铺门口，发现是一家卖熏酱副食的，唐千林也不先问什么，一口气买了不少的副食品，易陌尘付完钱之后，唐千林才问：“老板，有件事我打听一下，我想知道那边那栋洋楼，就是以前的31号的主人是谁？他卖不卖房子？”

那老板一愣，下意识扫了两人一眼：“你们要买那栋洋楼呀？”

唐千林点头：“有这个打算。”

老板皱眉，迟疑着什么。

易陌尘此时赶紧道："老板，过几天，我家里要请客，我能在你这里预订点熏酱吗？"

老板立即展眉："好好好，您要什么？"

易陌尘道："什么都来一点吧，这是定金，我之后会派人来送单子。"

老板笑眯眯接过钞票，这才道："你们是不是被人忽悠了呀？这里忽悠过好几批从关内来的有钱人，没住多久，都搬走了，然后又转手卖给不知情的人。"

唐千林问："什么意思？那宅子里发生过什么？"

"那宅子里闹鬼呀，而且是一家子鬼，千真万确的事情！"老板低声道，"我可没吓唬你们，这条街上的人可都知道，那是正阳街出了名的凶宅。"

唐千林和易陌尘对视一眼，唐千林道："能详细说说吗？"

老板往外看了一眼，招呼两人往里走，站定后才道："以前呀，这里住的都是老毛子，从开埠的时候这条街就有了，住的都是老毛子的有钱、有地位的人，有些人呢在这里养小，就是在本地找咱们漂亮的姑娘养起来寻开心的，那31号里以前就住着一个俄罗斯贵族。"

唐千林点头："然后呢？"

老板又道："那老毛子在这里找了个姑娘，很年轻，贼漂亮，最主要的是，那姑娘很聪明，那老毛子教她说俄语，她很快就能学会，教她画画，她也学得贼快！"

听到"画画"这个词的时候，两人为之一愣，不由自主地想到了之前在房间墙壁上作画的夏霜。

老板说那老毛子似乎叫安东列还是什么，总之那名字很拗口，而那个姑娘姓王，叫王落霞。

至于两人是怎么认识的，没人知道，有人说王落霞是个流莺，也有人说她曾经是个唱戏的。

老板啰唆地讲述着他所知道的并不完整的事情，被唐千林打断："老板，我想知道，为什么会叫凶宅？"

老板道："那个老毛子和王落霞都死在那里了，一起死的还有老毛子的原配夫人以及他的两个孩子，一共五个人。"

易陌尘问："怎么死的？"

老板摇头："这个我就不知道了，但这个案子当时轰动一时呀，后来这座宅子就天天晚上闹鬼，大家都听到有人用俄语和咱们说的话在那儿吵架，有男有女，还有孩子哭。"

唐千林问："现在还闹鬼吗？"

老板道："隔三岔五的会来那么一回吧，我也不敢去仔细听呀，多吓人呀。"

易陌尘想了想道："你说这个案子当时轰动一时，我是本地人，我怎么不知道？"

老板道："那都哪年哪月的事儿了，你我都没出生呢。"

唐千林道："谢谢老板。"

说完，唐千林转身走了，易陌尘也道谢离开，老板还在后面追问着什么时候下单子。

回到那栋31号凶宅前，唐千林对易陌尘说："你还记得先前我问夏霜姓氏的时候，她怎么回答的吗？"

易陌尘回忆了下道："她说自己姓李，夫家姓王。"

唐千林道："对呀，可这里住的是俄国人，先前那老板说那女的叫王落霞。"

易陌尘看着唐千林："老唐，你该不会真的认为夏霜是鬼上身吧？"

唐千林摇头："我说了很多次了，我从来不相信这种事，但这里面肯定有什么问题，你去给李云帆打个电话，让他过来一趟，带我们去警察署，查查当年留下来的旧档案，说不定能查到什么。"

李云帆接到电话之后，很快赶来，两人把事情简单对他说了一遍后，李云帆也不评价什么，只是领着他们去了警察署。

到了警察署，李云帆直接亮了证件，其后的事情就变得顺利多了，加上李云帆认识警察署的署长，署长直接点头叫一名警察带他们去了旧档案室。

带他们去的是一个老警察，从年龄上来判断早就应该退休了。

老警察开了半天锁，都打不开，只得一锤子砸坏："多少年没开过这间档案室的门了，锁都锈成这模样了，哎，你们到底想找什么呀？"

唐千林说："我们想找关于科洛列夫街31号凶案的档案。"

老警察一听，抬眼看着唐千林："你怎么知道是凶案？"

唐千林反问："什么意思？"

老警察道："这个案子是个疑案呀，一直没破，你为什么就知道是凶案？"

唐千林笑道："前辈，既然死人了，不是凶案是什么？"

老警察把门推开："巧了，当年我师父就是查这个案子的，他给我说过，那是凶杀案，可当时谁也不相信他。"

李云帆走进档案室："什么意思？"

老警察走进档案室，开始在布满灰尘的架子上翻找，被呛得连连咳嗽。

咳嗽了许久，老警察就将那档案翻找出来了，递给李云帆："档案在这儿，我以前没事还翻出来看看，以为自己年龄大点，就聪明点，说不定能知道是怎么回事，谁知道不管过了多少年，我还是想不通。"

李云帆也不看，顺手把档案给了唐千林，唐千林找了个角落坐下，翻开档案就开始查阅起来。

易陌尘问那名老警察："请问，为什么那是疑案呢？"

"为什么？简单呀，死了五个人，家里干干净净的，发现尸体的时候呢，都臭了，五具腐烂膨胀的尸体就摆在大厅正中央，你说诡不诡异？"老警察摇头叹气道，"而且死法也不一样：老毛子呢是脖子摔断死的；老毛子的原配夫人呢是中毒死的；俩孩子呢一个被打中了脑袋，另外一个脖子上被人割了一刀，失血过多而死；至于那个叫李落霞的呢，她是……"

就在此时，唐千林忽然站起来，看着档案问："前辈，她不是叫王落霞吗？怎么档案上记载着她叫李落霞？"

老警察道："这个呀，是我们后来调查才知道的，这女的呢，16岁就嫁人了，嫁给一个姓王的男人，这男的不干事，好赌，这女的就跑了，后来呢，她对外就称自己姓王，叫王落霞，所以当时知道她的人，都认为她姓王，实际上她姓李，叫李落霞。"

老警察说完，易陌尘头皮阵阵发麻，下意识看向唐千林，此时他第一反应就是——夏霜真的被鬼附身了。

如果不是被鬼附身，她为什么会知道这件民间根本就无人知晓的事儿呢？

唐千林将档案递给老警察："谢谢。"

道完谢，唐千林就径直往外走，易陌尘和李云帆赶紧追上去。

追到走廊上，李云帆问："老唐，你到底看出什么了？为什么一声不吭就走？"

唐千林道："没什么，我只是不想再在那个疑案上花心思了。"

易陌尘不解："不花心思怎么能知道夏霜到底是怎么回事呢？"

唐千林道："这么说吧，我可以肯定的一点是，不管在夏霜身上发生了什么，背后安排这一切的人，都是为了让我们走进死胡同，偏离我们调查的方向。"

李云帆和易陌尘对视一眼，李云帆问："为什么要这么说？"

唐千林道："那本就是个疑案，已经过去几十年了，我们再查也查不明白，就算查明白了，那就能解释夏霜为什么会变成那样吗？不可能的。再说，其实这不算个疑案，有一个合理的解释。"

易陌尘忙问："什么解释？"

唐千林边走边说："先说死因吧，男主人被摔断脖子而死，在家里那种地方，会摔断脖子最有可能的地方就是在楼梯；而女主人是中毒而死；两个孩子，一个头部被重击，另一个被人割了脖子，手法残忍。"

易陌尘问："对了，王落霞，不，李落霞的死因是什么？"

唐千林道："这就是我认为的重点，在档案上记载着李落霞被打得面目全非，血肉模糊，全身上下没有一处是好的。"

李云帆听到这儿，停下脚步说："我有个推测了。"

唐千林道："说来听听，看看我们是不是想到一起了。"

李云帆开始讲述他的推测："我想，应该是女主人来到哈尔滨，发现了李落霞，但男主人不肯与李落霞分手，而李落霞此时才发现男主人原来已经结婚，还有孩子。三个人便产生了争执，女主人也不肯离开，李落霞恼羞成怒，趁夜杀死了两个孩子。"

易陌尘打断他："等等，这就不对了，为什么一个孩子是被重击而死，另外一个是被割了脖子呢？李落霞为什么杀害两个孩子要更换不同的凶器呢？"

李云帆道："也许两个孩子分别在不同的房间内，李落霞就地取材吧。"

唐千林不做评价，只是道："你继续。"

李云帆继续道："孩子死后，被男女主人发现，为了替孩子报仇而攻击李落霞，在这个过程中，李落霞把男主人从楼梯上推下去摔断了脖子，但自己也最终被愤怒的女主人打得面目全非，李落霞死后，女主人自己也活不下去了，于是把尸体搬到大厅，然后服毒自尽。我这个推测合理吗？"

唐千林摇头："接近了。"

李云帆皱眉："什么意思？"

"我认为你只是说对了一部分，你之前所说的女主人发现男主人金屋藏娇，李落霞发现男主人结婚有孩子，我也认同，但之后的事情应该是，李落霞首先是毒死了女主人，然后被男主人发现，男主人很是愤怒，就找李落霞报仇，谁知道被李落霞推下楼梯摔断了脖子。”唐千林说完，继续往前走，等着两人提问，因为他知道，先前在自己的推测中还有两人不明白的地方。

李云帆追问道：“老毛子人高马大的，李落霞一个柔弱女子，怎么把男主人推下楼呢？”

唐千林解释道：“所以，在场还有一个人，就是这个人失手将男主人推下楼了。”

易陌尘此时道：“我明白了，是李落霞以前的男人对不对？”

唐千林摇头：“不合理，首先如果李落霞能和这个男人合力干这种事，说明他们之间有感情，有感情她为什么还要跑？另外，如果真的是合力干这种事，那么他们肯定会有更好的计划，可以一次性杀死俄国人一家，而不需要这么麻烦。”

李云帆点头：“有道理，你接着说。”

唐千林又道：“第六个人，不是男人，是女人。”

易陌尘纳闷：“女人？为什么是女人？你是说那个俄国人养了两个小的？”

唐千林摇头：“不会，如果他养了两个小的，这两人还能和平相处，又怎么会起心杀死女主人呢？我想，这个女人，应该是俄国人请来的女佣。”

李云帆和易陌尘异口同声道：“女佣？”

第二十二章

孤军

唐千林说第六个人是女佣，李云帆和易陌尘思索了一阵后，都点头表示同意。

的确，俄国人就算久居哈尔滨，也不可能不回自己国家，那么李落霞一个人住那么大的房子，谁来打扫？而且家里谁做饭呢？俄国人是贵族，他当然不会做，也不会舍得让自己养的小老婆动手，所以，肯定会请一个女佣。

“俄国人是金屋藏娇，不愿意让太多人知道，所以平日内进出的应该是女佣，而不是李落霞。我接着刚才的推测继续说，男主人发现女主人被毒死，要找李落霞报仇，女佣上前劝架，这期间，女佣失手将男主人推下楼。”唐千林说着已经走到警察局的外面，“男主人摔下楼梯脖子断了，当场气绝，女佣吓坏了，李落霞此时应该是威胁她，说她也杀了人，两人是一条船上的人了。”

李云帆终于明白了：“我懂了，这个时候，孩子醒来了，李落霞决定一不做二不休，把孩子也杀死灭口，孩子逃跑，李落霞和女佣分别去追，女佣追上重击其中一个孩子头部将其杀死，而李落霞则用刀割了另外一个孩子的喉咙，她之所以用刀，也许是把仇恨转移到了孩子的身上。”

易陌尘点头：“有道理。”

唐千林又道：“接下来是案子最关键的时刻，李落霞和女佣合力将老毛子全家尸体摆在了客厅里，然后李落霞杀死了女佣。”

说到这儿，唐千林没有再往下说，李云帆和易陌尘也终于明白了，唐千林想说的是——在当年的凶案中，李落霞压根儿就没有死。

唐千林之前推测，俄国人金屋藏娇，加上那条街上几乎住的都是俄国人，他怕人知道，于是保守秘密，不让李落霞大方进出，只是让人知道他请了一个女佣，也是从那时候开始，人们混淆了女佣和李落霞，从而逐渐认为，俄国人金屋藏娇的娇是那个女佣，因为他们平日内看到进进出出的也只是那个女佣。

李落霞当然清楚这一点，她也正好利用了这一点，所以她杀死女佣，给女佣换上自己的衣服，将其尸体弄得面目全非，然后将家中女佣的部分物品带离或者销毁。

易陌尘道："因为大家都认为李落霞和女佣是一个人，所以她销毁其中一部分太具有个人特点的生活用品，这会让调查的警察认为，她和女佣真的是一个人，从而做出错误的判断。"

唐千林点头："没错，真相应该就是这样，但这只是我们找到的第一层真相，揭开第一层真相，我们才能因此找到第二层真相的要点。"

李云帆问："第二层真相的要点？"

唐千林沉声道："要点就是，如果真的存在鬼，而李落霞当时又没死，她就不会成为凶宅里的绘画女鬼，夏霜又怎么能被李落霞的鬼魂附身呢？"

唐千林说着，直视着易陌尘，易陌尘发现李云帆也看着他。

忽然间，易陌尘意识到了什么，他浑身一震，好半天才道："等等，你是说，你想说，夏霜有问题？"

唐千林道："没错，这是眼下唯一合情合理的解释，这就是我为什么要去凶宅调查的原因，夏霜知道这个传说，也利用了这个传说，可惜她不知道李落霞并没有死。"

易陌尘缓慢摇头："那，她为什么要这么做？"

唐千林道："问问不就知道了。"

三人重新回到了圣灵安抚院，打开了夏霜房间的门，看着换了一身穿着打扮，坐在那里织毛衣的夏霜。

夏霜看到易陌尘之后，放下手中刚起了个头的毛衣，上前道："陌尘，你回来了，这些都是你的朋友？快请进。"

易陌尘无动于衷，他站在那儿皱眉看着夏霜，而李云帆则按照唐千林之前的吩咐堵在门口。

唐千林走进不大的房间，四下观察着，走了一圈之后，站在了夏霜的身后，开口道："你到底是谁？"

夏霜转身，看着唐千林："你是谁呀？陌尘，这是你朋友吗？他什么意思呀？"

易陌尘只是缓缓摇头："你到底是谁？"

夏霜依然是一副无辜又天真的表情。

“你不是夏霜。”唐千林直接下了结论，“你只是在利用哈尔滨本地的一些民间传说和鬼故事，持续扮演着各种传说中的角色，你之前扮演的那个女人李落霞，让你露出了破绽，因为你和你背后的人，根本就不知道，凶案中的李落霞根本就没有死，既然人没死，就无法变成鬼，又何来鬼上身这么一说呢？”

夏霜依然在坚持：“你什么意思呀？我听不懂，陌尘，你这个朋友好奇怪。”

易陌尘只是微微摇头，不发一语。

唐千林继续道：“你的纰漏，让我发现两个事实：其一，你不是夏霜；其二，你和你背后的人消息来源很广，甚至能查到过去警局的旧档案，可惜的是，你们只是拿过去疑案的表面做文章，来达到装神弄鬼的目的。可大多数事情的表面，却布满了破绽。”

夏霜还是在摇头：“我不懂你在说什么。”

唐千林站在夏霜跟前：“你不是夏霜，真正的夏霜早就死了。”

易陌尘浑身一震：“早就死了？什么时候死的？”

唐千林道：“你不是说过，那个所谓的妖医在治疗夏霜的病一百天之后，她就死了吗？那个时候，真正的夏霜的确死了，你按照萨满所说的去了葬骨地，在去拿了骨花往南走的这个过程中，他们处理了夏霜的尸体，又让这个人扮演了复活的夏霜。”

易陌尘皱眉看着夏霜：“你到底是谁？你想干什么？”

夏霜毫无反应，只是从先前的天真无邪，变得面无表情。

唐千林道：“让我从头把故事说一遍，不过我说的是真实的故事经过，而不是你们给易老板耍的障眼法。”

夏霜笑了，易陌尘疑惑了。

“你们很清楚夏家和易家之间的关系，也知道易老板对夏霜的爱至死不渝，所以你们决定利用夏霜来引易老板入局。”唐千林说着，转向易陌尘问，“我如果没有推测错的话，易家那个下人，就是给江湖郎中开门的那个人，当时到夏家的时间并不久吧？”

易陌尘回忆了下道：“对，不久，是在夏霜得病前半年雇来的。”

唐千林点头，又看向夏霜：“那个下人就是你们的内应，夏霜的病也是他的杰作，夏霜的怪病，郎中的忽然出现，都是为了配合百日妖医的故事，因为这个民间传说深入人心，而你们要欺骗易老板，首先就要让夏家所有人相信夏霜的病的确与百日妖医有关系，接下来夏霜死去，你们的内应又告诉伤心欲绝的易老板关于那个萨满的事情，也是为了配合百日妖医的传说……”

夏霜终于开口：“不愧是旄捕，你继续说吧，我想听听你到底推测正确了多少。”

夏霜这句话等于是坦白，易陌尘上前怒问：“你到底是谁？我的夏霜在哪儿？”

夏霜不回答，唐千林拍了拍易陌尘的肩头，示意他冷静点，接着又道：“易老板因为对夏霜的爱，轻信了这么荒谬的话，找到了萨满，当然，这个萨满也是你们安排的，就是为了腾出时间，让假的夏霜能在这个空当进入夏家，等易老板回去的时候，假夏霜完全取代了真正的夏霜，但是这个计划才刚刚开始……”

说到这儿，唐千林问夏霜：“我说得没错吧？”

夏霜笑道：“没错，差不多是这样，我取代夏霜，就是为了让易陌尘对萨满教产生浓厚的兴趣，继续装病，也是为了配合百日妖医的传说，让他认为，我其中一个灵魂没了，又灌入了其他游荡的冤魂，而要救我，只有一个办法，那就是前往萨满灵宫，这就是事实。”

易陌尘上前问：“为什么要选我？你们到底是什么人？”

夏霜道：“为什么选你，你自己不清楚吗？如果你还不明白，就回家好好想想，很快就能明白的。”

李云帆此时拿出手铐：“你被捕了，回去再说吧。”

夏霜哈哈大笑，笑得无比狂妄，随后道：“就凭你们三个，想要抓我？别白费力气了。”

唐千林、易陌尘和李云帆团团围住夏霜，谁知道靠近她的那一瞬间，唐千林却意识到了什么，立即闪身避开：“别呼吸！有毒！”

可说完那一瞬间，唐千林就觉得自己全身发软，李云帆和易陌尘已经瘫倒在地上，唐千林则拼命扶着墙壁，试图打开手腕上的机关，发出藏凤刃。

夏霜上前，一把抓住唐千林的手腕道：“我这个人很谨慎的，墙壁上那些画里用的涂料，都有毒，但这种毒药，需要配合我身上的香水才能起效，你不愧为‘旄捕千林’，不过也发现得太晚了。”

“鸳鸯香……”唐千林吃力地说出一个词，“你是孤军的人？”

夏霜抬手，轻轻一拨唐千林，浑身乏力的唐千林直接倒在了地上。

夏霜蹲下来，看着唐千林道："有一点我得纠正你，那个所谓我的同伙，也就是你所说的下人，不是我的内应，那就是我。你别忘了，我们孤军每个人都是独狼，孤军奋战嘛。"

夏霜起身，正欲离开的时候，又扭头看着在地上不甘心望着自己的易陌尘。

那一刻，唐千林发现，夏霜的眼神中带着一种不舍。

那种眼神是任何人都无法伪装出来的。

唐千林三人回到易陌尘家中后，身体都还有些发软。

被彻底打击的易陌尘只是坐在那儿喝闷酒，一声不吭，满脑子闪现的都是过去和夏霜那些幸福快乐的画面，即便他清楚那些画面是虚假的，是人为营造出来的，但他依然不舍得从脑海中删除。

李云帆缓过神来，身体稍微舒服些了，这才问："你说那个女的是什么孤军的人，你怎么知道的？"

唐千林看了一眼易陌尘，解释道："因为她使用的那种毒药叫作鸳鸯香，这是孤军的人很擅长的一种药剂。"

李云帆疑惑："药剂？"

"说是毒药也不准确，鸳鸯香是一种统称，意思就是，这类的药剂，单独某一种对人产生不了任何影响，但如果和其他的药剂混在一起，就会产生不同的效果。"唐千林详细解释着，"刚才我们中的那种鸳鸯香，是会让我们浑身乏力，但可以清楚保留意识的，还有会致命的，产生幻觉的，等等。"

李云帆点头："混在颜料中，涂在墙壁上，加上身上的香水味，就会变成另外一种东西，简直是防不胜防，那孤军到底是一个什么样的组织呢？"

李云帆问到这儿的时候，醉醺醺的易陌尘开口道："就是一群他妈的细作。"

李云帆诧异："细作？"

唐千林点头道："对，细作。"

易陌尘苦笑着起身："我再去拿瓶酒。"

等易陌尘走远之后，唐千林才压低声音道："他们所做的事情和你一样，就是潜伏，获取情报和其他有价值的东西，但他们更专业，一辈子都是做这个，永远没有变回正常人的可能，永远活在欺骗和被欺骗之中。"

孤军是什么组织呢？

谍，徒协反，间也，今谓之细作。

卧底，即为细作，自古便有，通常为刺探敌方情报所设。东汉末年，曹操已设“校事”一职，专管情报刺探，麾下细作无数。十六国时期，终于诞生了一支不效忠于任何势力，打着“替天行罚”旗号的细作组织，因为传说这支组织中所有成员都是战争孤儿，又因为其成员一向在敌营独自奋战的原因，所以他们被称为——孤军。

李云帆陷入沉默，他太了解这种生活的煎熬了，就如他现在一样，不知道什么时候才有出头之日，不知道什么时候才可以战胜那些该死的日本人。

不过，李云帆很快想到了一个关键性问题：“老唐，你说他们的旗号是替天行罚？”

唐千林道：“和替天行道差不多一个意思吧，他们认为自己所做的一切事情都是正确的，就如《水浒传》里，那些梁山好汉也是杀富济贫，觉得自己在伸张正义，实际上，他们也杀过很多无辜的人。”

李云帆摇头：“我实在想不明白，他们为什么要引陌尘入局呢？为什么要让陌尘对萨满灵宫产生兴趣呢？”

唐千林看着拿着酒瓶晃晃悠悠走来的易陌尘：“夏霜说，你知道为什么要找你，让你好好想想，你想到什么了吗？”

易陌尘把酒瓶重重放在桌上：“她不是夏霜！”

唐千林道：“好，不是夏霜。”

易陌尘闭上眼睛，许久道：“我想到了。”

李云帆忙问：“什么？”

易陌尘傻笑道：“我想到了原来我什么都想不到。”

说完，易陌尘又变成苦笑，继续瘫在那儿喝酒。

唐千林和李云帆对视摇头，就在此时，小田君的声音从后方响起：“易家有个地道。”

小田君的声音吓了两人一跳，唐千林和李云帆立即起身，看着不知道什么时候出现在后方，像雕塑一样站在那儿的小田君。

李云帆吐了一口气：“喂，你不要这么神出鬼没的好不好？人都吓死了。”

唐千林上前问：“你说易家有个地道是什么意思？”

小田君转身朝着地窖走，也不说话。

唐千林看着李云帆，李云帆叹气道："他就这样，他的意思就是让我们跟着他走。"

唐千林无奈，和李云帆一起跟着小田君到了地窖，走进地窖之后，唐千林发现小田君的办公桌已经被挪开了，办公桌下面有个敞开的地道口。

小田君站在那儿说："我来这里的时候，就发现了这个地道。"

唐千林问："易陌尘知道这个地道吗？"

小田君道："他一直都知道，但打不开上面的机关，我也是今天才刚刚打开。"

唐千林俯身看着打开的地道盖板，发现周边四面都有锁扣和卡口，而且摸上去是金属所制，他敲击了下，惊叹道："是陨铁所制。"

小田君发问："陨铁？"

唐千林解释道："就是从陨石中提炼出来的物质制作而成的，很坚硬，强度堪比金刚石。"

李云帆将那盖板重新盖好，却看到上面有类似棋盘的纹路。

"这是棋盘吗？"李云帆仔细看着，"但看着不像是象棋的棋盘呀。"

小田君道："是的，这是日本的将棋。"

唐千林问："将棋？"

小田君解释："唐朝时期，象棋传到日本，日本经过改良后，就演变成了将棋，这个机关就是必须要解开将棋密码，才能够打开……"

日本的将棋和中国的象棋并不一样，棋子本身是可以升级的，当一枚可升级的棋子进至位于距该棋手最远的三行或从此区域走出时，该棋手可以选择把棋子升级。

除了"玉将"和"金将"之外，其余六种棋子都可以升级。但是，棋手可以自由选择接受或不接受棋子升级，若是接受则称之为"成"，不接受则为"不成"，而且必须明白告知对弈者，若是选择了"成"，则只需同时将棋子翻过来即可完成升级。

将棋棋子，除了"玉将"和"金将"外，棋子的正反两面都标有文字，分别代表着不同的功能，例如：可以"前后左右行"的"飞车"，升级后改称"龙王"，等等。

小田君详细解释了一番，还未说完，唐千林打断他："是不是很难解开？"

小田君点头："我开始以为很简单，结果很难，最终才发现，机关里又结合了象棋的一些规则，打乱了原有的……”

“行了，这些我们都不感兴趣。”李云帆打断小田君的话，“你下去看过了吗？”

小田君摇头：“我说了，我刚刚才打开，正准备叫易陌尘过来。”

李云帆和唐千林点点头，两人先后下了地道，顺着台阶慢慢走了下去，小田君站在那儿皱眉看着。

走到地道下方后，李云帆和唐千林借着打火机的光芒找了一个马灯，点燃马灯的瞬间，马灯中传出一股清香来，李云帆因为中过鸳鸯香，立即捂住口鼻。

唐千林示意他拿开手：“这是一种带熏香的灯油，有提神醒脑的功效，没有害处的，而且这种灯油很罕见，已经消失几百年了，没想到易家竟然有。”

唐千林提着马灯照亮四下，发现下面是个四方形的洞穴，大小和一个普通房间差不多，四下都堆着各种箱子，角落中还摆着几具说不上是什么动物的骨骼。

李云帆打开一个箱子，看着里面的那些古董，惊叹道：“难怪易陌尘这么有钱。”

唐千林打开另一个箱子，看着里面的金币：“这是金朝的金币，很罕见的。”

两人分别打开箱子检查着，发现都是些金银器皿的值钱物件，并没有什么与萨满教相关的东西。

足足找了两个小时之后，两人都累了，唐千林一屁股坐在箱子上：“什么也没有，我还以为在这里可以找到弄明白夏霜所说的话的东西。”

李云帆道：“只有等明天易陌尘酒醒了，再问问他，或许他能想起来什么。”

唐千林看着四下道：“肯定是在这下面，你想，陨铁做的盖子，而且还用那么奇怪的机关，按照平常的思维，放金银器皿在这里，的确没什么问题，但易家是大户。”

李云帆也想起来了什么：“易家怎么发迹的，至今是个谜，这点很奇怪，易陌尘自己都说不清楚，只是说以前是做药材的，但是做药材怎么可能赚这么多钱？”

唐千林起身：“你上去拿两个手电筒下来，我们重新找找。”

等李云帆拿来手电筒，唐千林开始在墙壁上仔细照着：“我们要找的东西不一定在箱子里，金银器皿都是用来转移人视线的，说不定在墙壁和地面上。”

两人遍寻一圈，依然什么都没有找到，墙壁上的确有纹路，但一看就属于没有做完的纹路，明显也是易家用来迷惑人的，但不知道什么原因，仅仅是开了个头。

“什么都没有。”李云帆找得有点筋疲力尽了，抬手看表，“时间也不早了，我们还是休息吧，明天再说。”

唐千林摇头：“时间来不及了，过两天日本人就会让我们出发了，如果我们能在这里找到点什么东西，或许对接下来的行动有帮助。”

李云帆坐在那儿道：“那你找吧，我喘口气。”

看到唐千林耐心地又开始挨个儿检查，李云帆心中暗自佩服，转念一想，唐千林一个人把儿子拉扯大，又当爹又当妈，心思肯定比一般人要细腻。

不过，就算心思再细，这么反反复复地找下去，也不是办法。

唐千林合上再次翻找过的箱子，摇头道：“是不是我们遗漏了什么？”

李云帆道：“这里每个角落、每一个箱子我们都检查过了，没有遗漏什么。”

“箱子。”唐千林听完李云帆的话，猛然间想到了什么，他看着李云帆道，“我们是检查了箱子里面的东西，但没有检查箱子本身。”

李云帆也恍然大悟：“对，我们把这个遗漏了。”

第二十三章

密文族谱

唐千林和李云帆仔细查看着每个箱子，终于，唐千林发现角落中有一个最大、最沉的箱子表面有很多像是蝌蚪一样的纹路，但这些纹路只能摸得着，凑近看却什么也看不到。

李云帆看了半天，又看向唐千林："找错了吧？这些也许只是普通的纹路。"

唐千林肯定道："一定是这个箱子。"

李云帆问："为什么这么肯定？"

"首先这个箱子里面装的都是铜器，虽然也算值钱，但和其他箱子里的物件相比并不算什么，易家祖先的目的就是希望闯进来的人，不把注意力放在这个箱子上面。"唐千林说着又指着箱子道，"而且这个箱子本身很大又很沉，就算进来的贼非常贪心，也只是会拿走其中的铜器，而不会连这个又笨重又不值钱的箱子一并带走。"

李云帆点头："对，有道理，而且不能把箱子固定住，不然这不就是此地无银三百两吗？但是箱子上面的纹路到底是什么呢？"

唐千林用手轻轻地摸着，在右侧从上往下慢慢摸着，感受着，许久之后道："是满文。"

李云帆道："满文？"

唐千林点头："而且是满族的密文。"

李云帆摇头："满族的密文又是什么？"

唐千林解释道："先秦时期满族被称为肃慎，秦汉叫作挹娄，魏晋南北朝时期称之为勿吉，直到辽灭渤海国称女真，女真族就是满族的直系先祖，后金时期天聪九年（1635），爱新觉罗・皇太极正式改'诸申'也就是女真为满洲，辛亥革命后才真正有了满族这个称呼，而满文和满族密文又属于两种不大相同的文字，密文起源于魏晋南北朝时期，后来到了后金时期，成为了当时满族传递军事情报的一种特殊的密码，外族很难破解，因为在他们本族之中，只有萨满才懂这种密文。”

李云帆问：“那你能看懂这种文字吗？”

唐千林道：“试试看吧，你上去从小田君那儿找点白色的涂料什么的下来。”

许久后，李云帆和小田君带着涂料下来，帮助唐千林用涂料将箱子全部刷了一遍，然后唐千林再用纸将上面的密文全部拓印下来。

回到地窖中，唐千林慢慢地将拓印纸铺在小田君的桌上，三人站在桌前看着上面那些根本就不像文字，反而是一个个古怪符号的东西。

李云帆指着其中一竖行道：“你看，这几个是满文，里面穿插了不少现在的满文，但大多数都是符号。”

唐千林看着：“不是符号，是象形文字，就和我们最早的汉字差不多。”

李云帆问：“你认识吗？”

唐千林点头：“七七八八吧，我们轩字派旄捕认为萨满灵宫应该与满族有直接关系，所以，我们几乎每个人都研究过满文和密文，但上面的密文和我们之前所学的还是有不一样的东西，不过大概能看懂。”

李云帆问：“上面写的是什么？”

“如果我没有看错的话，这一侧写的是关于易家的族谱。”唐千林指着左侧那张拓印纸，“易家原来不是汉人，不是闯关东过来的，是纯正的满人，姓氏为图拉根。”

李云帆回忆了半天：“在我印象中，满族似乎没有这个姓氏呀。”

唐千林道：“对，满族姓氏很复杂，我们平常听说的那些都是大姓，满清入关之后，制定了严密的户籍制度，将旗人分为正户、另户、开户和户下人四种。其中正户就是八旗平民；另户是从正户另立的一户，就像本家和分家一样，但地位相同；户下人指的就是那些奴仆，没有独立户籍的人，这些人的姓氏就很多、很复杂。而萨满的姓氏大多数都是保密的，成为萨满就必须抛弃过去的一些东西，所以你印象中没有这个姓氏，很正常。”

小田君一直站在后面面无表情地听着，既不提问，也不插嘴。

李云帆拿起另外一张：“那这上面写的是什么呢？”

唐千林仔细地看完后：“大概写着，为什么他们图拉根氏要改名为易姓，又要连自己的宗族都要彻底隐瞒的原因。”

李云帆问：“你一口气说完行不行？”

唐千林看了一眼李云帆：“不要着急，我得慢慢往下看。上面说，从崇德元年（1636）开始，图拉根氏就开始隐姓埋名，原因在于皇太极强力制止和镇压萨满活动。”

李云帆纳闷：“这我倒没听说过，为什么呀？”

唐千林放下拓印纸：“这个我倒知道，崇德元年皇太极曾经颁布一道命令，原文说的是‘凡人祭神还愿，娶亲、死人上坟、杀死、货卖，宰牛羊、马、骡、驴，永革不许’，还明确规定说‘满洲、蒙古、汉人端公道士，永不许与人家跳神拿邪、妄言祸福、蛊惑人心，不遵者杀之’。”

李云帆依然很纳闷：“为什么呀？这么严厉，难道皇太极那个时候就在反封建了？”

“倒不是反封建，其目的是为了保护那些牲畜，因为牲畜都是重要的生产工具，一旦拿来宰了祭祀神灵，老百姓怎么过日子？没办法过日子就无法纳税，不纳税国库就空虚，而且老百姓过不下日子，就会向朝廷张口，矛盾激化，就会发生民变。”唐千林仔细看着拓印纸道，“而且也怕有人别有用心，利用这些活动蛊惑民心，要知道在民间怪力乱神通常对老百姓来说，就两种作用：其一就是祈福，其二就是治病，总之，我是不相信所谓的巫医之类的，随便念几句咒语，给你喝点符水，就能治愈你，如果那样真的管用，那还需要医术干吗？”

李云帆点头：“我赞同你的观点，我也不相信这些，其实我爸也不相信。”

唐千林道：“是呀，逐货师和我们一样，都认为这个世界上的确存在很多无法解释的事情，但绝对不是无法解释的事情就一定是怪力乱神。”

李云帆问：“接下来又说什么了？”

唐千林往下继续看着：“上面说，图拉根家被奸人所陷害，说他们氏族蛊惑人心，图谋造反，图拉根氏家主知道百口莫辩，让其中一名怀有身孕的小妾连夜逃走，前往湖南株洲投靠了一位易姓的江湖朋友，这位小妾生下一个男孩儿，男孩儿从此之后改为易姓，而图拉根氏守护……”

唐千林说到这儿一下子愣住了，半晌才抬眼看着李云帆继续说：“守护萨满灵宫的重担就完全落在了这个孩子的身上。”

李云帆也愣住了，半天没回过神来，没想到易陌尘祖辈竟然是守护萨满灵宫的人。

唐千林坐下来："难怪孤军要引易陌尘入局，原来目的是这个。"

李云帆缓缓摇头："是呀，看样子就连易陌尘自己都不知道他是满人。"

小田君终于开口："这不是很好吗？看看其他的又说了什么，也许记载有萨满灵宫的地点，这样一来，你们不就省下不少力气了吗？"

唐千林翻看着其他几张："上面没有记载萨满灵宫的位置，倒是写了那个祭祀豢养洞穴的事情，也写了溶尸龙的存在，还说除非有图拉根家的后人带领，否则是永远找不到萨满灵宫的。"

李云帆听到这儿，苦笑着摇头："这次不相信天意也不行了，你不让我爸去，反而向秘搜课推荐了易陌尘，而易陌尘的祖辈则是萨满灵宫的守护者。"

唐千林则在旁边担忧道："日本军方、八相门原本就很棘手了，现在又多了一个孤军……"

李云帆道："看样子，之前你选择和日本人合作，借助于他们的力量，再反制他们是正确的，否则的话，孤军那么强，我们几个怎么能对付得了？"

唐千林道："孤军最麻烦的就在于这群人无孔不入，虽然单独行动，但你永远不知道他下一次会成为什么人，又会带来什么，可能一开始我们认为是好事的东西，实际上到最后都会变成灾祸。"

李云帆刚想说什么，碍于小田君在场，只得忍住了，示意唐千林和他上楼去。

两人关上那地道的门之后，向小田君道别离开地窖。

小田君站在那儿，看着桌面上的拓印纸发呆。

回到大厅，李云帆仔细观察了四下，又看向地窖口方向，确定小田君没有上来后，这才道："我的直接领导和交通员都被诱捕了，我失去了和抗联方面的联系，所以，我没办法请示上级要求协助。"

唐千林点头："我知道，但我有件事不明白。"

李云帆问："什么事？"

唐千林落座道："你的直接领导是临时省委副书记朱卫东，负责你和朱卫东之间联络的是那名交通员，也就是在拉瓦斯酒馆工作的那位侍者，他叫什么名字？"

李云帆回道："小名顺子，大名张大根。"

唐千林又问："除了朱卫东和顺子之外，在抗联中，还有谁知道你的身份？"

李云帆摇头："不可能有第三个人了，因为我的身份太特殊，原本朱卫东的计划是，我们之间不应该有顺子这个交通员，但由于他是建国大学驻哈尔滨分院的老师，而我是保安局的，我俩经常见面，会被人怀疑，所以才安排了顺子。”

（伪满建国大学：俗称新京建国大学，日寇扶植建立伪满洲国之后，直辖于伪满洲国国务院的国立大学，是当时伪满的第一学府，现遗址位于长春大学内。）

唐千林分析道：“我现在疑惑的是，为什么日本人要让顺子和我们同行？”

李云帆回忆道：“朴秉政对我的解释是，钱斯年会领着顺子执行特殊的任务，但我不知道是什么任务。当然，我也怀疑过顺子叛变的可能性，可如果他已经叛变，我早就应该被抓了。”

唐千林思索了半晌道：“也许这是日本人为了控制你而布下的局。”

听唐千林分析说那是日本人布下的局，李云帆立即同意：“我也这么认为，但我不明白，敌人到底是在抗联内部安插了奸细，还是抗联有人叛变投敌。但无论是哪一种可能性，这个奸细顶多知道抗联在保安局有内线，不可能知道那就是我。”

唐千林沉思了半天道：“所以，他们才把顺子放出来当诱饵，因为奸细知道顺子是交通员，而朱卫东是临时省委的领导，顺子如果出事，或者跑了，损失不算大，所以，他们就算布局也不敢拿朱卫东来冒险，这也证实了你的推测，那个内奸，知道朱卫东和顺子的身份，知道保安局有内线，但不知道内线的具体名字和身份。”

李云帆端起一杯酒，想喝又放下：“他们也许是想抓住我的把柄，当场抓住？”

唐千林道：“没错，和我所想的一样，所以，在这次行动的过程中，你一定要装作和交通员不认识，就算他暗示你什么，你也要装傻。日本人的目的应该是，当场抓住你和顺子，然后逼迫你成为他们的人，从而再利用你对朱卫东施压，达到瓦解抗联的目的。”

说完，唐千林又补充道：“另外，日本人想尽办法要让你父亲加入秘搜课，我想也不仅仅是因为你父亲过去的江湖名号，也许有其他的原因。”

李云帆疑惑：“会是什么呢？”

唐千林思索一番后，看着李云帆道：“明天，你把烟屁股带到你家，我先见见你父亲，我觉得老爷子或许在隐瞒什么。”

李云帆皱眉：“你什么意思？”

“别误会。”唐千林又下意识看向地窖口，“我只是想当面和你父亲聊聊，证实一下我的推测。”

李云帆见唐千林没详细解释，也不方便再问，两人又聊了一会儿关于萨满教的事情，李云帆这才离开，消失在夜色之中。

第二天一大早，唐千林就敲开了李家的大门，当睡眼蒙眬的李清翔极其不耐烦地打开大门，看到门外的唐千林时，瞬间就清醒了。

李清翔揉了下眼睛，以为自己看花眼了，确定是唐千林后，才开口道：“你怎么来了？来道歉的？”

唐千林回道：“翔爷，我有些事要问您，是关于易家的。”

唐千林说完，李清翔皱眉：“易家？你问易家的事儿，去问易陌尘呀，你问我干什么呀？”

唐千林也不多说，只是道：“进去再说。”

李清翔放唐千林进屋，探头看向外面的时候，发现外面依然站着保安局的暗哨，李清翔故意站在那儿，含沙射影地骂了一阵，这才关门。

回到书房，李清翔一边泡茶，一边问：“有什么事赶紧说。”

唐千林看着李清翔道：“昨晚，我们无意中在易家的地窖中发现了一个暗室，暗室里有个箱子，上面记载了易家的族谱，易家原本是满人，因为祖上被人陷害，这才被迫改名、改姓。”

李清翔闻言，也不吃惊：“是吗？”

唐千林道：“翔爷，您早就知道了吧？要不，这么重要的消息，您竟然丝毫不吃惊？”

李清翔将一杯茶端到唐千林跟前：“你想说什么？”

唐千林看着茶杯，许久才抬眼看着李清翔：“翔爷，您为什么要隐瞒这些？您是不是知道易家祖上是守护萨满灵宫的人？您为何要一直装作什么都不知道，什么也不懂？您是在保护易家的秘密呢，还是一直不相信我？”

李清翔喝了口茶：“我很清楚地知道，你们旄捕一直在寻找萨满教的终极秘密，也就是萨满灵宫，但除了你们之外，那些满清遗毒也一直在寻找。”

唐千林道：“日本人、八相门、满清、旄捕加上孤军，一共有五批人牵扯进来了。”

李清翔摇头：“不是牵扯进来了，是从一开始，这五批人就一直盯着萨满灵宫，唯一被牵扯进来的人，只有你一个，你还不明白吗？”

唐千林愣住了："什么？我不懂您的意思。"

李清翔叹气道："在满族人心中，萨满灵宫是属于他们的，他们当然不会让其中的秘密落在外族人手中，就算是扶植他们建立满洲国的日本人，他们也不会拱手让出。八相门虽然依附于日本人，但建立八相门的掌门马童也是满人，据我所知，马童与满清贵族的关系非敌非友，可他们都有共同的目标，那就是萨满灵宫。"

唐千林点头："您继续说。"

李清翔道："至于你们旄捕的目的，我不知道，但我不相信只是轩字派和辕字派之间的赌注那么简单，至于孤军嘛，我很多年前就收到消息说，孤军派人潜入了东北，但你也知道，他们都是独狼，要想查到具体的行踪，犹如大海捞针。"

唐千林想了想问："这么说，您根本不知道夏霜就是一名孤军？"

唐千林的话终于让李清翔吃惊了，他起身皱眉道："什么？夏霜是孤军？"

"对，她是孤军，在昨天被我揭穿了身份，可惜被她用鸳鸯香跑掉了。"唐千林看着李清翔，其实他很清楚，李清翔应该不知道夏霜的身份，但他还是需要试探，他想知道李清翔到底了解多少，又隐瞒了多少。

李清翔坐在那儿沉思着，自言自语道："夏霜是孤军，这么说，孤军真的是在寻找萨满灵宫，可孤军的目的又是什么？"

唐千林道："翔爷，孤军一向不为任何人以及任何势力效命，他们要做什么，都有自己独特的理由。"

李清翔点头道："对呀，孤军虽然极端，但也算是深明大义，抗战爆发后，他们派人设法渗透进了日伪方面，分别为重庆和延安提供匿名情报，我原以为他们的重点一直在抗日上，没想到也注意到了萨满灵宫，可他们的目的又是什么呢？"

唐千林听李清翔这么一说，忽然意识到了什么，他试探着问："翔爷，您的消息可真灵通，孤军做事如此谨慎，您都能知道某些情报是他们泄露给重庆和延安的……"

唐千林故意话说一半，想看看李清翔如何应对，以此来证实自己的推测是否正确。

李清翔笑了笑："唐老弟话里有话呀。"

唐千林道："翔爷，您到底是重庆方面的人，还是延安方面的人？"

李清翔沉默了许久，终于道："重庆方面已经获知了萨满灵宫的事情，不管萨满灵宫里有什么，都不能落在日伪手中，所以，重庆方面已经紧急组建了一个小组，正马不停蹄地赶来，我希望唐老弟能够把时间拖一拖，尽量把下次行动的时间延后。”

果然，李清翔是重庆方面的人，唐千林感觉头开始痛起来，而且越来越痛，因为事情越来越复杂了，除了日本人、八相门、满洲贵族、孤军之外，现在盯上萨满灵宫的还有重庆政府的人。

最重要的是，李清翔作为重庆方面的人，已经在明言拉拢自己了。

这个李家可真有意思，老子是重庆方面的人，儿子是延安方面的人，而且还互相不知道。

唐千林沉思片刻，抬眼道：“翔爷，我不想牵扯政治，抱歉。”

李清翔有些微怒：“你认为这是政治吗？我们这是共赴国难！你们虽然都只是江湖中人，但都要清楚，如果国家没了，还有江湖吗？”

唐千林摇头：“翔爷，您误会了，我不是这个意思，我很清楚自己是个中国人，很清楚我的敌人是谁，但是，我认为此时此刻，您再节外生枝，实为不妥。”

李清翔起身：“你认为我告知了重庆方面，是节外生枝吗？萨满灵宫是属于国家的，而不是……”

唐千林抬手打断李清翔的话：“您误会我的意思了，我只是不认同重庆方面的理念而已。”

李清翔摇头，压住火：“请明言。”

“我以前有一位军统的朋友，从他那儿我知道，军统的格言是‘凝聚意志，保卫领袖’，在重庆方面的理念中，这个天下是领袖的，也就是你们蒋委员长的，而不是天下百姓的。”唐千林一字字道，“《吕氏春秋》有云‘天下非一人之天下，乃天下之天下也’，我们的老祖宗，千百年前就已经明白了这个道理，为何现在你们不懂呢？”

李清翔皱眉：“天下如果没有领袖，谁又来领导天下呢？”

唐千林道：“那叫独裁，蒋委员长与先总理的理念背道而驰，否则，当年在上海，也不会发生‘四一二’大屠杀！”

“听唐老弟的语气，您是延安方面的人？没想到轩字派的旌捕竟然也选择站队。”李清翔脸上有了笑容，“‘四一二’事件都是过去的事情了，既然过去了，就让它过去吧，现在国难当头，我们应该携手并进，共同抗日。”

唐千林道：“我可以明确地告诉翔爷，我不是延安方面的人，身为江湖中人，不懂什么政治，但我知道对错。”

李清翔双拳攥紧：“这么说，唐老弟是不肯与我们合作了？”

唐千林抱拳：“前辈，晚辈告辞。”

唐千林转身要走的时候，李清翔一个箭步上前拦住他，唐千林闪身绕过，李清翔抓住他的肩膀：“不要急，咱们再聊聊吧。”

唐千林不语，只是继续绕过李清翔，而此时眉头紧锁的李清翔已经出手，举拳就朝着唐千林胸口的气户穴击打而去……

第二十四章

若只是初遇

李清翔突然出手，早已在唐千林的意料之中，他用手掌挡在胸口的同时，接下那一拳，同时抬腿，用膝盖顶住靠近的李清翔，下意识举拳就朝着李清翔头部的下关穴打去。

李清翔根本不躲闪，唐千林的拳头也在接近下关穴的时候停住。

李清翔笑道："你不会对我下重手的。"

唐千林拉开与李清翔的距离，再次抱拳："前辈告辞，不用留我了。"

李清翔微微一笑，再次上前，唐千林不与他纠缠，连续闪身避过，奔出屋外，来到院中，朝着院门径直走去。

李清翔当然不肯放唐千林离开，而唐千林此时也发现，之前李清翔的很多笨拙都是他伪装出来的，实际上这个老头儿头脑清醒，身手矫健，拳脚功夫甚至与自己不相上下。

就在两人斗得不可开交，唐千林毫无办法，正准备放手一搏的时候，院门开了，李云帆带着一个二十岁出头的年轻人出现在门口。

毫无疑问，那个平头、浑身痞气的小子就是他所说的烟屁股。

李云帆见两人纠缠在一起，赶紧道："这是干什么？"

唐千林和李清翔同时分开，退后一步。

唐千林笑道："没事，我和翔爷锻炼身体呢。"

李清翔也笑道："对，我们切磋下太极拳，对吧？"

唐千林只是保持笑容，不再说什么。

李云帆虽然不知发生了何事，但也明白两人争斗起来肯定有特殊原因，于是说道："人我带来了，我们出去聊聊吧。"

唐千林道："好啊。"说完，他又转向李清翔，"前辈，告辞。"

李清翔背着手微笑道："好走，注意安全呀。"

唐千林微微点头走出院门，李云帆离开的时候，刻意看了一眼李清翔，而李清翔则在唐千林离开的那一刻收起笑容，铁青着脸看着逐渐关上的院门。

此时，李清翔已经在心中认定，唐千林就是延安方面的人，就是共产党。

麻烦了。李清翔闭眼站在那儿，长叹了一口气，最有用的人竟然是赤色的，垫脚石变成了绊脚石，看样子计划得变动一下了。

唐千林、李云帆和烟屁股回到了车上，坐下之后，李云帆侧身看着唐千林，唐千林却一句话也不说。

"怎么回事？"李云帆问，"你为什么要和我爸动手？"

唐千林则道："你应该问，你爸为什么要和我动手。"

李云帆点头："我爸为什么要和你动手？"

唐千林微微侧头看了一眼后座上正在玩烟盒的烟屁股。

李云帆道："他是自己人。"

唐千林皱眉："他知道你的身份？"

李云帆只是简单地解释："他不知道，但他知道，我不是汉奸，这就足够了。"

烟屁股笑道："如果帆哥是汉奸，那整个东北人人都是汉奸了，你们有话要聊，我就出去抽支烟，聊完了叫我，外边冷。"

烟屁股下车关上车门后，李云帆道："现在有话可以说了。"

唐千林迟疑了许久，终于道："你们父子俩看样子是永远无法和好了，就算你坦白自己的身份，也没办法。"

李云帆皱眉："什么意思？有话赶紧说。"

唐千林道："你爸是重庆政府的人。"

"什么？！"李云帆诧异道，"你开什么玩笑？"

唐千林严肃道："这种事，我能开玩笑吗？"

李云帆愣住了，他突然间脑子一片空白，他知道这意味着什么，意味着他永远不能在父亲跟前坦白身份，意味着他宁愿在父亲跟前维持着汉奸形象。

唐千林又道："你父亲还以为我是你们的人，想拉拢我，我不愿意，他就对我出手，看样子，你父亲不是中统就是军统的人，从做事方法来看，像是军统的人，军统直接点，中统的人婉转点。"

李云帆看着车头前方："怎么可能呢？我从小到大没有发现丝毫迹象呀。"

唐千林道："没什么不可能的，我们庑捕里也有政府的人，应该是被暗地里招安的，轩字派和辕字派都有，蒋委员长发迹之前，不也是拜在青帮门下吗？"

李云帆沉思片刻，又问："除了拉拢你，还让你做什么？"

唐千林道："他告诉我，重庆方面组建了一个小组，正赶往东北，让我在日本人那边拖时间，拖到他们赶到为止。"

李云帆摇头："你怎么打算的？"

唐千林道："本来牵扯进这件事的人和势力就太多了，现在又多出一个重庆方面的小组，我们根本应付不过来，所以，我决定明天就出发。"

李云帆脑子里已经混乱了，他握紧方向盘，内心无比纠结，虽然听了唐千林的话，但自己却不知道该说什么。

唐千林看着李云帆道："别想那么多了，总之，你最好不要向你父亲坦白你的身份。"

李云帆却问了一句让唐千林觉得意外的话："你为什么不和他合作？和重庆方面合作，总比和日本人合作要好，抗联这边现在也无法提供有效的帮助。"

唐千林道："自北伐之后，我就再也不相信他们了。"

李云帆纳闷："他们？"

唐千林冷冷道："也就是现在说的重庆政府，还记得'四一二'吗？"

李云帆点头："当然记得，虽然我没有经历过，但那场大屠杀我相信不单是我们共产党人，所有人都不会忘记的。"

唐千林道："是呀，我们庑捕也是一样，我们参加了北伐，出钱、出力、出人，我们以为自己追随的是先总理孙先生的脚步，在完成他的遗愿，谁知道事实根本不是那样……"

李云帆似乎明白了什么："你是说，'四一二'的时候，你们庑捕也……"

"知道中华共进会吗？"唐千林苦笑着摇头，"就是上海帮派组建的一个打着为国家、为民族旗号的江湖组织，实际上是为蒋介石卖命的。"

李云帆问："为什么说中华共进会？"

唐千林道："因为我们庑捕与他们之间的仇恨不共戴天，还有当时的国民革命第二十六军。"

李云帆摇头："我不懂你什么意思。"

唐千林解释道："发生'四一二'那年，我刚出师，也刚好年满20岁，我师父带着我参加了北伐，一开始我们隶属于第四军独立团。"

李云帆惊讶道："叶挺将军的部队？"

唐千林笑道："对呀，是叶将军的部队，不过我们在那里没有待太久。"

李云帆问："为什么呀？"

唐千林道："清党之前，他们就做了很多部署，也找人试探过我们对共产党的态度。"

李云帆见唐千林说到这儿停下来了，立即问："你们什么态度？"

唐千林道："我刚才说过了，我们追随的是先总理孙先生的理念，他们见我们并不倾向于他们，于是将我们转调到了二十六军……"

二十六军前身是浙江陆军第3师，曾经是军阀孙传芳的部队，后来投诚了北伐军，整编后成为了国民革命第二十六军。

后来在上海执行大屠杀的也是这支部队。

"那时候我们还不明白，为什么要把我们调到二十六军，后来才知道，一方面是担心我们受赤化，另一方面，是进一步试探我们。"唐千林苦笑了下，"我当时还年轻，满脑子热血，根本没想那么多，在清党开始之前，他们决定先对我们这些人下手，因为我们在二十六军的时候，态度依然是选择不站队。"

那天晚上，唐千林等20人受命前往闸北的一个仓库，任务是与工人纠察队谈判，让他们交出武器，并且解散总工会和工人纠察队。

唐千林回忆到这儿，又说："交出武器解散，凭什么呀？上海是人家替你打下来的，人家用命换来的，打的时候，你在旁边坐山观虎斗，打完了，你进来捡了现成的，就要过河拆桥，换作谁也不愿意呀。"

李云帆冷冷道："所以他们就动手了？"

唐千林叹气："那天晚上本来就是个局，我们到那儿之后，的确看到了工人纠察队，可这些人没有武器，他们只是在仓库里印刷传单，就在我师父意识到事情不对的时候，那些什么中华共进会的流氓冲进来了，二话不说立即动手，我们不明所以，也只能参与其中……"

中华共进会的那些流氓怎么可能是旌捕的对手？不一会儿，20名旌捕就占了上风，就在这时候，唐千林发现这些流氓身上都带了枪，可奇怪的是，他们并不使用。

那些流氓且战且退，同时还将枪支都扔在了地上，就在此时，二十六军的大批军人破门而入，为首者硬说当晚在这里进行的是一次军火交易，交易双方就是那20名带有军籍的旌捕，还有工人纠察队。

换言之，二十六军的人诬陷这20名旌捕私拿了军中的武器出来贩卖。

唐千林摇头道："原本就是一个局，原本就是诬陷，我们知道怎么解释都没用，于是准备突围出去，谁知道二十六军的人直接开枪了……"

李云帆问："后来呢？"

唐千林脸色沉下去，闭眼道："那天晚上，就我一个人活着出来了，我也是在那天晚上才……"

说到这儿的时候，唐千林不再往下说了，只是看着车头前方道："叫烟屁股上来吧，我们走。"

李云帆问："后来怎么了？发生了什么事？"

唐千林只是摇头："没什么，只是我的个人私事。"

私事？到底是什么事？李云帆很想知道，唐千林其实也很想说，但他说不出来，说出来又会勾起他的回忆，而这些回忆又会无休止地折磨着他。

因为就是在那天晚上，他认识了贺晨雪……

那夜，伤痕累累的唐千林从死人堆里爬出来，短暂告别了死去的同门之后，带着愤怒和无奈逃离了那间他永远都无法遗忘的仓库。

二十六军和中华共进会的人并没有收拾现场，因为第二天他们还得让这件事见报，而报上就写工人纠察队私下购买军火准备对抗北伐军，但与军火贩子商谈不成，双方火并，两败俱伤。

虽然逃离了仓库，但伤重的唐千林并没有坚持走到旌捕的预定会合地点，因为他的伤势太重了，他跌跌撞撞走到某个后巷的时候，终于晕倒了。

"求求你们，再宽限我们几天，五天，不，三天，三天就可以了，三天后我们一定把钱还上。"迷糊中，唐千林听到了一个带着哭腔女子的哀求声，他缓缓睁眼，从那个肮脏的角落中爬起来，循着声音看了过去。

虽然看到了那个侧身面对他的女子，但唐千林还是第一时间就注意到了女子跟前的那几个穿着黑衣黑裤，戴着礼帽，手中紧握着长刀、斧头等利器的凶徒。

为首那人他认得，就是昨夜在仓库中带头行凶的中华共进会的流氓。

仇恨的火焰从唐千林眼中喷出，他快速扫视着周围，终于找到一根还算坚固的木棍，就在唐千林准备上前复仇的时候，流氓头目蹲到哭泣的女子跟前，笑眯眯地说："看样子，你俩是真爱呀，你男人落魄之后，你都愿意当舞女养活他，可惜，他还是不争气，拿着你赚来的皮肉钱整日赌，你说，你跟着这样的男人有什么用？不如你跟着我，以前的债就一笔勾销。"

流氓头目这样一说，唐千林才注意到在女子身后不远的地方躺着一个穿着西装，打扮得像是上流社会的男子。

男子似乎晕过去了，偏头躺在那儿，一动不动。

女子穿着旗袍，脸上除了泪痕，就是泥土污垢。

流氓头目抬手擦去她脸上的泪痕，又带着贪婪好色的笑容摸出手绢替她清理着脸上的污垢。

此时，角落中的唐千林才看清楚那女子的面容，那是他此生见过的最美丽的女人，就如同是老天爷精雕细琢出来的完美之物一般，精致的五官，白皙的皮肤，即便是跪坐在那儿，身姿也是那么优雅。

唐千林看呆了，半晌，等到那女人再次开口之后，他才回过神来。

女子道："再宽限我们两天好吗？两天后，我一定连本带利还给你们。"

流氓头目脸色一沉："不行，要不你现在就跟着我走，要不你俩留下一条命。"

就在此时，原本躺在地上的男子翻身爬起来，对着流氓头目磕头道："求求你们，放我走吧，你们先带她走，两天后我带着钱来赎人。"

女子惊讶地看着男子，男子的目光都不敢沾边她的身子，在场的人谁都知道，他是为求自保而撒谎。

流氓头目起身，皱眉道："喂，这样的男人你还跟着他？我很好奇，你到底喜欢他什么？"

女子低头，一语不发。

唐千林握紧手中的棍子，在流氓头目伸手去抓女子手腕的瞬间，突然发难，上前一棍子打断了那头目的手腕，忍着剧痛将其踹开。

流氓头目惨叫着捂着自己的手腕，招呼手下道："弄死他！"

其余四名手下一拥而上，与唐千林斗成一团，若在平时，唐千林三两下就可以解决这些杂鱼小兵，可此时他已是身负重伤，虽然也占上风，但依然闪避不过流氓们的拳脚。

几番厮杀之后，唐千林终于解决掉了四名流氓，拄着棍子慢慢走到那个流氓头目跟前。

流氓头目看着两侧躺地、满脸是血的手下，开始求饶："好汉，有话好好说，咱们不认识，我是中华共进会的人……"

唐千林冷冷地打断他的话："我知道你是中华共进会的人，我找的就是你。"

流氓头目仔细注视着唐千林，这才反应过来他是什么人，与此同时，唐千林手中的棍子也重重地砸在了他的头上。

解决完一切，唐千林转身的时候，看到女子愣愣地站在那儿，看着已死的流氓头目，而那男子早已不见踪影。

"没……"那个"事"字唐千林还没说出口，眼前一黑就倒了下去。

等唐千林再醒来时，他依然躺在那个后巷中，而那名女子就跪坐在他跟前，见他醒来，带着欣喜的笑容，擦去眼角的泪水："我以为你死了。"

唐千林挣扎着爬起来："怎么你还没走？"

女子道："我不能扔下救命恩人呀。"

唐千林起身，看着远处被堆在一起的那五名流氓的尸体："你干的？"

女子点头："嗯，就那么一直摆在外面，会被人看到的。"

唐千林看着女子道："赶紧回家吧，外面太危险了，回去之后这段时间都不要出门了。"

女子却摇头："我不敢回去。"

唐千林疑惑："为什么？"

女子迟疑半天才道："回家，还是会有债主找上门来。"

唐千林点头："那你就去朋友或者亲戚家避一避风头。"

说着，唐千林就走了，刚走几步，女子在后面问："恩人，你至少告诉我，你叫什么名字。"

唐千林停下脚步，迟疑了会儿才回答："我姓唐，名千林。"

"千林哥，我可以这么叫你吗？"女子说完，勉强挤出个笑容，"我叫贺晨雪。"

"嗯。"唐千林只是应了一声，抬脚继续往前走，他有些不敢回头，不敢去再看贺晨雪的面容，因为不知为何，他脑子中出现了师父夜风教导他的画面：

"千林，记住，行走江湖，遇到任何事都要多个心眼儿，特别是漂亮的事物。"夜风对当时还年少的唐千林道，"人都爱漂亮的事物，男人都爱美女，很多人也会因为无法得到而嫉恨中伤那些国色天香的女人。”

年少的唐千林寻思半天，最终摇头：“师父，我不太懂。”

夜凤注视着一脸迷茫的唐千林：“要懂得找到平衡，内心的期望和现实的悲凉之间会有一个平衡点，找到这个平衡点，你才能够不忘初心地活下去，想要不辜负他人，首先就要不负自己的内心。”

唐千林还是不懂，不过他牢牢记住了夜凤的话，使劲点了下头。

夜凤又道：“任何事物都有另外一面，美丽的花朵下也会藏着毒蛇，或许花朵本身散发的芳香就带有剧毒。”

……

时至今日，唐千林依然不怎么懂夜凤的话，但这番话却让他谨慎再谨慎，特别是面对那些能让他呆愣在原地的美丽事物，例如说眼前的贺晨雪。

离开那条小巷，唐千林想办法换了一身衣裳，行走在街头。

街上，四处都是二十六军的士兵，他们四处抓捕着共产党，带头的军官手中拿着名单，对名单上的首犯，只要出现在他们的视线中，便会第一时间开火，绝不迟疑。

唐千林的内心被枪声刺激着，不断颤动着，当他憋着一口气走到街尾的时候，靠着墙的他使劲闭上眼，试图吐出胸口的那口浊气。

等他再睁开眼的时候，却看到站在自己跟前，一脸担忧的贺晨雪。

唐千林皱眉：“你怎么来了？不是叫你走吗？”

贺晨雪很是为难：“我不知道去哪儿，我没有亲戚，也没有真正的朋友……”

唐千林看着她，第一次与她真正四目相对，终于，他问了一句连他自己都意料不到的话：“你还欠人家多少钱？”

贺晨雪竖起一根手指头，想了想，又举起另外一只手，伸出十根手指头：“十个大洋。”

唐千林沉思了一会儿道：“跟我来吧。”

唐千林与贺晨雪走回了旎捕的会合点，在那里，他看到了仅存下来的其他三人，一名负责管钱的司库以及其他两名旎捕。

看到唐千林带了外人来，三人都很紧张，而唐千林也不解释什么，直接就问司库要十块大洋。

司库很疑惑：“你要这么多钱干什么？”

说着，司库的目光跳过唐千林的肩头，看着站在远处的贺晨雪。

唐千林只是简单解释了一句："救人。"

司库问："这个女的是什么人？"

唐千林迟疑了下，决定撒一个谎，一个弥天大谎，一个一旦被拆穿，他就面临着会被清理门户的谎言："她丈夫和我们一样，都参加了北伐，但被出卖了，我心有不忍，想凑笔钱，送她离开上海。"

司库依然问："她是什么地方的人？她丈夫又是干什么的？叫什么？"

唐千林几乎没有思考就回答："宁波人，她丈夫是第四军12师的，叫郑子明。"

司库沉思了一会儿："是张发奎的部下？"

唐千林点头，不再说什么，第四军12师的确有个参谋叫郑子明，打南昌的时候，他和郑子明在战场上相识，但郑子明因为炮击身亡，不过他知道，郑子明同情共产党，如果司库查起来，这些事都能让他周旋一阵。

司库最终还是掏出了十块大洋，递给唐千林的时候，严肃地说："千林，现在是敏感时期，也是我们轩字派最为艰难的时候，如果你撒谎，将来查出来，不仅你会遭殃，你师父也会被牵连。"

唐千林点头："我知道，谢谢。"

唐千林拿了十块大洋，走到贺晨雪跟前，将大洋直接交给她："这是还债的钱，我和你一起去。"

贺晨雪看着唐千林："你不相信我？"

"不不不。"唐千林赶紧解释，"我只是担心你的安全。"

贺晨雪勉强笑了笑："你我萍水相逢，无亲无故，你会怀疑我，也是正常的。"

唐千林转身对其他三位同门点头示意，领着贺晨雪离开。

回到贺晨雪家门口，几个流氓正在砸门，贺晨雪赶紧上前掏钱还债，流氓拿了钱也没为难她，转身离开。

唐千林站在那儿，看流氓远去，这才道："好了，我该走了。"

贺晨雪忙道："如果你不嫌弃的话，进去喝杯水吧。"

"不了，我该走了。"唐千林转身就走，此时门却开了，那个男子站在门口。

男子一把抓住贺晨雪问："他是谁呀？你钱哪儿来的？你他妈出去当婊子卖呀？"

唐千林闻言驻足，转身怒视着那男子，男子却转怒为喜，上前掏烟递给唐千林："兄弟，别误会，我没针对你的意思，我感谢你还来不及呢，我知道，肯定是你仗义出手相救。”

唐千林沉默不语，只是看着男子。

男子自我介绍：“我姓王，叫大为，大有所为的为，我老婆叫什么，你肯定知道了，我就不用说了，其实呢，我和她没什么感情的……”

说到这儿的时候，唐千林看到贺晨雪捏紧了衣角，眼中含着泪。

但唐千林也不知道此时该说什么，又该做什么。

王大为将唐千林拉到一侧：“兄弟，我知道，你是个有钱人，和我以前一样，我也看得出，你不是平白无故帮我们的，你喜欢她是不是？”

唐千林瞪着王大为，王大为却嘿嘿笑着：“男人嘛，喜欢女人很正常，不用害羞，这样，给我五十个大洋，她就是你的了。”

唐千林压抑着怒火：“她是你老婆。”

王大为笑道：“俗话说，‘兄弟如手足，老婆如衣服’，手足不能卖，衣服可以当嘛，你是不是觉得五十个大洋不值？很值的，她这么漂亮，身材又好，还会做饭，而且那个也不错……”

唐千林看着王大为那副恬不知耻的模样，很想一拳揍下去，但已经泪流满面的贺晨雪转身进了屋，没多久，提着一个小箱子走了出来，站在那儿注视着唐千林。

王大为朝着贺晨雪笑了笑，又转向唐千林：“你看，人家都收拾好东西了，你放心，我和她没感情的，真的，五十个大洋不亏。”

唐千林忍了忍道：“我现在没那么多钱。”

话音一落，唐千林发现贺晨雪浑身都在颤抖，他赶紧道：“我先带她走，回头把钱送过来。”

王大为脸色一变：“那，那不行，一手交钱，一手交人，兄弟，五十个大洋，对你来说，只是个小数目，你给个痛快话。”

唐千林点头：“好，容我一会儿，我去凑钱。”

唐千林说完转身就走，走了几步，他停下来，看着站在那儿眼巴巴望着自己的贺晨雪，对她说：“放心，我很快就会回来的。”

贺晨雪含着眼泪看着唐千林离去，许久才使劲点了下头，忽然大声喊道：“我等你，你不要骗我，你千万别骗我！”

虽然唐千林并未回头回应什么，但心里却坚定地说了一句——我不会骗你的，永远不会。

第二十五章

设局

爱是不是分阶段的？

唐千林不知道，但他知道的是，从他第一眼看到贺晨雪那一刻开始，他就被这个女人所吸引了。应该说，很难有男人不会被她吸引，那是一种不需要说话，不需要做任何事，就能产生出来的特殊磁场，这种磁场会抓住你的心，让你千方百计地朝着她靠近，并心甘情愿为她做任何事。

所以，唐千林那天犯了他人生中的第二个错误，他闯入二十六军一个团长的住所，从他家偷走了两根金条。

在那个箱子中装有十根金条，但他只拿了两根：其一，因为他虽然知道这是不义之财，但自己的行径始终是盗窃；其二，两根金条，一根用来买下贺晨雪，另外一根则算是留给贺晨雪以后的生活费。

一根金条的价值远远超过五十块大洋，唐千林心知肚明，但他想一次性解决这件事，让王大为永远消失在贺晨雪的眼前，因为王大为让贺晨雪伤心了，也让他产生了嫉妒。

他嫉妒贺晨雪如此好的女人，怎么会委身于这样一个畜生？

他同样也嫉妒王大为，这样一个畜生，怎么会先自己一步认识贺晨雪？

产生这些念头的时候，唐千林才猛然间意识到，其实自己也只是个凡人。

曾几何时，他真的认为自己与其他人不一样，自己比其他人聪明、冷静，更有解决事情的能力，可当他遇到这种事，又冒险去做了自己过去绝对不会做的事情时，他才明白自己也不过是平凡众生中的一员。

当他把金条交给王大为的时候，王大为的口水都流出来了，丝毫不掩饰自己脸上的贪婪之色。

王大为多次验证金条的真伪之后，笑着道：“成交了。”

说完这三个字，王大为头也不回地走进屋子，然后关上门。

门外，就剩下提着行李的贺晨雪和注视着她的唐千林。

从贺晨雪的站姿和脸上的神色，唐千林知道，这几个小时以来，这个女人就一直站在那儿等着他，一步也没有挪动过。

“有一种幸福只有你知道，这个世界上总有那么一个人在安静地等着你。”这句话也是夜凤当年告诉唐千林的。

此时此刻，唐千林被幸福包围着，他向贺晨雪伸出手，微笑着说了两个字：“走吧。”

牵住唐千林手的那一刻，贺晨雪哭了，也笑了。

也是在那一刻，唐千林突然间有了退出江湖的想法，虽然他才刚刚步入江湖。

对他来说，一切都不那么重要了，重要的是身边这个可以与他共度一生的女人。

……

当唐千林几乎在无意识状态下回忆阐述完这一切之后，李云帆用诧异震惊的眼神看着他说：“没想到，你和贺晨雪还有这么一段过去。”

唐千林苦笑道：“我原本想把这件事永远埋葬在心底的。”

李云帆看着前方道：“刻苦铭心的事是无法埋葬的。”

此时，车后座的烟屁股有些不相信地问：“唐爷，你真的和八相门掌门夫人以前是夫妻？”

唐千林摇头：“我们甚至都不是夫妻，只是在一起生活过，我没有娶她，她也没有说要嫁给我。”

烟屁股不解地问：“那算什么？”

“是呀，那到底算什么呢？”唐千林微叹了口气，“我和她在一起生活了不到一年多，她就消失了。”

敏感的李云帆忽然间想到了什么，他下意识问了句：“一年多？具体是多久？”

唐千林道：“我知道你在想什么，你没猜错，子程并不是我和她的孩子。”

后座的烟屁股一愣：“你还有个孩子？而且孩子还不是你的？你还把孩子带在身边？孩子他妈还跑了？你让我想起我干爹了。”

唐千林疑惑：“干爹？”

烟屁股抽了口烟：“对呀，我干爹，我干爹和你一样，养着不是自己亲生的孩子，孩子的妈也跑了，亲爹也不知道是谁。”

单纯的唐千林看着烟屁股道：“你干爹很伟大。”

烟屁股笑道：“伟大个屁呀，我干爹是孤儿院院长。”

烟屁股说完，李云帆没忍住笑了出来，但马上又憋住，此前面无表情还沉浸在忧伤中的唐千林也有了笑容。

烟屁股凑近道：“你看，唐爷，你不是也会笑吗？那么愁眉苦脸的干什么呀？凡事车到山前必有路，你把不是你自己的孩子都养这么大了，天下还有什么事是你做不了的？”

烟屁股的话鼓励着唐千林，唐千林顿时对这个孩子有了好感，也是在这一刻，他在这个孩子身上看到了过去的自己，也就是认识贺晨雪之前的自己，那时候自己也是如此乐观。

李云帆趁机把话题扯了回去：“你真的打算明天就出发？”

唐千林道：“事不宜迟，明天清晨必须出发。”

李云帆点头：“希望朴秉政能批准。”

唐千林却道：“绕开朴秉政，这件事，我直接找三宅恭次谈。”

李云帆一愣：“绕开他？你有什么打算？”

唐千林解释道：“攻心为上，我们先攻朴秉政的心，让他在日本人跟前失去自信，再想办法找人取而代之，这样，以后我们的事就好办了。”

李云帆停车：“取而代之？人选呢？现在没有合适的人选，我是被怀疑的对象，就算朴秉政下台，日本人也不会让我接手的。”

烟屁股坐在后座，安静地听着。

唐千林道：“有个现成的人选，你也很熟悉，这个人虽然不是我们的人，但至少比起朴秉政来说，更适合逐渐拉拢。”

李云帆问：“谁？”

唐千林说了三个字：“关北鹤。”

李云帆闻言，点头道：“你和易陌尘的想法不谋而合，必须整垮朴秉政，让日本人失去对他的信任。”

唐千林道：“没错，所以这次任务很重要，既然钱斯年和他关系走得那么近，那么，我们就干脆从钱斯年那里入手。”

李云帆问：“如何入手？”

“钱斯年领着张大根与我们同行，这个计划肯定是三宅恭次想出来的，但执行者却是朴秉政，也就是说，如果在这个过程中，钱斯年犯下错误，三宅恭次肯定不会背负责任，遭殃的必定是朴秉政。”唐千林看着李云帆道，“所以，我们相反要变主动为被动，关键时刻将队伍的决定权交给钱斯年，诱使他犯下致命性错误。”

李云帆想了想道：“钱斯年虽然性格谨慎，但确实平日里主意挺多，又喜欢张罗，骨子里很固执，也很自大，同时不喜欢被人指手画脚，你所说的也许不失为一个好办法。”

唐千林点头：“那好，我们现在就去面见三宅恭次。”

唐千林和李云帆带着烟屁股去见三宅恭次的同时，醒了酒的易陌尘晃晃悠悠来到客厅，却只看到坐在那儿吃东西的唐子程。

“你爸呢？”易陌尘打着哈欠问。

唐子程看着门口：“他出门了，说是干活儿去了。”

易陌尘疑惑：“干活儿？他们不会把我扔下吧？”

易陌尘说着就要穿衣服离开，此时小田君从地窖中走出来，指着地窖内道：“你还是来看看这个吧。”

疑惑的易陌尘跟着小田君去了地窖的密室，也从小田君那里得知了昨晚唐千林和李云帆从那些族谱中推测出的结论，他瞬间明白了那个假夏霜为何要那么说。

易陌尘转身就跑，来到院子驾车就朝着圣灵安抚院赶去，他有一种感觉，那就是假夏霜依然在那儿等着他。

当易陌尘跑到假夏霜所住的那个房间门前的时候，果然看见房门开着，他往里面一看，看到假夏霜真的坐在里面，端着一杯咖啡喝着，面无表情地看着他。

“我就知道你会回来，所以，我在这里等着你。”夏霜淡淡道，“看样子，你已经知道为什么会发生这一切了？”

易陌尘直接掏枪对着假夏霜：“你们就为了萨满灵宫杀了她？你们有什么目的？你们孤军到底想干什么？”

假夏霜丝毫没有惧色，起身朝着易陌尘的枪口走去：“你的问题，我留着以后再回答你，但我可以和你做一笔交易。”

易陌尘怒道：“你认为我会和杀害我未婚妻的仇人谈买卖？”

“你会！”假夏霜肯定地说，“因为，你的夏霜还活着，活得好好的，一直在某个地方等着你。”

易陌尘一愣，稍微失神，但立即回过神来：“你骗我！”

假夏霜摇头：“我没有骗你，我们会这么笨吗？知道这件事迟早会被拆穿，到时候你视我们为仇人，又怎么会和我们做交易？所以，我们留下了最重要的筹码，那就是让夏霜好好活着。”

易陌尘在心中思考着，判断着眼前这个女人所说的话真实成分到底有多少。

假夏霜抬手压低易陌尘的枪口：“我没有任何必要骗你，而我也知道，你就算认为这是个谎言，也会想办法搏一搏，我没说错吧？”

易陌尘问：“你凭什么说夏霜还活着？”

假夏霜道：“七岁那年，你和夏霜掉进了冰窟窿里，你奋力把她救起来，自己险些冻死，后来是过路的猎户救下了你俩，这件事你们约定谁也不告诉，对吧？”

易陌尘一愣，的确，那件事只有他和夏霜知道。

“十四岁那年，你偷偷带着夏霜坐火车玩，在火车上，你给夏霜买了一个南方商人的水晶镯子，为了怕父母知道，这个镯子夏霜从来不戴在手上，但那是你们的定情信物，夏霜答应你，嫁给你之后，天天戴着。”“夏霜”看着迟疑中的易陌尘，“这两件事，只有你们知道，就算我当年潜伏在夏家，也不可能得知这两件事，这些都是后来夏霜在被逼无奈的情况下告诉我的，作为证明她还活着的证据。”

易陌尘摇头：“如果你们威逼她说出这些事，又加害于她呢？”

假夏霜迟疑了下道：“我们先做一笔小买卖，做完这笔买卖，我再告诉你夏霜和她家人现在的住址，怎么样？”

易陌尘上前道：“你是说，夏霜和她父母住在一起？”

假夏霜默默点头。

假夏霜的话，不由得让易陌尘仔细回忆着当时的情形，的确很奇怪，夏霜父母那么疼爱女儿，为什么会抛下女儿离开呢？难道真的如眼前这个假夏霜所说，他们是被孤军威逼，只得带着女儿远走高飞，不卷入接下来发生的恩恩怨怨？

易陌尘立即问：“他们住在什么地方？”

“就在东北。”假夏霜简单回答，“现在来谈谈交易吧，这是你唯一的选择。”

易陌尘迟疑了许久，终于道：“你想和我做什么买卖？话说在前头，我是不会出卖兄弟的。”

假夏霜摇头：“出卖说不上，我们只是希望，首先，你不能把萨满灵宫的秘密告知给日本人。”

易陌尘道：“这个不需要你说。”

假夏霜又道：“其次，你不能把萨满灵宫的事情作为政治交换的筹码。”

易陌尘皱眉：“这句话什么意思？”

假夏霜道：“盯上萨满灵宫的不仅有日本人，现在还有满洲贵族，以及重庆方面，我不知道将来抗联共产党是不是也有兴趣，你明白我的意思吧？”

易陌尘摇头：“我不是很明白。”

假夏霜道：“萨满灵宫是属于中华民族的，不是属于某一个人，或者某一个政治势力的，如果萨满灵宫里面的东西可以造福民间，那么就应该公之于众，反之，我们就应该永远保守这个秘密。”

易陌尘算是明白了：“你是让我保守这个秘密，但我只能保证我自己，而且，你们孤军又如何保证，你们没有私心？”

假夏霜淡淡道：“历史可以证明，自有孤军以来，我们就没有为任何势力服务过，所做的事都是惩恶扬善，匡扶正义。”

易陌尘点头：“好，那我问你，你们凭什么就认为自己是对的，凭什么认为自己就是在匡扶正义，而不是助纣为虐？”

假夏霜被易陌尘问住了，的确，凭什么？

许久，假夏霜道：“我说了，历史可以证明。”

易陌尘道：“是呀，历史是可以证明，但是失败者发明历史，而胜利者书写历史，我们都只是小人物而已。”

假夏霜重新落座：“你只管保守秘密，同时将准确的情报传递给我，不与其他的任何势力有瓜葛，其余的事情，我来处理。”

易陌尘道：“先别说得这么绝对，等我们第一次买卖做完，我确认了夏霜和她家人还活着，我们再说以后。”

假夏霜笑了：“可以。”

易陌尘问：“以后我们在哪儿见面？如何交换消息？”

假夏霜道：“其他地方不安全，就在这里吧，你如果来房间里找不到我，就找上次领你来的那位张牧师，他会带你去见我。”

易陌尘点头："好，希望我们交易顺利。"

假夏霜笑着举着咖啡杯示意："肯定顺利，我对你有信心。"

易陌尘转身就走，扔下一句话："我对你很恶心！"

易陌尘的身影消失在门口之后，假夏霜脸上浮现出愧疚和不安，她坐在那儿，端在嘴边的咖啡杯许久又放了下去。

不久，张牧师走进房间："心软了？"

假夏霜摇头，沉默不语。

张牧师走近："你要记住，你不是夏霜，只是她的代替者，你没有名字，没有父母，什么都没有，你的存在只是为了这块大地的繁荣。"

假夏霜微微点头："我明白。"

张牧师转身离开："我不希望再次提醒你这些事。"

"我明白……"假夏霜低下头去，自言自语道，"我都明白，什么都明白……"

李云帆并未在宪兵队找到三宅恭次，宪兵队的人明确告诉他，三宅将军不可能在这里办公，而他的办公地点在何处，谁也不知道。

回到车上，李云帆看着宪兵队大门道："三宅恭次很小心呀，不让人知道自己在哪儿办公，也不让人知道自己的住处，说不定他根本就没有固定的办公地点和住处。"

唐千林点头道："他是特种情报部的部长，还是将军，别说你们抗联，就算是民间抗日势力还有重庆方面，军统也好，中统也好，都巴不得他死，他如果不如此小心谨慎，估计早就没命了。"

正说着的时候，一名日本下级军官走到车前，礼貌地对车内的李云帆道："李科长，三宅将军请你们回秘搜课。"

李云帆点头道："知道了，谢谢。"

下级军官走开后，唐千林道："看见了吗？我们的一举一动实际上都在三宅恭次的掌握之中，走吧，回去吧。"

三人回到秘搜课的那间仓库中的时候，只见仓库中其他特工都不见踪影，三宅恭次和本庄信义两人站在那儿，似乎早就等待着三人。

"三宅将军，本庄大佐。"李云帆上前行礼道，"让你们久等了。"

三宅恭次目光落在烟屁股身上，本庄信义问："他是谁？"

李云帆道："我以前的一个密探，有些本事，经唐先生的同意，招募进秘搜课，希望将军能批准他参加我们下一步的行动。”

本庄信义不语，只是看着三宅恭次，等待他的决断。

许久，三宅恭次的目光终于从烟屁股身上移开，烟屁股也是一副不卑不亢的模样。

三宅恭次道：“虽然允许你们招募人手，但并不代表什么人都可以带来，这个人我们需要审核他的背景。”

李云帆道：“当然，这是必要的程序。”

唐千林此时开口：“三宅将军，我们明天就必须出发前往抚顺非似山，我思考了几天，认为我们必须马上行动。”

三宅恭次点头：“这也是我召集你们前来的原因，今晚，我会将必要的设备运往抚顺，明天一大早你们就出发，我还派了其他人手帮助你们，希望你们一路顺利。”

说完，三宅恭次微微点头，与本庄信义直接离开。

原本以为会有很长一段对话的唐千林和李云帆陷入了疑惑之中，这个日本人到底在计划什么？与第一次一样，几乎什么都不交代，也不说明，就让他们这么走了。至于怎么走，设备怎么取，这一切谁来安排，这些都是未知数。

就在两人疑惑的时候，朴秉政、钱斯年从楼上下来。

朴秉政站定后道：“把易陌尘叫来，今晚你们不能离开这里，明天早上一起出发。”

李云帆立正道：“是！”

唐千林问：“朴课长，这次探险队的具体人员都有哪些？”

朴秉政转身就走：“明天早上你就知道了。”

唐千林上前一步：“我是领队，我必须知道，而且，去那种地方，不是开玩笑的。”

朴秉政停下脚步，站在楼梯上冷冷地注视着唐千林：“你的确是领队，但只是其中之一。”

说完，朴秉政有意无意地看了一眼站在下面的钱斯年，抬脚继续上楼。

唐千林故意阴沉着脸看着面无表情的钱斯年，不过他心里却暗自庆幸，自己的推测是正确的，自己的计划也按照设想顺利开始了第一步。

“老唐，你和烟屁股去我办公室里坐一会儿。”李云帆说完，等唐千林和烟屁股上楼之后，这才故意低声问钱斯年，“喂，朴课长今天是怎么了，火气这么大？不会是出什么事了吧？”

钱斯年摸出一根烟，将李云帆拉到旁边：“是出事了。”

李云帆问：“出什么事了？你倒是说呀。”

钱斯年往朴秉政办公室的方向看了一眼，压低声音：“朴课长不同意姓唐的当领队，想让你当，三宅将军给否了，认为你不够资格，你不专业，为此，两人产生了矛盾。”

李云帆点头：“这样，感谢朴课长对我的信任，这倒让我为难了。”

李云帆不傻，钱斯年这番话说出来之后，他就知道，这小子是在撒谎，实情极有可能是，朴秉政让钱斯年当领队，三宅恭次不同意，这里面肯定还牵扯了其他什么事情，否则朴秉政不可能这么火大。

钱斯年道：“没什么为难的，反正唐千林不是你推荐的吗？总之一句话，他不能出岔子，出了岔子，你要承担责任的。”

李云帆故作为难：“我俩同事这么多年了，也算了解，你知道，我看人还是比较准的，但这次的事情复杂又奇怪，我有点拿不准了。”

钱斯年问：“什么拿不准了？”

李云帆往自己办公室看了一眼：“你觉得那个唐千林怎么样？”

钱斯年道：“你招募来的人，你问我？”

李云帆摇头：“的确是我招募来的人，但知人知面不知心，我找他，仅仅是因为我现在实在是找不到合适的人，但你我不一样，你我谁跟谁？咱俩共事多年，出生入死数次，所以，我相信你的判断。”

钱斯年笑道：“我要是认为他不可靠，你还能让他滚？”

李云帆认真点头：“你如果真的那么认为，我的确会那么想，不过现在箭在弦上……”

钱斯年打断李云帆的话：“你看，你还不是说‘任务马上启动，现在赶他走可不行’之类的话，老李，别这样，太虚了。”

李云帆道：“别打断我，听我说完，我的意思是，现在箭在弦上，让他滚不可能，只能让他死，这里的事情不能泄露出去，你我都清楚吧？”

钱斯年听李云帆这么说，倒有些意外，他看着李云帆严肃的表情，还有双眼中的那股杀意，之前的试探和怀疑逐渐减轻了，因为他曾经见过李云帆这种眼神，已动杀心的眼神。

李云帆又道："县官不如现管，虽然我是三宅将军调来的，但是我的直接上司是朴课长，我在他手下当差，我弄来的人让他为难不高兴，那我就必须得做点什么，否则，我哪儿有前途？你放心，如果你和朴课长心里认为这个唐千林不可靠，那简单，我们今晚动手，人死了，三宅将军追究下来，我们找个理由搪塞过去，我就不信，三宅将军能把我们都毙了？"

李云帆越说越认真，越说越狠，钱斯年也是越听越觉得李云帆并不是在说笑或者试探自己，最终钱斯年打了个哈哈，一巴掌拍在李云帆的肩头。

钱斯年笑道："老李，我和你开玩笑呢，别这么认真，你都说了，你我共事多年，出生入死多次，你找来的人，我还会不放心？"

李云帆却没有露出轻松的表情，反而道："我知道，你也是不想难为我，没关系，这一路上我们盯紧他，万一有什么问题，我知道该怎么做，还有，课长刚才也说了，领队不止他一个，就算现在三宅将军信任他，那也没关系，只要我们都站在你这边，他毫无办法。"

说完，李云帆露出个奸诈的笑容，钱斯年也笑着点点头。

成了，第一步完成。李云帆说完将目光投向自己的办公室：唐千林，接下来就看这一路上咱们的戏该如何演了。

第二十六章

午夜列车

虽说无法离开秘搜课，但唐千林依然担忧着唐子程，因为易陌尘要同行的缘故，他更不敢将唐子程独自留在易家豪宅中，毕竟那里还住着一个疯疯癫癫、生活都无法自理的小田君。

唐子程感染乙种菌险些丧命的阴影依然在唐千林脑子中挥之不去，所以，他必须将唐子程安顿在一个他能放心的地方。

而在哈尔滨这个陌生的城市，唐子程只有一个地方可去，那就是八相门，他生母贺晨雪所在的地方。

为此，唐千林在电话里告知易陌尘赶来的同时，也向朴秉政说明了自己的难处。

朴秉政听完，斜眼看着办公桌对面的唐千林："为什么要把你儿子送到八相门去？"

唐千林道："我有我的理由，朴课长可以不过问吗？这件事不关系到我的任务。"

朴秉政却是一反常态地笑了："好，不过问，我给你两个小时，但是必须得让钱科长陪你一起去，没问题吧？"

朴秉政当然不需要过问，他只需要去调查。

唐千林早料到会有这一手，他爽快地点头："情理之中。"

唐千林离开时，与门口的李云帆交换了下眼神，他从李云帆的眼神中读出，构陷朴秉政和钱斯年的计划已经开始了，李云帆已经堆上了柴火淋上了汽油，现在就等着他点第一把火。

来到保安局院内，钱斯年和轿车已经等在那儿了，同行的还有另外一辆轿车，以及五名精神抖擞的特务。

“唐先生，请上车。”钱斯年笑嘻嘻地站在车旁，特务帮他打开车门。

唐千林微微点头道：“辛苦钱科长了。”

“哪里话。”钱斯年也上车坐定，看着唐千林道，“我们都是自己人，以后一口锅里吃饭，不分彼此，你是领队，这一路还得仰仗您的专业知识。”

唐千林看向窗外，微微一笑：“那倒也是。”

唐千林故意用话去刺激钱斯年，说完，他故意转过头去看钱斯年，和他所设想的一样，钱斯年的脸色很难看，但很快又恢复正常。

钱斯年看向车前方道：“有本事的人就像唐先生这样，说话大套。”

唐千林淡淡道：“抱歉，得罪了。”

钱斯年呵呵一笑：“不会，我怎么会那么小气？我如果是你，也一样。就如同，在哈尔滨，在我的职权范围内，您必须仰仗我一样，对吧？”

上钩了。唐千林心想。他故意迟疑了下，等着钱斯年似乎觉得这个话题过去的时候，他才冷不丁说了句：“那不一定，你能做的事，我也能做，但我能做的事，钱科长就未必会了。”

说完，没等钱斯年接话，唐千林却咧嘴一笑：“和您开玩笑的，别介意，我在哈尔滨人生地不熟，就算再有本事又有何用？所谓强龙不压地头蛇，我凡事都得仰仗钱科长和秘搜课的各位，有得罪之处，还请钱科长见谅。”

唐千林前前后后的所作所为，看起来像是装腔作势之后又认㞞，实际上不然，他这一手玩的就是地痞无赖的惯用手法，先是百般挑衅，等对方憋不住要动手的时候又认㞞道歉。

面子上是过去了，但也达到了激怒对方的目的，可对方在眼下又无法拿他怎样。

唐千林很清楚，要对付钱斯年、朴秉政这类的人，应无所不用其极，而首先就得激怒敌人，让他们在愤怒中丧失理智，从而做出错误的判断。

钱斯年只是笑笑，就当这件事过去了，但实际上他早就想摸枪出来毙了唐千林，这不仅侮辱了他，而且还当着其他特务的面，这让刚到秘搜课的钱斯年今后怎么混？

快到八相门马会门口的时候，钱斯年忽然问了一句：“唐先生，你和八相门的人还有交情呀？”

唐千林知道，自己和贺晨雪的事情迟早会曝光，而且他要调查贺晨雪估计有点难度，不如把这件事扩大，让秘搜课以调查自己的背景为目的，查个水落石出？

唐千林只是淡淡一笑道："有点交情。"

他没往下再说，他知道越是欲盖弥彰，越会让钱斯年产生浓厚的兴趣。

车到门口的时候，早就等在那儿的易陌尘也打开车门，和唐子程一起下来。

易陌尘临行前，已经给贺晨雪打了电话，并没有以商量的语气，只是告知她有这件事，让她去马会等着，如若不去，他就带着孩子去柳府。

说完，易陌尘就直接挂了电话，根本不给贺晨雪说话的机会。

贺晨雪挂掉电话，找了个借口匆匆赶往马会，在马会办公室内等着，连灯都没有开。

贺晨雪站在窗帘边透过窗户看下去，清楚地看到路灯下的三辆车。易陌尘、子程还有唐千林，那个男的是谁？怎么还有其他人？等贺晨雪看清楚之后，终于发现还有一个人竟然是钱斯年。

贺晨雪不由得心头一惊：唐千林真的在保安局供职了？看样子马延庆没有说谎。

贺晨雪想了一会儿，把灯打开，她决定大大方方地迎接下面的人，因为事已至此，掩饰只会越描越黑。

可没多久，办公室的门被敲响，贺晨雪把门打开的时候，她只看到了站在门口的唐千林和唐子程。

与此同时，马会外路灯下，钱斯年拿出烟递给易陌尘："易老板，这什么情况呀？如果我没记错的话，那间办公室可是八相门掌门老婆贺会长的。"

易陌尘抬眼看着亮灯的办公室窗户，点上烟，只是默默点头。

钱斯年面带八卦的笑容问："怎么，唐先生还认识贺会长？"

易陌尘看看他，只是浅浅一笑，依然什么都不说。

姓钱的，你自个儿去猜吧。易陌尘这么想着，低头抽着烟，自顾自地笑着。

钱斯年看着他在那儿偷笑，也不知道他在想什么，只得抬眼看着亮灯的办公室。

唐千林和贺晨雪是什么关系呢？钱斯年觉得这其中大有文章。

办公室内，唐千林带着唐子程在沙发上落座，贺晨雪也坐在旁边，三人似乎无话可说，都盯着并未生火的壁炉。

"爹，我冷。"唐子程刚说完，贺晨雪就立即上前生火。

唐千林用讽刺的语气道："总算有个当妈的样儿了。"

贺晨雪一边生火一边问："这么晚找我，把孩子领来，想干什么？"

唐千林道："我要出远门，去办点事，孩子留在这儿我不放心，你帮我看几天孩子，不，应该说，你尽几天当母亲的义务。”

贺晨雪生完火，重新落座，看了一眼唐子程，问：“你去办什么事？不能把他带上吗？”

唐千林冷冷道：“有些事，不能带孩子，总之孩子你看几天，我回来就接走。”

此时，唐子程问：“爹，你要去哪儿？”

唐千林看着唐子程的时候，表情和语气都变了：“爹去干活儿赚钱呀，有了钱，咱们才能有家。”

唐子程却道：“是不是有了钱，有了家，娘就回来了？”

唐子程说着，用疑惑的眼神看着贺晨雪，贺晨雪赶紧避开他的眼神。

唐千林摸着唐子程的头：“你去那边玩吧，我和你娘有点事要说。”

“哦，我知道了。”唐子程听话地走到办公室另一角，四下观望着。

唐千林看着远处的唐子程道：“孩子没有家的概念，他不知道先有爹娘，才算有家，在他的心里，家就是一座宅子，有了宅子才有爹，然后才有娘。”

贺晨雪有些生气地说：“你是怎么带孩子的？”

唐千林只是冷笑了下：“孩子没娘，这事怪我？”

贺晨雪决定不再继续这个话题：“你现在为保安局做事？都做什么？”

唐千林直视着她：“有些事你不该知道的，就不要知道，对你没好处，就算八相门势力再庞大，在保安局和宪兵队那儿，也不过是街边的一堆狗屎。”

这番话让唐千林说得很是痛快，但同时也意识到，自己完全是在骂柳谋正，骂贺晨雪现在的合法丈夫，而他辱骂一个完全不了解、不认识的人，完全只是出于嫉妒。

贺晨雪知道唐千林话里的意思，她现在不能争辩什么，只得道：“去几天？”

唐千林冷冷回应：“不知道。”

贺晨雪又问：“大概去什么地方？如果你有事，我也该知道上哪儿给你收尸去。”

唐千林冷笑道：“我俩没任何关系，你干吗替我收尸？”

贺晨雪辩道：“我是代替子程为他爹收尸，你别误会了。”

唐千林凑近贺晨雪，压低声音，几乎是咬牙切齿地说了一句：“我是他亲爹吗？！”

说完，唐千林起身，走向唐子程，搂着他道：“爹走了，你跟着娘乖乖的，过几天爹就来接你。”

唐子程无奈地点点头，眼圈已经红了。

唐子程长这么大，是头一次离开唐千林这么久，而且还在一个陌生的地方，不免有些不知所措，心里甚至胡思乱想是不是唐千林要扔下他了。

“爹——”唐子程叫住了开门要离开的唐千林，“我等你，你不要骗我，千万不要骗我。”

这一刻，唐千林的回忆突然被拉回到了十年前，他仿佛又看到那个无助的贺晨雪提着行李站在门口，带着哭腔在对他说话。

唐千林忍住夺眶的泪水，面带微笑道：“我不会骗你的，永远不会。”

这与唐千林当年回应贺晨雪的话一样，不同的是，当年他是在心中默念回应，而这次他真真切切地说了出来。

贺晨雪坐在那儿，只是看着壁炉中的火焰，她当然记得当年自己与唐千林的点点滴滴，可那一切为何会发生？那都是必须严守的秘密，所以，她只能保持沉默。

等唐千林离开，办公室的门关上后，贺晨雪才喃喃自语道：“我不奢望你能够原谅我，只是希望你千万不要恨我。”

站在那儿流泪的唐子程扭头看着贺晨雪，他并不明白这个陌生的母亲为何要说这句话，也不知道这句话到底是对谁说的。

只是，他感觉到，在这间生起炉火，明明很温暖的屋子内，滑落脸颊的泪水似乎要被凝固了。

“走吧。”回到楼下车前，唐千林只是简单地说了这两个字。

就在众人准备上车的时候，一辆汽车从远处开来，车稳稳停下之后，李云帆从车上下来，着急上前道：“情况有变，我们必须马上出发。”

“马上出发？”易陌尘皱眉，“不是说明天一大早吗？”

唐千林并不诧异，也不吃惊，只是问：“出什么事了吗？”

李云帆摇头道：“不知道，朴课长刚接到三宅将军的电话，命令我们立即赶到火车站。”

李云帆说话间，唐千林偷偷观察着钱斯年，钱斯年很淡定地站在那儿，他的表现让唐千林证实了心中的推测——他早知三宅恭次是如此安排的，原本就打算让他们连夜乘坐火车离开。

这样安排就是为了保密，不让他们前往非似山的具体行踪泄露给第三方得知，从而打乱第三方可能会有的部署。

众人分别上车，由李云帆引领着直接开往了哈尔滨火车站。

到火车站门口的时候，一名宪兵队的日本军官上前拦下车，让他们稍等。

唐千林透过车窗看向火车站，才发现这里已经是重兵把守，几乎没有任何闲杂人等，按理说，这个季节，这个时间，火车站应该是没什么人的，但为了安全和保密，日本人还是采取了封锁和严查。

“我们这次去抚顺，沿途要经过新京、四平和奉天三个大站，途中的小站也有几十个。”唐千林下车后，李云帆趁着钱斯年上前与那名军官搭话，低声与他交谈，“途中的兵站也有七个之多，其中兵站有五个都是关东军的，只有两个属于国防军，所以，沿途一定要多加小心。”

唐千林不解：“多加小心？”

李云帆看着四下道：“虽然三宅恭次封锁了消息，但这件事还是会走漏风声，再加上你说我父亲的事情，我担心……”

李云帆刚说到这儿，易陌尘就插嘴问：“你父亲怎么了？”

唐千林看着李云帆，李云帆迟疑了下道：“老唐怀疑我父亲是重庆方面的人。”

易陌尘惊呆了，下意识看了一眼远处和日本军官攀谈的钱斯年，低声道：“真的？”

唐千林道：“翔爷亲口告诉我的，而且还试图拉拢我。”

易陌尘不知道该说什么了，只是觉得这次麻烦大了，也明白了那个假夏霜为何要说不要与其他势力有瓜葛，也许孤军早就知道李清翔的背景。

李云帆道：“我算是明白，我爸为什么要在最风光的时候金盆洗手了。”

此时，钱斯年走了过来，三人赶紧闭嘴，不再谈论那个敏感的话题。

钱斯年往车站门口的方向看了一眼：“三宅将军让我们先进去，鉴定一些东西。”

“鉴定？”易陌尘听到这两个字，觉得有些奇怪。

钱斯年点头：“对，鉴定，具体是什么我也不知道，东西就在车厢里。”

正说着，那名日本军官上前，但并不傲慢，毕恭毕敬道：“各位，可以了吗？”

钱斯年看着唐千林，唐千林点点头：“走吧。”

到底是连夜出发，还是来这里鉴定什么东西？三宅恭次要做什么呢？唐千林带着这个疑问与那名日本军官走进了火车站，径直来到三步一岗五步一哨的站台上。

站台周围到处都是关东军的士兵，制高点都安排了人，可以说是三百六十度无死角。

来到那节单独的车厢前时，唐千林发现车厢被士兵团团围住，从人数上来看，至少是日军的一个小队的规模，而且都手持着改进型的MP28冲锋枪。

军官朝着领头的一名军曹点头后，军曹与几名士兵一起将车厢门拉开。

拉开车厢门之后，出现在众人眼前的是一尊被放倒在车厢内的石制佛像。

军曹和拉开车门的士兵立即让开，腾出视线空间，让唐千林等人看清楚。

钱斯年道："就是这个。"

"佛像？"易陌尘上前一步，稍微靠近车厢，"从哪儿弄来的？"

钱斯年没回答，只是道："你们先鉴定下这个佛像是什么年代的。"

易陌尘都没有上前细看，就不假思索地回答："明代的。"

李云帆走到车厢门前，看了一阵，也赞同道："对，是明代的。"

钱斯年当然不懂这些，问道："为什么？理由呢？"

易陌尘走进车厢，站在那尊佛像跟前，指着道："明代佛像的特点是衣着写实，你看这尊佛像的甲衣和襻甲丝绦如真的一般，再看佛像本身，面相丰润，细眉长目，额头宽厚，大耳下垂，表情庄重而不失柔和，这些都是明代佛像的普遍特点。"

钱斯年并未走进车厢，只是点头道："好吧，这东西……会有危险吗？"

钱斯年问出这样一句话，让在场的人都有些意外。

唐千林问："钱科长，你为什么会说这东西有危险？"

钱斯年笑道："不是，我的意思是说，这东西会不会有危险？"

唐千林沉思了片刻道："要看这东西是从什么地方弄出来的，虽然这尊佛像被仔细清理过，但清理的人担心会损坏它，所以有些地方还残留着泥土。"

唐千林也走了进去，从佛像手部的缝隙中捏出一点泥土来，闻了闻，随后道："从泥土的成分上来看，你们是从杂土之中挖出来的，而不是平土。"

钱斯年站在外面问："什么是杂土，什么是平土？"

"术语。平土指的就是正常自然的土壤，在挖掘之前没有变动过。"唐千林蹲在那里仔细看着那尊佛像，"而杂土指的就是，这尊佛像要么是被挖出来重新掩埋过，要么就是因为自然因素被暴雨或者泥石流冲刷出来了。"

钱斯年终于道："的确是被暴雨冲刷出来的，唐先生，你果然专业呀，这样都能看出来。"

钱斯年的话，也让唐千林、李云帆和易陌尘知道，在这个秘搜课内，钱斯年是除了朴秉政之外，知道得最多的人，从这一点可以判断出，日本人不仅仅是因为朴秉政才信任钱斯年的，还因为他们原本就将钱斯年视为心腹。

那么，反过来推测，三宅恭次和本庄信义因为这种信任调来朴秉政，会不会因为相同的原因而信任钱斯年呢？

换言之，钱斯年的身份也许并不简单。

钱斯年此时又道："佛像有两尊，这只是其中之一，最奇怪的是，把这尊佛像从泥土中挖出来的时候，关东军方面死了好几个人，所以，我才问，这东西到底有没有危险。"

易陌尘看着钱斯年："死人了？怎么死的？什么原因？"

李云帆也问："老钱，到底是怎么回事？"

钱斯年朝着那日本军官点头示意，军官对先前开门的军曹说："把标本拿出来。"

标本？唐千林注视着那名军曹，军曹从巨大的军用背包中小心翼翼地拿出一个盒子，双手递给军官。

军官慎重地捧着盒子走到钱斯年跟前，钱斯年却道："给唐先生看看，他是专家，我不懂这些。"

军官走到唐千林跟前，将盒子打开，唐千林凑近一看，发现盒子中用细钉钉了五只已经干瘪，只有手指甲盖大小的青蛙。

易陌尘和李云帆也凑上前看着。

"这是什么东西？"李云帆凑近看了看，"青蛙？"

易陌尘也很疑惑："这么小的青蛙？比林蛙还小，头一次见，该不会是还没长成的林蛙吧？"

军官摇头："帝国的生物专家鉴定过了，这不是林蛙，是一种从未见过的生物。"

军官说着，拿出放大镜给唐千林："请注意这种生物的腹部。"

军官说完，将其中一只青蛙身上的钉子取开，将其身体翻转过来。唐千林拿着放大镜凑近看着，发现青蛙的腹部竟然长有倒刺，在灯光下倒刺还泛着银白色的光芒。

唐千林仔细看了一会儿，将放大镜交给易陌尘："你做异商这些年，有没有见过这种东西？"

易陌尘仔细看着，同时也在回忆着，半晌道："没有见过。"

"你应该见过才对，这种青蛙是东北特有的，听说在苏联的西伯利亚也有这种东西，非常罕见，那边称冰蛙，而在我们这里，被叫作鬼蛙。"唐千林指着盒子中那一只只小冰蛙，"如果这些冰蛙都是活着的，单是一只就价值连城。"

李云帆忽然想到了什么："这玩意儿是不是也叫银雪蛤？我们上次见过的那种？"

唐千林否定道："不，银雪蛤和鬼蛙是两种完全不同的东西，银雪蛤的作用主要是入药，而鬼蛙用途很多，在医学上，鬼蛙可以治疗烧伤，过去古代的贵族，会将鬼蛙饲养在家中地窖，降温避暑。"

"不可能，这绝对不是鬼蛙。"易陌尘拿开放大镜，用无比肯定的语气说，"我见过鬼蛙，鬼蛙不可能这么小，一般体长都是半指，而且身体是半透明的。"

唐千林也不与易陌尘争辩，只是问钱斯年："钱科长，盒子里的鬼蛙你们是从哪儿找来的？"

钱斯年看着日本军官，军官回答："挖出这尊佛像的时候，在佛像周围到处都是这种东西。"

李云帆闻言道："难道说，害死那些士兵的，也是这东西？"

没等日本军官回话，易陌尘立即道："不可能，鬼蛙虽然名字骇人，但绝对无毒无害。"

易陌尘说完，唐千林刚要反驳，却又忍住了，只是默默点头。

日本军官道："不知道是不是这东西害死的，但是挖掘出这东西之后，没过多久，我们的士兵就陆续死亡，经过军医的鉴定，他们都是中毒而死的。"

唐千林立即道："我可以看看尸体吗？"

日本军官看向轨道对面的另外一节车厢道："尸体就在那节车厢中。"

第二十七章

十人队

日本军官领着众人来到那节铁皮车厢前的时候，从门口军医的手中拿过口罩递过去："虽然确定不会传染，但还是小心为上。"

众人依次从他手中拿过口罩，到钱斯年的时候，钱斯年却摆手道："我就不进去了。"

日本军官瞟了他一眼，眼中尽是鄙视和不屑，但也没说什么，只是戴上口罩，率先走进车厢。

唐千林、易陌尘和李云帆走进车厢之后，钱斯年挥手叫来在远处等待的特务，问："那个叫什么烟屁股的，你们查了吗？什么来路？"

特务回答："查了，背景不干净。"

钱斯年谨慎地问："不干净？什么颜色的？"

特务赶紧解释道："和抗日分子没关系，有点黑道背景，但也不深，原本是个贼，还是个赌徒，在哈尔滨的各大赌场，没有人不认识他的，听说手快，没有他偷不来的东西，都传言他会出千作弊，但从未被人抓住过。"

钱斯年沉思了片刻，脸上有了笑容："有点意思。"

特务又道："人早就接来了，扣在外面的车里，你看怎么处置？"

"放他进来吧。"钱斯年看着存放尸体的车厢道，"我倒要看看，他们到底准备怎么演下面的戏。"

在存放尸体的车厢中，日本军官揭开一副担架上的白布，让唐千林等人看清楚白布下的那具骇人的尸体。

车厢并不是密封的，周围都有通风口，按理说在这个季节，这类的货运列车如果装载有士兵，都会把通风口给关上，或者人为封上，因为实在太冷了。但因为要运送尸体的缘故，就完全没有那种必要，零下二十几度的气温，可以保持尸体在车厢中不会腐烂。

众人看到白布下的那具尸体时，都不由得浑身一颤，因为那张脸几乎变成了半透明，连皮肤下面的血管都清晰可见，且皮肤表面还密密麻麻布满了不规则的裂痕，就像是摔碎又重新拼凑在一起的瓷器。

李云帆皱眉道："怎么会这样？"

日本军官摇头道："不知道，我们的军医只知道是中毒，至于什么毒，又为什么会产生这种变化，完全不知道，我们把尸体带回来，就是为了解剖化验。"

此时的易陌尘心中想的却是，要是能搞到一具尸体，哪怕是从尸体上取下些皮肤组织，带回去让小田君化验那就好了。

一直沉默的唐千林把下方的白布完全掀开，仔仔细细看了一遍，看到脚部、脚跟位置之后，唐千林抬手将白布盖上，转身离开。

日本军官见状，追上去问："有结论了吗？"

唐千林摇头："没有，你们还是带回去仔细化验吧。"

说完，唐千林离开了车厢，易陌尘和李云帆也紧随其后离开，留下那名日本军官独自一人在车厢内。

走出车厢的时候，唐千林和李云帆就看到站在车站站台上搓手跺脚的烟屁股。

钱斯年上前道："怎么样？"

唐千林只是摇头："不知道，没见过这种情况。"

说完，李云帆又问："我们乘坐的列车在哪儿？"

钱斯年指着不远处存放佛像那节车厢前方的火车道："那边。"

唐千林点头道："先上车吧，我也累了。"

钱斯年在前面引路："休息吧，这几天在车上好好休息。"

等几人上车之后才发现，除了被捕的交通员张大根之外，消失几日的庆全和另外两个陌生人也在车上。

见唐千林几人走进来，张大根瞟了一眼李云帆，又把目光放低，坐在那儿一声不吭。

庆全则上前道："总算见到你们了。"

唐千林问："这几天你去哪儿了？"

庆全苦笑道："牢里。"

庆全的回答，让唐千林和李云帆一愣，当即就明白了，庆全是被抓起来审问当时去祭祀洞中的具体情况了。

因为钱斯年在场，唐千林也不好细问什么，只是找了位置坐下，看着窗外。

窗外的日本关东军士兵忙碌着朝车厢尾部的方向跑去，先前那名日本军官也在那儿指挥着。

坐在唐千林对面的李云帆听了一阵后，往周围看了一眼，确定距离自己较远的钱斯年没有注意到这边，这才压低声音道："奇怪，他们把运送佛像的车厢也挂在后面了。"

唐千林问："你怎么知道？"

李云帆道："先前那个日本军官正在指挥士兵把车厢挂在尾部。"

两人正说着，又听到了车头的轰鸣声，李云帆下意识探头出去，再缩回头来的时候，立即道："车厢尾部还挂了一列装甲列车，刚从后面开过来。"

易陌尘疑惑道："刚运回来又拉走，什么意思？"

李云帆竖起耳朵听着外面日本军官的喊话，随即道："听他们的对话，应该是要把这尊佛像运到新京去。"

唐千林听完，却说了一句话："这么说，我们沿途还有机会。"

"什么机会？"李云帆皱眉问，"你想做什么？"

唐千林斜眼瞟了下远处与张大根等人坐在一起的钱斯年，又道："我还需要再次确定一下那尊佛像。"

易陌尘反应极快："你的意思是说那尊佛像有问题？"

唐千林道："没错，肯定有问题，如果我没有推测错误，那不是佛像，而是一具人冢棺。"

唐千林说出"人冢棺"三个字的时候，李云帆和易陌尘都是一愣，互相对视了一眼，几乎同时问："那是什么？"

唐千林解释道："那是东北某个神秘教派的一种独特的殉葬方式，镶字派在东北寻找萨满教遗迹的时候，曾经在黑河一带发现过这类的人冢棺，只不过那具人冢棺只是一尊普通的石像，并不是佛像。"

易陌尘问："那你如何肯定这尊佛像就是人冢棺？"

"因为那些体形缩小的鬼蛙。"唐千林下意识看向钱斯年的方向，压低声音道，"镶字派发现人冢棺的时候，虽然十分小心，但也折损了两个人：一个是花钱雇用的本地向导，另一个是旄捕，记载中他们的死状与我们先前看到的日军士兵的尸体几乎一模一样。”

李云帆皱眉：“真的是鬼蛙干的？”

唐千林点头：“鬼蛙本身如寒冰一样，体温极低，而且在没有食物的前提下，它们采取的方式是繁殖，同时吞噬同类。当年在打开那具人冢棺之后，他们发现人冢棺中除了一具像是刚死去的人类尸体之外，还有无数存活的鬼蛙，而且体形都特别小。”

易陌尘终于明白：“我懂了，把人的尸体放入人冢棺之中，同时放入鬼蛙，可以保证尸体不腐朽，而鬼蛙为了生存，在这种特定环境中自然退化了自己的身体，原本无害的鬼蛙，也是在这个过程中变异产生毒素的。”

“没错，镶字派当年也是这么推测的。”唐千林看向窗外，此时窗外的日军士兵开始集合，火车也随着汽笛声开始缓缓起步。

唐千林目光移回来，又道：“任何生物死后，尸体腐败都会产生细菌毒素，即便是人类的尸体在低温下不腐朽，照样会产生其他的东西，而在封闭的前提下，鬼蛙自身分泌出来的东西和它的粪便，加上尸体产生的尸气和尸毒，便会让唯一的活物鬼蛙产生变异。”

李云帆点头：“明白了，那为什么要使用人冢棺呢？什么样的人才会使用人冢棺？”

唐千林回忆道：“按照镶字派的调查，这种殉葬方式分为两种。第一种叫人冢棺，是一种高规格殉葬，里面葬的都是生前被大家视为好人的人，按照镶字派开棺之后的验证，里面葬的的确是萨满，因为尸体上的穿着打扮与萨满没有区别。”

易陌尘问：“那么第二种呢？”

唐千林道：“第二种叫鬼冢棺，殉葬的应该是被抓捕的恶萨，当然这些只是当时镶字派的推测，毕竟他们当时虽然发现了两具人冢棺，但其中一具已经被人为损坏，里面的尸体也被带走，只能从棺中残留下来的物件判断应该是恶萨。”

李云帆问：“残留下什么东西了？”

唐千林道：“残留下了数个大小不同的盒子。”

“盒子？”易陌尘很疑惑，“那是干什么用的？”

唐千林解释道：“被发现抓捕的恶萨，基本上是两种下场：第一种刑罚较轻，只是流放到蛮荒之地；第二种是就地处死，然后将尸体分成七个部分：四肢、头部、一分为二的躯体，这七个部分会装入盒子中，然后装入鬼冢棺中，大概意思就和我们汉族所说的永不超生是一个道理。”

易陌尘挑眉道：“真狠呀，以你的判断，后面车厢里拉的那尊佛像里，是不是某个恶萨的尸身呢？”

唐千林摇头：“我就是不知道，才想去查证，你们想，那东西是从非似山中挖出来的，而萨满灵宫如果真的在那里，里面葬的人，会提供给我们很有价值的线索，所以，在到达新京之前，我们务必要想办法打开看看。”

李云帆看着四下道：“关键是，车上到处都是秘搜课的人，还有关东军的士兵，我们要下手很困难。”

易陌尘也为难道：“而且那是石像，要打开既需要工具，也需要时间，我们就算有工具，也不一定能打开，能打开也不一定有那么多时间。”

唐千林平静地说：“这个问题不大，你们想，鬼蛙能从里面跑出来，那就说明这具人冢棺本身就出现了裂缝或者洞，我们可以从那里入手，现在的问题就是，如何才能找到理由去查看，抑或我们干脆大大方方去查看。”

李云帆立即反对：“那样日本人不也就知道了吗？”

唐千林道：“送到新京，他们迟早也会打开，实在没办法的情况下，我们打开查明情况后，再想办法把里面的东西毁坏。”

易陌尘惋惜地摇头：“太可惜了，那可是宝贝呀。”

“我当然知道，但是，万一里面的东西被日本人研究出来，又用于战争呢？”唐千林注视着车厢连接处的关东军士兵，“我可不相信，他们调查研究这些神秘事件，是为了造福人类。”

李云帆作为一个潜伏在伪满多年的地下党，太清楚日本人的所作所为，他们的冠冕堂皇有时候连他们自己都觉得可笑。多年前，曾有一个日本下级军官，因为良心过不去，私下埋怨了几句军队的做法，就勒令调离了原部队，又因为在接到调令的当时据理力争，最终被军法处置，理由很简单，只有两个字——叛国。

在这些侵略者眼中，他们所做的一切都是正确的，毋庸置疑，对他们来说，他们进行的是一场解放亚洲的圣战，而在战争中死去的无辜百姓，却用一句“战争中没有无辜者”来搪塞过去。

“你在想什么？”唐千林看着走神的李云帆，“你想到什么好主意了吗？”

李云帆摇头："没有，实在没办法，只能光明正大地去看。"

两人正说着的时候，庆全走了过来，挨着唐千林坐下，低声道："那边几张新面孔，你们认识吗？"

李云帆道："年龄最小的那个，叫烟屁股，是我的人，其余两个，我不认识。"

"我认识其中一个。"易陌尘看向窗外，不去注视那个人，"就是那个戴着皮帽，腰间别着一支火铳的家伙，他叫乔铜，是山里的胡子。"

唐千林看着正在喝酒的乔铜，乔铜也不知道为何忽然扭头朝着这边看了一眼，还咧嘴对着唐千林一笑，举起手中的酒壶。

唐千林微笑摇头，乔铜又笑着喝酒，把目光投向车窗外。

庆全低头道："乔铜我也认识，以前有过一面之缘，另外一个我不认识。"

几人都不由自主地看向那个站在连接处与日本士兵攀谈，有说有笑的男子，男子头发梳得油光水亮，戴着一副金丝眼镜，穿着加厚的西服，外面套着风衣，手中的礼帽转来转去的，看着像是个公子哥，也不知道是做什么的。

李云帆皱眉道："如果有时间，我们倒是可以去冥耳那儿买点这些人的情报，也就能知道那个人是干吗的了。"

庆全低声道："听之前他们的对话，那小子姓金，还有，他还会说朝鲜话，最重要的是，我听他和钱科长说了好几句朝鲜话。"

李云帆闻言一愣："你说钱斯年说朝鲜话？没听错吧？"

庆全压低声音："绝对没听错，我虽然不会朝鲜话，但以前也在延边待过，分得出来，而且钱科长那朝鲜话说得挺溜，他是延边人啊？"

李云帆摇头："不是，奇怪了，他怎么会说朝鲜话？"

唐千林道："这次的队伍，一共有九个人，除了我们五个之外，得对其他四人多加小心，易老板，你介绍下那个乔铜的情况，让大家心里都有数。"

李云帆道："我过去和钱斯年聊天，转移他的注意力，你们赶紧说。"

说完，李云帆起身朝着钱斯年走去，坐在那儿和钱斯年喝酒闲聊。

易陌尘也看着那个方向："庆全你不是认识吗？你来说，你说不清楚的，我来补充。"

庆全瞟了一眼乔铜："乔铜，绰号乔土炮，祖籍山东人，早年是个长工，有一年山上的胡子下来抢劫，乔铜挺身而出，救下了那家地主。按理说，这种举动，正常人早死了，可乔铜呢，会点功夫，嚷嚷着要和那胡子头单打独斗，那胡子头却也同意了……”

胡子头和那乔铜决斗，乔铜明明占上风，却在关键时候，故意卖了个不被他人察觉的破绽，输给了胡子头。

其他人没看出来，胡子头心知肚明呀，觉得这小子聪明，而且肯定有所求，于是就问他到底想做什么。

乔铜早就认为当长工没啥出息，撑死以后看家护院，也不过是当条狗，于是提出自己要跟着胡子头上山，胡子头看这小子有胆识、有脑子，当即就答应下来了。

乔铜上山之后，跟着胡子头混得那是风生水起，但他也不甘心就这么一直屈居一个小头目，于是打家劫舍更加卖力，终于机会找上他了。

某次胡子头和老毛子交易军火，老毛子仗着自己手中家伙厉害，想要黑吃黑，乔铜早有预料，于是安排了人手在周围埋伏，等老毛子动手的时候再来个反伏击。

让乔铜没预料到的是，老毛子来了个擒贼先擒王，开火就把胡子头给打死了，当即那群土匪就慌了，乔铜赶紧稳定人心说老大只是受伤昏过去而已，然后带着手下把那群老毛子全给突突了。

一场交易下来，土匪钱货两不空，只是胡子头死了，后来大家一寻思，觉得最有胆色的还是那乔铜，于是推举乔铜当了老大。

庆全说到这儿微微叹息了一声：“这乔铜呀，后来认识了个日本女人，这日本女人是跟着日本人那些什么开垦团来的，别说，那日本娘儿们确实好看，乔铜也不知道想了什么办法，就把那娘儿们给拿下了，拿下了对他来说是喜事，但对其他人来说，这件事，就是当老大的不顾仇恨仁义。”

唐千林皱眉：“什么叫不顾仇恨仁义？”

易陌尘笑道：“他用词不当，当时日本的开垦团呢，占了不少地方，干了不少坏事，山上的土匪也和日本人有仇呀，原本就寻思着报仇雪恨，结果老大娶了个开垦团的娘儿们，他们能愿意吗？”

唐千林问：“然后呢？内讧了？”

易陌尘道：“对，内讧了，开始是谏言，乔铜愿意不和这女的过了，但属下都认为应该把这女的弄死。”

唐千林摇头：“这就过分了。”

“岂止过分呀，其实娶个日本娘儿们，又不算当汉奸，不至于。”庆全在一侧说道，“这群狗日的硬是把乔铜给绑了，当着他的面把他的日本老婆给弄死了，活生生给勒死了，而且最让乔铜愤怒的是，勒死之后，停尸当晚，有几个色胆包天的家伙竟然猥亵了他老婆的尸体……”

乔铜得知此事，愤怒不已，完全丧失了理智，拿着他那火铳，见人就杀。

有点良心的土匪呢，也不阻止他，四散就跑了；剩下的人呢，最终擒获了乔铜，却也不杀。

为什么不杀乔铜？

因为这些家伙知道日本人悬赏乔铜的脑袋，那可是用黄金计算的，于是他们一群人押着乔铜就往山下走，结果半路上遇到日本关东军。

乔铜当时看到日本人的军队，心一横，一不做二不休，开始对那群日本人说日语，他毕竟跟自己的日本老婆生活了有些日子，日常用语也会说个七七八八。

那些关东军一听日本人被擒，当时就展开了营救行动，那些土匪也不愿意交火，知道打不过，赶紧投降，并且说自己是送了匪首乔铜去领赏的。

乔铜为了替老婆报仇，就把自己手下做的龌龊事一股脑儿地说了出来，那些日本军官闻言也十分愤怒，当即杀了随行的那些土匪，乔铜也当即表示，他愿意投诚，带着日本人上山把自己的老巢给剿了。

易陌尘说到这儿，双手一摊：“就这样，一个崭新的汉奸横空出世了。”

唐千林听易陌尘的话，既觉得悲哀又觉得好笑：“什么用词。”

庆全又道：“后来乔铜就当了地方保安团团长，手下有一支铁杆汉奸队伍，尤其痛恨土匪和猥亵妇女的流氓败类，在他管辖的范围内，连窑子都没有。”

唐千林点头道：“受过这类的刺激，这个乔铜已经走向极端了。”

“可不呗。”庆全往那头看了一眼，“整天喝酒，不近女色，随身带着以前老婆的照片，是个痴情种，但是这小子在林子里那就跟一头狼一样，还有他那武器。”

唐千林注视着乔铜腰间那火铳：“那不就是个火铳吗？”

“听说是从关内某个墓里淘出来的玩意儿，是明朝的火铳，民间传言，说那火铳是明朝神机营的东西。”庆全神秘兮兮地说，“乔铜后来找着个师傅，改造了下，就变成杀人利器了。”

易陌尘点头：“我也听说，他那火铳近距离威力奇大，五六个人都会被击倒，而且里面装的都是泡过毒水的铁砂，沾上了就死。”

唐千林点头：“明白了，现在就差那个姓金的资料了。”

唐千林说着看向在那边与钱斯年喝酒的李云帆，他知道李云帆肯定会从钱斯年口中套出点什么有用的东西，如果不做到知己知彼，接下来的路万般困难。

“什么？探险家？”李云帆下意识看向依然在与日本兵攀谈的金姓男子，“什么探险家？什么路子呀？”

钱斯年给李云帆又倒上一杯酒：“他叫金古思，不过似乎不是真名，是朝鲜有名的探险家，也是寻宝者，关东军方面通过朝鲜总督府找到他，把他请来的，听说这小子干的事情和你爸以前干的一样。”

金古思？李云帆在脑子中搜索着，想了半天，终于想起来一个人，他曾经听父亲提起过，说是某次去长白山的时候，遇到一个叫金泰真的朝鲜人……

而眼前这个金古思，与李清翔描述中的金泰真很像，会不会是同一个人？

第二十八章

人家棺

正当李云帆在脑子中仔细回忆着父亲当时的描述时，金古思却笑嘻嘻地走了过来，坐在钱斯年旁边，对李云帆伸出手去："你好，我叫金古思，李云帆李科长吧？"

李云帆握了握金古思的手："久仰。"

"也许你真的是久仰。"金古思笑眯眯地说，"我和令尊在长白山上有过一面之缘。"

真的是他。李云帆心想，这次可麻烦了。

为什么说麻烦了？因为这个金古思，也就是金泰真是个嘴里没实话的家伙，头脑聪明，精于算计，而且有着丰富的探险经验，最重要的是，他还是个固执的家伙，当初他在长白山上与李清翔原本没有丝毫矛盾，各做各的，就因为长白山的归属问题，最终和李清翔大打出手。

起因是李清翔的一句："你来我们长白山干什么？"

金古思当时就反问："你来我们朝鲜干什么？"

李清翔当时还没明白："什么意思？我没去过你们朝鲜呀？"

金古思呵呵一乐："你现在不就站在我们朝鲜的土地上吗？"

这句话一出口，李清翔就怒了："这里是中国的土地！"

两人越吵越厉害，最终演变成动手。

按照李清翔的说法，两人是打了个平手。

回忆到这儿，李云帆心里就更担心了，他很清楚自己的父亲身手如何，他在保安局里已经是数一数二的高手了，但如果李清翔认真和他对阵，他完全不是父亲的对手，所以，这个金古思既然能和父亲打成平手，那么拳脚功夫肯定在自己之上。

李云帆笑了笑道：“听说了。”

金古思依然面带笑容：“那是一段难忘的经历，我希望这次的经历也很难忘。”

李云帆没说什么，只是笑了笑，举杯示意。

酒过三巡，钱斯年微醉，与乔铜一起起身告别车厢内的众人，去前一节车厢睡觉了，李云帆也给烟屁股递了个眼色。

烟屁股打了个哈欠，也过去睡觉，实际上是去盯着钱斯年和乔铜两人。

可这个细节却被没有离开的金古思看到，金古思等钱斯年离去之后，开门见山地问李云帆：“李科长，等一下有什么好看的节目吗？”

李云帆笑道：“睡觉，算不算？”

金古思耸耸肩：“好吧，那就睡觉，晚安，祝你们今晚美梦成真。”

说完，金古思戴上自己的帽子，也起身离开。

此时，车厢内只剩下唐千林、易陌尘、李云帆、庆全还有一直坐在那儿一声不吭的张大根。

钱斯年走后，张大根站起身来，笑嘻嘻地坐到李云帆的身边，而李云帆谨记唐千林的话和之前他们的安排，瞟了一眼张大根之后起身离开，走向唐千林等人。

这沿途都不能与张大根发生任何交集，即便是在没有人看到的前提下，也不行。

可就在他离开的时候，张大根却低声说了一句：“赵将军找到了，人的确被苏联边防扣下来了，我们正在想办法营救。”

李云帆驻足站住，看着张大根，故意道：“你什么意思？”

张大根用疑惑的眼神看着李云帆，那模样似乎是不懂李云帆这是什么意思。

李云帆想了想，看了一眼远处的唐千林，招呼日本士兵过来看住张大根，自己则直接去了钱斯年所在的车厢。

张大根有些急了，起身要去叫住李云帆，却被日本士兵直接按住。

李云帆离开的同时，唐千林也站起身来，走向后方车厢连接处。

那名日军士兵拦住他：“对不起，那边是禁区。”

“对别人来说是禁区，对我来说不是。”唐千林冷冷道，“你应该知道我的身份吧？”

日本士兵迟疑了下道：“您稍等一下。”

士兵打开门，走进连接处，又将门死死关上。

看样子后车厢还有人，而且级别比较高，否则士兵要通报，也是告诉钱斯年或者李云帆。三宅恭次不会亲自来，难道是本庄信义？等待中的唐千林在心中推测着。

易陌尘和庆全坐在那儿，各自看着两头，替唐千林警戒着。

与此同时，前方车厢内，李云帆叫醒了刚刚睡下的钱斯年，质问道："老钱，什么意思？不信任我？"

钱斯年一脸发蒙地看着他，问："什么呀？"

李云帆道："先前那个共党过来找我，对我说了些莫名其妙的话。"

钱斯年问："什么莫名其妙的话？"

李云帆道："他对我说，什么赵将军已经确认被苏联边防扣押，正在想办法营救，听他的语气，是把我当他们自己人了，我不明白这是什么意思，试探我？还是构陷我？"

钱斯年的目光闪过一丝意外和不解，李云帆知道，他眼中的东西分明是不理解李云帆为什么会直接告诉自己。当然，前提是钱斯年已经认定李云帆就是抗联潜伏在保安局的卧底。

李云帆之所以要直接告诉他，那是因为这番话如果不告诉钱斯年，万一张大根叛变，这件事就成为了证据，反之，即便张大根没叛变，他说出来，可以增加对方对他的信任，而且这类的消息对抗联也无法造成任何影响，赵将军如今在苏联人手中，日本人也害不了他。

他这样做，虽然会间接害了张大根，但钱斯年之所以冒险要把他带出来，肯定有他们的理由，所以，如果他确定这个人真的没有叛变，沿途肯定有机会放他走。

钱斯年沉思了片刻道："老李，你要相信我，我真的不知道这是怎么回事。"

李云帆冷笑道："是吗？那你告诉我，你为什么要领这个共党出来？他愿意合作了？指认我也是抗联的人？"

李云帆的每一句话都戳中了钱斯年的要害，钱斯年故作自然："他的确是个诱饵，但不是钓你的，是……"

李云帆赶紧打断钱斯年的话："行，不用说了，我知道，事关机密，我不打听，但不要再把我当作奸细来看待，如果真的怀疑我，干脆把我抓了，直接送宪兵队关起来调查。"

李云帆说完，也不等钱斯年回话，直接起身离开。

钱斯年坐在那儿，看着李云帆离开，又看了一眼旁边床铺上并未合眼的乔铜。

乔铜转过身来要说什么的时候，钱斯年对他微微摇头，指了指隔壁，示意他旁边有烟屁股在，隔墙有耳。

而隔间床铺上的烟屁股则躺在那儿，翻着之前与钱斯年擦肩而过摸到的钱包，在钱包里，他找到了一张俱乐部的名片，还有一张折叠起来的出入境证明。

那张证明是满洲进出朝鲜的必备证件。

烟屁股笑了，将东西藏在枕头下，准备等钱斯年睡着了，再摸过去将东西还给他。

李云帆回到客座车厢内的时候，那名日本士兵刚刚回来，在唐千林跟前站定道："可以进去了。"

李云帆见状上前，日本士兵抬手拦住他："对不起，李科长，你不能进去。"

唐千林看了李云帆一眼，示意他一个人可以，然后走进了连接处。

李云帆只得挨着庆全坐下，易陌尘低声道："没事，老唐一个人能行。"

李云帆默默点头，心中还是有些担忧。

唐千林走进连接处的时候，却看到一个穿着野战服，浑身上下十分邋遢的日本军官。那名日本军官虽然满脸胡须，但看得出来很年轻，奇怪的是，他的军衔被拿下去了，看起来像是个退役的落魄军人。

那名日本军官递给唐千林一支烟："抽烟吗？"

唐千林接过来，日本军官上前给他点上，同时自我介绍："我叫高桥，是负责押运的指挥长。"

唐千林并不知道，眼前这位自称高桥的人，就是六年前在非似山与权千章一起经历过诡异事件的高桥次郎，他更不知道，这六年来，高桥次郎就没有离开过非似山，一直在那里试图发掘出山中隐藏着的秘密。

"高桥？"唐千林点头，"你的中文说得不错。"

高桥次郎笑了笑："我在中国留学，读的是燕京大学，我算半个中国人吧。"

唐千林点头，也不废话："我要进去看看那尊佛像。"

高桥次郎点头："可以，抽完烟就进去吧，你有这个权限，只是我要提醒你的是，一定要小心。"

唐千林以为高桥次郎会威胁自己不要泄露秘密，没想到却是让自己小心。

"谢谢。"唐千林站在那儿抽着烟，观察着高桥次郎，发现这个人与普通的日本军官差别太大了。

两人站在连接处抽烟的时候，火车减慢了速度。

唐千林看向外面："停车了？到哪儿了这是？"

"兵站。"高桥次郎头也不抬地说，"每到一个兵站，都会有宪兵上来做全面检查，确保我们的安全。"

唐千林道："这么严密的押运，能出什么事？"

高桥次郎冷冷道："就是因为没出事，太顺利了，顺利得出奇，所以才会这么严格，那些反日分子无孔不入，很多人就算站在你面前高呼'帝国万岁'，也不一定就是帝国忠诚的朋友。"

唐千林没有说话，也没有任何表示，只是扔掉烟头道："可以了，进去吧。"

"再等等。"高桥次郎道，"等火车启动了你再进去，安全第一。"

唐千林默默点头，就在他等待的同时，四个穿着日本军服的人已经趁着黑夜分别摸向了火车的车头和车尾……

宪兵上车检查着每一节车厢，而且还对车上每一个人都搜身，就连原本在车上执行任务的士兵也不放过，所有人一视同仁，这让李云帆等人都很意外。

李云帆意识到，不仅是三宅恭次，就连关东军司令本部都对这次的任务很重视，因为如此高的安全级别，他还是第二次见到，上一次是前任关东军司令南田次到哈尔滨视察。

足足搜查了有半个小时，全副武装的宪兵才离开车厢，随着站台上士兵手中信号灯的挥动，火车汽笛声拉响，缓缓驶出车站。

而那四个潜伏者也悄然趴在了火车顶部，安静地等待着火车驶出兵站，行驶到漆黑的夜中。

"好了，你可以进去了。"高桥次郎将手中的烟头扔掉，"不过很遗憾的是，不能让你一个人与佛像相处。"

高桥次郎推开车厢门，推开的那一刻，唐千林这才发现糟了，因为车厢内那尊佛像两侧各站着五名全副武装、装备精良的日本士兵。

那些士兵都用冷漠的眼神看着唐千林，眼神中隐藏着杀机，那是杀人者的眼神，也是毫无顾忌的眼神，从他们的眼神中唐千林可以感受到，只需高桥次郎一个信号，这十头饿狼就会扑向自己，把自己撕成碎片。

这些绝非普通的士兵，一般的士兵不会有这种眼神。

唐千林迟疑了下，上前开始绕着佛像慢慢走着，观察着，试图去找裂缝。

佛像里肯定已经没有那种鬼蛙了，否则的话，这里的士兵早就全部死了。

“没关系，不着急。”高桥次郎站在门口，又点起一支烟，“长夜漫漫，明天早晨才能到新京。”

唐千林不搭理高桥次郎，他蹲下来看着佛像，终于发现一条整齐的缝隙，明显是被人为撬开过，看到这里的时候，他心头一紧，知道现在自己做的是无用功，因为这具人冢棺已经被日本人打开过了。

如果不打开，他们也不会死那么多人，这么简单的道理为什么自己早没想到？

唐千林想到这里，站起身来看着高桥次郎，还未开口，高桥次郎笑了下，带着嘲讽的口吻说：“对，我们已经打开过了。”

唐千林意识到这个高桥次郎不简单，他对自己要来查看佛像的目的很清楚。

自己必须撤离了，就算现在炸毁这东西，也没有意义了，日本人已经得到他们想要得到的东西了。

与此同时，运送佛像的车厢顶端，两个穿着日军军服、戴着防风镜和面罩的男子正在交谈着，其中一人趴在车厢顶端仔细听着里面的动静，而另外一人则持枪警戒着周围。

“汉江，怎么样？”警戒的男子问，紧握着手中的汤姆森冲锋枪。

被称为汉江的男子抬手示意他不要说话，许久才抬起头来：“车厢内至少有两个人，风声太大，我听不清楚。”

警戒男子道：“这个任务困难太大了，昆仑为什么不让我们直接炸毁铁轨？”

汉江道：“就算炸毁铁轨，也不能保证能毁掉车厢里的东西，昆仑的命令很明确，必须毁掉车厢内的东西，如果可能的话，还要除掉唐千林和易陌尘。”

警戒男子皱眉：“明白了，等孤江和西河把火车停下来，我们就动手。”

汉江道：“只能强攻，炸药装好了吗？”

警戒男子点头：“装在车厢尾门上了，我再去确认一下。”

警戒男子刚要走，汉江叫住他：“龙江，你知道昆仑和李云帆的关系吧？”

龙江点了点头：“但命令就是命令。”

汉江无奈道：“好，火车一停下来就立即动手！”

此时，火车的速度慢慢减弱下来，在火车头中，负责开车的两名日军，一人已经被拧断了脖子，另一人在代号孤江和西河的两名特工的威逼下，开始减慢火车的速度。

火车速度减下来的同时，高桥次郎立即掏出了枪，一把将唐千林推开，用日语对士兵下令道：“警戒！做好战斗准备！”

高桥次郎刚说完，子弹就从车顶朝着车内袭来，瞬间有五名士兵中弹倒地，而剩下的五名士兵毫不迟疑地就朝着尾门冲去，就在五人中为首的士兵准备打开车门的时候，门被炸开了。

巨大的爆炸瞬间就将后车门直接炸飞，炸出了一个巨大的窟窿，五名士兵领头两人当场被炸死，其他三人被气浪直接掀飞到石像之上。

第二节车厢中的李云帆等人也被震得东倒西歪，把守的宪兵立即冲到连接处开始拍着门，钱斯年、乔铜和烟屁股也赶紧跑了进来。

烟屁股在跑进来的瞬间，故意撞了下钱斯年，将钱包塞回去的同时，故意喊道：“怎么了？打雷了？”

“出事了！”钱斯年拔出枪，跑到连接处，同时对烟屁股和易陌尘等人说，“你们待在这儿不要动！”

不管钱斯年等人如何拍门，连接处对面都没有人回应。

钱斯年转身道：“下车！绕过去！”

钱斯年、李云帆和大批的日本宪兵立即下车，持枪朝着最后一节车厢走去。

他们刚走了一阵，就在快走到最后一节车厢跟前的时候，身后的车顶却响起了枪声，几名日军士兵中枪倒地，李云帆和钱斯年赶紧滚到路边雪地中持枪还击。

因为太黑暗的关系，他们只能从对方枪口的火焰来判断位置。

“车顶上！”钱斯年持枪喊道，“开火！”

趴在车顶上的孤江和西河两人一面开火，一面借着夜色转换着位置，随后孤江跳下车去，滚进雪地中，持枪开始朝着前方进行着短点射。

在最后一节车厢中，被炸药震得已经发蒙的唐千林吃力地爬起来，对面的高桥次郎也抓着佛像慢慢起身，高桥次郎刚站起来，肩头就中了一枪，紧接着汉江和龙江两人就冲了进来，持枪对准唐千林和高桥次郎。

汉江将枪口一伸，同时道：“快点装炸药！”

龙江取下背包，将炸药取出来，放置在佛像之上：“干掉他们！”

汉江却道：“你装你的，我还有点事问问这个小鬼子。”

高桥次郎捂着肩头，却是面带笑容："你们死定了。"

"废什么话！"汉江沉声道，"我问你，这里面是什么东西？从哪儿弄出来的？"

高桥次郎嘿嘿笑道："你们连这里面装的是什么都不知道，就来炸火车？你们的上级是蠢货吗？"

汉江朝着高桥次郎的脚上又开了一枪："回答我！"

高桥次郎咬了咬牙，痛苦的表情瞬间又变成了笑容："我说了，你们死定了！一个也跑不了！我早就知道你们会来！"

龙江装好炸药之后，起身说了一句："好了。"

刚说完，龙江突然感觉肚子一凉，他低头一看，一柄刺刀刺入了自己的腹部，而将刺刀刺进去的人正是明明已经倒地的一名日军士兵。

汉江侧身就朝着那名士兵开枪，士兵中枪倒下的同时，原本最早中枪的那五名日军士兵又慢慢站起来，站在那儿，用野兽一般的眼神看着他们。

唐千林目瞪口呆地注视着这一切，随后发生的事让他终身难忘——在高桥次郎狂妄的笑声中，那五名明明早就该死掉的日军士兵赤手空拳扑向汉江和龙江两人，汉江在打光枪膛中的子弹后，被两名日军士兵压倒在地，紧接着拳头如雨点般落在他的面部。

另外一侧的龙江刚拔出自己腹部的刺刀要反击，脖子又被一名日军士兵锁住，紧接着另外三人拿出刺刀狂吼着朝他身体乱捅着。

唐千林看得很清楚，那长长的刺刀明明刺穿了龙江，也刺中了后面锁住他脖子的日军士兵，但那名日军士兵依然死不松手，就像是抓住了一个与自己有深仇大恨的人一般。

三十秒内战斗就结束了，龙江和汉江惨死当场，那五名日军士兵却依然在攻击着已经血肉模糊的尸体。

高桥次郎坐在那儿笑着，笑着笑着还摸出烟来含上，又看了一眼唐千林："我说过，他们死定了，哈哈哈哈……"

就在此时，明明应该一直跟在后面的装甲列车终于出现在后方铁轨上，探照灯也直接照进了车厢之内，唐千林赶紧抬手挡住刺眼的光线。

车厢外的枪响也停止了，李云帆与大批日军冲进车厢内，在借着探照灯的灯光看清楚里面的情景后，李云帆和那些日军士兵都傻眼了。

这里到底发生了什么事?

高桥次郎对那五名还在持续攻击尸体的日军士兵喊道:“浑蛋!可以住手了!”

那五名日军士兵机械性地停手,晃晃悠悠地站起来,紧接着,他们开始陆续一个个倒下去,一直到只剩下最后一名士兵站在那儿。

那名浑身是血的士兵面无表情地站在那儿,木讷地说了一句:“天皇陛下万岁!”

说完之后,士兵身子一软,直接倒地。

所有人的注意力都放在了那名倒地的日本士兵身上,高桥次郎也木讷地回了一句:“天皇陛下万岁……”

当高桥次郎由士兵搀扶着走下火车的时候,装甲列车的车长也急匆匆赶来,站定致歉道:“出了点事故,来晚了,十分抱歉。”

高桥次郎把手从搀扶自己的士兵肩头拿开,面无表情地对那名车长伸出手去:“你没有资格当帝国的军人,把你的配枪交出来。”

车长只得拔出配枪双手呈上,高桥次郎拿过枪,直接上膛,毫不迟疑地冲着车长的头部扣动了扳机。

车长在枪声中倒在雪地中,四周安静得出奇,没有人敢说话。

唐千林和李云帆也终于明白,这次任务中,实际上真正的领导者和指挥者是这个名叫高桥次郎的日本军官。

高桥次郎把枪递给旁边的士兵时,钱斯年持枪走来,看了一眼倒在地上的车长,汇报道:“高桥长官,击毙一个,抓着一个活口。”

高桥次郎冷冷地看向旁边的军医官:“喂,给我包扎。”

说完,高桥次郎靠着车厢点上一支烟,对钱斯年道:“带过来吧。”

第二十九章

千足蜉

很快，被活捉的代号为西河的特工就被钱斯年带到了高桥次郎跟前，同时被拖拽来的还有孤江的尸体。

高桥次郎只是看了一眼西河，也不说话，只是示意旁边的一名军曹。

军曹点头，带着士兵将龙江和汉江的尸体也拖拽了出来，和孤江的尸体堆在一起。

看着这三人的尸体，唐千林和李云帆有种说不出的滋味，不仅仅是惋惜和痛心。

高桥次郎深吸一口气，看着旁边发愣的军医官："你愣着干什么？"

军医官回过神来，上前消毒，随后拿出针管准备给高桥次郎注射。

高桥次郎制止他道："我不需要吗啡。"

军医官看着高桥次郎好一会儿，这才服从命令开始在天寒地冻的天气中给他取子弹包扎。

在这个过程中，唐千林注意到高桥次郎脸上没有丝毫痛苦的表情，唐千林立即想到了先前明明中枪却又爬起来的那些日本士兵。

高桥次郎靠在那儿，看着被押跪在地上的西河："姓名，军衔，所属部队番号。"

腿部中弹的西河咬牙骂道："姓爹，军衔是干你娘，所属部队番号是我操你祖宗十八代！"

高桥次郎用很惋惜的眼神看着西河。

钱斯年见状立即道："高桥长官，把他交给我吧，我保证让他开口。"

"如果你们保安局真的有那个本事，今晚的事就不会发生了。"高桥次郎看向旁边的军曹，"搜到什么有用的东西了吗？"

军曹摇头，表示什么都没有。

高桥次郎道："不用问就知道，这四个人，不是中统的就是军统的，但从身手来看，军统的可能性大一点，应该是从一线部队挑选出来的精英，如果不是我事先有准备，今晚他们就成功了。"

李云帆知道很危险，但还是问："高桥长官，这么说，您提前获知了这些反日分子要来破坏火车的情报？"

高桥次郎点头："对，我又不是神，没有预知的本事。"

李云帆原本还想问下去，但太危险了，而且就算问，高桥次郎也不可能说出情报来源，再者，他还是重点怀疑对象。

"把佛像转移到前面的车厢内，最后一节车厢留下。"高桥次郎攀着军医官，一瘸一拐地朝着前方走去。

钱斯年上前问："高桥长官，俘虏怎么处置？"

高桥次郎道："我们不是一线作战部队，不留俘虏，就地解决。"

李云帆要上前制止的时候，唐千林拽了下他，自己上前道："高桥先生……"

"浑蛋！"旁边的军曹闻言道，"叫长官！"

唐千林瞪着军曹："我不是军人，我没有必要称呼长官吧？"

愤怒的军曹要上前，被高桥次郎喝令："他说得有道理，他可以称呼我为先生。唐千林先生，有何指教？"

唐千林道："留下他或许有用。"

高桥次郎则问："有什么用？"

唐千林道："我想知道他为什么会来，他又知道些什么，你先前也听到了，他们连里面是什么东西都不知道，竟然就来炸火车，我觉得这件事有蹊跷。"

"狗汉奸！"西河在那儿骂着唐千林，"老子不是贪生怕死之辈！"

高桥次郎转身就走："就地处决。"

旁边的军曹立即摸出手枪，对准了西河的胸膛，唐千林正要继续劝阻的时候，军曹手中的枪响了，西河直接倒地。

高桥次郎上车的时候，扭头看到胸膛中枪的西河身体还在颤抖，怒道："浑蛋！处决犯人要对准头部！"

军曹赶紧鞠躬道歉，重新持枪，凑近西河的头部补了一枪。

第二声枪响的时候，唐千林浑身颤抖了一下，不知道为何，他忽然间有些害怕，他不是怕死，而是怕自己习惯了这种场面，为调查萨满灵宫而放弃了作为中国人的尊严。

众人重新上车，唐千林落座的时候，看到日本士兵直接将龙江等四人的尸体扔在旁边的雪地之中，而先前死在车厢内的那些日本士兵的尸体却都被堆积在一起，淋上汽油烧掉了。

唐千林瞟了一眼远处正在闭眼休息的高桥次郎，低声问李云帆："日本人有火化的习俗吗？"

李云帆摇头："就算有，也不会淋上汽油烧掉。"

唐千林道："那十个日本兵，连同那个高桥次郎都有问题，你刚才没看到，那些日本兵明明中了枪，却又爬起来了。"

李云帆皱眉："什么？你是说，我刚才看到的那几个人，之前已经中枪了？我还以为是杀红眼了……"

唐千林道："中了两次，而且还经历了一次爆炸，但依然爬起来厮杀，我想起来在旧侨民区时日本人投放的那种病毒还是什么东西，只是上次那种东西不受人控制，而这次这些日本兵似乎会服从长官的命令。"

李云帆道："不管怎样，只要能杀得死就行了。"

唐千林看向窗外："天底下没有不死的东西。"

旁边座位上的易陌尘、庆全、烟屁股、张大根等人都沉默着，因为这个夜晚太不寻常了，发生了太多让人意料之外的事情。

接下来直至到达新京，再也没有发生任何事情，车厢内也平静得出奇，因为高桥次郎没有去前面车厢睡觉的关系，其他人都只得坐在车厢内，与那尊瘆人的佛像待在一起。

火车缓缓驶入新京站之后，唐千林发现与哈尔滨一样，站台上四下都是关东军的士兵，这种级别的护卫，无疑是告诉其他人，这列火车很重要，等于是此地无银三百两。

高桥次郎注视了窗外一会儿，起身对车厢内的人说："你们都下车。"

众人起身依次开始朝外走，就在唐千林经过高桥次郎身边的时候，高桥次郎对他说："唐先生，你留下。"

唐千林驻足，站在一边，让其他人离开。

其他人陆续下车后，高桥次郎又对军曹下令："拉上所有窗帘，不允许任何人进出。”

军曹与士兵一起拉上车窗的窗帘，向高桥次郎微微点头后离开车厢，将门关上，自己亲自带领两名士兵在那儿把守着。

站台上，李云帆、易陌尘等人看着被遮挡得严严实实的车厢窗口，还有被日本士兵死守的门口，不知道里面发生了何事，高桥次郎又为何要把唐千林单独留下。

易陌尘低声道：“老唐不会出什么事吧？”

李云帆看着车厢：“不知道，但应该没有危险。”

此时，烟屁股走过来：“大哥，我有点事想和你单独说。”

李云帆观察了四下，掏出烟，与烟屁股走到较远的地方。

易陌尘站在那儿，看了一眼庆全，又看向在远处交谈着什么的钱斯年和乔铜，张大根就站在两人身后不远处，而在另外一个方向，金古思在那儿活动着四肢，显得十分松快。

车厢内，唐千林扭头看着那尊佛像，又问高桥次郎：“有什么事吗？”

高桥次郎脱下军服，连里面的衬衣都脱掉了，然后转身朝着唐千林。

高桥次郎转身的一刹那，唐千林看到他左肩背部的位置，有一条奇怪的伤疤，像是被砍了一刀后又被缝合过一样，不过那伤疤却是血红色的，而且还在微微跳动。

“看清楚了吗？”高桥次郎侧头问道。

唐千林依然在仔细看着那古怪的伤疤：“这是什么？”

高桥次郎却道：“这个问题我还想请教您。”

高桥次郎忽然间用了尊称，这让唐千林意识到，这个所谓的伤疤不仅仅是在困扰着他，还有可能会危害到他的性命。

唐千林摇头：“像伤疤但应该不是伤疤，为什么会出现在你身上？”

高桥次郎也不直接回答问题，只是边穿衣服边回答：“有人告诉我，只有你能救我。”

“谁告诉你的？”唐千林立即问，同时也明白，的确有同行在帮助日本人，否则高桥次郎不会说出这种话。

高桥次郎系好纽扣：“对不起，我不能告诉你是谁。”

唐千林知道，此时再绕圈子没有任何意义：“我想，就是这个人告诉了你们关于萨满灵宫的事情，对吗？”

高桥次郎注视着唐千林道：“我现在就想知道，我有没有救？”

唐千林冷冷道：“我为什么要救你？对我而言，我恨不得你们这些侵略者全都惨死。”

高桥次郎闻言也动了怒：“你救我的命，我保你们平安。”

唐千林冷笑道：“你自身难保，怎么保我们平安？”

“非似山我比你们都熟悉，我在那里待了六年，这是第一。”高桥次郎坐下，给自己点了一支烟，“第二，特种情报处为你们设了一个局，我可以明确告诉你，这个局是针对李云帆的，即便他不承认与张大根认识，但只要不入这个局，他迟早会暴露，只要李云帆暴露，那么将他父亲李清翔所属的军统驻哈尔滨情报小组连根拔起，就是轻而易举的事情了。”

高桥次郎的话，让唐千林无比震惊，他完全没想到，日本人连这些情报都已经获知了，可他们为什么不对李云帆动手？另外，高桥次郎为什么要对自己说这些？

高桥次郎看着唐千林道：“唐先生，请坐，我们还有十分钟的时间可以聊聊，十分钟内，你听完我的理由和条件，再做决定，如果你不愿意和我做交易，那么咱们最终面临的就是鱼死网破。”

唐千林落座：“你的理由是什么？”

“我不想成为实验品。”高桥次郎严肃地说，“我不想被带到防疫给水部队去当活标本，这就是我的理由！”

高桥次郎的理由让唐千林有些诧异，但他只是明白了一部分。

唐千林问：“你的意思是说，你身上的那个伤疤，如果曝光了，你就会被军部带到那支神秘的部队里去？”

高桥次郎道：“对，他们不会放过这种大好的研究机会，对于他们而言，只要有研究价值，就会不管对方到底是谁，除非位高权重，否则的话，像我们这类的军人，能做的就是为天皇献出自己的身体和性命。”

唐千林知道，这是个机会，是个能挖掘到那支部队情报的好机会。

于是，唐千林追问道：“昨晚，在那节车厢中的士兵，就是那支部队的研究成果？”

高桥次郎迟疑了下道：“对，是一种药剂，但药效只有两天，两天后，被注射的士兵就会身体衰竭而死去。”

唐千林问："那你呢？你也注射了吗？昨晚我见你取子弹的时候，都不用麻药。"

高桥次郎拒绝往下继续说："刚才我所说的话，对于你来说，已经是攥在手中的把柄，我自暴弱点作为换取你帮助的条件，已经很有诚意了。"

唐千林想了想道："你先回答我刚才那个问题。"

高桥次郎皱眉，思考了一会儿："你很聪明，知道起因在哪儿。我的确是注射了那种药物，我原本打算的是昨晚玉碎，没想到我没死。"

唐千林摇头："听你这么说，注射药剂这件事应该不止你和那十名士兵知道。"

"那是当然，整个过程都有防疫给水部队派员监督。"高桥次郎淡淡道，"原本这种药剂是不允许用在我们的士兵身上的，但那些疯子坚持认为这种药剂因人而异，身体素质好的人就会没事。"

唐千林又问："他们没有事先做过实验？"

高桥次郎冷冷道："我没权利知道这些，只是服从命令，再说，这十名士兵都不是日本人。"

唐千林皱眉："你开什么玩笑，不是日本人，难道是所谓的满洲国国防军的士兵吗？"

高桥次郎微微摇头："其中五个来自朝鲜的20师团，还有五个来自台湾旅团。"

唐千林没有任何反应，因为他根本不知道日军的师团、旅团如何归属。

20师团是日本侵略占领朝鲜之后，所成立的朝鲜军麾下的一个师团，这个师团中大部分士兵是朝鲜人，并且这个师团还参与了"七七事变"，后来撤回到了汉城驻防。

而那支台湾旅团，则是日本侵略占领中国台湾之后，建立了一支总兵力超过一万人的台湾军，1937年参与过淞沪会战，因由台湾守备司令重藤千秋担任支队长，又被称为重藤支队，也称为台湾旅团，而当时台湾旅团中由台湾本地土族组成的部队又被称为高砂义勇队。

后来，这支部队又划归于日军华中派遣军，因由波田重一担任支队长，又被称为波田支队，一直到1939年，这支部队才正式更名为"台湾混成旅团"。

高桥次郎不屑地一笑："除非万不得已，他们不会拿日本人做实验，当然了，如果有必要，也会有很多日本人甘愿为天皇、为帝国献出自己的生命。"

唐千林想了想问："你为什么要注射？"

高桥次郎指着自己肩头："我身上有了这东西之后，我知道自己活不久了……"

"等等。"唐千林打断他的话，"你为什么知道自己活不久了？你都不知道那东西是什么。"

"大概……"高桥次郎说了两个字，停顿了许久才道，"大概那是一种诅咒吧，那个人说了，如果你不帮忙，我活不过半年。"

唐千林点头："你继续说，咱们还有点时间。"

高桥次郎抬手看表："没时间了，你答应还是不答应？"

唐千林再次点头："我答应。"

高桥次郎站起身："好，火车再次出发之后，我们再详谈。"

高桥次郎说着准备离开，一瘸一拐走了两步又停了下来，扭头道："小心那个叫钱斯年的人，他的身份不只是保安局特工那么简单。"

唐千林又问："他到底是谁？这支队伍我不认识的人，又都是什么来路？"

高桥次郎不再说什么，只是慢慢走出了火车。

高桥次郎走出来的时候，李云帆等人的目光立即投过去，直到他们看到唐千林平安无事地走出来，这才放下心来。

高桥次郎由军曹搀扶着，去火车站内休息换药，而唐千林等人则留在寒风刺骨的站台上看着日军士兵将那尊佛像搬运出来，放入重新挂在后方的一节车厢中。

李云帆四下看着，低声道："昨晚原本装甲列车是一直跟在后面的，但出了点问题，没跟上，被军统的人钻了空子。"

唐千林问："昨晚那四个真的是军统的？"

李云帆道："八九不离十吧，这类的任务，一般都是由军统来执行，毕竟军统的人大部分都是军人出身，对了，烟屁股找到点钱斯年的线索……"

说着，李云帆就将昨晚烟屁股摸了钱斯年的钱包，发现了名片和通行证的事情告知了唐千林。

唐千林听完看向远处正在抽烟的烟屁股："你这个小兄弟，关键时刻还真有点用。"

李云帆朝着站在远处的烟屁股点头示意，又道："我怀疑钱斯年和朴秉政一样，都是朝鲜人，首先他有满洲出入朝鲜的特别通行证，从他随身携带这点可以判断，他时不时会去朝鲜。其次那张名片是哈尔滨一家朝鲜酒馆的，卖的都是朝鲜本地的食物和酒。如果钱斯年和朝鲜方面没关系，他大可不必掩饰这些，你说呢？"

唐千林点头："没错，钱斯年是有问题，高桥次郎亲口告诉我的。"

李云帆一愣："高桥次郎告诉你这些？"

唐千林道："我和他做了交易。"

李云帆忙问："什么交易？"

唐千林把李云帆叫到一侧，将他和高桥次郎之间的对话复述了一遍。

李云帆听完，无比惊讶："就连这种人都怕被弄进防疫给水部队，可想而知，那里简直比地狱还地狱。"

唐千林却道："我现在可以完全确认，日本人方面有我的同行，就算不是旌捕，也是江湖中人，而且是个极其聪明，善于设局和解局的人。另外，钱斯年的确有问题，再者，高桥次郎也说了，设局抓你，也是为了把你父亲和军统在哈尔滨的行动小组连根拔起，这些方面我们都要注意。"

李云帆道："他没说，会怎么设局吗？"

唐千林摇头："没说，但我还会问他。"

李云帆点头，又想起了什么："对了，他身上那个伤疤到底是什么？"

"千足蜉。"唐千林低声道，"如果我没看错的话，那东西叫千足蜉。"

李云帆问："千足蜉？那是什么东西？"

一个小时后，等火车重新出发，在存放佛像的车厢内，高桥次郎也问了相同的问题。

千足蜉是什么东西？

唐千林站在佛像前解释道："在中国的传统文化中，有一种叫异文化，那是统称，也就是说怪力乱神、风水异术，都被统称为异文化。而千足蜉就是存在于异文化里的一种虫子，属于鬼虫的一类。"

高桥次郎显得很是疑惑："异文化？鬼虫？我在中国很多年，从来没有听说过。"

唐千林道："寻常百姓当然不知道，就算知道，也是一些随处可见的江湖门派，而在异道江湖中，不为人知的门派有许多，如我们猎旌一派就是其中之一，其余的还有开棺人、缝千尸、地相、孤军、逐货师、冥耳，等等。"

高桥次郎摇头："没听说过。"

唐千林道："而这些门派，虽然平日内不露面，但国难当头的时候，都会毫不犹豫地站出来，做自己该做的事情。"

高桥次郎却是岔开话题：“我就想知道千足蜉是什么，你怎么救我？”

唐千林盯着那尊佛像看了许久道：“不同地方所产的千足蜉，都有不同的解决办法，像你身上这种能爬到这个部位来的千足蜉，我还是头一回看见，是靠近心脏了吧？”

高桥次郎点头：“对，那个防疫给水部队的军医也是这么说的，他检查完毕之后说我活不了多久，所以，我才决定注射那种药剂，拼死一战，就算死了，也算光荣，不会给日本的家人丢脸……”

一开始那名军医是拒绝的，因为有规定不允许给日军士兵注射这种药剂，但后来他却转变了念头答应了高桥次郎的要求。

注射的时候，高桥次郎看到军医那贪婪的眼神，他突然间明白了，军医是想等他死了，把他的尸体带回去研究，极大可能还会做成标本。

“我不要做成标本，我不要成为实验对象，哪怕是死了也不愿意。”高桥次郎攥紧拳头，“我决定，在我死之前，自我毁灭。”

说着，高桥次郎掏出一颗手雷：“我把自己炸得粉碎，就没有人会注意到我身上的那个千足蜉了，所以，我晚上偷偷把那名军医约出来，杀掉了他。”

唐千林看着高桥次郎：“可意外发生了，明明昨晚应该和那十名士兵一起身亡的你，却没有死，这又让你有了希望，你回想起了那个人的话，所以，你想到了我？”

高桥次郎点头：“没错，按理说，就算不注射那种药剂，我也活不了多久了，但注射了那种药剂后，我反倒不痛了，不知道为什么，也许是产生了某种化学作用。”

唐千林却道：“你惨了，你或许会死得更快。”

高桥次郎一愣：“什么意思？”

“人如果丧失感受痛苦和难受的能力，身体就会麻木，进而失去基本的判断力。”唐千林抚摩着那尊佛像，还在想里面到底有什么东西，“就如人得了风寒感冒会咳嗽一样，如果人不咳嗽，无法感觉到难受不舒服，便不会采取任何措施，病情就会越来越严重，直至死亡。”

高桥次郎站在那儿沉思着，也不回应。

唐千林又转身看着他：“你要想活下去，就得告诉我，你身上的千足蜉是从什么地方沾上的，发生了什么。还有，这尊佛像里到底有什么东西。”

第三十章

缝千尸

“既然达成了协议，那我再隐瞒下去就没有那个必要了。”高桥次郎走到唐千林跟前道，“不过，你必须得告诉我，你们的目的到底是什么？”

唐千林简单回答：“我的目的就是查明真相。”

高桥次郎又问：“查明真相之后呢？又怎样？公之于众？”

唐千林摇头：“要看真相是什么，有没有公之于众的必要，如果没有，我会将秘密继续尘封，这就是我的职责，那你呢？”

高桥次郎道：“等你救了我，我再告诉你。关于我，你已经知道得够多了，至于我是在什么地方遇到这种千足蜉的，到了地方我自然会告诉你。”

唐千林看向那尊佛像：“你至少得告诉我，你们在这尊佛像里到底发现了什么吧？”

高桥次郎去检查了下车厢门，确定已经关死了，这才转过身来，将一根撬棍扔给唐千林，示意他站在佛像腿部的位置：“看到那条缝隙了吗？撬开。”

唐千林和高桥次郎一起，一头一尾用撬棍将佛像人冢棺上层的棺盖直接撬起来，随后两人合力将棺盖推到一侧。

推开棺盖的那一刻，唐千林就吃了一惊，因为人冢棺中躺着一个穿着萨满神服，挂满各类饰品，面色红润如活人一般的长发漂亮女子。

唐千林正要问什么的时候，却发现身旁的高桥次郎比他还吃惊，竟直接退后了一步：“怎，怎么会这样……”

唐千林问：“什么意思？”

高桥次郎紧盯着人冢棺内：“这里面，里面明明躺着的是一具，一具干尸……”

高桥次郎这句话一说出口，唐千林就被震住了，他扭头看向棺材内，生怕自己是看错了，不要说其中躺着的是干尸，就是尸体都没有人相信。

唐千林蹲在人冢棺旁边，仔细看着里面那具栩栩如生的女尸，许久才问："你确定，最早打开的时候，里面是一具干尸？"

"确定，无比确定，我们还拍了照片，也用摄影机把打开的过程全部都拍摄下来了。"高桥次郎咽了口唾沫，蹲下来小心翼翼地去查看，"唐先生，这到底是怎么回事？"

唐千林摇头："我也不知道，这一路上没有打开过吗？"

高桥次郎摇头："我知道你的意思，但沿途都由我亲自押运，几乎没有离开过我的视线，所以，不可能有人把里面的干尸替换了。"

唐千林摸出自己的手套戴上，小心翼翼地触碰了下那具女尸的手背，手背被他触碰之后，立即出现了一个凹陷的小坑，许久才慢慢恢复原状。

同时，唐千林感觉到那具女尸的手部里面似乎有什么东西在蠕动着，恢复原状的时候，明显那东西在皮肤下层转了一圈。

唐千林想了想，又伸手触碰了下那具女尸的面部，面部较硬，并不柔软。

唐千林迟疑了下，略微使劲按了下那具女尸的脸颊颧骨的位置，随后收手想了想，又伸手慢慢地从女尸脖子部位一路按下去，一直按到脚踝的位置。

唐千林起身，摘下手套："应该没有被人替换过，这的确是一具死后用特殊办法制成的干尸，就是你说的标本。"

"干尸？"高桥次郎盯着人冢棺里那美女，"这怎么会是干尸？之前看到的不是这样。"

唐千林道："我问你，之前不是说要把这人冢棺运到新京存放吗？为什么还跟着这列火车？"

高桥次郎道："那是个幌子，故意迷惑那些反日分子的，实际计划是，把这东西直接运往大连，然后用船运回日本。你告诉我，为什么干尸又会变得跟活人一样？"

唐千林掏出怀表看了一眼："如果我没推测错，半个小时后，这具女尸就会变黑，就像被烧焦过一样，如果真的是那样，麻烦就大了，事情也复杂了。"

高桥次郎疑惑："什么意思？"

唐千林往旁边一靠："耐心等半个小时吧。"

就在唐千林与高桥次郎在车厢内耗着时间等待的同时，远在哈尔滨的唐子程被贺晨雪领回了柳府。

虽然天寒地冻，但两人并未坐车，而是步行走回。

沿途唐子程哈欠连天，因为晚上没有唐千林的陪伴，这孩子睡得很不踏实，可以说噩梦连连。

贺晨雪独自在前面走着，唐子程在后面小心翼翼地跟着，因为地面太滑了，作为一个在南方长大的孩子，他稍不注意就会摔倒。

“娘——”唐子程下意识喊了一声，“牵着我。”

贺晨雪驻足停下：“男子汉大丈夫走路还需要人牵着吗？自个儿走，摔倒了就爬起来。”

唐子程有些不满，也不吭声，刚走了两步，贺晨雪又停下来，叮嘱他道：“从现在开始，不允许叫我娘，叫我小姑妈。”

唐子程抬眼看着贺晨雪：“为什么呀？你不是我娘吗？”

贺晨雪面无表情道：“叫我小姑妈，明白了吗？如果你叫错了，你会受罪的。”

唐子程皱眉：“为什么呀？”

贺晨雪也不再解释，只是继续往前走着，直至走到柳府大门口，她才停下来等着唐子程，然后牵着孩子冰冷的小手，换上笑容走进了门。

门口的仆人见贺晨雪回来了，赶紧迎上去：“夫人回来了。”

贺晨雪微微点头，让仆人把貂皮大衣给脱下来：“老爷呢？”

仆人回道：“老爷在书房里。”

“书房？”贺晨雪想了想，“是不是有客人来访？”

仆人道：“对，马王爷来了。”

贺晨雪冷笑了下，自语道：“马王爷？真把自己当王爷了。”

说着，贺晨雪就要上楼，走了两步停下来，对仆人说：“这是我家亲戚的孩子，你带他去换套家里穿的衣服，弄点热乎的东西给他吃。”

贺晨雪想了想又对唐子程说：“你想吃什么，就告诉他们，不要乱跑，等一下会给你安排房间，听懂了吗？”

唐子程微微点头，贺晨雪又道：“听懂了就回答是，不要点头，你不是哑巴。”

唐子程心里很是不快，但还是强忍着道：“是，小……小姑妈。”

听到唐子程叫自己小姑妈，贺晨雪脸上终于有了笑容，但就在她转身上楼的那一刻，她心里却有些隐隐作痛。

贺晨雪上楼走到书房前，站在那儿安静地听着，同时将仆人端来的托盘拿在手上，示意自己送进去。

书房内，柳谋正坐在那儿抽着雪茄，笑看着马延庆道：“马王爷，你要的人和装备，我都已经准备好了，什么时候用都可以。”

马延庆背着手站在窗户处：“暂时不用，你暂时把这些人藏起来，不要让他们露面，需要的时候，我自然会告诉你。”

柳谋正起身走到马延庆跟前：“今儿早上，我听到一个消息，说有人在半路上伏击了皇军的火车。”

马延庆侧头看着柳谋正：“怎么？你认为是我做的？”

柳谋正打着哈哈道：“怎么会，我就是和您闲聊呢，不知道谁胆子这么大，竟然敢去伏击皇军的火车？！”

马延庆则是冷冷道：“柳掌门的消息挺灵通的，昨晚发生的事，今儿就知道了，看样子，关东军方面你有不少朋友呀？”

“也算有些朋友吧，给点薄面，毕竟这么大的事，必须撒开网来调查，要知道，我们八相门现在也属于保安局的一分子。”柳谋正依然是满脸笑容，“马王爷，我思来想去吧，觉得您给我那委任状，对我来说，有点过了。”

马延庆皱眉：“过了？什么意思？柳掌门直言吧。”

柳谋正看着自己手中的雪茄：“我不愿意做个文官，既然我和保安局已经有关系了，您看，我是不是可以去保安局呀？”

门外的贺晨雪听到柳谋正的这句话，不由自主地抓紧了手中的托盘，她不知道自己的丈夫到底在想什么，他为什么想去保安局呢？这个人什么时候开始胸怀大志了？

不对，柳谋正平常不是这样的。

贺晨雪想到这儿，抬手敲门。

柳谋正坐在那儿懒洋洋地看着道：“进来吧。”

贺晨雪带着贤妻良母的笑容把门打开，端着托盘走进来：“老爷，马王爷，喝点热茶吧，暖暖身子，今天是够冷的。”

马延庆笑道：“不用了，我还有事，下次吧，下次我上贺会长那儿去喝咖啡。”

说完，马延庆冲着柳谋正一笑，径直走出书房。

当马延庆离开之后，柳谋正恢复了平日的模样，长叹一口气道：“这些达官贵人呀，可真不好伺候，我有时候在想，咱俩要是满人就好了，或者你是，要不我是，就不至于这样了。”

贺晨雪给柳谋正端了一杯茶：“老爷，八相门现在也站住脚跟了，我们什么都有了，别那么拼了。”

柳谋正却是脸色一沉：“我这不是拼，我这是贪，做人要是不贪，怎么活着呀？”

贺晨雪闻言也不说什么，只是笑了笑：“老爷，对了，我家亲戚来满洲了，做买卖的，有点急事要去佳木斯，就把孩子放我这儿了，让我照看两天。”

柳谋正也不好奇，只是点头道：“哦，行，好好招待吧。”

贺晨雪点头：“老爷，那我先出去了。”

等贺晨雪要走出门的时候，柳谋正冷不丁问了一句：“什么亲戚呀？你不是说你在关内没亲戚吗？”

贺晨雪驻足转身道：“远房亲戚，算起来算是我的堂哥，孩子得叫我小姑妈。”

“哦，这样……”柳谋正点头，“行，远房亲戚也是亲戚，好好招待，等你亲戚回来了，我请他吃饭，叫他务必赏脸。”

贺晨雪笑道：“那我先代我堂哥谢谢了。”

柳谋正大大咧咧地笑着：“谢什么呀，我不是也得让我老婆的娘家人看看，她嫁给了一个多么了不起的人。”

贺晨雪笑着离开了，离开书房之后，她收起笑容，她不明白柳谋正这个原本没有任何追求的人，怎么会突然间变得如此贪婪？当上八相门的掌门，手握哈尔滨黑道一半权力的人，为何想在政府中谋个一官半职？得到了委任状还不满足，竟然想去保安局供职？

肯定是有人怂恿他，会是谁呢？贺晨雪把柳谋正所认识的人，全都想了一遍，没有任何一个人符合她推测出的条件。

带着疑问的贺晨雪走下楼，却在下楼的那一刻，看到马延庆正坐在沙发上，搂着换好了衣服的唐子程有说有笑。

“子程。”贺晨雪面无表情地上前，“该去吃饭了。”

唐子程“哦”了一声，从马延庆身上下来，跟着仆人去了偏厅。

马延庆也慢慢站起身来，下意识看了一眼楼上，走到贺晨雪跟前道：“贺会长，胆子越来越大了，竟敢把你和唐千林的儿子领回柳府。”

贺晨雪冷冷道：“马王爷好走，不送了。”

马延庆怪笑了两声：“这孩子也挺聪明，嘴严，不说你是他娘，说是小姑妈。你教的吧？这孩子不错，真的，要是愿意，我收他当干儿子。”

贺晨雪面无表情地看着马延庆：“马王爷慢走，不远送。”

马延庆打着哈哈大摇大摆地离开了，等贺晨雪将目光从门口移回来的时候，却发现不知何时柳谋正已经走下了楼。

柳谋正打着哈欠道：“有点困，我去睡会儿，你要不要陪我呀？”

贺晨雪笑道：“你想要我陪，我就陪着。”

说着，贺晨雪上去挽住了柳谋正的胳膊上楼了。

偏厅内，听到两人对话的唐子程放下了筷子，面对那一桌子好吃的，他突然间没了胃口，这个年岁不大的孩子，在这一刻真正意识到，爹是爹，娘是娘，他是他自己，和所谓的家没有丝毫关系。

在那列飞驰的火车上，高桥次郎眼睁睁看着人家棺中的那具女尸逐渐变黑，最终变得如一个人形焦炭。

高桥次郎指着棺材内的那具女尸半天都说不出一个字来。

“果然……”唐千林微微摇头，“事情麻烦了，而且是很大的麻烦。”

高桥次郎忙问：“为什么？”

唐千林道：“等我们到了非似山，看了你沾上千足蜉的地方，看情况我再做解释，我得休息了。”

唐千林说完离开，剩下高桥次郎一人站在那儿目瞪口呆地看着棺材内的那不知道应该称为什么的东西。

他原以为这六年来，自己在非似山看到的、经历的已经够匪夷所思了，没想到，那仅仅是开头。

高桥次郎靠着车厢慢慢滑坐在地上，伸手摸着自己肩后有千足蜉的地方，自言自语道：“我还能活着回日本吗？”

唐千林回到第二节车厢内，闭目养神，李云帆和易陌尘坐了过去，等其他人没有注意到这边后，易陌尘忙问：“什么情况？”

唐千林也不睁眼，只是道：“麻烦了，缝千尸也卷进来了。”

“什么？”易陌尘一惊，“你说那些赶尸的也掺和这件事了？”

李云帆一头雾水：“什么叫赶尸的？你们在说什么呀？”

唐千林终于睁眼：“人冢棺中那具尸体的特制方式，只有缝千尸才懂，所以，我可以肯定，几百年以前，萨满教中的恶萨就和缝千尸搭上了关系……”

说到这儿，唐千林便将先前在人冢棺中看到的一切告诉了两人。

易陌尘听完脸色都变了，李云帆还是不明白。

李云帆问：“缝千尸到底是什么？”

唐千林解释道：“川西开棺、晋西地师、湘西赶尸，这三个行当是异道之中最神秘的，缝千尸就是湘西赶尸匠的别称。”

李云帆完全不懂这些：“为什么要叫缝千尸？”

“这算是赶尸一族的另外一个身份，最早这群赶尸和那些砍头的刽子手是相辅相成的两个职业，刽子手负责杀，缝千尸负责补。”唐千林说到这儿，问李云帆，“你知道负责补是什么意思吗？”

李云帆摇头：“不知道。”

易陌尘在旁边接话道：“一般的犯人，刽子手在行刑时是不能直接砍掉脑袋的，需要在颈部留一层皮，这是个讲究，一是为了留全尸，二是为了让缝千尸能够沿着那层皮重新把脑袋给缝合回去。”

李云帆迟疑了下问：“赶尸是真的吗？”

易陌尘看向唐千林，因为他也不确定。

唐千林道：“这么说吧，我们旌捕曾经也调查过异道中最神秘的这三大门派，我只能说不能解释的事情实在太多，不能说传说都是真的，但也不能彻底否定，但据我所知，我们平日内所知的让尸体像活人一样走动，那是不可能的事情。”

易陌尘问：“但是我听说都是可以用法术驱赶尸体行走呀？”

唐千林解释道：“我曾经去湖南和广西一带的时候，亲眼见过这种所谓的赶尸，尸匠们在上路之前，换上与死者一样的衣服，再用竹竿穿过死者所穿衣服的袖筒，前后各一人抬着两根竹竿，从而架起死者的尸体，因此在夜间看了，还以为尸体自己在走路，加上民间的各类谣言，就演变成了赶尸。”

易陌尘想了想道：“难怪赶尸匠还有个别称叫悬空足，就是因为死者尸体被架起来，双脚离地？”

唐千林道：“没错，的确是这样。不过赶尸一派，在清末的时候和我们一样分裂成了两派：一派自称药金，一派自称八方。”

李云帆问：“为何？”

唐千林解释道：“因为贪婪，清末时期鸦片泛滥，尸匠中有人觉得有利可图，加上有人找尸匠合作，利用尸体藏匿鸦片，这批人就干脆诡辩称鸦片为药中之金，可治百病，故自称药金一派，而剩下的尸匠认为他们是在做有违国法，甚至是伤天害理的事情，也为了替本门证明，立‘八方’为神，开始对药金一派清理门户。”

李云帆点头：“那么，和恶萨有关的，到底是药金还是八方？”

唐千林听完就笑了，刚想说话，易陌尘就笑道：“你什么脑子，都说了是清末时候分家的，那尊佛像一看就是明代的。”

李云帆一拍脑袋：“对呀，我都糊涂了，事儿太多，一时半会儿都反应不过来。”

唐千林道：“好好休息吧，到了抚顺，咱们要办的事情还很多，现在怕就怕药金和八方两派得知消息，都闻风而至，到时候可就糟糕了，我们的计划就彻底乱套了。”

易陌尘也不知该说什么才好，只是默默点头，换了个座位继续喝闷酒。

李云帆则坐在那儿，把所有事情一件件从脑子中拿出来，试图理清楚，可结果却是越想越复杂，越理线越乱。

火车依然在疾驰着，正如他们所经历的这一件件复杂又诡异的事情一样，持续向前，根本不会停下来给他们喘气的时间。

同样，远在哈尔滨的李清翔此时此刻也喘不上气来了。坐在军统安全屋中的他，拿着那封刚收到的来自军统长春站的电文，捂着自己剧烈疼痛的胸口，觉得都快要窒息了。

电文上称，他们从抗联游击队那里收到了四具遗体，长春站站长因为认得其中一人是哈尔滨站的成员，已经妥善收殓，来电询问下一步如何处理。

站在李清翔旁边的那名发报员看着脸色十分难看的李清翔道：“组长，我们要派人去接收吗？”

走神的李清翔根本没听清楚他在说什么，却还是摇着头，但他的摇头是疑惑和惋惜。

发报员道：“汉江等人的遗体是在铁路边的雪地中被共党抗联方面的人找到

的，因为不是他们的人，他们就猜测应该是我们抑或中统的人，于是想办法联络了就近的长春站。”

李清翔终于回过神来：“可是，怎么会，他们去干什么了？都发生了什么？”

发报员听李清翔这么一说，奇怪地问：“不是您发密电来让他们去执行的任务吗？”

“什么？”李清翔猛地起身，“我发的密电？什么时候？”

发报员转身从暗格中取出一封电文道：“您看，这是您前天发的紧急电文，我按照惯例，留了底子。”

李清翔一把拿过电文，仔细看着：“我根本没有发过任何密电，我正在被保安局的人监视着，根本没机会开电台，这命令不是我下达的！”

发报员更加疑惑了：“可是发报的手法就是您的，电台的频率也没错，而且电文也是用我们特制的密码。”

李清翔捏着电文彻底陷入了迷茫当中。这到底是怎么回事？

难道说关东军和伪满方面已经解读了昆仑小组的联络方式和相关密码？不，不可能，如果是那样，自己早就被捕了，这个安全屋也早就不复存在了。

到底是怎么回事？

李清翔重新落座，突然间他明白了什么——日本人强迫他成为秘搜课的顾问，并不是因为他过去是逐货师，那只是个幌子。

李清翔想到这儿，自言自语道：“他们是冲着昆仑小组来的，一开始就是。”

“会不会是我们哈尔滨方面有人变节了？”发报员猜测着，说完他又自我否认道，“可是这套密码只有您和我才知道。”

李清翔闻言抬眼看着那名发报员。

发报员一愣，忙解释道：“组长，我绝对没有背叛党国！”

不会是他。李清翔点头，把目光从发报员惊恐的脸上移开，这个人虽然聪明，但没有那个胆子，那会是谁呢？

这套密码除了自己之外，就只有军统的上层才知道，难道是军统的上层出现了问题？

不可能，哈尔滨的昆仑小组是戴老板和毛秘书秘密组建的。

李清翔把电文拿起来扔进火盆之中，等着电文烧尽之后才对发报员说：“这件事，你如实汇报重庆方面。”

“如实？”发报员迟疑着，“您不是说，不是您下达的命令吗？”

李清翔道：“这件事我们得慢慢查，你汇报的时候，就说命令是我下达的，至于执行任务中发生了什么事，就说我们还在查。”

发报员点头：“是，我明白了。”

李清翔又道：“日本人去抚顺调查非似山这件事，我们无论如何都要阻止，我们能联络奉天站方面，让他们配合吗？”

发报员道：“奉天站方面之前出了岔子，正在被警察厅和地方保安局调查，近段时间一直处于蛰伏状态。”

“糟了，重庆方面派来的人，一时半会儿到不了。”李清翔满脸愁容，“但必须制止他们，只能去找募兵了。”

发报员听到这个陌生的词汇很疑惑：“募兵？”

“就是西方人称的雇佣兵。”李清翔看着火盆道，“在咱们中国，也有一支雇佣军，江湖上称为募兵，他们自称‘堑壕’。”

第三十一章

堑壕

“堑壕”这支募兵组织的名称对发报员来说有些印象，但他却回忆不起来曾经在什么地方听说过。

忽然间，发报员转过身来，问李清翔：“组长，你说的堑壕是不是那支脱胎于华人劳工团的募兵组织？”

李清翔点头：“没错，就是那支队伍……”

堑壕的前身叫中华自助会，在第一次世界大战期间，中国虽然没正式出兵，却派遣了华人劳工团，这些被送上欧洲战场当炮灰的人在军队中几乎没有地位。为了争取自己的合法权益，劳工团里的一名中医站出来召集大家成立了中华自助会。

虽然这么做也是徒劳的，不过却大大鼓舞了那些连武器都没有，每日还在战场上奔波的劳工，让原本如一盘散沙似的中国人的意志凝聚了起来。

在康布雷战役中，英军第一次见识到了德国的突击队——他们从硝烟浓雾中突然杀出，这群戴着防毒面具，穿戴有防护钢板，手持伯格曼冲锋枪等自动火器的德军士兵打了英国人一个措手不及，险些全歼英军的火炮阵地。

关键时刻，原本只是负责搬运弹药的华人劳工干了一件让英军目瞪口呆的事情：多名华工，在只用刺刀、铁锹等冷兵器的前提下，潜伏在堑壕各处，一一捕杀了整个德军突击队。

在那次战役中，伏击德军突击队的劳工死伤人数大大少于英军士兵，这种战损比在当时的第一次世界大战战场上是罕见的，所以英国指挥官对中华自助会表现出了极大的兴趣。

这名指挥官立即将情况上报，希望正式组建一支真正的华人军团，可上层数次驳回他的请求，在西方人的眼中，中国人是一些矮小软弱，而且并不可靠的家伙。

第一次世界大战结束后，华人劳工中很多人回到了中国，因为当年战场情义的关系，他们自己在山东某处建立了一个小村庄。但因为军阀混战的关系，他们总是被欺压，为了自保，也为了让自己生活得更好，这群人重新拿起了武器，不过这次他们不再叫中华自助会，而改称为“堑壕”。

堑壕很快就发展成为一个地下募兵组织，拿钱办事，谁给钱，就替谁卖命。这支组织中的所有人都以各类中药名为代号，以此纪念建立中华自助会的那名中医，而他们平日里也身着中山服。

发报员问：“他们这样做是为了纪念先总理吗？”

李清翔道：“没错，因为先总理早年学医，后来弃医从政，虽然行医和革命的目的都是救人，但医生只能救少数的人，而革命却能救下千万大众。”

发报员点头道：“是呀，学医不能救中国。”

李清翔道：“所以，从这方面来考虑，他们还算是可靠，我马上想办法联络他们……”

发报员担心道：“既然是募兵，肯定得需要不少钱，我们的经费恐怕不够。”

李清翔道：“不用担心，钱我有得是，只要他们能办妥这件事，什么都不是问题。”

发报员点头，又想起了什么：“组长，可您儿子也在呀，雇用堑壕的时候要不要告诉他们一声？”

李清翔却面无表情，斩钉截铁地说：“国难当头，一个儿子算得了什么，再说了，这条路是他自己选的！”

唐千林等人乘坐的火车到达奉天站之后，立即又换上了早已等待在那里的军列，军列前后有两个车头，一个拉，一个推，中间还配置有重火力的装甲列车。

“我们今晚就必须赶到非似山。”高桥次郎在上车前对唐千林说，“赶到之后，就得立即展开调查工作。”

唐千林问：“你是说，我们坐火车就可以直接到达？”

高桥次郎道：“对，这六年来，我们除了封锁调查非似山之外，也直接将铁路修建到了非似山下。”

看样子日本人对非似山中的东西很感兴趣，否则的话，怎么会把铁路直接修到山下去？难道说在非似山中发现了什么有用的东西？需要火车往外拉？

唐千林想到这儿问：“你们在非似山除了发现那尊佛像之外，还发现了什么？”

高桥次郎迟疑着不肯说。

唐千林道："我们已经达成了协议，我说过会救你，但我必须得知道所有的细节。"

"上车吧。"高桥次郎说完转身上车，唐千林看了一眼在不远处的李云帆和易陌尘，也跟随高桥次郎上了车。

军列没有之前他们乘坐的火车舒服，可以说只是一列加装了防护装甲的运兵列车，里面充斥着各种刺鼻的味道，让人脑袋发晕。

高桥次郎、唐千林、李云帆、易陌尘、烟屁股、庆全、钱斯年、张大根、乔铜和金古思都挤在车厢之内。

各怀心事的十人站在车厢内，谁也没有说话。

就这样火车一路摇晃到了非似山下的兵站，当火车停稳之后，早已等待在那儿的关东军士兵上前，合力将车厢门打开。

高桥次郎第一个走出去，跳下车厢，看着四周，一名日军军曹跑上前，立正敬礼道："高桥长官！您回来了！"

高桥次郎道："我走的这几天，没出什么事吧？"

军曹道："没有，一切正常。"

高桥次郎转身看着车厢内的众人："这是新调来的同事，对他们客气点。"

军曹扫了一眼车厢内的众人："是。"

高桥次郎转身对唐千林说："唐先生，请跟我来，我带你了解一下这里的情况。"

说完，高桥次郎又对军曹道："你带其他人去营房休息。"

军曹点头，一挥手，一个班的士兵上前，站在车厢两侧，那架势好像并不是要送其他八人去营房休息，而是送去营房看管。

李云帆和易陌尘离开的时候，刻意看了一眼唐千林，唐千林没有回应，只是站在一旁看着他们走远。

高桥次郎此时道："唐先生，请跟我来。"

高桥次郎领着唐千林爬上了兵站中心的一座哨塔之上，同时命令哨塔上警戒的士兵暂时离开。

等士兵离开后，高桥次郎抓着哨塔的栏杆道："这里可以鸟瞰整个兵站，你面前的这座山就是非似山。"

唐千林看着眼前那座大山，山上白茫茫的一片，看不到一丁点的绿色，这个季节山上也藏不住人，就算穿了白色的伪装服，稍有动作，哨塔上面的士兵就会发现。

整个兵站是长方形的，营地内的房屋都是加固过的，铁道直接从兵站中间穿过去，直到山下，唐千林顺着铁轨看过去的时候，发现远处山下搭建起来了一个奇怪的大棚，铁轨直接修建进了大棚之中。

唐千林指着那个大棚问："那里是什么？"

高桥次郎道："我们在山底挖了一个洞穴。"

唐千林看着高桥次郎："你们到底往外面运什么东西？"

高桥次郎迟疑了下，终于道："煤土。"

"煤土？那是什么？煤炭吗？"唐千林从没听过这个词汇。

高桥次郎解释道："我们在非似山发现了一种奇怪的土壤，可以燃烧，但燃点有点高，持续燃烧的时间比煤炭要久。"

唐千林想了想："那尊佛像是在洞里发现的吗？"

高桥次郎道："不，是夏季结束前，一场暴雨，将佛像从山上冲刷下来的，那是意外的收获，不过我们也在挖掘煤土的时候，发现非似山别有洞天。"

唐千林道："带我去看看。"

高桥次郎道："在那之前，有些事，我们必须得解决了。"

唐千林问："什么事？"

高桥次郎道："这支小队成员太复杂，我打算打乱原先上面的部署，把小队分成两个小组。"

唐千林摇头："这没有意义呀。"

高桥次郎道："当然有意义，虽然实际上指挥官是我，但上面的命令是让钱斯年领队，同时给你领队的头衔，这样做你应该明白什么意思。"

唐千林道："我当然明白，对我而言领队只是个空头衔而已。"

"还有一个目的，就是在看你领队的过程中，谁会百分之百服从你的命令，服从你的命令的人，就会被他们盯上。"高桥次郎解释给唐千林听，"这也是设局布控李云帆的一个手段。"

唐千林想了想道："明白了，你说说你的具体打算。"

"我和你，加上庆全、金古思、烟屁股为一个小组。"高桥次郎看着下方站在营房门口把守的军曹，“钱斯年、李云帆、易陌尘、张大根和乔铜为另一个小组。”

唐千林道：“就算分成两个小组，咱们不都得进洞吗？难道先后进去？”

“不。”高桥次郎摇头道，“兵分两路，甲组，也就是我们，去山上调查发现佛像的地方，李云帆和钱斯年所在的乙组直接进洞。”

这个日本人到底想做什么？他违抗上级的命令就是为了自保吗？还是说他有其他的目的？也许从一开始这个高桥次郎所说的一切，就是陷阱。

但眼下来看，不答应他是不可能的。

唐千林想到这儿，看着高桥次郎道：“好，就按照你所说的办。”

高桥次郎笑了笑：“那我们就准备出发吧。”

唐千林忙问：“现在？”

高桥次郎指着自己的后肩部位：“我时间不多了。”

唐千林点头道：“好吧。”

高桥次郎和唐千林下了哨塔，径直走进营房之中，紧接着高桥次郎就宣布了自己的命令。

高桥次郎说完之后，钱斯年反应极大，立即上前一步道：“高桥长官，我可以单独和您聊聊吗？”

高桥次郎迟疑了下，点头道：“可以。”

高桥次郎说完走出营房，钱斯年也疾步走出去。

“高桥长官，这和之前计划的不一样。”钱斯年沉声道，“特种情报处的命令是……”

高桥次郎打断他的话：“我知道命令是什么，但计划赶不上变化，再说了，我这样安排，也不妨碍你们对付李云帆，所以，我才故意把你、李云帆还有被捕的共党安排在乙组。”

钱斯年很是不满：“我要向情报处再次确认命令。”

高桥次郎冷冷道：“我是这里的最高指挥官。”

钱斯年瞪着高桥次郎：“我也是这次的行动指挥之一，我有权确认情报处下达的命令，并且向三宅将军汇报。”

高桥次郎冷冷道：“可以，等任务顺利完成之后，你愿意怎么汇报都行，在那之前，你得先完成自己的工作。”

钱斯年还要争辩什么的时候，高桥次郎转向那名军曹：“喂，把装备都准备好，联络山顶的哨所。”

军曹得令，立即带着士兵去准备，高桥次郎也走回营房。

钱斯年独自一人站在那儿，恨恨地看着营房门口，随后又看向不远处的通信室。

高桥次郎肯定有问题，我必须得联络三宅将军，否则将会出大事的。钱斯年打定主意之后，朝着通信室走去。

钱斯年走到通信室门口，伸手敲了敲门，门开之后，他笑着对开门的士兵用日语道：“你好。”

士兵刚要询问什么，就看到钱斯年已经摸出手枪对准了自己。

士兵刚要呼叫，就被钱斯年一把推了进去。

钱斯年进屋之后，反手关上门，持枪对着周围正准备拔枪的士兵道：“不要动，快给我联络关东军特种情报处，快点！我知道你们可以直接通话！”

原本士兵以为钱斯年是敌人，但没想到他却要联络特种情报处，互相对视着，不明白发生了什么。

钱斯年用日语怒喝道：“快点！”

其中一名士兵立即坐下，戴上耳机：“喂喂，这里是非似山兵站，请接特种情报处，是的，特种情报处！”

没多久，士兵起身，将耳机递给钱斯年：“接通了。”

钱斯年晃了晃手中的枪：“站到一边去。”

等那几名士兵站到角落中后，钱斯年这才拿起耳机放在耳边，对着话筒道：“喂，请帮我转三宅恭次将军，我是……”

刚说到这儿的时候，钱斯年意识到那边没有声音，他这才明白那名士兵根本就没有帮他接通。

愤怒的钱斯年持枪朝着先前递给他耳机的士兵，就在此时，门被踹开了，高桥次郎和军曹领着一众士兵冲了进来。

面对数支步枪，钱斯年只得将手举起来，军曹上前将他的手枪拿下，同时道：“抓住他。”

“不用。”高桥次郎却制止了军曹，“他只是不理解我的所作所为而已。”

钱斯年质问："你到底想做什么？"

高桥次郎只是道："回去做准备吧，我们马上就要出发。"

钱斯年无奈，只得朝着屋外走去，高桥次郎从军曹手中拿过枪递给他："钱科长，我们不是敌人，请你对我多点耐心，多点信任。"

钱斯年皱眉道："但愿如此。"

军曹看着钱斯年离开的背影："高桥长官，这个钱斯年是个麻烦，还是尽快处理掉吧。"

高桥次郎摇头："他是本庄大佐亲自挑选的人，也得到了三宅将军的认可，他出事，我们会很麻烦。"

军曹皱眉："那么，我们的计划如果被发现了，会更麻烦。"

高桥次郎道："不会被发现的，我们无论如何都要活下去，必须活下去……"

一个小时后，当天色完全暗下来的时候，高桥次郎率领着一支十人的队伍坐着矿区的小火车来到了大棚的入口前。

高桥次郎跳下小火车，抬手看表道："现在时间是傍晚五点，乙组率先出发，如有可能，保持联系。"

钱斯年冷笑道："一旦进入洞穴，无线电就完全没用了。"

高桥次郎道："那不一定，我做过测试。"

钱斯年不再说什么，只是看着其他人点名道："云帆，易老板，乔爷，还有你，张大根，跟我走。"

高桥次郎站在那儿，看着钱斯年等人走远之后，这才转身对唐千林道："我们上山吧，走这边。"

高桥次郎从旁边的一条小路径直上前，其他人慢悠悠跟在后面，烟屁股则担忧地留在原地，看着大棚的入口。

金古思驻足，看着烟屁股道："喂，走了。"

烟屁股看了一眼金古思，慢慢地跟了上去。

唐千林追上高桥次郎，问："那个金古思在这支队伍里起什么作用？"

"实际上……"高桥次郎终于向唐千林说了实话，"这个人是我找来的。"

"什么？"唐千林诧异，"你找来的？"

高桥次郎往队伍后方看了一眼："他不是真正的金古思，真正的金古思如今还在朝鲜总督府的大牢里，这家伙是个杀手，特种情报处在将金古思带出大牢前，我就让这名杀手替换了他的身份。”

唐千林根本不相信高桥次郎的话：“照你这么说，你们日军的上层都是饭桶？”

高桥次郎只是笑了笑，不再解释什么。

唐千林看着高桥次郎远去的背影，又回头看了一眼后方的庆全和烟屁股，他心里那种忐忑不安的感觉越来越重，甚至让自己的步伐也变得沉重起来。

甲组中，庆全和烟屁股是他唯一能信任的两个人，同时他也希望身在乙组狼穴之中的李云帆和易陌尘能够平安顺利。

钱斯年和李云帆带领着乙组已经走进了大棚，大棚内站着不少关东军士兵，作为监工的他们，正呵斥着那些不知从何处掳来的百姓挖着煤土。

当他们走进来的时候，不少百姓都放下手中的工具，和那些关东军士兵一样用奇怪的目光看着他们。

最让他们诧异的是，不仅那些当苦力的百姓死气沉沉的，就连原本应该趾高气昂的日本士兵也是满脸毫无血色，毫无精神的模样，甚至有好几个坐在那里抽烟发呆。

怎么回事？钱斯年觉得很奇怪，日军纪律严明，不应该出现这种情况才对。

“喂，你们是干什么的？”一名军曹模样的日军上前拦住钱斯年。

钱斯年也不废话，只是掏出证件和相关文件，军曹扫了一眼证件，也不看，只是查阅着文件。

第一份文件军曹也是草草过目，直到他看到第二份文件下面有高桥次郎的签名时，这才恭敬地将文件递还给钱斯年。

随后，军曹朝着远处一扇铁门前的站岗士兵喊道：“让他们进去。”

两名士兵慢悠悠有气无力地将铁门奋力拉开。

李云帆上前一步，与易陌尘并肩站在一起，抬眼看着眼前那面巨大的石头山壁，还有山壁下方那扇厚度至少达300毫米的铁门。

为什么会在这里铸造这样一扇门？李云帆脑子里刚冒出这个问题，门内就急匆匆走出两个抬着担架的医护兵。

担架上那人盖着白布，很明显是死了，两名医护兵的神色慌乱，满脸不安。

军曹上前：“是佐藤？”

领头的医护兵点头，军曹揭开白布看了一眼。

就在他揭开白布的那一刻，易陌尘看到白布下面竟是一具血肉模糊的尸体，那人的面部没有一处完好的地方，手部的皮肤也全部溃烂，其军服上也全都是血水、脓水，十分恶心。

军曹重新盖上白布，冲着担架上的尸体微微鞠躬，随后医护兵才抬着担架离开。

就在钱斯年准备走进那扇铁门的时候，却听到旁边的一名日军士兵在那儿喃喃道：“也许明天就轮到我了……”

日军士兵刚说完，军曹就瞪着他道：“松板！”

那名叫松板的士兵立即立正，军曹瞟了钱斯年一眼，钱斯年立即朝着铁门内走去。

李云帆和易陌尘刻意放慢脚步，让其他人先行，他们还想多观察下大棚内的情况。

细看下去，两人才发现，在周围的黑暗中隐藏着多个暗堡和工事，虽然看不到有士兵在活动，但可以肯定的是，一旦有人强攻这里，就会遭到密集火力的反击。

就在两人观察的时候，李云帆发现张大根也站在门口，用期盼的眼神看着他。

李云帆立即上前，故意推了他一把：“快走。”

张大根用无法理解的眼神看着他，不明白李云帆为什么要这样。

前方的钱斯年和乔铜走进那扇铁门后，就看到铁门后方那条通道，通道和平常的矿井通道没什么区别，每隔一段距离就有巨大的木桩支撑着。

而且在隧道的尽头，还有一座小型环形工事，工事是用水泥浇筑而成的，有三个机枪口，架着三挺92式重机枪。

别小看这三挺92式重机枪，交替开火，就可以直接用火力封锁整个通道。

钱斯年低声问旁边的乔铜：“乔爷，你猜，那工事背后是什么？”

乔铜摇头，喝了一口酒：“鬼知道，反正不会是什么好东西。”

钱斯年冲着乔铜笑了笑，又转身对走进来的李云帆和张大根道：“走吧。”

走在最后的易陌尘，一直在默默记下自己所看到的一切，并在脑子中形成文字，这些情报都是他必须要提供给假夏霜的。

走到那座工事前的时候，钱斯年发现工事中似乎没人，他好奇地绕过去，走到工事出入口的位置，却看到里面坐着好几个赤裸着上身，表情呆滞的日本士兵。

钱斯年上下打量着那几名日军士兵，士兵只顾着抽烟，只是看了一眼钱斯年之后继续低下头保持着沉默。

钱斯年转身，看着工事后的那面石壁，四下看着，不得已只得问那些士兵：“怎么走？”

士兵们没有人搭理他，钱斯年又问：“喂，问你们话呢，往里边怎么走？”

其中一名士兵站起身来，伸出食指，朝着上方指了指。

钱斯年朝着上方看去，打开手电筒后才看清楚石壁上方有一条裂开的缝隙。

“那里？”钱斯年低头看向那名士兵。

士兵点了点头，用不太标准的日语道：“就是那里，唯一的出入口。”

钱斯年听那士兵的日语，下意识问了句：“你是朝鲜人？”

士兵愣了下，用朝鲜语问：“你也是？”

钱斯年刚想回答，却瞟到了不远处正在注视着自己的李云帆和易陌尘，立即道：“不是，我只是听出你的口音了。”

那名朝鲜籍士兵挤出个笑容，又坐了回去，点了一支烟，贪婪地吸着。

乔铜站在石壁下仰头看着：“怎么上去呀？”

乔铜刚说完，工事内走出来一名士兵，用铁铲朝着石壁上有节奏地敲打着，敲打了一会儿，从那条缝隙中探出个人头来，那人看了一眼后，立即扔下了一条绳梯。

不知为何，绳梯扔下来，钱斯年伸手去抓的时候，刚触碰到，却不自觉打了个寒战。

“怎么了？”乔铜奇怪地看着钱斯年。

钱斯年深吸一口气：“没什么，走吧。”

钱斯年率先爬上绳梯，其他人紧随其后，依次抓着绳梯朝着上方的裂缝爬去。

第三十二章

兵站的秘密

钱斯年率先爬上那缝隙之后，就看到了一只朝着自己伸来的手，他刚想去抓住，却迟疑了，因为那只手不仅出奇地脏，而且手背和手臂上的皮肤全都暴皮了，一层层地翻起来，似乎轻轻一碰就会掉落一样。

手的主人是一个骨瘦如柴的日军士兵，他的黑眼圈和高耸的颧骨让人不难猜到，他长期处于睡眠不足的状态，而且还营养失调。

这不是一线战斗部队吗，而且周围给养补充应该很到位，为什么会发生这种事情？钱斯年不由得又想起先前担架上的那具日军尸体。

“你好，我是佐藤。”那名日军士兵有气无力地做着自我介绍，“佐藤良治，我是负责这里的军曹，我需要看看你的证件和证明文件。”

钱斯年朝着缝隙内仔细看去，发现缝隙内还很深，似乎根本看不到尽头。

他将证件和文件递过去之后，又注意到，在缝隙的右侧，有一个可以俯身走进去的小山洞，山洞内铺着稻草和军用毛毯，还有其他一些简易的生活用品。

最奇怪的是，在山洞里还放着一挺99式轻机枪，旁边打开的箱子内放着一个个轻机枪弹夹。

佐藤检查完毕了证件之后，还给了钱斯年，然后又爬了回去，坐在那儿，抱着自己的轻机枪，看着钱斯年道：“希望我们还能再见面。”

正要往前走的钱斯年闻言停下来：“你这么说是什么意思？”

跟在钱斯年身后的李云帆也觉得奇怪，站在那儿看着山洞中盘腿而坐的佐藤。

李云帆故意问了一句：“你也是朝鲜籍？”

佐藤看着李云帆，摇头道：“不，我是台湾人。”

李云帆闻言，立即想到了那夜在运送佛像的那节车厢中的十名士兵，加上先前工事中的那名朝鲜籍士兵，他忽然明白了，在非似山这里，其中大部分都不是真正的日本士兵。

至于为什么会这样，原因再简单不过了，这里太危险，抑或关东军方面需要士兵在这个神秘又不可解释的地方做某种特殊的实验。

“走吧。”乔铜从钱斯年身边挤过，走在了最前面。

钱斯年看了一眼李云帆，抬脚跟在乔铜的身后。

随后易陌尘和张大根跟上去的时候，都发现山洞内的佐藤带着一种怪异的笑容看着他们，最后还抬手向他们敬礼。

张大根浑身一抖，自言自语道：“什么玩意儿？”

五人在那条缝隙之中走了二三十米的样子，最前方的乔铜突然间停下脚步，并举起拳头示意后面的人停下。

钱斯年目光跳过乔铜的肩膀往前看着：“怎么了？”

乔铜就说了一个字：“风。”

“风？”李云帆在后方闻言，又转身看了一眼易陌尘。

易陌尘挤上前去要看个究竟，就在易陌尘走上前的同时，后方的张大根趁机用手拽了拽李云帆的衣角。

李云帆转过身来看着张大根，原本他想示意张大根不要和他说话的，但又想起了出发前唐千林的叮嘱，于是故意大声道：“你想干吗？”

李云帆的这句话，引得前方的三人都不由自主地回头来看。

张大根尴尬地笑着：“不干吗，没事。”

钱斯年和乔铜对视一眼，也没说什么，继续将注意力集中在前方。

易陌尘走到最前方的那一刻，的确感觉到了有阵阵暖风迎面吹来，但暖风中似乎又夹杂着一丝阴风。

“你们留下来。”乔铜说着，示意易陌尘跟着自己往前走。

易陌尘与乔铜两人又前进了五六米之后，乔铜突然间停住脚步，用手指着前方。

易陌尘抬眼看去，发现前方的黑暗中似乎有什么东西在涌动着。

后方的钱斯年抽出背包边缘事先准备好的火把，叫了声“乔爷”后扔了过去。

乔铜拿到火把，却是摇头：“不能用明火。”

易陌尘也表示赞同：“没错，万一点燃了什么东西就糟了。”

易陌尘拿着手电筒朝前方黑暗中照去，终于看清楚了黑暗中涌动的不是别的什么玩意儿，只是一缕缕飘浮在黑暗中的青烟。

乔铜定睛看着那些青烟："什么东西？"

易陌尘摇头："不知道。"

乔铜抬脚就往前走，易陌尘突然一把拽住他，同时用手电筒照着他脚下。

乔铜此时才发现，自己前方就是悬崖，如果不是易陌尘拽住自己，这一脚踩空下去，他就死定了。

"谢谢。"乔铜立即道谢。

易陌尘靠在边缘，用手电筒照着周围，这才发现，他们已经走到了裂缝的尽头，在他们面前的是一个巨大的洞穴，洞穴中无比黑暗，却飘浮着四处游荡的青烟，就像是传说中在人间游走的冤魂。

易陌尘用手电筒照着脚下的悬崖，根本看不到底，再将手电筒抬起来照向洞穴深处，隐约间却看到了有什么东西隐藏在黑暗之中，不过因为那些青烟的缘故，看不太清楚。

易陌尘扭头道："都把手电筒拿出来。"

其余人立即照做，将手电筒拿出来，按照易陌尘所说，将五只手电筒的光集中在前方一点处。

"稳住，手不要抖。"易陌尘叮嘱有些害怕的张大根。

"好像……"李云帆半眯着眼睛仔细看着光线集中的地方，"有一座屋子？"

易陌尘也仔细看着，终于看清楚后，确定道："对，把光往右边移动，跟着我手电筒的光。"

其余人按照易陌尘的吩咐，慢慢朝着右侧移动而去，跟着易陌尘手电筒的光线，绕了一圈之后，终于看清楚了，那的确是一座建筑，看样子是庙宇，不过只有三分之二，右侧严重损坏。

看到这儿的时候，钱斯年忍不住道："原来青龙寺真的就在非似山里面。"

此时此刻，易陌尘心中的想法和钱斯年一样，加上沿途看到和经历的一切，他终于明白，为什么之前他雇的队伍会有来无回，这个地方太神秘了，日本人想获取这里的秘密，必然不会让任何人轻易进来。

而这六年来，日本人在这里的研究都没有任何进展，万般无奈之下，三宅恭次才会成立新的秘搜课，不，按照唐千林的推测，是出现了一个江湖同道为日本人出谋划策，所以日本人才会在民间招募能人异士，不再像过去，像无头苍蝇一样在这里乱撞。

“这里到底是什么地方呀？”张大根惊讶地看着，往前走的时候，脚下忽然一滑，险些摔倒。

李云帆一把抓住张大根，张大根倒是没摔倒，不过手电筒却直接掉到了下方的悬崖之中。

“手电筒！”张大根伸手想抓，但为时已晚，手电筒已经落了下去。

可手电筒下落的时候，所有人都惊呆了，因为手电筒掉落的速度很慢，就像是扔在水里，然后缓缓落入水底一样。

五人站在悬崖边缘，目光都注视着缓缓下落的那只手电筒，紧接着更加诡异的事情发生了——那只手电筒在缓缓下落一段距离之后，又慢慢地飘了起来。

当飘动的手电筒爬升到五人头部的位置时，易陌尘等人都傻眼了，目瞪口呆地看着这一切。

张大根揉了揉自己的眼睛，确定自己没有眼花。

易陌尘抬手给了张大根一巴掌，张大根捂着脸道：“干吗打我？”

易陌尘盯着飘浮在眼前的手电筒问：“你痛不痛？”

张大根皱眉道：“这不是废话吗？”

易陌尘点头道：“那就对了，咱们没做梦。”

张大根怒道：“你干吗不打自己呀？”

易陌尘看着他道：“这不是废话吗？会痛啊。”

乔铜壮胆，抬手去抓那只手电筒，手刚伸过去，就被钱斯年制止：“乔爷，小心。”

乔铜收回手，拔出背后的朴刀，去拨动悬浮在半空中的手电筒，手电筒被朴刀一拨动，缓缓地飘向了远处。

众人看着手电筒缓缓飘向远处，手电筒的光也因为自身飘浮转动的关系，旋转照亮了周围的环境。

借着手电筒旋转的光线，五人终于看清楚，在这个巨大洞穴中飘浮着无数的建筑，而这些建筑的风格无疑都是庙宇，换言之，传说中的青龙寺真的就藏在非似山之中。

在几人对眼前所看到的一切都惊讶无比的同时，甲组的唐千林、高桥次郎等人才走到半山腰上。

“跟紧点。”唐千林转身叮嘱着后方几人，“沿着我的脚印走，不要靠边，小心踩滑就摔下去了。”

其实唐千林不应该担心的，高桥次郎是军人，而且熟悉这里的环境。庆全以前是盗墓的，也算江湖人士。烟屁股小时候在山中长大，在山里就如回家一样。唯独那个金古思，既然他不是真正的那个朝鲜探险家，仅仅是一个杀手的话，那么在这种环境中，他具备基本的生存能力吗？

另外，如果高桥次郎没有撒谎，他真的是个杀手的话，那么他请此人来，是为了杀谁呢？抑或是雇用这个人作为自己的保镖？难道说，还有人对高桥次郎不利？

走了一阵后，唐千林忽然看到半山腰一处平坦的地方四处都立着很多长方体的石柱。

唐千林用手电筒照过去，看到石柱上还有很多日文，他忽然间想到了什么，叫住前方的高桥次郎道：“高桥先生，这里是怎么回事？”

高桥次郎只是看了一眼唐千林用手电筒所照的位置，轻描淡写地说了一句：“墓地而已。”

庆全、金古思和烟屁股的目光也投了过去，随后都看向高桥次郎。

此时，山中刮来一阵阵寒风，寒风穿梭在那些墓碑之间，发出让人胆寒的怪异声响。

“听见没？那是枉死者的声音。”唐千林冷冷地对高桥次郎说，“我粗略数了下，这里至少有五十座墓碑，上面都是日文，毫无疑问，在这块墓地埋葬的都是日本人，而日本侨民是不可能埋葬在这里的，只可能是士兵，而且还是你的士兵，到底出什么事了？你还有事瞒着我。”

高桥次郎没有解释，只是道：“走吧，继续前进，到了上方的哨所再说。”

唐千林没有追问，只是继续跟随着高桥次郎的脚步，朝着山上攀爬。

到达山顶的哨所已经是两个小时之后的事情了，这也是他们能攀爬的最快速度。

唐千林并不理解为什么不休整一夜，第二天再上山，就算顾及自己的性命，也应该知道寒冬的夜晚上山危险性有多大。

当高桥次郎推开哨所的门之后，唐千林就看到其中横七竖八地躺着的日军士兵。

长官前来，按理说士兵应该立即起身，但除了一名军曹之外，其他人依然在那儿躺着，纹丝不动，而且唐千林还听到了角落中有两名士兵发出了低低的哭声。

再看那名脸色憔悴的军曹，竟然没有眉毛，要在平日里，会显得很滑稽，但在这种环境下，看起来却那么骇人。

“高桥长官！”军曹抬手敬礼，不知为何却身体一软，直接摔倒在了地上，军帽也因此滑落。

众人发现，那名军曹的脑袋上一根头发都没有。

军曹赶紧爬起来，戴上军帽，敬礼道歉：“对不起，长官。”

高桥次郎并未责怪他：“你休息吧，对了，这几天没有人来查看吧？”

军曹摇头：“没有，一切如常，您要进洞吗？”

军曹说着，看向哨所内一扇简陋的木门。

高桥次郎拍了下他的肩膀：“辛苦了，休息吧，我自己去就行了。”

站在最后的烟屁股观察着这个哨所，凌乱的哨所明显没有整理过，这与他们平日里所看到的日军完全不同，虽说日军残忍，但纪律严明，在内务整理方面也不怠慢，而眼前这座哨所，就像是混乱的战地医院一样。

高桥次郎上前挪开那扇简陋的木门，示意唐千林进去。

唐千林却问：“里面是什么地方？”

高桥次郎解释道：“佛像就是在这里发现的，你进去就知道了。”

唐千林走进那扇木门，就看到里面是一个被挖得乱七八糟，满是废土的洞穴。

在洞穴的右侧角落，还有一个明显是人工挖掘出来的大洞。

等众人都走进来之后，高桥次郎对烟屁股说：“你，把门关上。”

烟屁股瞟了一眼高桥次郎，唐千林又朝着他点点头，这小子这才不情愿地将门关上，他实在不想听日本人的指挥。

等门关上之后，高桥次郎沉声道：“你也看到这里的情况了，山下洞内的情况比这里还要糟糕一百倍。”

唐千林摇头：“到底发生了什么事？”

“接下来我要说的事情，是关东军的绝密。”高桥次郎说到这儿深吸一口气，“在这之前，我还得告诉你们一个不好的消息。”

庆全道：“什么消息？”

金古思靠在一旁，玩着手中的打火机，用怪异的目光瞟着高桥次郎，似乎也不好奇，对这里发生的一系列怪事也不感兴趣。

高桥次郎压低声音道："我接到的明确命令是，带着这支小队搞清楚这座山里的神秘事件，并且确定这支队伍中，谁可以和我们保持长期合作，无法合作的人，将永远无法离开这里。"

大伙儿都听明白了，高桥次郎的话很简单，那就是用这次的事件来检验这支队伍，没有利用价值的人就会被灭口，永远葬身在非似山中。

可这件事并没有让众人震惊，唐千林只是问："我想知道的是，为什么这里会死这么多士兵？山里面有什么？"

高桥次郎沉思了片刻道："所有的事情都要从六年前开始说起……"

高桥次郎终于将六年前在这里经历的一切和盘托出。

听完高桥次郎的讲述，庆全直接拔枪对准了他的脑袋："畜生！"

高桥次郎面对枪口，没有丝毫畏惧："我必须服从命令，就如你现在觉得我必须死一样。"

唐千林示意庆全放下枪："现在还不是和他算账的时候。"

庆全不情愿地放下枪，眼前又浮现出弟弟庆宇死前的惨状，他一脚踹在旁边的土堆上，大骂着。

唐千林道："继续说，后来呢？还有，权千章教授和助教付倍学又在何处？"

高桥次郎道："发生了那种怪事之后，关东军驻屯军本部立即对非似山进行了全面调查，随后我们在挖掘的过程中发现了那种煤土，消息传到了陆军本部，让那些高层欣喜万分，他们认为这里还存在着其他可利用的新型资源，派兵封锁了这个区域，并且以关东军特种情报处为核心，开始建立永久性兵站，就是为了持续勘探和调查……"

永久性兵站建立的同时，日军也在原抚顺煤矿铁道的基础上，修建了一条新的铁路，可以直达非似山下。

当这一切都完成的同时，日军也用尽办法挖开了煤土层下面那层最坚硬的石壁，可惜的是，他们在石壁后方找到的并不是煤土，也不是其他新能源，只是普通的泥土。

日军不甘心，继续挖掘，挖到最后，又发现土层内部还有一层花岗岩，而且面积极大，以现有的技术挖掘，要耗费很长的时间，而且不能使用炸药，因为担心会点燃山体外层的煤土，到时候非似山就会变成一座火山，把一切都烧得一干二净。

“我们在那层石壁上发现了一个裂缝，裂缝内有个狭窄的通道，距离山内的洞穴有四十一米。”说到这儿，高桥次郎看着唐千林，“唐先生，你展开你的想象力，试想下，裂缝后面的那个洞穴里有什么？”

唐千林想了下：“你该不会告诉我，你们真的发现了青龙寺吧？”

高桥次郎缓缓点头道：“对，而且是飘浮在洞穴之中的青龙寺房屋残骸，不可思议吧？”

其余人闻言互相对视一眼，金古思顿时来了精神，第一次开口道：“漂浮在洞穴中的残骸？洞穴里有一个地下湖？”

“不，你理解错了。”高桥次郎用手比画着，“就是飘浮在半空中，就像神话里的宫殿一样。”

庆全看着唐千林，烟屁股也将注视在高桥次郎身上的目光转向他。

就在此时，金古思却扑哧一声笑了出来：“高桥先生，你是不是喝多了？或者是病了？”

高桥次郎只是冷笑了下，指着旁边的洞穴道：“你如果不相信，自己下去亲眼看看不就知道了吗？”

高桥次郎这么一说，唐千林才突然间意识到了什么，他问：“你是说，这里和下面的洞穴是相连的？”

高桥次郎点头：“没错，否则我干吗要分成两个小组，目的就是一上一下同时调查。”

唐千林走到那个黑漆漆的洞穴前，打开手电筒照向下方，却什么都看不到，下方黑到就连光线都可以吞噬一般。

高桥次郎道：“我接着刚才的说，我们在发现山洞里的秘密之后，立即派出了调查小队，我是当时的队长，随我前去的还有权千章教授以及付倍学先生，我们一共去了二十个人，但进去没多久，就遭遇到了一股气流，这股气流把我们全部都吹散了，我撞在一块石头上晕了过去，等我再醒来的时候，权千章教授和付倍学已经不见了，我身边唯独剩下两名士兵，不得已我们只能原路返回。”

“等等，我没听懂。”金古思上前问，“你说遭遇一股气流是什么意思？你们在哪儿遭遇的？那条狭窄的通道中还是……”

高桥次郎简单地说了三个字：“半空中。”

庆全皱眉道：“什么？你是喝多了吧？半空中？你真以为会飞呀？”

唐千林也注视着高桥次郎，等他继续往下说。

高桥次郎耐心地解释道：“我刚才说了，洞穴中的所有东西都可以飘浮，人也不例外，这是我们偶然间发现的，我们本想攀爬到洞穴底部，谁知道绳子一抛出去，就飘浮在了半空，我试探着往下滑，谁知道也飘起来了，于是我们尝试着向某座庙宇残骸游过去，真的是游，就像在水里一样，就在这时候，我们遭遇了气流……”

唐千林听完问：“那之后呢？你们为什么没有继续调查，却等这么多年？”

“因为又出事了，士兵们开始陆续得病，一种怪病。”高桥次郎说到这儿，摸出烟来点上，众人看到他拿烟的手都在颤抖。

这个屠杀郑家村的主谋之一，竟然也有害怕的时候。

高桥次郎深吸几口烟，定了定神，这才接着说：“很多人出现幻觉，情绪不稳定，身上的毛发开始掉落，身体开始衰竭，我们的军医完全查不出来到底出了什么事，紧接着，谣言四起，那些我们抓来的民工说，是我们触怒了山神，山神在惩罚我们……”

士兵陆续死去，短短几天内就死了一百多人，三宅恭次带队亲自调查，也将关东军防疫给水部队的精英带来调查研究，想知道到底出了什么事。

结果是，这里的士兵集体中毒，而且找不到解毒的办法。

高桥次郎取下嘴上的烟：“上层不愿意放弃这里，就算是调查不清楚山洞里的怪事，他们也得把这里的资源全部带走，挖掘可以让那些民工来干，可谁来监工呢？民工会死，士兵也会死，这里就像是地狱的黑洞，要想拿走属于地狱的东西，就必须不断往里面献上人的生命，最后，关东军司令部想了一个办法，那就是派遣非日籍士兵到非似山驻扎。”

金古思点头道：“难怪这里的士兵说话都带着口音，原来都不是真正的日本人。”

唐千林也明白了：“就如那天车厢内的那十名士兵一样，这里的士兵不是朝鲜兵，就是台湾兵？只有少数军官是日本人，而指挥官是你，因为你是最熟悉情况的一个，所以，你无法调走，只能在这里等死，我没说错吧？”

高桥次郎抽了一口烟，缓缓点头：“我不愿意死，其他人也不愿意死，所以，我们必须得想办法自救，就在这个时候，那个可以救我们的人出现了……”

高桥次郎说到这儿，抬眼看着唐千林：“这个人就是六年前，郑家村被泥石流摧毁那天险些杀掉我的人，他叫楚乐康，也就是你的师兄。”

第三十三章

飞 屋

高桥次郎说出“楚乐康”名字的那一刻，唐千林震惊无比，他一把抓住高桥次郎道：“你说什么？你之前所说六年前险些杀死你的人就是我师兄？”

高桥次郎点头：“没错，是他告诉我的，只有你可以救这个兵站里所有的人，那尊佛像，也是楚乐康先生发现后告诉我的，但他让我不要太快就将佛像交给情报处，要选在合适的时候，他还说，关东军上层会组建一个新的部门，在这个过程中，你会出现，在我得知你出现后，才能把佛像交出去，这样，三宅将军他们才能更加重视秘搜课，重视这一系列的事情……”

“什么？”唐千林整个人都蒙了，“你说策划这一切的是我师兄？我师兄一直在帮你们做事？”

高桥次郎摇头：“不，他只是在帮我，我们有条件的，他救我们的命，而我们要掩盖这里的秘密，必要的时候，我们必须把非似山全部炸毁。”

唐千林闭上眼，思考了好久，摆手道：“我有些糊涂了。”

难道说策划这一切的，都是师兄？他在利用日本人，结果被日本人发现了，然后被杀掉了？

不不不，师兄不会和日本人合作的，这其中一定有问题。

唐千林想到这儿，故意问：“我师兄现在在哪儿？你知道吗？”

高桥次郎摇头：“不知道，后来他就失踪了。”

唐千林再问：“你没从三宅恭次那儿知道点关于我师兄的消息？”

“没有，三宅将军应该不知道你师兄的存在。”高桥次郎说到这儿，又想起了什么，“对了，你师兄还说过，三宅将军身边有一个和他相同的人。”

唐千林皱眉：“什么意思？”

高桥次郎仔细回忆着：“他没有明说，但是按照他的话来推测，有一个和他能力相同的人，在帮助三宅将军。”

这就对了。唐千林终于明白了，自己的推测没有问题，的确有一个人一直在帮助日本关东军，而且是个江湖中人。

等等，师兄死前说“青龙寺是个圈套”，这句话是什么意思呢？

所有人都看着唐千林，唐千林低声自言自语着，来回走着，不时抬手比画一下。

金古思站在旁边注视着唐千林，又看向庆全和烟屁股。

烟屁股蹲在洞口，朝下面看着。

会不会是这样？唐千林脑子中分析出来了一种可能性——师兄楚乐康和另一个人发现了非似山中的秘密，同时，日军方面也发现了，于是两人合谋，未知者去日军那边，而楚乐康在外围配合，谁知道事情越往后发展，楚乐康就感觉越不对劲，因为那个未知者连他一块儿算计了。

这个时候，楚乐康才紧急拍电报让唐千林赶来，在两人见面之前，未知者担心事情曝光，于是便杀人灭口。

不过这个分析还是有漏洞，如果师兄和未知者是合谋，那么未知者就应该知道高桥次郎这批人为了自保而和师兄达成了协议，那么他怎么会不告诉三宅恭次呢？

还是说，这个未知者躲在暗处，操控着一切，他仅仅是在利用日本关东军？

什么样的人，有这么大的本事呢？

“我们还下去吗？”烟屁股扭过头来问了一句，“说那么多废话，不如干点实际的吧。”

高桥次郎把绳索踢进洞内：“走吧，下去吧，楚乐康先生说了，救这里所有人的办法，就在洞里面，除非你带着我们，否则没有人可以解开这些谜题。”

唐千林道：“我想问你，你是出于良心不安呢，还是只是想活命？”

高桥次郎道：“都有。或者可以说，我对日本政府很失望，他们过去告诉我们，不管是朝鲜人还是被殖民后的台湾，抑或是满洲，人人都是平等的，当我来到这里时，才发现一切都是谎言，他们不把其他人当人看，甚至就连没有利用价值的日本人也会被当作实验的原材料……”

第一批死掉的士兵，尸体被全部解剖运回了哈尔滨平房区所在的防疫给水部队制成了标本，送回国内的那些骨灰，都是伪造的。

第二批死掉的士兵，因为再也没有利用价值，所以就地焚烧深埋。高桥次郎带着军曹和部分士兵试图将尸体挖走，但失败了，因为埋得太深了，不得已，他们只得在非似山半山腰上建了一座坟地，立上墓碑，实际上没有尸体，泥土里埋葬的只是一件件原本应该发放给士兵们的军服。

而接下来那些来自朝鲜半岛和台湾岛的非日籍士兵下场就更惨了，一旦失去了行动力，就会被防疫给水部队派来的监督军医官处决，抑或直接进行活体解剖。

“这里已经变成了第二个‘731’。”高桥次郎的声音都在颤抖，“在我杀死那个监督军医官之前，这里每晚都能听到垂死士兵的哀号和惨叫声。”

庆全问：“你杀了那家伙，就不怕别人知道吗？”

“那个被我杀死的军医官，也染上了那种怪病，原本就离死不远了，所以，他死了，没有人怀疑。况且，上层也不会再派任何他们觉得有价值的人来这个兵站。”高桥次郎坐在洞穴边缘，“他们把最后的希望寄托在了你们的身上。”

庆全此时打了退堂鼓，上前对唐千林低声道：“大哥，我们还是撤吧，这地方不宜久留，命只有一条，这些小鬼子都活该，何必救他们呢？”

高桥次郎闻言也不生气，只是无奈地笑道：“进出只有坐那列火车，因为周围都被关东军封锁了，围了个水泄不通，擅自进出，格杀勿论，你要不相信，你走出兵站，随便选个方向走几里路就知道了。”

庆全道：“你别吓唬我。”

唐千林道：“庆全，他应该不是吓唬你，咱们既然来了，就查清楚吧，别忘了，这个兵营里剩下的都是朝鲜人和我们的同胞，他们的确是在助纣为虐，但都是有前提的。”

此时，烟屁股上前，指着高桥次郎道：“可是这个王八蛋，带人把郑家村的百姓全部杀光了，你还要救他？”

唐千林迟疑了下道：“我们查清楚了整件事再说吧。”

沉默的高桥次郎抓着绳子第一个滑了下去，唐千林看了一眼剩下的人：“不愿意下去的就留下来，没关系。”

此时，金古思上前，抓着绳索道：“对我来说，这是千载难逢的好机会。”

说着，金古思也滑了下去，烟屁股瞪了唐千林一眼也下去了，唐千林冲庆全笑了笑，转身跳下。

庆全站在那儿迟疑着，许久才一咬牙，抓着绳索直接跳下。

五人沿着绳索，踩着洞壁边缘往下小心翼翼地走了很久，借着手电筒的光终于看到了一座瓦房的房顶。

唐千林落在房顶上之后，踩了踩，看着高桥次郎道：“我们并没有飘起来呀？”

高桥次郎也显得很疑惑：“我也不知道为什么，但上次我们从裂缝进入洞穴的时候，的确是飘浮起来了。”

庆全落下的时候，听到两人的对话，看着高桥次郎道：“这个小鬼子肯定在撒谎。”

高桥次郎这次终于忍不住反驳：“如果我撒谎，不是一戳就破吗？”

烟屁股在旁边搭腔道：“你的谎言不就是已经被戳破了吗？”

几人争执的时候，蹲在屋檐上的金古思用手电筒照着下面，同时冲他们喊道：“过来看看这个。”

其他人小心翼翼地踩着瓦片走向金古思，顺着金古思所指的方向，看着他的手电筒所照的位置，清楚地看到了一尊没有头的小佛像飘浮在下方。

而那尊小佛像右侧，还有一座较为完整的屋子，屋子连同地基一起飘浮在半空中。

高桥次郎见状道：“我说过，我没撒谎，也没那个必要。”

庆全目瞪口呆地看着：“这是仙洞吗？这里有神仙？”

烟屁股也皱眉看着，思考着什么。

金古思抓了一片瓦，朝着下方扔过去，瓦片开始掉落的速度极快，等掉到那座飘浮屋子的高度时速度开始减慢，向下略沉了下，紧接着便飘浮了起来，开始跟随着周围的石头、瓦片和木头等缓缓飘动着。

金古思起身道：“看样子，必须达到一定的高度，在一定范围内才会让物体飘浮起来。”

烟屁股纳闷：“那我们脚下这座屋子又是怎么飘浮起来的？”

唐千林走到屋子的另外一侧：“不是飘浮起来，这座屋子是落在山壁支出的一块巨石上的。”

金古思四下看着：“这就奇怪了，既然飘浮不到这么高，那这座屋子怎么会落在这块石头上呢？”

说着金古思趴下来，用手电筒照着屋子的底部：“不是修建在这上面的。”

庆全道：“这不是废话吗？谁能把屋子修在这种地方？”

烟屁股也不发表意见，只是左右四下看着，似乎有着自己的小心思。

唐千林蹲下，揭开脚下的瓦片，看着下面那间黑漆漆的屋子："下去看看，也许在屋内能发现点什么东西。"

唐千林说完把屋顶砸破，用手电筒照着落脚点，确定没问题后，第一个跳了下去。

就在唐千林落进屋子的瞬间，手电筒光线晃动的一刹那，他清楚地看到了有什么东西从手电光柱中快速闪过。

就在此时，高桥次郎也跳了下来，刚要说什么的时候，就听到唐千林道："别动，待在原地。"

高桥次郎纳闷地看着紧张的唐千林。

唐千林用手电筒照着屋子内，同时对屋顶上方还没下来的人喊道："你们先不要下来，这间屋子有古怪。"

听闻唐千林的话，还在上方的庆全、烟屁股和金古思三人立即警惕起来，庆全和烟屁股集中手电筒的光线照亮屋内，而金古思则摸出枪警惕着屋顶的四周。

在唐千林几人进入这个古怪的山洞之前，洞穴下方的钱斯年和李云帆等五人所在的乙组也正在朝着距离自己最近的一间飘浮的屋子游去。

除了李云帆和易陌尘之外，钱斯年、乔铜和张大根都对这个神奇的洞穴产生了极大的好奇，虽然心里担心会掉下去，但还是忍不住旋转着身体，不时用手去触碰周围浮动的物体。

他们并不知道，几十年后，当这颗星球上第一批宇航员到达太空的时候，其心情与他们现在一模一样。

李云帆和易陌尘吃力地游到那座悬浮的屋子跟前，抓住门框固定好自己的身体。

李云帆扭头看向钱斯年，刚要说话的时候，突然间整个山洞猛地震动了下，同时浮力也顿时消失，李云帆和易陌尘赶紧落地站稳，而还悬浮在半空中的三人则带着惨叫声掉落了下去。

两秒之后，震动再次产生，洞穴内也重新产生了浮力。

李云帆站在门口，低头看着下方的深渊："糟了，他们掉下去了。"

易陌尘则根本不关心落下去的那几个人，而是打着手电筒照着屋内，同时道："反正都不是什么好人，死了最好。"

李云帆焦急地说：“可还有一个我的同志。”

李云帆说完，就意识到自己说漏了嘴，赶紧看向易陌尘，却发现易陌尘似乎对这句话没什么反应。

易陌尘试探性地将双脚踩在地上，发现身体虽然依然轻盈，但已经无法将整个身体彻底飘浮起来了：“浮力似乎减弱了。”

“不应该吧？”李云帆也看着自己的脚下，“如果浮力减弱了，为什么这间屋子还悬浮在原来的高度，不是也应该向下掉吗？”

易陌尘摇头，用手电筒照着屋子内道：“这里应该只是一间禅房，没什么稀奇的。”

李云帆正在四下观察的时候，易陌尘忽然间延续了之前的话题：“云帆，你是抗联的人？”

李云帆扭头看着易陌尘，没有回答。

易陌尘皱眉道：“你真的是共产党？”

李云帆知道再隐瞒也没有意义了，而且这里没有其他人，他只得点头道：“对。”

易陌尘叹了口气：“我俩从小玩到大，你竟然都瞒着我，这件事除了我之外，还有谁知道？”

李云帆没说话，易陌尘忽然想起了什么：“唐千林也知道吧，自把他介绍给你之后，你俩走得很近。”

李云帆道：“对，他是无意中知道的，也侧面保护过我。”

易陌尘苦笑道：“你还有什么事瞒着我？”

李云帆摇头道：“没有了。”

易陌尘微微点头：“你知道我现在在想什么吗？”

“你在想我不信任你。”李云帆直言道，“事实不是那样的，我们有我们的纪律。”

易陌尘摇头：“不，你误会了，我在想，你和你爹的关系以后会怎么发展？现在翔爷当你是汉奸，实际上你是共产党，而重庆和延安虽然现在在合作，却是面和心不和，如果有一天日本人败了，他们肯定会打起来的，到时候你和翔爷怎么办？”

李云帆皱眉：“我们不要讨论这个问题好吗？眼下得查清楚这里到底是怎么回事。”

“不讨论就不讨论，车到山前必有路那一套，我劝你还是少想。”易陌尘说完，转身用手电筒照着禅房的墙壁上挂着的一幅画，“奇怪了，青龙寺不是寺庙吗，怎么会有一幅道教的画？”

刚说完，易陌尘又摇头道：“青龙寺以前是道观来着，我怎么把这个给忘记了。”

李云帆走上前：“还有个问题，为什么这幅画经历过几百年，一点儿变化都没有？”

易陌尘看向四周：“分头找找，看看有没有什么有用的东西。”

李云帆还是看着门外：“我去看看其他人怎么样了。”

易陌尘瞟了一眼李云帆：“那个张大根，是你的联络员吧？你们的说法叫什么来着，哦，对，交通员。”

李云帆道：“看样子你对我们很了解。”

易陌尘一边在周围寻找着，一边说：“我是个商人，只要有利可图，我什么人都要认识，包括你们共产党。”

李云帆问：“你到底想说什么？”

易陌尘道：“我让你不要太关心掉下去的那几个人，死了就死了，反正不是什么好人，特别是你的那位什么交通员同志。”

李云帆皱眉：“你有话直说。”

易陌尘走向李云帆：“你们被捕的同志有两个对吧？”

李云帆点头。

易陌尘又道：“你们一向都是单线联系吧？”

李云帆迟疑了下道：“对，还有一个是我们临时省委的朱书记，张大根负责我和朱书记之间的联络。”

易陌尘点头：“这不就简单了吗？现在就可以排除你们朱书记的嫌疑了，他肯定没有叛变，所以，要不是你叛变了，要不就是张大根叛变了。”

李云帆听得越来越疑惑：“你什么意思？”

“我知道，你不愿意相信某些残酷的事实，可现在这事实就摆在你面前，逻辑也很简单。”易陌尘分析道，“如果你们朱书记叛变了，那么被捕的就不止这么几个人了；那么如果你叛变，你可以供出交通员来，保安局顺藤摸瓜从交通员那儿找到你们的朱书记，是这个道理吧？”

李云帆点头："是这个道理。"

易陌尘又道："高桥次郎说了，这次是布局来抓你的，如果你是叛徒，日本人就会把精力全部用在姓朱的身上，会把姓朱的带来，而不是带张大根来。我们再反向分析，张大根只认识你和朱书记，然后他俩被捕，日本人又设局给你，所以，明摆着张大根已经背叛你们了。"

易陌尘的分析，李云帆早就想过，但他实在不理解的是，既然张大根叛变，可以指认自己，为什么却还要费尽心机布下这样一个很容易就被人识破、看穿的局？

三宅恭次到底有什么打算？

易陌尘又道："我话说到这儿，接下来怎么做，是你自己的事情，我是看在咱俩是朋友的分儿上，劝你还是要谨慎点，干你们这行的，最好什么人都不要相信，连我都不要信。"

李云帆闻言，立即追问："你说连你都不要信，是什么意思？"

易陌尘不能说，他原本打算是将自己和假夏霜之前的交易告知李云帆的，可现在他确定了，李云帆就是抗联的人，也就是假夏霜所说的第三方势力，按照约定，他不能与第三方势力有任何瓜葛，所以，他只能选择用暗示的方式来告诉李云帆。

毕竟，孤军无孔不入，谁知道这支队伍里有没有孤军的人呢？

两人所在的屋子上方百米之处的那座屋子内，唐千林和高桥次郎将整个屋子翻找了一番，发现了几个封存起来的箱子，箱子用青铜封边不说，上面还挂了一把带着鬼头的铁锁。

高桥次郎正在研究怎么打开那把锁的时候，唐千林就直接取出藏凤刃将锁砍断了。

高桥次郎看着唐千林的藏凤刃，叹道："削铁如泥。"

唐千林也不接高桥次郎的话，只是示意他退开一些，然后小心翼翼地打开箱盖。

"都是些工具。"唐千林看着箱子内堆着的工具，"奇怪，为什么这些工具上会有符纸呢？"

唐千林拿起其中一把锉刀，仔细看着包裹着锉刀上的那符纸，仔细辨认后，发现上面都是满文。

唐千林又与高桥次郎将其他几个箱子砸开，此时，还在屋顶上的烟屁股喊道："唐爷，你们都找到什么了？"

唐千林回道："只是一些杂物，你们待着别动。"

刚说着，金古思就跳了下来，观察着屋子内的陈设，然后走向那几个箱子，站在那儿看着。

唐千林注视着金古思，从他的眼神可以看出来，他对这里充满了好奇，虽然不发表任何意见，但他的所作所为和一个杀手相差太远。

"人偶？"高桥次郎在最后一个箱子中发现了无数堆在一起，也用符纸包裹起来的小型人偶。

唐千林俯身拿起一个人偶来，发现是木制的，摸起来像是青冈木，人偶很简陋，只能分清楚头颅、躯干和四肢，也没有雕刻出面容和服饰。

唐千林拿着那人偶，仔细看着上面符纸的文字，随后想了想道："像是替身人偶。"

唐千林说完，金古思的眼前一亮，立即凑过来，仔细看着他手中的人偶，随后自己也俯身从箱子中拿出来一个看着。

高桥次郎问："什么叫替身人偶？"

唐千林解释道："算是墓俑的一种。"

金古思挑眉看着唐千林："墓俑？"

唐千林点头道："对，这种东西应该是起源于我国东周时期，当年春秋时期，孔子还批判过墓俑，因为最早的墓俑是活人，也就是活人殉葬，而后来用陶等制作的墓俑，在孔子看来也是暗示着人殉，是不道德的。"

高桥次郎点头道："也就是说，墓俑是人殉的一种替代方式？那么你所说的替身人偶又是什么意思？"

唐千林道："简言之，就是代替生者去阴间遭罪的一种特殊方式，在异道中，这又称为——代过。"

第三十四章

鬼灯笼

被称为“代过”的替身人偶，与普通的墓俑虽然有相似的地方，却有自己的大小之分。寻常墓俑的大小和常人一样，而替身人偶则看需要“代过”的人自身财力如何。家境殷实，人偶大小就与自己相似，甚至可以雕刻出原本主人的模样；而没钱的，就只能用简陋的人偶。

最重要的是，这类的替身人偶必须要特殊的人，也就是宗教人士作法才能达到代人在阴间受过的目的。

大户人家，还用铅或者贵重金属来制作人偶。

“‘所谓谨以铅人、金玉为死者解谪，生人除罪过。’”唐千林指着上面的满文道，“这上面的字译成汉字就是——为生人除殃，为死人解谪。”

金古思听到这儿，却说了一句让唐千林和高桥次郎惊讶的话：“按理说，中国的替身人偶，不是应该多选用铅和锡吗？”

唐千林闻言，下意识看了一眼高桥次郎，故意说了句：“一个朝鲜杀手，竟然知道得这么清楚。”

金古思微微一笑：“我只是偶尔听人说起过。”

唐千林道：“的确，选用铅制替身人偶的不少，因为铅在道教仪式和象征体系中起重要作用。铅是道教修炼内丹和外丹时最基本的材料之一，过去的道教修炼者必须要找到能够与之互动并且转换的真铅和真汞，配合其他的物质炼制出所谓的金丹，也就是仙丹，但通常吃下去人就没命了，这些东西都是有毒的。”

不管是在道教中还是在异道之中，铅都作为阴的代表，对应着水、白虎和西方；而汞，也就是水银，代表着火、青龙和东方。换言之，在他们看来，铅具有感应黄泉、代表死者的能力。

唐千林又道："但替身人偶的材质不限于铅和锡，还包括松、柏、桃等各类木材，这些材质实际上都与铅有相同的地方：其一就是与墓葬、阴间的关系；其二便是法术是否可以对其产生影响。"

高桥次郎摇头："影响？"

唐千林点头道："对，西汉时期，中国人相信鬼怪可以聚居于松柏浓荫之中，所谓以柏木为相，秉天地之气，受正万年，灵司称金木之体，地府贵生成之简。故古之棺椁，柏木为之者，免三涂之役。"

金古思问："什么叫三涂之役？"

"也就是火涂、刀涂和血涂。"唐千林看着金古思道，"对应的就是地狱道、饿鬼道和畜生道。"

高桥次郎点头："原来如此。"

上方屋顶开口处，烟屁股坐在那儿饶有兴趣地听着，脸上带着怪异的笑容，庆全则打着哈欠快要睡着了。

唐千林接着道："大概在唐朝的时候，一种叫'石真'的雕像出现了，石真也就是石制真身的意思。但这种替身人偶的作用却是用来延寿，先建一个生圹，也就是活人墓的意思，然后放入石真，幻想可以骗过那些阴间的使者，好让石真的主人延长寿命，直到石真被发现的那天。"

金古思举起手中的那个人偶："那这种呢？到底算是什么？"

"如果我没有猜错……"唐千林将人偶身上包裹的符纸撕下来，用藏风刃在人偶身体边缘割了一圈，紧接着将人偶打开，"这些都是小型的人冢棺。"

金古思和高桥次郎一愣，分别从箱子中拿出其他的人偶来，撕下符纸，学着唐千林的模样将人偶也打开了。

高桥次郎看着手中打开的人偶："这么说，这里真的和萨满教有关系？"

唐千林看着四下道："对，百分之百有关系，否则不会出现这种玩意儿。实际从年代上来推测，很多东西根本不符合逻辑，例如传说是明朝晚期有的这座青龙寺，而在那个时候，辽东已经被后金军攻破了，如果我没记错的话，是一举攻破了奉天和辽阳，也就是这里的周边地区，而在那个时候，这里兴建寺庙就太奇怪了，所以，我推测，青龙寺年代还要早一点，应该是在明朝鼎盛时期，也就是永乐年间，朱棣当皇帝的时候。"

金古思又问："这座寺庙原本是道教的，后来变成了佛教，但其中却有萨满教的东西，这到底是什么意思呢？”

唐千林摇头：“单看这些东西还不知道，我们得继续查看。”

高桥次郎点头：“是不是也能找到救我们的办法？”

唐千林还是摇头：“不知道，我不确定，我重申一次，我不明白我师兄为什么会那样告诉你。”

其实唐千林心里已经明白了，楚乐康之所以要告诉高桥次郎只有他能救下这个兵站里的所有人，目的就是让高桥次郎这个兵站的核心人物，从唐千林的绊脚石变成垫脚石。

当然，唐千林不能说出来。

就在唐千林转身要走出去的时候，坐在屋顶开口处的烟屁股忽然间看到一个东西飞速从唐千林背后一闪而过。

“那是什么？”烟屁股用手电光追踪着那东西。

站在唐千林背后的高桥次郎和金古思也清楚地看到了有东西一闪而过。

唐千林立即转身：“在哪儿？”

高桥次郎和金古思拿着手电筒，照向屋子的东角，高桥次郎道：“在那里。”

唐千林慢慢上前道：“你们一左一右站好就行，我一个人上去。”

金古思和高桥次郎都拔出了枪，坐在屋顶上方的烟屁股也摸出枪来，对准了角落，手指轻轻放在扳机之上。

唐千林扣住手腕上藏凤刃的机关，朝着角落中一步步挪去，伸手慢慢地将角落中那把破椅子给掀开，掀开的一刹那，一个影子快速从他双脚之间蹿了出去。

“在那儿！”坐在上方的烟屁股道。

“别开枪！”唐千林下意识喊道，“看清楚那是什么东西再说！”

原本想要开枪的高桥次郎将手指从扳机上拿开，盯着蹿向另一个角落的那东西，西角外侧没有任何遮挡的物件，所以，他们都看清楚了在手电光照射下的那个古怪玩意儿。

“那是什么？”金古思皱眉道，“烟？”

高桥次郎皱眉看着那团像是烟一样的东西在角落中蠕动着。

唐千林慢慢上前，蹲下来仔细看着那玩意儿，那东西是透明的，像是一团烟，可在光线的照射下会忽隐忽现。

忽然间，高桥次郎想起了什么：“我们上次进洞也见过这种东西，半空中到处都是，我还以为只是一缕缕的青烟。”

“像烟，但应该不是烟。”唐千林试探性地朝着那东西靠近，“但是这东西肯定有生命，因为没有生命的东西是不会躲避我们的。”

“那是鬼灯笼！”屋顶上的庆全忽然间插嘴说了一句。

刚说完，烟屁股也紧接着说了句：“对，看起来像是传说中的鬼灯笼。”

金古思、唐千林和高桥次郎几乎同时抬头看向屋顶。

唐千林看了一眼还在角落中蠕动的那不知名的玩意儿，问：“鬼灯笼是什么？鬼火？”

庆全赶紧道：“不不不，不是鬼火，是另外一种东西，这玩意儿不会活动在坟地附近，不过以前常有猎户在山里看到这东西。”

烟屁股接着道：“对，有传说，是黑白无常提着的灯笼幻化成的妖怪，只要这东西出现在什么地方，什么地方就会死人，一个鬼灯笼就代表会死一个人。”

庆全下意识看向周围，又用手电筒照着屋子的其他角落：“照你这么说，我们当中有人会死？”

烟屁股抬眼看着他：“只是民间传说，大哥，你不会这么胆小吧？”

唐千林又向前迈了一步，走到那东西跟前蹲下，仔细看着，然后关闭了手中的手电筒，同时道：“你们也把手电筒关了。”

其余人立即照做，等手电光消失之后，那东西似乎顿时来了精神，开始原地旋转着，而且慢慢地越转越高，身体还在空中留下一缕缕淡淡的青烟。

高桥次郎抬手指着说：“上次我们看到的时候，就是这副模样。”

唐千林问：“有害吗？”

高桥次郎摇头：“我说了，我们被一股气体给冲散了，其他的什么都不知道。”

高桥次郎话音刚落，原本还在旋转的鬼灯笼突然间停下来了，悬浮在空中，变成一个球形。

唐千林正在纳闷的时候，山洞再次发生了震动，震动的瞬间，那鬼灯笼似乎像是等到了什么信号一般，直接就蹿出门外。

唐千林下意识侧身就朝着门外追去，刚追到门口，一股强大的气流从洞穴底部直接喷了上来，巨大的力量直接将唐千林掀翻在地。

突如其来的气浪将整个屋子震得呜呜作响，屋顶上的庆全没站稳直接掉落了下去，烟屁股抬手去抓他，却只扯到了他的衣角。

“把手给我！”烟屁股呼喊庆全的声音都变了，“快点！”

冲上来的气浪在山壁之间来回冲撞着，又变成了一只无形的大手拍打在了庆全的身上，紧接着，庆全感觉似乎有什么东西在拉扯自己的双脚一样。

“有东西在拽我的脚！”庆全喊完这句话的同时，把手猛地伸向烟屁股，烟屁股赶紧松开衣角去抓庆全，可两人手指快要触碰到的瞬间，庆全却掉落了下去。

庆全掉落下去的瞬间，唐千林刚好从地上爬起来，抬眼就看到庆全从门口直接落了下去。

“庆全！”唐千林飞身扑了出去，同时抛出绳索，“抓住了！”

唐千林奋不顾身飞扑出去的时候，绳索也已经甩向了在下方的庆全。

后方的高桥次郎也扑过去，一把抱住了唐千林的一条腿，金古思立即上前靠着门框，拽住高桥次郎的皮带，以防两人因为惯性全都落下去。

悬在屋子门口的唐千林，却没有救到庆全，只能眼睁睁看着庆全带着绝望的眼神掉进黑暗之中，那条绳索也在半空中来回摇荡着。

“别动！我拉你上来！”高桥次郎说完，扭头朝着旁边的金古思道，“站稳了！”

金古思朝着高桥次郎点点头，高桥次郎换了个姿势，将唐千林直接拖拽上来。

此时，烟屁股也跳了下来，走向门口，看着下面。

烟屁股许久才扭头看着唐千林道：“抱歉，我救不了他，我尽力了。”

唐千林默默点头，而高桥次郎却喃喃自语道：“他刚才说只要出现了鬼灯笼，就会死人……”

唐千林瞪着高桥次郎道：“这只是巧合，不要胡说！”

高桥次郎似乎无法让脑子中那个念头消失：“可事实就摆在眼前。”

唐千林正色道：“你是个军人，应该知道士气的重要性，你现在就在打击这支队伍的士气，我可以很明确地告诉你，大自然的确很神奇，但我这么多年调查的结果是，没有鬼神，没有诅咒，你想知道为什么吗？”

高桥次郎一脸茫然地摇头。

唐千林凑近高桥次郎道：“因为如果真的存在鬼神，你们这群畜生早就死无葬身之地了；如果真的有诅咒，在南京屠杀我们无辜百姓的你们这些狗日的王八蛋，早就七孔流血惨死当场了！”

高桥次郎闻言沉默了，一句话也说不出来。

唐千林似乎还不罢休：“就算鬼灯笼的传说是真的，刚才掉下去的也应该是你！你明白吗？”

高桥次郎忍了忍，点头道：“明白。”

烟屁股站在一旁，看着唐千林，不知道他为什么突然间会发这么大的火，之前在上面和他争执是否要救这个兵站里的日军士兵时，唐千林都没有表现出任何异常，为何现在会这样？

唐千林站在门口喘着气，看着下方道：“我们得下去，高桥不是说了吗，下面的东西都会飘浮，所以，说不定庆全还活着。”

烟屁股点头，金古思则冷眼旁观，等高桥次郎扭头看向他的时候，他只是轻笑了下，开始准备绳索。

就在唐千林等人准备绳索往下走的时候，下面的那间屋子内的易陌尘和李云帆也同样发现了几个箱子，箱子里面也装着无数的替身人偶。

李云帆拿起其中一个人偶：“这是什么东西？”

易陌尘道：“替身人偶，我以前还收集过这玩意儿，但你爹劝我不要收集这种晦气的玩意儿，我就一把火全烧了。”

说着，易陌尘又向李云帆解释了下替身人偶的历史。

李云帆起身，拿着那人偶道：“可上面是满文呀，这什么意思？”

刚说到这儿，李云帆用眼角的余光看到有什么东西从门口上方落下，同时还听到人的惨叫声。

李云帆和易陌尘疾步追到门口，朝着下方看去，却什么都没有看到。

李云帆用手电筒照着黑暗：“有人掉下来了。”

易陌尘抓着门框往上方看去：“什么人会在上面呀？”

李云帆忽然想起了什么：“高桥次郎带老唐上山了，你说，山上是不是还有一个入口？”

易陌尘点头道：“有这个可能，难道是老唐他们那支队伍里有人失足掉下来了？”

想到这儿，两人心里都是一沉，不过心里都期盼着是那个日本人高桥次郎掉下来。

就在此时，有一个人影自上方飞速从两人身旁落下，瞬间就消失在了黑暗之中。

这次两人反应虽然比上次快，同时拿着手电筒照下去，但依然什么都没有看到。

“又一个？”李云帆奇怪地看着易陌尘，“出什么事了？”

易陌尘摇头：“不知道，怎么又掉下来一个？”

李云帆道：“是不是上面打起来了？”

易陌尘寻思了下道：“不会，打起来了有枪声，或多或少我们都可以听到。”

李云帆看着四下道：“我突然感觉哪儿有点不对劲。”

易陌尘问：“什么不对劲？”

李云帆摇头：“不知道，我一时间说不上来，就觉得哪儿好像和刚才不一样了。”

易陌尘四下看着，目光最后又落在李云帆身上：“没有啊，和刚才一样呀。”

刚说到这儿，又一个黑色的人影从门外垂直落下，落下的瞬间，李云帆和易陌尘扭头看去，看过去的时候，却发现外面的半空中掉落下来了无数个人。

那些人都在半空中挥舞着四肢，摇晃着自己的脑袋，似乎十分痛苦。

看到如此密集的人体从上方落下，易陌尘和李云帆都傻眼了，最可怕的是，在目睹这一切的同时，整个洞穴内却是一片死寂，没有任何声音，根本听不到原本应该响彻一片的惨叫声。

易陌尘的双腿都开始发抖，想要挪动步子，但双脚完全无法控制，整个人僵在了原地。

李云帆也呆呆地站在那儿，急促地呼吸着，看着门外那些不断掉落下去的人，终于人数开始减少，当最后一个人从门口落下的瞬间，李云帆清楚地看到那人扭头朝着自己的方向看了一眼。

这一眼看过去，李云帆险些跌倒在地，因为那是一张半透明，没有任何五官的脸。

李云帆觉得头皮阵阵发麻，只是呆站在那儿看向前方，维持着原本的姿势。

不知道过了多久，李云帆终于回过神来，再扭头去看易陌尘的时候，又吓了一跳，因为易陌尘的脸色被吓得惨白，手指和嘴唇都在止不住地颤抖。

“易老板？”李云帆伸手在易陌尘眼前晃了晃，“陌尘，你没事吧？”

易陌尘回过神来，开始急促呼吸，半晌才道：“没事，我没事，对了，那个……”

李云帆看着他问：“什么？”

易陌尘咽了口唾沫：“刚才那个人掉下来的时候，你看清楚他的脸了吗？”

李云帆先是摇头，迟疑了下又点头：“没有脸吧？”

易陌尘点头：“对，你猜我想到了什么？”

李云帆问：“什么？”

易陌尘从包里将那个替身人偶拿出来：“你看看，这人偶也没有面部。”

李云帆皱眉，一把夺过那替身人偶，直接扔进深渊之中：“别疑神疑鬼的，我知道你在想什么，我告诉你，我是个无神论者。”

易陌尘从包里摸出一个玉坠戴上：“你是无神论者，但不是无鬼论者对吧？”

李云帆蹲下，看着下面：“别贫嘴了，安静一下，让我想想到底是怎么回事，会不会是幻觉？”

易陌尘从包里又拿出个玉坠：“来，给你，戴上，这玩意儿我找极乐寺的大师开过光的，肯定辟邪。”

“我不用。”李云帆摇头道，“我只有一个信仰，绝对不是你这个。”

李云帆说着，扭头去看易陌尘，发现他从包里掏出来各种饰品，什么手镯、项链、扳指什么的，都往自己身上戴。

李云帆上下打量着他：“你要不要戴个脚链呀？你准备出嫁是吧？”

“对对对，脚链，我还真有一个。”易陌尘说着就坐下来，从包里拿出条链子就往脚踝上绑，“阿弥陀佛！阿弥陀佛！上帝保佑！菩萨显灵！圣母圣子！”

“你到底是信菩萨还是上帝呀？”李云帆看着他那副模样，无奈地摇了摇头，再看向外面的时候，李云帆突然道：“我知道了！”

易陌尘问：“你知道啥了？”

“我知道哪儿不对劲了。”李云帆看着外面道，“你看，原本飘浮在空中的那些东西都不见了，我也感觉不到身体是轻飘飘的了。”

易陌尘下意识起身，跳了下：“真的呀，怎么回事？你作法了？”

李云帆无奈地看着易陌尘：“你吓傻了吧？什么叫我作法了？”

易陌尘一拍额头：“对对对，我都糊涂了，这鬼地方，到底是怎么回事呀？”

李云帆想了想道：“我们下去看看吧，也许下面有答案。”

易陌尘咽了口唾沫：“要不，咱们休息一晚上，明儿一早再下去？”

李云帆看着他说：“你不想搞清楚夏霜身上到底发生了什么事吗？”

易陌尘一愣：“你这话什么意思？”

李云帆道：“我在你家发现了那个暗室，知道你家原本是满人，也知道你家祖上是萨满灵宫的守护者，孤军处心积虑接近你，残害夏霜，不都为这个吗？你搞清楚了这里的秘密之后，不就可以借此机会查清楚夏霜的事了吗？”

易陌尘点头，他是被李云帆第一句话吓着了，他以为李云帆知道了自己与假夏霜之间的交易，刚准备坦白呢。

易陌尘道：“行，咱们下去，但你答应我一件事。”

李云帆点头道：“行，你说吧。”

易陌尘掏出先前那条玉坠子：“哥，你把这个戴上行不？你不戴我心里不踏实。”

“我有这个就够了。”李云帆摸出手铐，“你要是心里还不踏实，我帮你把铐子戴上？”

易陌尘只得把那玉坠子收起来：“你说你，到这儿来还带着手铐，真有意思。”

李云帆不搭理易陌尘，转身开始找坚固的地方固定绳子。

第三十五章

身份的转换

顺着绳索往下滑落到另外一座悬浮屋内的唐千林等四人，并未发现新的线索，屋内那几个箱子中装着的依然是那一个个贴着封条的替身人偶。

唐千林将拿起来的人偶扔回箱子中：“我们得继续往下，看样子这些屋子里的东西都差不多。”

“诅咒？”高桥次郎说出这两个字之后，发现唐千林正瞪着自己，他赶紧住口。

烟屁股此时道：“我赞成，我们得继续往下走，而且还得找到其他人，也许其他人也有发现，综合两个小组调查的线索，也许就能搞清楚这里到底发生了什么事。”

“你们知道神石吗？”站在门口蹲着往下看的金古思忽然问了这么一句话。

唐千林看向金古思：“神石？”

金古思道：“对。几年前，我在回家乡的路上，偶然路过一个村子，却发现村民几乎不劳作，每家每户都在祭拜，我感觉很好奇，就向一个老人打听，老人告诉我，前段时间，这里出现了短暂的白夜，随后神石从天而降。”

高桥次郎问：“短暂的白夜？白夜是什么意思？”

金古思解释道：“就是明明是夜晚，突然间变得和白天一样，天上同时出现了月亮和太阳，但很短暂，仅仅是持续了不到十分钟。”

烟屁股闻言，站在那儿沉思着什么。

唐千林道：“这种事我也听说过，在我们中国汉代的某个郡也发生过这种事。”

金古思继续道：“白夜快结束的时候，太阳从天而降，落在了田地之中，落下来的太阳就是村民供奉的神石。”

好奇的金古思去了村外的田地中，发现村民已经自发将田地给保护了起来，而在田地的西侧有一个大坑，坑内就有一块巨大的石头。

“那块石头就像是黑色的水晶，而且是悬浮于坑内的。”金古思仔细回忆着，“我绝对没有看错，我走得很近，甚至不顾村民的阻止，进入了坑内，我还往石头与地面之间的缝隙里扔了石头，确定那下面没有任何东西支撑。”

高桥次郎听到这儿，忽然道：“这件事是不是发生在慈江道一带？”

金古思看向高桥次郎：“你知道这件事？”

高桥次郎道：“没错，我也知道这件事，而且我现在也知道了，你不是我找来的那个人，你就是金古思，那个朝鲜探险家，因为你就是在慈江道被逮捕送进监狱的。”

“我原本就没打算隐瞒。”金古思笑道，“是你从一开始就一厢情愿，把我当作是你找的那个杀手。”

唐千林听到这儿只是笑了笑，觉得高桥次郎的反应太迟钝了。

从他第一次见到金古思，加上李云帆和他的对话，他就知道，他肯定就是那个朝鲜冒险家，所以，当高桥次郎告诉他，那不是金古思，而是替换的杀手时，唐千林只是问他，是不是觉得关东军上层都是白痴?

高桥次郎却是笑了：“我当然知道你不是那个杀手。”

说完，高桥次郎又看向唐千林：“我也从来没有将关东军上层的那些智囊当作傻子，因为我从一开始想找的人就是金古思。”

这次终于轮到唐千林和金古思惊讶了，烟屁股则在一旁站着，仔细听着他们之间的对话。

“六年前，我在非似山经历了那些诡异事件之后，权千章教授，也就是我的恩师试图寻求外援，我当时还是个只知道执行军令的单纯军人，我不同意他的观点，我认为日本的先进实力已经足够搞清楚在这里发生的事情，所做的勘探和开采也是为了所谓的大东亚共荣，将黄种人从白种人手中解放出去。”高桥次郎摸出烟来，但并未点上，“直到后来，兵站暴发了疫情，防疫给水部队的所谓专家将这里当作了试验场之后，我才意识到，我们连他们手中的棋子都不算，可我们无能为力，只能等死，就在这个时候，楚乐康先生出现了。”

唐千林闻言立即道：“这些事你已经说过了。”

高桥次郎看着他道：“楚乐康当时告诉我，如果找不到你，那么还有一个替代的人选，那就是朝鲜冒险家金古思。”

唐千林看向金古思："你认识我师兄？"

金古思摇头："我发誓，我绝对不认识什么楚乐康先生，连听都没有听说过。"

唐千林又问高桥次郎："到底是怎么回事？"

高桥次郎道："若不是楚乐康先生告诉我，我也不知道什么朝鲜冒险家。"

金古思挑了下眉毛："我以为，我已经享誉全世界了。"

高桥次郎道："按照楚乐康先生的说法，在亚洲范围内，研究萨满教的冒险家，有三人，三人中距离我们最近的就是你。"

唐千林看向金古思："你也在研究萨满教？"

一直处于沉默中的烟屁股始终将目光集中在金古思的身上。

金古思笑道："我只是对萨满教很感兴趣……"

金古思虽然说得轻描淡写，但当初楚乐康却告诉高桥次郎，朝鲜半岛上留下的所有关于萨满教的遗迹，都被金古思寻找了一遍，而这些遗迹已经无法满足这个专家的胃口了，于是他踏上中国东北的土地，进入满洲继续寻找。

而高桥次郎又是如何谋划设局将金古思这个人弄到这里来的呢？

高桥次郎解释道："我在朝鲜军中有一个同学，在我们入伍之前，我曾经亲眼见过他在家乡犯下的一桩罪行，手里也有确凿的证据，如果这个证据我提交上去，那么他会被迫脱下那身军装，滚回本土去服刑……"

而高桥次郎这位名为佐藤的同乡，在朝鲜总督府警务处任高级助理，直接对口的部门就是当地的日本宪兵队和秘密警察部队，所以让他在朝鲜找一个著名的探险家应该不难。

可被威胁的佐藤开始着手寻找金古思的时候，却发现根本遍寻不到此人的踪迹。当时他们并不知道，金古思在成为探险家之后，在政府部门登记的所有资料都是他花重金贿赂相关工作人员伪造的，所以，根本无从查起，就好像这个人是凭空出现，又凭空消失了一般。

"可是你犯下了一个错误，就是这个错误，才让我们追查到你就是金古思。"高桥次郎笑道，"你在被捕之后，因为担心被追查，所以并没有使用'金古思'这个名字和相关的证件，而是使用最早的那个名字，也就是金泰真。"

金古思一共有三个身份、三个名字。原名叫金泰真，身份是个普通的乡村教师；后来改名为李正泰，身份是个商人；他在沿用李正泰这个身份的同时，不时调换为金古思这个冒险家的身份，以免被人追查到，毕竟当时他的行为，在朝鲜是绝对不允许的。

所以，金古思被逮捕之后，担心自己在不断交换两个名字的过程中出现漏洞，于是干脆启用了过去的名字和身份，也就是金泰真。

金古思忽然间想明白了：“那个叫楚乐康的，原本告诉你的就是金泰真这个名字，而不是金古思，对吧？”

高桥次郎点头：“没错，的确是这样，所以，我从一开始就让佐藤调查的是金泰真，而不是金古思，所以，你被捕是个偶然，我找到你也是个巧合。”

金古思闭眼：“我这是聪明反被聪明误呀。”

高桥次郎道：“我知道你的脾气不会轻易被说服，而且在我跟前还摆着一个障碍，那就是三宅恭次将军，我不能让他知道我的打算，因为我如今的所作所为就是叛国，所以，我和佐藤开始设局，我一方面向三宅将军汇报，希望他能够批准我将监狱里的金古思带出来，另一方面我让佐藤立即安排了那个三流杀手进监狱里去，和你住在同一间囚室当中……”

紧接着，佐藤又派了一个亲信去说服金古思，但金古思对这里发生的事情丝毫不感兴趣，那名亲信临走前，在桌上留下了一条手链。

金古思此时掏出那条手链道：“这是萨满手中戴的手链，像这种古老又完整的很少见了，我当时就知道，这件事有蹊跷，于是产生了兴趣。”

当天晚上，那名杀手就按照佐藤的命令暗杀金古思，当然他没有成功，厮杀之中反而被金古思所杀。

高桥次郎看着金古思道，“从那个杀手走进监狱的那一刻起，你看到他的样子，就有了一个取代他的想法，对吧？”

金古思点头：“没错，原来这都是你设计的，你找了一个和我相似度极高的三流杀手与我住在一间牢房里，你知道，我会用那种办法。”

高桥次郎道：“对，在那种管理混乱的监狱中，这是你唯一的出路。”

第二天清晨，当狱警发现尸体的时候，金古思已经换上了那名杀手的衣服，装成了他的样子，而就在此时，狱警却威胁金古思，对他说：“从今往后，你就是这个叫金泰真的人了，你懂了吗？”

金古思当时听完就傻了，他费劲将自己的身份和杀手的身份交换，虽然狱警没有识破，却又让他自己假扮自己，这是为什么？

金古思当然不知道，这是高桥次郎计划中的一部分。

“我为什么要这么干？我为什么知道监狱方面会这么做？理由很简单，三宅将军不会真的找一个有本事的人来我身边协助我，而监狱方面在得知关东军要找金古思，而金古思却已经死去的消息后，势必会让以为还活着的杀手去代替金古思。”高桥次郎脸上带着得意的笑容，“三宅将军的情报网络如此强大，怎么会不知道这件事？所以，在他的调查中，金古思的确死了，取代他的是一个三流杀手，一个三流杀手能帮得上我什么忙呢？”

唐千林笑了：“聪明，你这个局设计得完美，用瞒天过海和移花接木这两招不仅骗过了金古思，也骗过了三宅恭次，让他把真正的金古思平安地送到了你的身边。”

这次轮到金古思陷入郁闷当中了，这个自以为比别人聪明的人，没想到从一开始就坠入了高桥次郎的完美设计当中。

同时，唐千林、金古思和烟屁股不仅对高桥次郎刮目相看，也同时对他提高了数倍的警惕，这个日本人的脑子远比他们想象中的要聪明得多。

“我有个疑问。”烟屁股此时插嘴问道，“不是关于金古思的，而是你说的那个权千章教授和那个什么学？”

高桥次郎道：“付倍学。”

烟屁股点头：“对，付倍学，他们在哪儿？也得病死了？”

“不，失踪了。”高桥次郎脸色沉了下去，“我们第一次进洞，遭遇那股气流之后，他们两人就失踪了，尽管我后来派去了其他两支队伍，但没有人活着回来，我知道再派人进去也是徒劳，因为我们只是士兵，是战争武器，而不是调查这种神秘事件的专家。”

唐千林抬手看表：“我们已经在这儿浪费了太多时间了，我建议直接前往洞穴的底部，看看那里有什么东西，不过为了安全起见，我认为我们四个人应该先后行动，两人在前，两人在后，万一出现了什么问题，也不至于全军覆没。”

金古思举手：“我赞成，我原本就喜欢独自行动，要不，我一个人在前面开路？”

唐千林摇头：“不行，你和高桥一起。”

金古思皱眉：“我不喜欢和日本人在一起。”

唐千林冷冷道：“别忘了，是这个日本人把你弄来的，否则你没这个机会。”

金古思无奈地点头："好吧，看在他给我创造这次机会的前提下，我和他一道，走吧，高桥长官。"

唐千林站在那儿，看着高桥次郎和金古思两人放下绳索先行离开。

等唐千林蹲在屋子门口，确定两人已经到下面一间屋子的屋顶时，他才转过身来看着站在那儿，已经拔出枪来对准自己的烟屁股。

"反应挺快呀。"唐千林笑道，"你知道我支开他们要做什么？"

烟屁股笑道："当然，我没你想的那么笨，像你这么聪明的人，怎么会说出分开行动要安全点这种愚蠢的话？"

唐千林放下自己的行囊，将定风尺、定旄尺和凤尾尺取出来组合在一起，组成下凤枪，然后握在手中："来吧。"

烟屁股依然举着枪："来呀，同样都是枪，看你的枪快，还是我的枪快。"

唐千林握紧下凤枪问："你不是李云帆认识的那个烟屁股，你到底是谁？"

"原来你支开他们是为了这件事。"烟屁股一愣，"你是怎么察觉出来的？"

唐千林道："细节。首先是你的皮肤，你脖子往下的地方，肤色和裸露在外面的皮肤差别太大，一个常年流离失所的人，会有那么好的皮肤？不可能，所以，我断定，你裸露在外面的皮肤都用药水涂抹过，故意做得粗糙黝黑。"

烟屁股笑了："还有呢？"

"你没摘过帽子，一直没有，而且你的皮帽好像是固定在脑袋上的，不管我们做什么，你的帽子都没有滑落的迹象，连稍微偏离都没有。"唐千林上下打量看烟屁股，"还有就是你不断在抽烟，但是烟根本没有抽进去，只是在嘴里过一遍就吐出来了。我见过很多有烟瘾的人，其频率都没有你高，另外，他们都会吸进肺部，而不是只在口腔中过一遍。"

烟屁股又道："没了？"

"有。"唐千林走向烟屁股，"有个最关键的线索，之前庆全落下的时候，你呼喊着让他把手给你，还说快点，那个时候，你的嗓音变了，和平时说话的嗓音完全不同，人在危急的时候，会下意识把掩饰的东西抛弃，例如嗓音。综上所述，你不是烟屁股，而是个女孩子。"

烟屁股迟疑了下，抬手在皮帽两侧抓了抓，然后取下皮帽，一甩脑袋，露出一头披肩的秀发，然后又将面部那层伪装的面具慢慢撕了下来。

唐千林看到面具下面是一张美到极致的脸，长睫毛、大眼睛，还有那修饰了整张脸的鼻梁，她的五官融合在一起，用“完美”来形容毫不过分。

“怎么？”假烟屁股不屑地一笑，“看傻了？我以为你会和其他男人不一样呢。”

唐千林也不掩饰：“漂亮就是漂亮，人们都喜欢美丽的事物。”

刚说完，唐千林提枪就出手，直接朝着假烟屁股的胸口直接刺去，而假烟屁股侧身避开的同时，抬手就抓住了定风尺和定旄尺的连接处，直接一扣，两者直接脱落。

唐千林立即收手，假烟屁股则拿着定旄尺和凤尾尺那部分的枪身，朝着唐千林刺去。

唐千林站在那儿，根本不躲避，只是直视着假烟屁股的双眼。

当枪头刺到唐千林眼前的时候，假烟屁股停手，问：“你为什么不躲？”

“你没有杀气。”唐千林淡淡道，“而且，你也不会对你的师叔下手，我没说错吧，倪小姐？”

假烟屁股双手将那部分枪身呈上：“得罪了，师叔。”

唐千林接过，重新将下风枪组合好。

此时，假烟屁股问：“你怎么知道是我呢？”

唐千林道：“这个我全靠猜的，我从知道你的存在之后，就一直在想，你为什么没出现，这很奇怪，当我发现你是个女孩儿之后，我就意识到，也许是你，除了你之外，没有其他人会想方设法混进这支队伍里来，特别是女人。”

说到这儿，唐千林顿了顿，又重复了一遍：“特别是女人……”

此时唐千林的脑子中又出现了贺晨雪的模样。

假烟屁股抱拳道：“倪小婉见过师叔，有得罪的地方，请师叔不要见怪。”

“倪小婉？”唐千林笑道，“好名字，很美。”

倪小婉嘻嘻笑道：“师叔是在夸我的名字，还是在夸我的样子？”

唐千林咳嗽了一声：“都有。”

倪小婉抿嘴一笑：“谢谢师叔，师叔果然和师父所说的一样，又聪明，又通情达理，而且看人的眼光还特别好。”

唐千林道：“别拍马屁了，赶紧重新易容，跟着我下去，不能让其他人知道你的身份，你还得继续装你的烟屁股，知道吗？”

倪小婉满脸难色：“师叔，我不想再抽烟了，都快熏死我了。”

唐千林道："你抽烟是为了掩饰身上的香味对吗？你不用胭脂水粉会死吗？"

倪小婉摇头："我从来不用那些胭脂、水粉、香水什么的……"

"天生的？"唐千林忍不住上前闻了下，这个举动让倪小婉顿时脸红了。

唐千林意识到自己的行为有些过了，赶紧道："对不起，我只是好奇，因为天生体香，我也只是听说过，反正你想办法掩饰吧。"

倪小婉点头，唐千林转身准备下去的时候，倪小婉又道："师叔，有件事你必须得帮我。"

唐千林驻足停下："什么事？"

倪小婉正色道："帮我报仇。"

唐千林点头："当然，我肯定会为你师父报仇的，不需要你提醒我。"

"不仅仅是我师父的仇，还有郑家村的仇！"倪小婉攥紧了拳头，"六年前，我是唯一一个活下来的人，也是师父救了我。"

唐千林此时才明白，为什么倪小婉在上面会阻止自己答应救高桥次郎。

唐千林问："当时，下令屠村的人就是他？"

倪小婉道："他自己都已经承认了，这个仇必须报。"

唐千林点头："好，我答应你，但是，在查明这里的秘密之前，不能对他下手，什么时候对付他，我说了算。"

倪小婉点头："一切都听师叔的。"

等倪小婉重新易容完毕后，两人才顺着绳索往下滑落，倪小婉一边向下滑，一边问："师叔，你不需要再为那个女人伤神了。"

唐千林虽然知道倪小婉说的是谁，但依然装傻："哪个女人？"

倪小婉道："贺晨雪，你以前的老婆。"

唐千林停下来，悬在那儿，看着倪小婉道："她不是我老婆，从来都不是，她和我没有任何关系。"

倪小婉也停下来："但是你爱她，如果你不爱她，就不会抚养她的孩子这么多年。"

唐千林冷冷道："这和你没关系，记住，我是你的师叔，你是我的师侄，大人的事，孩子不要管。"

"谁说我是孩子了？"倪小婉有些生气，"师父都从来没把我当孩子看待。"

唐千林不语，继续往下滑的时候，就听到倪小婉说："师叔，贺晨雪没那么简单，你要小心这个女人。”

唐千林再次停下，抬头看着她：“你这么说是什么意思？”

倪小婉道：“师父生前调查过她。”

唐千林问：“查出什么了？”

倪小婉摇头：“他没告诉我，但只是告诉我，有些事你永远不要知道为好。”

唐千林听到倪小婉的话，情绪却忽然失控：“到底查到什么了？”

倪小婉显然被唐千林吓到了，她愣了下，缓过神来之后，立即怒道：“你对我凶什么？我又不知道，你问我师父去！”

唐千林道：“你师父若是还活着……”

话说到这儿，唐千林又强忍住了。

倪小婉瞪着唐千林，终于说了句：“不可理喻！”

两人说话间，下方传来阵阵枪声。

唐千林立即低头向下看去，只看到下方屋子顶端窟窿处晃动的手电光——高桥次郎和金古思站在屋内用手电筒照着上方，枪声并不是从他们那里传来的。

“是下面！”金古思站在那儿仰头喊道，“枪声是从下面传来的。”

唐千林赶紧道：“小……”

情急之下，他险些把“小婉”两个字说出来，忍住改口又道：“烟屁股，赶紧下去，快。”

倪小婉急速滑下，落在屋顶之上，又沿着屋顶瓦片缝隙间滑向屋檐，换了姿势，趴在那儿，朝着下方仔细看去。

随后，唐千林也滑下，来到她身边，问：“看到什么了？”

倪小婉摇头：“什么也看不到，只能听到枪声。”

唐千林朝着下方屋内喊道：“我们得继续下去，没时间休息了。”

第三十六章

铁瓦亭

洞穴最下方，钱斯年、张大根、乔铜和庆全四人正背靠背，手持武器袭击着那些在黑暗中挥舞着锋利翅膀，不时朝着他们扑来的怪鸟。

而在他们身旁的四周，立着一根根开口朝上的巨大石钟乳，那些怪鸟就是从这些石钟乳中钻出来的。

“这些是什么玩意儿？”钱斯年一边开枪一边问道。

没有武器的张大根躲在三人之间，不断环顾四周，躲避着那些不时朝着自己袭来的怪鸟。

庆全的手枪卡壳，他拼命拍打着手枪，在那儿咒骂着。

乔铜摸出自己的备用手枪递给庆全，同时转身手持火铳，将从侧面袭向钱斯年的两只怪鸟直接打得粉碎。

就在庆全拔枪重新朝向自己正面的时候，黑暗中那些怪鸟却在手电光的照射下突然腾空飞起，齐聚成一团，形成柱状后，又集体飞回了石钟乳之中。

随后，四人脚下的地面开始震动，一股“呜呜”的怪声响彻整个洞穴，环绕许久才逐渐消失。

四人靠着石钟乳固定着身体，等地面彻底停止震动这才重新环顾着四周。

“怎么回事？”钱斯年四下看着，“到底是什么？”

乔铜重新给火铳装填弹药：“那些鸟是什么我不知道，我就知道，卷我们下来的气流，是从这里面喷出来的。”

乔铜说着用火铳指着旁边的石钟乳。

庆全用手电筒在四周找着，终于找到了先前击中的一只怪鸟。

“你们过来看，这是什么玩意儿？”庆全蹲在那儿，用手电筒照着，“没肉、没羽毛，只有骨头，好奇怪的鸟。”

钱斯年、张大根和乔铜上前，看着庆全用手电光所照的那只怪鸟的尸体，尸体已经被火铳的铁砂打得支离破碎，但地上除了黑色的液体之外，就剩下一些黑漆漆的骨头。

“这是头？”乔铜用匕首插进怪鸟的脑袋中举起来仔细看着。

众人看到那怪鸟的脑袋像是蛇头一样，漆黑无比，就连眼睛都是黑色的。

张大根小心翼翼地抓起旁边的一截翅膀：“你们看，这翅膀也只有骨头，没有羽毛，也没有肉。”

张大根刚拿起来，乔铜就一把拍向他的手腕，将他手中的翅膀打落：“不要用手乱碰，想死呀？”

张大根看着乔铜，钱斯年也立即抓住他道：“你他妈记住自己来这里是做什么的，明白了吗？你现在还不能死。”

张大根看着乔铜和钱斯年，等着钱斯年松开他转过身来的时候，他赶紧把目光投向别处。

乔铜用手电筒照着四周道：“现在我们得想办法离开这里。”

说完，乔铜又看向庆全：“你小子命好，从那么高的地方掉下来都没死，要不是这里面喷出来的气流，你早就摔碎了。”

庆全抬眼看着上面：“你们先前说，人在半空飘起来了，可为什么又突然落下来？这里面的气流又是什么东西呢？”

钱斯年摇头，愤愤道：“鬼他妈知道是什么东西，现在我就想离开这个地方，什么狗日的调查，我算是明白了，就是派我们来送死的！”

乔铜看向钱斯年：“什么意思？”

钱斯年意识到自己说漏嘴了，赶紧道：“没什么，我只是说气话而已。”

乔铜推了一把钱斯年：“姓钱的，你给老子听清楚了，我是满洲国国防军下属第10军管区兴安保安团团长，按军衔，是你的上级。”

钱斯年不屑地笑道：“我不是军人，我们保安局属于警察序列，我是一等警正，对比军衔的话，也是上校，咱俩对等。”

“所以，既然对等，那你就给我说清楚，我们来这里到底是干什么的？”乔铜说着，将手中的火铳对准了钱斯年的下巴。

钱斯年也举枪瞄准了乔铜的脑袋左侧：“我要是不说呢？”

乔铜咧嘴笑了："那我们就一起死。"

钱斯年看着乔铜那副表情，也知道他过去的经历，知道这家伙是个疯子，而且真的不怕死。

庆全冷眼旁观，巴不得两人现在就开枪打死对方。

谁知道张大根却上去打圆场："两位长官，俗话说'和气生财'，在这种环境下，少了谁都不行，没有两位长官的带领，我们也没办法活着离开这个鬼地方。"

说完，张大根又扭头看向庆全："这位大哥，你说是吧？"

庆全没搭理张大根的求援，只是悄悄将那截鸟翅膀捡起来，放进自己的包里——他可不能白来一趟，这种怪东西说不定在外面有人高价收购呢。

钱斯年先放下枪，乔铜在他的注视下也将火铳放下。

钱斯年笑道："以后大家有事好商量，还像之前一样，可以吗？"

乔铜不搭理钱斯年，只是看向张大根和庆全道："喂，你俩去东面和西面看看有没有出路，我和钱科长去南面和北面。"

张大根点头，走了两步又回来："好歹给我支家伙吧？"

乔铜捡块石头塞进他手里，示意他可以去了。

张大根低头看着手中的石头，半晌道："谢谢。"

乔铜走向南面的时候，扔给钱斯年一句话："别耍花招。"

钱斯年笑道："乔爷，疑心别那么重。"

等乔铜走远，钱斯年收起笑容，持枪走向北面。

庆全等其他三人都消失在黑暗之中后，自己才抓着枪，打开手电筒朝着黑暗中慢慢摸索前进。

刚走到一根巨大的石钟乳跟前时，有两只手伸出来一把将庆全拽了进去。

庆全刚要挣扎呼喊的时候，手电筒却照亮了手的主人，那是李云帆。

"把手电筒关了！"李云帆低声道。

庆全赶紧关掉手电筒，又看着李云帆身旁的易陌尘："你们什么时候下来的？"

易陌尘探头向外面看去："有一会儿了，先前你们被怪鸟袭击之前，我们就下来了。"

李云帆问："那些袭击你们的怪鸟是什么东西？"

庆全摇头："不知道，你看看。"

庆全将藏在包里的那截翅膀拿出来，李云帆看了一眼，又看向易陌尘。

易陌尘拿起那截翅膀，看了半晌道："我家里也有一截这种翅膀，是从一个齐齐哈尔的药贩子那儿买来的，因为翅膀骨骼奇特，我就用一顿饺子换下来了，但我不知道是什么动物死后留下来的，现在看来不是死后变成的，而是原本就是这模样，真是稀奇。"

"一顿饺子？"庆全傻眼了，"这玩意儿就值一顿饺子？"

易陌尘还给庆全："对呀，就值一顿饺子，你拿出去还可以换一顿吃的，挺划算的。"

庆全顿时没兴趣了："你留下吧，我不要了。"

易陌尘点头，勉为其难地放进了包里。

庆全又道："我去那边看看有没有出口，你们先不要动，等我消息。"

等庆全离开之后，易陌尘立即蹲在角落中，用手电筒照着那截翅膀，仔细观察着，满脸都是欣喜。

李云帆也蹲下来："你这奸商，又骗人家是吧？"

"无奸不商嘛，再说了，商人就是这样，低价买进，高价卖出，不花钱当然更好了。"易陌尘用两根手指头搓着那翅膀，"这玩意儿，在山里叫蝠鸦，可以入药，比什么金创药、云南白药都管用，老他妈值钱了，那姓庆的小子不识货，怪不得我了。"

李云帆又问："蝠鸦？没听说过，到底是从哪儿来的？"

易陌尘解释："这天底下呀，咱们没见过的奇珍异兽多得是，在这地底下，不是什么墓穴呀、宝藏呀才值钱，这些东西才是真正的宝贝，怎么说来着，对，用文化人的话来说，这就是大自然的馈赠。"

李云帆笑了："什么话，还馈赠呢，你这是骗来的。"

"就算是大自然的馈赠，那也是馈赠给我的。"庆全的声音从两人身后响起，"易陌尘，你真当我是傻逼是吧？"

易陌尘一惊，赶紧转身，笑嘻嘻道："庆大哥，不是那意思。"

庆全上前，一把将那翅膀抢过去："那你是什么意思呀？"

"没意思。"易陌尘依然满脸笑容，"我不是奸商吗，我只是在履行一个奸商的职责，对，职责，没错吧？"

说着，易陌尘看向李云帆，李云帆一副幸灾乐祸的模样。

"喂，快过来，有发现。"钱斯年的声音从远处响起。

李云帆立即道："庆全，你赶紧过去，我俩跟在你身后。"

庆全把翅膀重新装好："我过去个毛，我要赶紧多捡点……这什么玩意儿来着？"

易陌尘没好气道："蝠鸦。"

"对，蝠鸦。"庆全用手电筒照着远处的地面，"我要多捡点蝠鸦的骨头，我可不是自私呀，谁先看到就归谁，易奸商，没问题吧？"

易陌尘点头："行，没问题，您说了算，谁叫我糟践你、骗你被发现了呢。"

庆全指着易陌尘道："醒事。"

张大根和乔铜跟着手电光线来到钱斯年跟前的时候，一眼就看到了在山壁边缘的那条可以容一个人爬进去的缝隙。

钱斯年指着道："你们看，有条缝，也许从这里能出去。"

"能出去？"乔铜用手往里面探了探，"有风，似乎真的可以出去。"

张大根站在那儿却发现了什么不对劲："等等。"

钱斯年和乔铜看着他，钱斯年问："怎么了？"

张大根指着缝隙下方的地面："你们有没有觉得，这地面在动呀？"

张大根说那地面在动的时候，钱斯年却笑道："你眼花了吧？是不是饿了？"

乔铜一句话都不说，只是紧盯着地面，并抬手示意钱斯年安静。

乔铜抬手慢慢指着地面道："你仔细看，注意看，那地面好像真的在动，很缓慢的，一起一伏，很缓慢的……"

乔铜说话的时候，不远处黑暗中的李云帆和易陌尘对视了一眼，蹲下来，仔细看着那个缝隙，很快，两人发现那地面真的是在一起一伏地活动着。

易陌尘瞪大眼睛，用极低的声音道："什么鬼？"

李云帆看着四周："这里太怪异了，要是唐千林在这儿就好了。"

此时，捡了一堆蝠鸦骨头的庆全走过来："怎么了？"

易陌尘吓了一跳："大哥，你别突然冒出来好不好？"

李云帆也道："你到我们这儿来干吗呀？过去呀，人家找你呢。"

庆全眼睛一转："你们干吗不过去？"

易陌尘道："我们……"

刚说到这里，不远处的钱斯年就拿手电筒照过来，同时道："庆全人呢？去哪儿了？”

易陌尘一脚将庆全踹了出去，庆全摔倒在地上，被手电光照到的同时，赶紧对钱斯年说：“这儿呢这儿呢，人在这儿呢。”

钱斯年皱眉：“你怎么了？”

庆全起身，朝着易陌尘和李云帆的方向看了一眼：“没怎么，摔了一跤，没事。”

钱斯年挥手道：“你过来，爬进去看看下面有什么。”

庆全一愣：“我？”

钱斯年点头：“对呀，难道让我去？”

“钱科长你当然不能去，不是还有……”庆全说着抬手指着乔铜，但看到乔铜那带着杀意的眼神后，赶紧又指着张大根，“不是还有他吗？”

钱斯年摇头：“他不行，他对我而言很重要。”

庆全问：“有什么重要的？”

乔铜此时却附和钱斯年：“让你去你就去。”

庆全赶紧道：“要是下去死了怎么办？”

乔铜拔出火铳对着他：“你不下去，现在也是死。”

庆全使劲闭眼，在那儿转动着身子，实际上是看向易陌尘的方向，想向他们求助。

李云帆准备出去的时候，易陌尘拽住他，冲着他摇头。

李云帆也摇头，示意如果他不出去，庆全就危险了。

易陌尘凑近李云帆的耳朵道：“就算咱俩出去，姓钱的也会让他下去，现在在这里最没有利用价值的就是他，你还不明白吗？我们出去也无济于事。”

庆全见两人不出来，只得硬着头皮上去，蹲在那儿，朝着里面看着。

钱斯年道：“看够了吧？赶紧进去。”

庆全扭头道：“好像挺深的样子。”

乔铜把绳子扔在他跟前：“有绳子。”

钱斯年将绳子绑在旁边的石钟乳上：“我们拽着绳子，放你下去，有什么不妥，你就喊，我们就把你拽回来。”

庆全知道自己没得选择，只得点头道：“没问题，没问题。”

庆全说着把自己的背包取下来，握在手中，把绳子绑在腰间，小心翼翼地从那个缝隙中钻了过去，钻过去的瞬间，庆全感觉到有阵阵风吹来，他心中立即窃喜，知道有救了。

庆全虽说能耐不大，但盗墓多年，多少也有点经验，知道有风肯定就有出口。

“我下去了。”庆全钻过去之后，踩着下方洞壁支出来的石头，把背包重新背上，又抬眼看着缝隙对面的钱斯年等三人，“下面好像有点深，你们慢慢放绳子，听我的口令。”

钱斯年皱眉道：“赶紧的，别磨叽。”

庆全抓着洞壁边缘，朝着四周看了下，因为腾不出手来，他没办法用手电筒去照，但阵阵凉风吹来，倒让他无比惬意，总算是有离开这个鬼地方的希望了。

可接下来不久，庆全又陷入了郁闷当中，因为当绳子不断下放，放了大概七八米之后，庆全的双脚却踩到了什么东西。

感觉像是瓦片。难道下面还有房屋？庆全觉得很纳闷，站稳后，用脚细细踩了踩，又蹲下去摸了一会儿，确定是瓦片，而且还是一片片的铁瓦。

“这是什么地方呀？”庆全起身拿着手电筒朝着周围照着，发现自己站在一座亭子的顶上，而亭顶比平时他所看到的亭子要大至少三倍的模样，在亭顶周围一圈都是石壁，没有其他可以通向外界的出口。

为什么有一座亭子？庆全抓着绳子，慢慢朝着亭顶边缘走去，趴在那儿往下看着，借着手电筒的光芒，他清楚地看到亭顶内的斗拱、月梁，还有那四根用以支撑的柱子。

那四根柱子一直深入到黑暗之中，根本看不到底。

我们这是到地狱了吗？庆全倒吸一口冷气，随即发现在亭子中心部位还有一根铁链垂向下方。

“怎么会有根铁链子？”庆全正在自言自语的时候，他忽然间感觉到一阵阵风从头顶朝下吹来，他下意识抬眼朝着上方看去。

刚看一眼，庆全就瞪圆了双眼，然后发出了一个男人可以喊出的最大分贝的喊叫声。

“啊——”庆全的喊叫从缝隙中传来的同时，钱斯年等人还未有所反应，就感觉到地面再次发生了震动，就如剧烈的地震一般，震得众人根本站不住脚，纷纷摔倒在了地上。

同时，周围那些石钟乳内也喷出了气体，气体喷射出来的瞬间，那些蝠鸦也随着蹿出，飞向半空，又遁入黑暗消失不见。

震动持续了五六分钟后，终于停止。

惊魂未定的钱斯年等人慢慢从地上爬起来，惊恐地注视着周围，不知道接下来还会发生什么样的怪事。

石钟乳也在此时慢慢停止了往外喷发气体，停止的同时，上空突然间掉下来四个人，他们重重地摔在地上。

钱斯年和乔铜持枪上前查看，发现摔下来的竟然是高桥次郎、唐千林、金古思和烟屁股四人。

乔铜上前搀扶起高桥次郎："高桥长官，没事吧？伤着哪儿了？你们怎么从上面摔下来了？"

唐千林也在钱斯年的搀扶下起身，仰头看着空中，又环顾四周，目光最终落在那石钟乳上："原来气体是从这里喷出来的。"

装扮成烟屁股的倪小婉最惨，摔得那么厉害，她还得把嗓音硬生生从一个女孩子变成男孩子，坐在那儿不断揉着被摔痛的部位。

高桥次郎走近那石钟乳："我们刚才听到枪声，就从上面顺着绳索下来了，谁知道那股气流从下方冲上来，绳子也断了，我们就摔下来了……"

摔下来的那一瞬间，四人都以为自己死定了，谁知道那间接性喷发的气体却在关键时刻托起了四人，延缓了四人下坠的速度，若不是这样，四人直接摔下来，非死即残。

"其他人呢？"金古思看着四周。

钱斯年回道："庆全下去了，李科长和易老板失踪了。"

黑暗角落中的李云帆和易陌尘迟疑着要不要出去，但介于先前钱斯年和乔铜对庆全的那种态度，两人决定再暗中多观察一会儿，以免钱斯年和乔铜下黑手。

毕竟，之前钱斯年说漏嘴了一句话，引起了乔铜的怀疑，在两人拔枪而对的情况下，钱斯年都没有吐露实情，说明这件事肯定是机密中的机密。

难道，带来张大根不仅仅是为了对付我吗？李云帆这么想着，但如今他能肯定的是张大根必定是叛变了。

唐千林问："庆全没事吗？"

钱斯年摇头："没事，一根头发都没少。"

唐千林又问："你说他下去了，去哪儿了？"

钱斯年领着唐千林来到那条缝隙前，指着道："你看，就在那下面，不过之前他惨叫了一声，绳子拉直了，但人没有回应，不知道怎么回事。"

金古思上前，用手电筒照着黑漆漆的缝隙内，然后道："拽绳子，把他拉回来。"

几人合力拽着绳子，拽了半天，终于把庆全给拽到了缝隙跟前，而庆全已经晕死过去了。

就在乔铜俯身要把庆全给拖进来的时候，却看到庆全的背后竟然趴着黑乎乎的人影，那个人影的脑袋靠在庆全的肩头，正朝着他这个方向。

乔铜吓了一跳，立即拔出火铳对准庆全的肩头。

高桥次郎见状也立即拔枪："怎么回事？"

乔铜再定睛看去，先前那黑影已经消失了："刚才，我，我看到一个人趴在庆全的肩膀上。"

"人？"钱斯年蹲下来看着，"没人呀？"

乔铜用手电筒照着："真的有个人，我看得很清楚，但没看清楚那人的脸，好像脸上什么都没有。"

高桥次郎看向唐千林，唐千林问："什么也没有是什么意思？没有五官？"

乔铜点头："对对对，没有五官。"

听乔铜这么一说，躲在角落中的李云帆和易陌尘对视了一眼，这不就和他们之前在上面看到下落的那群人一样吗？那是什么玩意儿？难道说真的有鬼魂存在？

未等唐千林推测，乔铜就咬牙道："老子是坚决不相信什么鬼呀神的，如果有神有鬼……"

话说半句，乔铜没继续说下去，他很清楚，如果真的有神有鬼，当初在他身上能发生那些事吗？曾几何时，他也天天拜神，日日烧香，祈求平安顺利，可结果呢？

众人正在试图唤醒庆全的时候，倪小婉却在另一侧发现了一条缝隙。

就在倪小婉蹲下来观察那条缝隙的时候，李云帆的声音从旁边传来："烟屁股。"

倪小婉猛地回头，看到从石钟乳后方探出半颗脑袋的李云帆。

倪小婉朝着唐千林的方向看了一眼，确定那边没人注意自己，这才闪身到了石钟乳之后。

第三十七章

七宿镇邪亭

倪小婉到了石钟乳之后，示意李云帆和易陌尘不要说话，探头出去看了一眼唐千林等人，再次确定他们没有注意自己，这才扭头低声道："大哥，你们怎么在这儿呀？"

李云帆道："我们很早就下来了，但发现事情有些不对劲，就没出去，钱斯年他们也不知道我们在这儿。"

倪小婉问："什么不对劲呀？"

李云帆道："钱斯年来这里的目的，好像没那么简单，不仅仅是要用张大根对付我，似乎还有其他的任务。"

倪小婉寻思了一下道："庆全是怎么回事？"

李云帆将之前发生的事情简单明了地告知了倪小婉。

"大哥，易老板，你们两位暂时不要出去，在暗处盯着钱斯年他们。"倪小婉说着又探头向外看了一眼，"另外，我觉得不能让钱斯年、高桥次郎、乔铜几个活着离开这儿。"

易陌尘补充道："还有张大根。"

倪小婉闻言奇怪地看着李云帆。

李云帆低声道："现在基本上可以断定，张大根叛变了。"

倪小婉皱眉："他不死，对你威胁太大了。"

李云帆点头："视情况而言，再看怎么动手。"

此时，石钟乳前方传来了唐千林的喊声："烟屁股？"

倪小婉低声道："我得出去了，你们自己小心。"

倪小婉闪身走出石钟乳后方，同时打开手电筒指向发现缝隙的位置："唐爷，我在这边也发现了一条缝隙，你过来看看。”

唐千林闻言，留下张大根照顾昏迷中的庆全，与其他人一起来到倪小婉所发现的缝隙前。

众人蹲在那儿，用手电筒照着，但与先前发现的那条缝隙一样，里面黑漆漆的一片，什么也看不到。

“看样子外面这个洞很大呀。”钱斯年起身道，“感觉有风，应该有出口吧？”

乔铜看向庆全的方向：“我就想知道，庆全是怎么晕过去的，也没有外伤，不像是被袭击了。”

唐千林起身，用定风尺测量着那条缝隙的宽度，在测量的过程中唐千林手忽然一抖，下意识道：“这地面怎么在动？”

钱斯年和乔铜对视一眼，钱斯年道：“我们先前就发现了，不知道是怎么回事。”

唐千林又掏出定风尺来，连接上定旋尺，然后伸进缝隙之中，仔细听着定风尺发出的旋律，许久唐千林收回尺子，摇头道：“有古怪。”

“什么意思？”钱斯年问道，金古思也站在旁边，不过他最感兴趣的是唐千林手中的那套古怪的工具。

唐千林解释道：“按理说，洞穴里是不应该有风的，一般来说有风的地方就有出口，但外面洞穴的风是从上方吹下来的，而且是阵风，这和常理不符。”

乔铜在旁边道：“这里发生的任何事都与常理不符。”

唐千林转身看着其他人道：“李科长和易老板失踪了，我们除了要找到他们之外，也要去查明离开的路，所以，我们兵分三路吧。”

钱斯年道：“等等，为什么分三路？分成两组人不就行了吗？”

唐千林摇头：“从距离上来看，这两条缝隙里应该是两个不同的洞穴，虽说也有可能是在我们这个洞穴之外，还有一个环形的洞穴，但这种可能性太低了，所以，一组人去找李科长和易老板，一组人去庆全昏厥的洞穴，还有一组人去这个洞穴。”

钱斯年刚要说话，乔铜却看着他说：“钱科长，你我平级，但高桥长官在这里，轮不到我们安排分配。”

钱斯年点头道：“对，你说得没错。”

高桥次郎却道：“我不是专家，唐先生才是，唐先生，你说，怎么分配？”

唐千林道：“庆全昏迷不醒，需要人照顾，让张大根留下来。李科长和易老板虽然失踪，但我相信他们没那么容易出事，所以他也正好留在这里等他们的消息。我和烟屁股还有金古思去那边的缝隙，钱科长、高桥以及乔铜去这边。”

钱斯年听完立即反对：“高桥长官，我认为这样安排有些不妥。”

高桥次郎问：“有什么不妥的？”

钱斯年解释道：“唐先生是专家，我们又不是，金先生也在这方面具备专业知识，两个专家都走了，我们三个去，这不是找死吗？”

高桥次郎点头：“有道理。”

钱斯年趁热打铁：“我个人认为，我、高桥长官以及金先生一组，唐先生、烟屁股还有乔爷一组，这样的安排就没问题了。”

高桥次郎闻言寻思了下，看着唐千林征求他的意见。

唐千林点头道：“没问题。”

唐千林先前关于怎样安排的那番话是故意说的，他知道钱斯年绝对不会让他们三人一组，而他恰恰最担心的不是钱斯年，而是高桥次郎和金古思这两个人。

高桥次郎把金古思捞出来的设局和手段，他已经很清楚地知道了，所以，高桥次郎绝对不是什么没脑子的莽夫军人，而金古思对萨满教的了解程度他还不知道，说不定比自己还多。

有这两个人随自己一组，麻烦会越来越多，更会导致他无法把控局势。

紧接着，唐千林、倪小婉和乔铜三人依次抓着绳索从缝隙中爬了过去，等三人爬过去之后，高桥次郎就转身道：“走吧，我们去那边。”

钱斯年却对高桥次郎道：“高桥长官，我们借一步说话。”

高桥次郎跟随钱斯年走到另一边，与此同时，李云帆也从黑暗中慢慢摸向两人，想知道钱斯年要说什么。

高桥次郎问：“你想说什么？”

“请高桥长官不要忘记我们的任务是什么。”钱斯年看了一眼远处，“这支队伍里的人，除了你我之外，其他人都不值得信任，那个乔铜是满洲国政府方面派来的人，属于保安局的内线。”

高桥次郎冷冷道：“你不也是保安局的人吗？”

钱斯年沉思了一会儿：“高桥长官，我忠于的是大日本帝国。”

高桥次郎仿佛明白钱斯年话里的意思了：“你想告诉我，满洲国政府也想搞清楚发生在这里的事情？”

钱斯年点头：“当然了，这里是他们的领土，您真的认为他们甘心一直受控于大日本帝国吗？”

高桥次郎问：“你的任务不是对付李云帆吗？你现在想告诉我，我们的敌人还有原本应该是盟友的满洲国政府？”

“我原本是要对付李云帆的，我和三宅将军想出了一个深度计划，具体执行者就是我，可是，在我准备实施计划的时候，却被您打乱了。”钱斯年看着高桥次郎，“高桥长官，您别忘记自己的身份，千万不要有其他背叛帝国的念头。”

高桥次郎面无表情道：“我不懂你什么意思。”

钱斯年凑近高桥次郎道：“请您相信我，接下来按照我所说的去做，只要这次任务顺利结束，三宅将军会将您调离这个兵站，前提是，您必须百分之百地配合我，明白了吗？”

高桥次郎皱眉：“我还是不懂你的意思。”

“关东军司令部并没有放弃您的意思，只是放弃这里那些非日籍的士兵。”钱斯年笑看着高桥次郎，“他们是下等人，和您完全不一样，但您又是六年前经历过这一系列事件的日籍军官，所以，三宅将军是不得已才留下您的。”

高桥次郎问：“为什么三宅将军没有对我说过这种话？”

钱斯年低声道：“因为这是绝密，我就这么简单地告诉您吧，我们有绝对可靠的情报来源，确定在满洲国政府内部有高层与抗联有联系。”

高桥次郎一愣，在黑暗处偷听的李云帆也是大吃一惊。

钱斯年这番话是真是假？还是说真假参半？如果满洲国政府内真的有高层与抗联有联系的话，那么这份情报从何而来？

难道是朱书记？难道说张大根和朱书记都已经叛变了？可是，我自己是单线联系，我也不认识什么满洲国政府内部的要员。

这一切到底是怎么回事？

就在李云帆无比疑惑的时候，高桥次郎结束了他和钱斯年之间的话题：“我们该做正事了。”

“不不不，我们不需要做。”钱斯年摇头道，“我们不是专家，唐千林才是专家，某些事需要他去做，而且在这里料理了他，是我们最好的选择。”

高桥次郎一愣：“你想告诉我，在三宅将军的计划中，也有除掉唐千林这一项？”

钱斯年默默点头。

李云帆闻言，冷汗渗了一背，但他很快又冷静下来，不，这不可能，三宅恭次没有必要做这种脱裤子放屁的事情，他若是要对付唐千林，随时都可以动手，为什么要选在这个地方？钱斯年的话毫无逻辑性可言。

高桥次郎又问：“我们如果不下去，就找不到出路，找不到出路，怎么离开这里？”

钱斯年抬手看表道：“我们不是还有个朝鲜冒险家金古思吗？”

说着，钱斯年脸上露出诡异的笑容，这个笑容似乎在告诉高桥次郎，他原本就知道金古思的真实身份一样。

高桥次郎陷入了矛盾当中，他看着钱斯年，心中摇摆不定，许久，终于点头道：“好，我相信你。”

钱斯年咧嘴笑着：“您必须相信我，因为我和您一样被困在这里，而且我和您一样，对帝国无比忠心。”

唐千林、倪小婉和乔铜进入缝隙，滑到那铁瓦亭上之后，就发现了庆全扔下来的背包。

“为什么这里有一座亭子？”乔铜很是疑惑，“而且还是铁瓦的？”

唐千林用脚踩了踩：“我们国家最早的亭子都是木制结构的，后来出现了凉亭，也就是石制亭，早期的石亭样式都是仿照木亭的结构，而到明清时期，才改变了构造方法。”

说着，唐千林趴在亭顶边缘朝着下面看去：“你看，只有四根支撑的柱子，但下面却有斗拱、月梁、雀替等物件，说明这座亭子的年代应该是在明朝的时候，和青龙寺所修建的年代是一样的。”

倪小婉和乔铜也趴在那儿看着。

倪小婉用手电筒照着其中一根柱子：“这么高，是怎么把亭顶弄上来的？”

乔铜也想不明白：“难道是从山顶吊下来的？”

乔铜说着就要仰头去看，就在此时唐千林开口解释了，乔铜这才把目光放低，若不是这样，他险些就看到了先前把庆全直接吓晕过去的东西。

“据我所知，高亭起盖自古就有两种办法，分别叫积土法和蓄水法。”唐千林指着下方给两人解释，“所谓积土法，就是指先在地基之上立起四根支撑柱子，加固之后，在四根柱子之中和周围堆砌泥土，形成坡道，再将做好的亭顶沿着坡道运上去，等放置好固定完毕后，再将周围的泥土去掉。”

乔铜点头：“长见识了，原来还有这种办法，古人确实聪明。”

倪小婉问：“那蓄水法呢？”

唐千林道：“蓄水法通常不用于阳宅，而用于阴宅、地宫、陵墓等地方。道理相同，先立四柱，再利用坑道往其中蓄水，再利用浮物运送亭顶。”

乔铜不解：“就算是地宫，也可以用积土法，为何还要用蓄水的办法呢？”

倪小婉给他解释：“乔爷，这还想不明白呀？土运出去多麻烦呀，水要排出去就简单得多了。”

唐千林道：“没错，地宫机关之中，有很多是利用水力来运行的，其中的水可以反复利用，而挖掘地宫原本就要运出泥土，再用积土法就等于是自找麻烦。”

“懂了。”乔铜看着下方道，“但这座亭子是铁制的，这又是什么意思呢？这又怎么弄上来的呢？铁总浮不起来吧？就这重量，至少千斤，什么浮物能承受这重量？”

唐千林摇头：“这我也不明白，但古人总有古人的法子。”

说着，唐千林也发现了在亭子梁下垂着的那根铁链，他用手电筒照着那条铁链，寻思了一会儿道：“烟屁股，我下去看看，你和乔爷在上面警戒，不要乱走。”

唐千林说完，往下一滑，抓着亭内的斗拱，抱住斗拱系上绳子，又绑在自己腰间之后，这才顺着铁链慢慢地向下爬去。

倪小婉用手电筒照着四周的同时，乔铜则从包里摸出一个物件，用手电筒照着正四下拍照，倪小婉听到响声，转身看到，皱眉问：“你还带了相机？”

乔铜冷冷回道：“小子，我做什么和你无关，等会儿见到其他人，把嘴巴闭上。”

倪小婉不语，觉得这支队伍里的人果然都有各自的目的，而且似乎分属于不同的阵营和势力，并没有表面上看着那么简单。

乔铜走到倪小婉跟前，进一步威胁道：“小子，你也算是有能耐的人，我欣赏你，你以后要是跟着我干，其他的不敢说，至少不会再过颠沛流离的日子，保证每天好吃好喝，钞票不愁，女人更不愁。”

倪小婉也不知乔铜说的真假，是想暂时让自己守口如瓶故意画饼呢，还是真的有这个意思？

总之，接近这个姓乔的，说不定能知道他到底为谁卖命。

倪小婉赶紧嬉皮笑脸道：“乔爷，您看得起我，给我脸，我不能不兜着。”

乔铜拍了下倪小婉的肩头：“挺识相呀，过来，帮我用手电筒照着，这玩意儿要是没光，啥也拍不出来。”

倪小婉帮乔铜举着手电筒的同时，下方的唐千林已经滑到了铁链的最下端。

这条长达有三十米左右的铁链下方吊着一尊佛像，毫无疑问，这肯定是一具人冢棺，而在人冢棺的下面则是一条湍急的地下河。

唐千林站在人冢棺之上，在上面仔细摸索着，摸了半天都没有找到开启的机关，高桥次郎他们之前开启另外一具人冢棺也是用暴力手段，但现在他处于这个位置，根本使不上劲。

关键问题在于，为什么这座铁瓦亭下方，要吊着一具人冢棺呢？

青龙寺、铁瓦亭、人冢棺，这一切到底是怎么回事？

唐千林蹲在那儿，抓着铁链思来想去，忽然间一个词从他脑子中闪过，他下意识脱口而出：“七宿镇邪亭！”

说完之后，唐千林立即抓着绑在腰间的绳子，倒爬在人冢棺之上仔细找着，终于找到了在佛像腰间所刻下的一段符咒，符咒上写：“吾受天命，三天师尊，太上神方，杀邪之文。”

唐千林看到这儿，又转了另外一圈，在人冢棺的另一面刻有：“夜行游尸，七恶妖魔，九鬼共贼，千魔成群。”

“还有一句在哪儿？”唐千林四下找着，想了半天又爬回人冢棺顶部，仔细寻找了一番，终于又发现环刻在顶端一圈的咒文：“赫柏图兵，巨兽罗千，挥割万妖，挡我者残。”

唐千林看到这儿，抬起头来：“这就对了，的确是七宿镇邪亭，这下面还有东西，得下去，必须得下去。”

唐千林说着就往上爬，一口气爬上亭顶。

乔铜听到唐千林上来的声音后，立即将相机装回包内，又朝着倪小婉使了个眼色，示意她不要说漏嘴。

倪小婉点头表示明白，心里却在笑话乔铜是个蠢蛋，不仅看不出自己是个女的，还不知道自己与唐千林之间的关系。

“是七宿镇邪亭！”唐千林爬上来道，“百分之百是七宿镇邪亭！”

倪小婉听到这五个字，脸色都变了，她跟着楚乐康多年，当然知道这五个字意味着什么，但她现在不能说知道，也无法与唐千林讨论，只得默不作声，做个听众。

乔铜忙问：“什么叫七宿镇邪亭？”

唐千林看了一眼倪小婉，解释道：“一种古老的秘法，异道之中失传了至少千年之久，传说是汉代时期由得道高人创立的，目的是镇压地底邪魔，平定乱世。”

乔铜又问：“七宿是啥意思呀？”

“星相之中，七宿指的是角、亢、氐、房、心、尾、箕。”唐千林掰着手指头给乔铜解释道，“角指的就是龙角，亢指龙的咽喉，氐为龙的前爪，房指的是龙的胸膛，心就是指龙心，尾就是龙尾，而最后的箕就是指青龙游动扬起的风。”

倪小婉问：“唐爷，你的意思是说，这下面还有东西吧？”

倪小婉这是明知故问，但她也想再次确认，毕竟她只有学到的知识，并没有太多的实践经验。

唐千林道：“按照常理来说，有七宿镇邪亭的地方，必定有邪物，但古时候所称的邪物，通常是他们不认识的东西，我们曾经在关内洛阳一带，发现过地底的七宿镇邪亭，在亭下方也发现了两具奇怪动物的骨骸，两只动物的鼻前都长有角，我们不懂为何物，四处查访，后来在云南遇到那个英国探险家的时候，才确定那种动物叫作犀牛，在咱们中国没有这种动物，所以，古人将其当作一种邪物来看待，估计就是因为那只角吧。”

说到这儿，唐千林顿了顿又道：“不过，我们也有至今解释不了的发现，辕字派也发现过一座镇邪亭，在山西一带，规模很大，一共有六座，在六座镇邪亭的底部，是一潭水，在水底用铁链锁住了一个像是龙骨一样的东西，因为拿不出来，只得作罢，不过我看过辕字派所画的图，的确和龙很相似，而且还有翅膀，真不知道那是什么东西，如果是人为造假，古人也不可能发现不了，也不至于修建六座镇邪亭，耗费那么大的人力和物力。”

乔铜闻言道：“唐先生，这下面该不会也有一潭水吧？”

“不是一潭水，而是一条地下河。”唐千林道，“我们得先上去，告诉其他人这里发生的事，然后再商量要不要下去，因为出口不一定就在下面。”

乔铜却意外地不赞同："唐先生，我认为，我们应该下去，也不需要上去再告诉他们。"

唐千林一愣，看向乔铜："乔爷这么说是什么意思？仅凭我们三个，估计太危险了吧？"

乔铜道："唐先生，我看你是这支队伍里真正有本事的那个人，所以，我希望唐先生能明白自己到底是什么人，应该为谁做事。"

唐千林下意识看了一眼倪小婉，依然摇头："我还是不懂你的意思。"

乔铜道："唐先生，这里是咱们中国人的土地，你明白我的意思了吧？"

唐千林笑了下道："乔爷，你不是满洲国地方保安团团长吗？怎么，现在承认是个中国人，而不是所谓的满洲国人了？"

乔铜朝天抱拳一扬："这是大清国的土地，满洲也是大清的发源之地，大清就是中国，唐先生难道不认同吗？"

唐千林摇头："大清只是中国历史上已经消失的一个朝代而已，这个朝代只能代表历史上某个时期的中国。"

乔铜笑了笑道："不管怎么说，唐先生知道自己是个中国人就行了，说一千道一万，建立满洲国也是为光复大清的天下而做的准备，我们只是在利用日本人而已。"

倪小婉此时终于明白了，这个乔铜果然另有来路。

两人正说着的时候，忽然感觉到有阵阵凉风从头顶吹来，三人下意识仰头朝着上方一看，这一看不要紧，倪小婉吓得失声叫了出来。

"啊——"倪小婉吓得靠近了唐千林，一把抱住他胳膊，"那是什么呀？"

【未完待续】

图书在版编目（CIP）数据

萨满往事 / 唐小豪著 . — 南京：江苏凤凰文艺出版社，2019.1

ISBN 978-7-5594-2882-0

Ⅰ . ①萨… Ⅱ . ①唐… Ⅲ . ①长篇小说 — 中国 — 当代 Ⅳ . ① I247.5

中国版本图书馆 CIP 数据核字（2018）第 208770 号

书　　名	萨满往事
著　　者	唐小豪
责任编辑	王　青
特约编辑	张　倩
出版发行	江苏凤凰文艺出版社
出版社地址	南京市中央路 165 号，邮编 210009
出版社网址	http://www.jswenyi.com
印　　刷	北京嘉业印刷厂
开　　本	700mm × 980mm　1/16
印　　张	22
字　　数	370 千字
版　　次	2019 年 1 月第 1 版　2019 年 1 月第 1 次印刷
标准书号	ISBN 978-7-5594-2882-0
定　　价	42.00 元